ALDOUS HUXLEY

ALDOUS HUXLEY

O tempo deve parar

tradução
Maria Luísa Alba

BIBLIOTECA AZUL

Copyright © 1932 by Laura Huxley
Copyright da tradução © 2020 Editora Globo S.A.

Todos os direitos reservados. Nenhuma parte desta edição pode ser utilizada ou reproduzida – em qualquer meio ou forma, seja mecânico ou eletrônico, fotocópia, gravação etc. – nem apropriada ou estocada em sistema de banco de dados sem a expressa autorização da editora.

Texto fixado conforme as regras do Acordo Ortográfico da Língua Portuguesa (Decreto Legislativo nº 54, de 1995).

Editores responsáveis: Erika Nogueira Vieira e Lucas de Sena Lima
Editora assistente: Luisa Tieppo
Assistente editorial: Lara Berruezo
Preparação: Thays Monticelli
Diagramação: Ilustrarte Design
Revisão: Julia Barreto e João Sette Camara
Capa: Thiago Lacaz
Ilustração da capa: Catarina Bessel
Foto do autor: Rue des Archives/AGIP/Latinstock

CIP-BRASIL. CATALOGAÇÃO NA PUBLICAÇÃO
SINDICATO NACIONAL DOS EDITORES DE LIVROS, RJ

H989t
   2. ed.

Huxley, Aldous, 1894-1963
O tempo deve parar / Aldous Huxley; tradução Maria Luísa Alba. - 2. ed. - São Paulo : Biblioteca Azul, 2020.
432 p. ; 23 cm

Tradução de: Time Must Have a Stop
ISBN 978-65-80722-05-1

1. Romance inglês. I. Alba, Maria Luísa. II. Título.

18-52572   CDD: 823
                         CDU: 82-31(410.1)

1ª edição, Editora Globo, 1987
2ª edição, Biblioteca Azul, 2020

Direitos exclusivos de edição em língua portuguesa para o Brasil adquiridos por
Editora Globo S.A.
Rua Marquês de Pombal, 25
Rio de Janeiro – RJ – 20230-240
www.globolivros.com.br

1

Sebastian Barnack saiu da sala de leitura da biblioteca pública e parou no vestíbulo para colocar seu velho sobretudo. Ao vê-lo, a sra. Ockham sentiu uma punhalada no coração. Aquela criatura frágil e sofisticada, de rosto angelical e cabelos claros e encaracolados, era a imagem viva de seu próprio filho, seu único e querido filho, morto e desaparecido.

Ela notou que os lábios do rapaz se moviam enquanto ele tentava vestir o sobretudo. Falando sozinho — exatamente como Frankie costumava fazer. O garoto virou-se e começou a caminhar em direção à porta, passando pelo banco em que ela estava sentada.

"A noite está fria", disse ela em voz alta, cedendo ao impulso de deter aquele fantasma vivo e revolver a lembrança pungente em seu coração ferido.

Despertado de súbito dos pensamentos que o absorviam, Sebastian deteve-se, voltou-se e encarou-a por um instante, intrigado. Mas logo compreendeu o significado daquele sorriso maternal ansioso. Seu olhar endureceu. Não era a primeira vez que isso lhe acontecia. A mulher o tratava como se ele fosse um daqueles bebês fofos em seus carrinhos, cuja cabeça o adulto sempre afaga. Ele ia dar uma lição naquela cadela velha! Como sempre, no entanto, faltaram-lhe a coragem e a presença de espírito necessárias. Acabou simplesmente dando um sorriso amarelo e dizendo que sim, que a noite *estava* realmente fria.

Nesse ínterim, a sra. Ockham já tinha aberto a bolsa e tirado dela uma caixa branca de papelão.

"Aceita um?"

Estendeu-lhe a caixa. Era chocolate francês, o preferido de Frankie — aliás, o dela também. A sra. Ockham tinha um fraco por doces.

Indeciso, Sebastian observou a mulher. Falava de maneira correta, e sua roupa, um tanto deselegante, era de lã grossa, refinada e de boa qualidade. Mas ela era gorda e velha — no mínimo quarenta anos, imaginou. Dividido entre o desejo de colocar aquela criatura desagradável em seu devido lugar e o desejo não menos premente de provar aquelas deliciosas *langues de chat*, Sebastian hesitou. "Parece um pug", disse para si mesmo, olhando para o rosto suave e arredondado da mulher. Um pug rosado e sem pelo, com um aspecto lamentável. Depois dessa observação, concluiu que podia aceitar o chocolate sem comprometer sua integridade.

"Obrigado", disse, lançando-lhe um daqueles sorrisos encantadores, absolutamente irresistíveis para as senhoras de meia-idade.

Ter dezessete anos, uma mentalidade que ele julgava perenemente adulta e a aparência de um anjo de treze anos concebido por Della Robbia — era um destino absurdo e humilhante. No último Natal, porém, ele havia lido Nietzsche, e desde então aprendera que devia Amar seu Destino. *Amor fati* — mas moderado com um saudável cinismo. Se as pessoas estavam dispostas a recompensá-lo por aparentar menos idade do que tinha, por que não satisfazer seus anseios?

"Que delícia!"

Sorriu de novo para a mulher, os cantos da boca manchados de chocolate. O punhal encravado no coração da sra. Ockham penetrou mais dolorosamente.

"Fique com a caixa toda", disse ela. Sua voz vacilou, as lágrimas brilharam em seus olhos.

"Não, não, não poderia..."

"Fique", insistiu, "fique." E num ímpeto colocou a caixa nas mãos dele — nas mãos de Frankie.

"Ah! Muito obrigado..." Era exatamente o que Sebastian esperara, o que até mesmo pretendera. Tinha experiência com essas velhas antiquadas e sentimentais.

"Sabe, eu tive um filho", continuou, emocionada, a sra. Ockham. "Era tão parecido com você. Os mesmos cabelos, os mesmos olhos..." As lágrimas inundaram-lhe a face. Ela tirou os óculos e limpou as lentes. Depois, assoando o nariz, levantou-se e dirigiu-se apressada para o salão de leitura.

Sebastian ficou olhando para a mulher até ela sumir de vista. De repente sentia-se tremendamente culpado e desprezível. Olhou para a caixa que tinha nas mãos. Um garoto morrera para que ele tivesse aquelas *langues de chat*: se sua própria mãe fosse viva, ela seria quase tão velha quanto aquela pobre infeliz de óculos. E se *ele* tivesse morrido, ela seria igualmente triste e sentimental. Fez um movimento impulsivo de jogar fora o chocolate, mas se conteve. Não, isso seria apenas tolice e superstição. Discretamente, colocou a caixa no bolso e saiu para a neblina do crepúsculo.

"Milhões e milhões", murmurou para si mesmo; e o peso de tanta crueldade parecia aumentar a cada repetição da palavra. Pelo mundo inteiro, milhões de homens e mulheres prostrados pela dor; milhões morrendo, naquele mesmo instante; outros tantos milhões lamentando essas mortes, as fisionomias transtornadas, como aquela pobre velhota, as lágrimas escorrendo pelo rosto. E milhões passando fome, milhões amedrontados, enfermos, angustiados. Milhões sendo injuriados, surrados, maltratados por outros tantos milhões de brutos. E por toda a parte o fedor do lixo, da bebida e da sujeira dos corpos; por toda a parte a praga da estupidez e da feiura. O horror estava sempre presente, mesmo quando alguém por acaso se sentia bem e contente — sempre ali, logo virando a esquina, atrás de quase todas as portas.

Enquanto descia pela Haverstock Hill, Sebastian sentia-se dominado por uma enorme tristeza impessoal. Nesse momento nada mais parecia existir, ou ter importância, a não ser a morte e a agonia.

Foi então que a frase de Keats lhe veio à lembrança: "A gigantesca agonia do mundo!". A gigantesca agonia. Forçou a memória para recuperar os outros versos. "Ninguém pode usurpar esta altura..." Como era que continuava?

Ninguém pode usurpar esta altura, retomou aquela sombra,
Exceto aqueles para quem os flagelos do mundo
São a desgraça, que não lhes dará trégua...

Como isso era absolutamente certo! E talvez Keats tivesse pensado nisso numa noite fria de primavera ao descer caminhando a encosta de Hampstead, como ele mesmo estava fazendo agora. Descendo e parando de vez em quando para escarrar um pedaço de seus pulmões, pensando na própria morte e na de outras pessoas. E Sebastian recomeçou, murmurando articuladamente para si mesmo.

Ninguém pode usurpar esta altura, retomou aquela sombra,
Exceto aqueles...

Mas, santo Deus, como soava mal quando dito em voz alta! Ninguém pode usurpar *esta* altura, retomou *aquela* sombra, exceto *aqueles*... Como escapara a Keats uma coisa dessas? Mas era evidente que o velho Keats fora bem descuidado algumas vezes. E o fato de ser um gênio não o livrara dos mais horrendos lapsos de mau gosto. Em *Endymion* havia coisas de arrepiar. E quando se pensava que o poema pretendia ser *grego*... Sebastian sorriu com indulgente ironia. Um dia desses mostraria o que se podia fazer com a mitologia grega. Agora sua mente voltava às frases que lhe tinham ocorrido havia pouco na biblioteca, enquanto lia o livro de Tarn sobre a civilização helênica. "Ignorar os figos secos!" Assim deveria começar. "Ignorar os figos secos..." Mas, no final das contas, os figos secos podem estar bons. Para os escravos nunca haveria outra coisa a não ser o espólio e o refugo da colheita. "Ignorar os figos *podres*", então. Além do que, nesse contexto fonético específico, "podres" tinha a vogal adequada.

Ignorar os figos podres, os gorgulhos e as chibatas,
Os velhos aterrorizados com a morte...

Mas isso estava terrivelmente insípido. Comprimido, macadamizado, como Wordsworth em seus maus momentos. Que tal "temerosos da morte"?

Os velhos temerosos da morte, as mulheres...

Hesitava, pensando em como condensar a vida triste do Gineceu. Então, da misteriosa fonte de luz e energia, localizada na parte posterior de sua mente, surgiu a frase perfeita: "... as mulheres enjauladas".

Sebastian sorriu diante da imagem que lhe saltava aos olhos — um zoológico inteiro de garotas ferozes e indomáveis, um ensurdecedor aviário de senhoras idosas. Mas isso seria para outro poema, um poema em que se vingaria de todo o sexo feminino. No momento seu assunto era a Hélade — com a esqualidez que foi a Grécia e sua glória imaginária. Imaginária no que se refere ao povo como um todo, é claro, mas certamente realizável por um indivíduo, sobretudo um poeta. Algum dia, de algum modo, em algum lugar, essa glória estaria a seu alcance; disso Sebastian estava plenamente convencido. Mas nesse meio-tempo era importante não cair no ridículo. A intensidade de sua nostalgia tinha de ser equilibrada, em sua expressão, por certa ironia, o esplendor do ideal almejado temperado com uma pitada de absurdo. Esquecido já do garoto morto e da gigantesca agonia do mundo, Sebastian comeu uma *langue de chat* do estoque de seu bolso e, de boca cheia, recomeçou a inebriante tarefa da composição.

Ignorar os figos podres, os gorgulhos e as chibatas,
Os velhos temerosos da morte, as mulheres enjauladas.

Já há história o suficiente. Agora, um pouco de imaginação.

Num perpétuo junho...

Sacudiu a cabeça negativamente. "Perpétuo" parecia o diretor da escola falando sobre o clima do Equador, naquelas suas asnáticas aulas de geografia. "Crônico" poderia sugerir-se como alternativa. A associação com veias varicosas e com a linguagem das criadas londrinas o encantava.

Num junho crônico que Alcibíades
Rodeia as barbas de Platão!

Péssimo! O verso não dava lugar a nomes próprios. "Que musculaturas", talvez? Então, "que atletas" caiu do céu, como o maná. Sim, é isto: "que atletas intelectuais". Riu em voz alta. E, substituindo "Platão" por "sabedoria", obteve:

Num junho crônico, que atletas intelectuais
Rodeiam as barbas da sabedoria!

Satisfeito, Sebastian repetiu as palavras duas ou três vezes. E, agora, quanto ao sexo oposto.

Escutar, por perto,
O tanger de cordas e as flautas!

Continuou a caminhar, de cenho carregado. Essas bacantes empertigadas, esses seios e essas nádegas praxitelianas, essas dançarinas em vasos — que diabolicamente difícil era fazer com que tivessem algum sentido! Comprimir e expressar. Espremer todas as imagens voluptuosas num só bagaço, e imediatamente tirar dali um copo de licor cheio de suco verbal, ao mesmo tempo austero e intoxicante, acre e afrodisíaco. Mais fácil dizer do que fazer. Finalmente, seus lábios começaram a mover-se:

"Escutar", sussurrou de novo.

Escutar, por perto,
O tanger de cordas e as flautas. Por diante e detrás.
Girando e girando, que elasticidades esféricas,
Uma vez solto o último véu, deseclipsaram suas luas!

Suspirou e sacudiu a cabeça. Ainda não estava bom, mas mesmo assim teria de ser o suficiente por enquanto. Já tinha chegado na esquina. Devia ir direto para casa ou dar uma passada por Bantry Place, apanhar Susan e deixá-la ouvir o novo poema? Sebastian hesitou por um instante, mas logo decidiu pela segunda alternativa e dobrou à direita. Sentia vontade de ter alguém que o ouvisse e aplaudisse.

... que elasticidades esféricas,
Uma vez solto o último véu, deseclipsaram suas luas!

Talvez o poema todo estivesse muito curto. Podia ser necessário introduzir três ou quatro versos mais entre essas elasticidades e o final, a explosão púrpura das luzes de Bengala. Algo a respeito do Partenon, por exemplo. Ou talvez alguma referência a Ésquilo seria mais divertida.

> *Trágicos sobre andas, vociferando sublimidades*
> *Através de uma torturada abertura bucal...*

Mas, santo Deus! Aí estavam aquelas luzes de Bengala, irreprimíveis e inesperadas, rompendo por sua garganta.

> *E o tempo todo, ofuscantes sobre mil*
> *Ilhas num mar de jacintos,*
> *Que ferozes desejos...*

Não, nada disso. Vago demais, abstrato demais, e sem excitação carnal!

> *Que touros, que rapazes, que loucura de cisnes e de tetas,*
> *Que lascívia radiosa, qual forja rubra resfolegante*
> *De uma chama a outra mais forte...*

Mas "forte" não tinha nenhuma ressonância, nenhum sentido além de si mesmo. O que ele queria era uma palavra que, descrevendo a crescente intensidade do fogo, transmitisse também a substância de sua própria fé fervorosamente acalentada — a equivalência de todos os êxtases, o poético, o sexual e até o religioso (se fosse o caso) e sua superioridade a todas as condições da existência meramente trivial e medíocre.

Voltou ao começo, esperando conseguir suficiente impulso para superar o obstáculo.

> *E o tempo todo, ofuscante sobre mil*
> *Ilhas num mar de jacintos,*

Que touros, que rapazes, que loucura de cisnes e de tetas,
Que lascívia radiosa, qual forja rubra resfolegante
De uma chama... de uma chama...

Hesitou. Mas logo as palavras lhe acudiram.

De uma chama a outra chama mais pura, até à própria Luz —
A incandescente copulação dos Deuses.

Mas ali estava a curva que levava a Bantry Place, e, mesmo através das janelas fechadas e de seus cortinados, no número 5, era possível ouvir Susan praticando sua lição de piano, tocando aquela peça de Scarlatti que estudara durante todo o inverno. Pareceu-lhe o tipo de música que surgiria se as bolhas de uma garrafa de champanhe subissem rápida e ritmicamente à superfície para então explodir em sons tão secos e metálicos quanto o vinho de cujas profundezas se originam. A comparação lhe agradou tanto que Sebastian nem sequer lembrou que jamais tomara champanhe. Sua última reflexão, ao tocar a campainha, foi que a música seria ainda mais seca e metálica se tocada num cravo, e não no luxuriante Blüthner do velho Pfeiffer.

Por cima do piano, Susan viu quando Sebastian entrava na sala de música — aqueles lindos lábios entreabertos, o cabelo macio, que ela tanto desejava acariciar e pentear com seus dedos (mas que ele jamais permitiria), desfeito pelo vento num delicioso emaranhado de cachos claros. Que delicadeza a sua, sair de seu caminho para vir buscá-la! Lançou-lhe um rápido e alegre sorriso e, ao fazê-lo, notou de imediato que havia pequeninas gotas de água em seu cabelo, como o orvalho gracioso nas folhas de um repolho — só que neste caso eram menores, como contas enfiadas num fio de seda, que, se alguém as tocasse, sentiria que eram frias como gelo. Pensar nisso bastou para atrapalhá-la completamente no dedilhado da mão esquerda.

O velho dr. Pfeiffer, que andava de um lado para o outro da sala, como um animal enjaulado — um pequeno urso obeso de calças amarrotadas e bigodes de morsa —, tirou do canto da boca o charuto já bastante mastigado e gritou em alemão:

"*Musik, musik!*"

Com dificuldade, Susan expulsou da cabeça o pensamento das gotinhas de orvalho nos cachos sedosos, recapturou a sonata interrompida, e continuou a tocar. Para piorar, sentiu que seu rosto ficara vermelho.

Face carmesim e o cabelo castanho-claro, puxando a vermelho. Beterrabas e cenouras, pensou Sebastian, com intolerância; e o jeito de ela mostrar as gengivas quando sorria era definitivamente anatômico.

Susan tocou o último acorde e deixou cair as mãos no colo, à espera do veredicto do mestre. Este veio com um rugido, numa nuvem de fumaça de charuto.

"*Ben,* muito *ben!*" O dr. Pfeiffer deu-lhe uma palmada no ombro como se estivesse querendo encorajar um cavalo de tração. Depois virou-se para Sebastian:

"*Und,* aqui *estar der* pequeno Ariel! *Oder,* talvez, *der* pequeno Puck, hein?" Piscava com as pálpebras apertadas, com o que pensava ser a expressão mais sutil e brincalhona, a mais fina e educada ironia.

Pequeno Ariel, pequeno Puck... Duas vezes na mesma tarde, e desta vez sem justificativa; só porque o velho bufão pensava que estava sendo engraçado.

"Não sendo alemão", retrucou Sebastian mordazmente, "não li nada de Shakespeare; portanto, não poderia responder-lhe."

"*Der Puck, der Puck!*", exclamou o dr. Pfeiffer, e riu com tamanho entusiasmo que provocou sua bronquite crônica e começou a tossir.

Uma expressão de ansiedade apareceu no rosto de Susan. Só Deus podia saber como terminaria isso. Saltou do banco do piano e, quando as explosões de tosse do dr. Pfeiffer e os horríveis chiados acompanhados de secreção se acalmaram um pouco, ela avisou que eles tinham de retirar-se imediatamente porque sua mãe fazia questão de que ela voltasse para casa cedo naquela noite.

O dr. Pfeiffer enxugou as lágrimas dos olhos, mordeu outra vez a ponta já muito mastigada do charuto, fez mais duas ou três de suas ressonantes demonstrações de carinho de animal em Susan, e pediu-lhe, pelo amor de Deus, que se lembrasse do que ele dissera a respeito das vibrações de sua mão direita. Depois, apanhando da mesa a caixa de prata forrada de cedro, que um aluno agradecido lhe presenteara em seu último aniversário, virou-se para Sebastian, pôs uma de suas enormes mãos quadradas no ombro do garoto, e, com a outra, manteve os charutos diante de seu nariz.

"Aceite *uma*", disse persuasivo. "Aceite *uma* lindo, grande e gordo Havana. Grátis *und garantiert* de que não provoca vômitos *ni* mesmo em bebê *de peitu*."

"Ora, cale esta boca!", gritou Sebastian, numa fúria que o levava à beira das lágrimas. E, de repente, abaixando-se, escapou do braço de seu perseguidor e correu para fora da sala. Susan ficou parada por um momento, hesitante, mas depois, sem uma palavra, correu atrás dele. O dr. Pfeiffer, tirando o charuto da boca, gritou-lhe:

"Depressa! Depressa! Nosso *pequena* gênio está chorando."

A porta bateu. Desafiando sua bronquite, o dr. Pfeiffer começou a rir outra vez, desbragadamente. Dois meses antes, o pequeno gênio tinha aceitado um charuto e, enquanto Susan tentava tocar a "Sonata ao luar", soltara baforadas, sem parar, durante uns cinco minutos. Depois foi aquela corrida, em pânico, para o banheiro. Mas ele não conseguira chegar lá a tempo. O senso de humor do dr. Pfeiffer tinha uma robustez medieval. Para ele, aquele vômito no patamar do segundo pavimento foi quase tão engraçado quanto as piadas do *Fausto*.

2

Andava tão depressa que Susan teve de correr, e mesmo assim só o alcançou no segundo lampião. Agarrando-lhe o braço, apertou-o afetuosamente.

"Sebastian!"

"Me larga!", ordenou zangado, livrando-se com um repelão. Não queria ser protegido, nem que ninguém se compadecesse dele.

Pronto! Ela dera outra mancada. Mas por que ele tinha de ser tão tremendamente sensível? E por que diabos dava tanta importância a um velho idiota como Pfeiffer?

Durante algum tempo, caminharam em silêncio. Por fim ela perguntou:

"Escreveu alguma poesia hoje?"

"Não", mentiu Sebastian. As incandescentes copulações dos deuses tinham esfriado e se transformado em cinzas. A ideia de recitar os versos agora, depois do que acontecera, lhe revirava o estômago; era como comer as sobras frias do jantar da véspera.

Houve outro silêncio. Era um meio-feriado, pensava Susan, e como era época de exames não havia futebol. Será que ele tinha passado a tarde com a nojenta da Esdaile? Olhou-o de relance sob a luz do lampião seguinte; é, não havia dúvidas, ele estava com olheiras. Porcos! De repente encheu-se de raiva — raiva nascida do ciúme, tão mais dolorosa quanto inconfessável. Ela não tinha direito; eram simplesmente primos, quase irmãos; além disso, era dolorosamente claro que ele nem pensava em considerá-la de outra forma. E, havia dois anos, quando ele *pedira* para vê-la nua, ela recusara em pânico. Dois dias depois contara a Pamela Groves o acontecido; e Pamela, aluna de uma escola moderna, cujos pais eram muito mais jovens do que os de Susan, simplesmente explodira numa gargalhada. Quanta complicação por nada! Ela, os irmãos e os primos estavam cansados de se ver nus! E os amigos dos irmãos também. Então, por que não podia fazê-lo por Sebastian, se ele queria? Que estúpido puritanismo vitoriano! Susan sentira vergonha das ideias antiquadas da mãe. Da próxima vez que Sebastian pedisse, ela tiraria imediatamente o pijama e ficaria de pé diante dele, decidiu depois de alguma reflexão, na atitude daquela matrona romana (ou o que seja) retratada sorridente e com os braços levantados, arrumando os cabelos, na gravura de Alma-Tadema no escritório de seu pai. Ensaiou durante dias, na frente do espelho, até fazê-lo com perfeição. Mas, infelizmente, Sebastian nunca renovara seu pedido, nem ela tivera coragem de tomar a iniciativa. O resultado era que ele fazia as coisas mais nojentas com a puta da Esdaile, sem que ela tivesse direito ou razão nem mesmo para chorar. Muito menos para dar-lhe uns tapas, como gostaria de fazer, xingá-lo, puxá-lo pelos cabelos ou... obrigá-lo a beijá-la.

"Suponho que passou a tarde com sua preciosa sra. Esdaile", disse por fim, tentando dar à voz um tom de superioridade e desprezo.

Sebastian, que vinha andando de cabeça baixa, levantou os olhos para fitá-la.

"Que é que você tem com isso?", perguntou depois de uma pausa.

"Nada, absolutamente." Susan deu de ombros e soltou uma risadinha. Mas por dentro sentiu-se envergonhada e irritada consigo mesma. Quantas vezes jurara nunca mais demonstrar curiosidade por esse caso abominável, nunca mais ouvir os detalhes aterradores, descritos tão vividamente e com tão evidente prazer por Sebastian! E, no entanto, a curiosidade sempre levava a melhor, e ela o ouvia com sofreguidão todas as vezes. Ouvia, exatamente porque esses relatos amorosos dele com outra pessoa a faziam sofrer tanto. Ouvia, também, porque compartilhar de seus amores, mesmo em teoria e só na imaginação, a excitava misteriosamente e constituía um elo sensual entre eles, um abraço mental, tremendamente insatisfatório e terrivelmente exasperador, mas, de qualquer forma, um abraço.

Sebastian olhava para longe. Mas, agora, de repente voltou-se para ela com um sorriso estranho, quase de triunfo, como se tivesse acabado de se desforrar de alguém.

"Está bem, então", disse ele. "Você é que pediu. Não me culpe se sua modéstia virginal ficar chocada."

Ele se interrompeu com uma risadinha um tanto estridente e foi andando em silêncio, esfregando meditativamente o dorso do nariz com a ponta do indicador da mão direita. Como ela conhecia bem esse gesto! Era o sinal infalível de que ele estava compondo um poema ou pensando na melhor maneira de contar uma de suas histórias.

Essas histórias, essas extraordinárias histórias! Susan tinha vivido nos mundos fantásticos da criação de Sebastian quase por tanto tempo e tão intensamente quanto ela vivera no mundo real. Mais intensamente, talvez; pois no mundo real ela tinha de depender de seu próprio e prosaico "eu", enquanto no mundo das histórias ela se encontrava dotada da rica imaginação de Sebastian, comovida e excitada pela fluência das palavras dele.

A primeira dessas histórias de que Susan se lembrava com clareza era aquela que ele lhe havia contado na praia de Tenby, naquele verão (devia ter sido no verão de 1917) em que houvera cinco velas no bolo conjunto de aniversário deles. Eles tinham encontrado entre as algas marinhas uma bola velha de borracha vermelha, rasgada quase pela metade. Sebastian levou-a para uma pequena poça e lavou-a, tirando a areia que a recheava. Na úmida superfície interna da bola havia uma excrescência parecida com uma verruga. Por quê? Só os fabricantes poderiam dizer. Para uma criança de cinco anos, era um mistério inexplicável. Sebastian tocou a verruga com um dedo explorador. Era o botão da barriga, sussurrou ele. Olharam em volta furtivamente para ter certeza de que não podiam ser ouvidos: umbigos eram coisas que estavam nos limites do que não se podia mencionar. O botão da barriga de todo mundo crescia para dentro daquele jeito, continuou Sebastian. E quando ela lhe perguntou "Como é que você sabe?", ele enveredou por um relato circunstancial do que tinha visto o dr. Carter fazer numa garotinha em seu consultório, da última vez que a tia Alice o tinha levado lá por causa de uma dor de ouvido. Abrindo ela com uma faca — era isso o que o dr. Carter estava fazendo —, abrindo ela com uma faca grande e um garfo, para ver o seu botão da barriga por dentro. E quando a pessoa era muito dura para cortar com faca e garfo, eles tinham de usar aquelas serras com que os açougueiros cortam ossos. É verdade verdadeira, insistia ele, quando ela manifestava sua horrorizada incredulidade, verdade verdadeira. E como prova do que dizia começou a serrar a bola com o lado da mão. A borracha rasgada cedeu à pressão; a ferida se abriu mais e mais à medida que a serra cortava mais profundamente o que para Susan já não era uma bola, mas a barriga de uma garotinha — objetivamente, sua própria barriga. *R-r-r-r, r-r-r-r, r-r-r-r,* continuava Sebastian, fazendo vibrar o erre bem no fundo da garganta. O som era de congelar o sangue nas veias, como o ruído de uma serra de cortar carne. E depois, continuou ele, quando eles já cortaram bastante fundo, abrem você. Assim. E com um safanão ele separou as duas metades da bola ferida. Eles abrem você e viram do avesso a parte de cima da sua barriga — assim; e depois eles esfregam o botão da barriga com água e sabão para tirar a sujeira. Furiosamente, ele arranhava a verruga misteriosa, e suas unhas sobre a borracha faziam um barulhinho seco que, para Susan, era execravelmente aterrador. Ela soltou um grito e cobriu os ouvidos com as mãos. Por muitos anos depois disso ainda teve pavor do dr. Carter, e berrava cada vez que ele chegava perto dela; e mesmo agora, quando ela sabia que era tudo bobagem essa história do botão da barriga, a visão da pequena maleta preta e daqueles armários em seu consultório, cheios de tubos e garrafas de vidro e de objetos recobertos de metal, a enchiam de uma vaga apreensão da qual tinha dificuldade em livrar-se, a despeito de todos os seus esforços para ser racional.

O tio John Barnack ausentava-se frequentemente durante meses seguidos, viajando pelo estrangeiro e escrevendo artigos para aquele jornal de esquerda que o pai de Susan não permitia que fosse usado nem para acender o fogo em sua casa. O resultado era que Sebastian tinha vivido grande parte de sua vida sob os cuidados de sua tia Alice e muito junto da menor de suas crianças, a garotinha que tinha com ele apenas um dia de diferença de nascida. Com o desenvolvimento daquele seu pequeno corpo, daquela sua mente precoce e febrilmente imaginativa, as histórias que lhe contava — ou melhor, que ele narrava a si mesmo na estimulante presença dela — tornaram-se cada vez mais complicadas e circunstanciais. Às vezes duravam semanas ou meses inteiros, numa série interminável de capítulos, inventados enquanto iam e voltavam da escola, ou jantavam diante do aquecedor do quarto das crianças, ou se sentavam juntos na parte superior dos ônibus no inverno enquanto os mais velhos viajavam prosaicamente no interior. Por exemplo, houve uma epopeia que durou quase sem interrupção todo o ano de 1923 — a epopeia dos Larnimans. Ou melhor, dos La-a-arnimans — pois o nome era sempre pronunciado num sussurro e com uma demora horrivelmente significativa da primeira sílaba. Esses La-a-arnimans eram uma família de monstros humanos, que viviam em túneis que irradiavam de uma caverna central situada bem debaixo da jaula do leão no zoológico.

"Escuta!", murmurava Sebastian cada vez que eles estavam diante da jaula do tigre da Sibéria.

"Escuta!" E ele batia o pé na calçada.

"É oco. Você não ouve?"

E, realmente, Susan ouvia e, ouvindo, tremia só de pensar nos La-a-arnimans lá, a quinze metros de profundidade, no centro de um complexo maquinário que zunia, contando o dinheiro que tinham roubado dos cofres do Banco da Inglaterra, assando as crianças que tinham raptado, entrando nos porões pelo alçapão, criando serpentes venenosas para soltá-las nos esgotos para que, de repente, uma bela manhã, quando alguém estivesse por sentar-se, uma cabeça encapuzada saltaria da privada e silvaria. Não era que ela acreditasse em nada disso, naturalmente. Mas, mesmo não acreditando, era assustador ainda assim. Aqueles horríveis La-a-arnimans com seus olhos de gato e seus engenhosos revólveres elétricos e seus sinuosos caminhos subterrâneos — eles na realidade não viviam debaixo da jaula do leão (ainda que a terra *parecesse* oca quando se batia o pé com força). Mas isso não significava que eles não existiam. A prova de sua existência estava no fato de ela sonhar com eles, de se manter sempre alerta, todas as manhãs, por causa das serpentes.

Mas os Larnimans agora pertenciam à história antiga. Seu lugar fora usurpado, primeiro por um detetive; em seguida (depois que Sebastian lera o livro de seu pai sobre a Revolução Russa), por Trótski; depois, por Odisseu, cujas aventuras durante aquele verão e outono de 1926 foram mais fantásticas do que qualquer coisa que Homero jamais tenha relatado. Foi com a chegada de Odisseu que as garotas apareceram pela primeira vez nas histórias de Sebastian. Na verdade elas haviam figurado até certo ponto nas primeiras epopeias, mas apenas como vítimas dos médicos, dos canibais, das cobras e dos revolucionários. (Qualquer coisa que deixasse Susan arrepiada ou provocasse aquele berro horrorizado de protesto!) Mas na nova *Odisseia* elas começaram a desempenhar outro tipo de papel. Eram perseguidas e beijadas, eram espiadas por buracos das fechaduras quando estavam sem roupa, eram encontradas banhando-se à meia-noite num mar fosforescente, e Odisseu também entrava para nadar.

Temas proibidos, repulsivamente fascinantes, asquerosamente atraentes! Sebastian os iniciava com tranquila indiferença — *pianissimo*, por assim dizer, e *senza espressione*, como se ele tivesse pressa em narrar algum trecho transitório e monótono, um fragmento de simples exercícios para os cinco dedos, interpolado na rapsódia romântica de sua *Odisseia*. *Pianissimo, senza espressione*, e então, *bum!*, como um acorde de Scriabin no meio de um quarteto de Haydn, lá vinha ele com alguma aterrorizante monstruosidade! E a despeito de todos os seus esforços para tomar a coisa com calma, objetivamente, como Pamela o faria, Susan se assustava a ponto de soltar uma exclamação, ficar vermelha de vergonha, tapar os ouvidos, fugir correndo, como se não quisesse ouvir mais nenhuma palavra. Mas ela sempre ouvia; e algumas vezes, quando ele interrompia sua narração para fazer-lhe alguma pergunta direta e tremendamente indiscreta, ela própria falava sobre o assunto impossível, resmungando e desviando o olhar, ou então numa voz alta e descontrolada que aos poucos e contra a sua vontade se transformava num acesso de riso.

Pouco a pouco a nova *Odisseia* foi acabando. Susan tinha sua música e seu diploma, e Sebastian passava todo o seu tempo livre lendo os poetas gregos e ingleses e escrevendo seus próprios versos. Parecia não haver mais tempo para contar histórias, e, se por acaso chegavam a se reunir por algum tempo, ele gostava de recitar seus últimos poemas. Quando ela os elogiava, como geralmente fazia, porque realmente os achava maravilhosos, o rosto de Sebastian se iluminava.

"É, não é *tão* ruim", dizia ele depreciativamente; mas seu sorriso e o irreprimível brilho de seus olhos revelavam seu verdadeiro pensamento. Algumas vezes, porém, havia versos que ela não entendia ou dos quais não gostava; e então, se ela se aventurava a dizer-lhe isso, ele ficava vermelho de raiva e dizia que ela era uma idiota e uma filisteia; ou então comentava com sarcasmo que não se podia esperar outra coisa, visto que as mulheres tinham a mentalidade das galinhas, ou que era público e notório que os músicos não tinham cérebro, só dedos e o plexo solar. Algumas vezes as palavras dele a magoavam; mas era mais frequente que apenas provocassem um sorriso e a fizessem sentir-se, comparada com a infantilidade transparente dele, deliciosamente adulta, sábia e, a despeito das brilhantes qualidades intelectuais dele, superior. Quando ele se comportava assim, Sebastian se revelava uma criança e um prodígio ao mesmo tempo, e isso a levava a amá-lo de outra maneira — com um instinto maternal e de proteção.

E então, de repente, algumas semanas depois do início do atual ano escolar, começaram outra vez as histórias, mas com uma diferença: desta vez não se tratava de ficção, eram autobiográficas — ele começara a falar-lhe da sra. Esdaile. A criança ainda estava presente dentro dele, ainda necessitava urgentemente da proteção maternal, de ser preservada das consequências de suas próprias criancices; mas o menino crescido que ela secretamente adorava com uma paixão bem diferente era agora o amante de uma mulher — mais velha do que ela, mais bonita e um milhão de vezes mais experiente, rica, também, e com lindas roupas e unhas feitas e maquiagem; inteiramente acima de qualquer possibilidade de competição ou rivalidade. Susan jamais tinha permitido que ele percebesse o quanto ela se importava com isso; mas seu diário tinha se enchido de amargura, e à noite, na cama, ela frequentemente chorava até adormecer. E nesta noite ela teria outra vez motivo para se sentir infeliz.

Franzindo a testa, Susan olhou de relance para seu companheiro. Sebastian ainda acariciava pensativamente o nariz.

"É isso aí", exclamou numa súbita explosão de ressentimento. "Esfregue o seu horrível focinho até que o achate por completo!"

Sebastian se assustou e virou-se para fitá-la. Uma sombra de inquietação apareceu em seu rosto.

"Até que achate o quê?", perguntou, na defensiva.

"Todos os seus lindos discursos e comentários espirituosos", respondeu ela. "Acho que você pensa que não o conheço. Ora, aposto que você é tímido demais para dizer qualquer coisa mesmo quando você...", interrompeu-se, sentindo-se incapaz de pronunciar as palavras que evocariam o odioso quadro deles fazendo amor.

Em outra ocasião essa referência acerca de sua timidez — ao humilhante mutismo e incoerência que o dominavam quando ele se encontrava em companhia de gente estranha ou de presença muito marcante — teria despertado sua ira. Mas desta vez o fato apenas o divertiu.

"Não posso dizer nem uma mentirinha?", perguntou ele. "Só por amor à arte?"

"Você quer dizer por amor a *você* mesmo, para fazer com que você pareça um personagem de Noël Coward."

"De Congreve", protestou ele.

"De quem quer que você queira", disse Susan, feliz por ter esta oportunidade de dar vazão à amargura acumulada sem revelar sua natureza e seus motivo reais. "Qualquer tipo de mentira, contanto que você não se mostre como realmente é..."

"Um dom-juan sem a coragem de sua conversa", contribuiu ele. Era uma frase que ele tinha inventado para se consolar por ter feito tão má figura na festa de Natal dos Boveney. "E você está zangada porque eu levei a conversa para onde deveria ir. Não seja tão obstinadamente literal."

Ele deu um sorriso tão encantador que Susan teve de entregar os pontos.

"Está bem", resmungou ela. "Acredito em você, mesmo sabendo que é mentira."

O sorriso dele se expandiu; ele era o mais alegre dos anjos de Della Robbia.

"Mesmo *sabendo*", repetiu ele, e riu em voz alta. Era a piada mais primorosa. Pobre Susan querida! Ela *sabia* que os relatos de suas proezas dialogais eram falsos; mas ela também *sabia* que ele tinha conversado com uma linda jovem de cabelos escuros no alto do ônibus da Finchley Road, que essa mulher tinha-o convidado para tomar chá em seu apartamento, tinha ouvido sua poesia, tinha contado como ela se sentia infeliz com o marido, tinha arranjado uma desculpa para sair da sala e, depois, cinco minutos mais tarde, tinha-o chamado: "Sr. Barnack, sr. Barnack" —, e ele tinha saído atrás dela, atravessado o patamar e entrado pela porta de um quarto que estava escuro como breu, e de repente tinha sentido os braços desnudos dela ao redor de seu corpo e os lábios dela em seu rosto. Susan sabia tudo isso e mais alguma coisa além; e o melhor da história era que a sra. Esdaile não existia, que ele tinha encontrado seu nome na lista telefônica, seu pálido rosto oval, num volume de gravuras vitorianas em metal, e tudo o mais, em sua imaginação. E tudo a que a pobre Susan opunha objeção era a elegância de sua conversa!

"Hoje ela estava usando roupas íntimas de renda negra", improvisou ele, levado por seu divertimento a um enfático beardsleyismo que de modo geral ele desprezava.

"Certamente!", disse Susan com amargura, pensando em suas próprias roupas íntimas de resistente algodão branco.

Com a imaginação, Sebastian contemplava uma Vênus Calipígia vestida em bordados manuais, desenhados como teia de arabescos. Como um destes cavalos ornamentais de porcelana em cujos flancos as manchas são folhas e gavinhas. Riu para si mesmo.

"Eu disse a ela que ela era a última descoberta arqueológica: a Afrodite Malhada de Hampstead."

"Mentiroso!", disse Susan enfaticamente. "Você não disse nada disso."

"Vou escrever um poema sobre a Afrodite Malhada", continuou Sebastian, indiferente a ela.

Uma explosão de fogos de artifício em forma de lindas frases começou a brilhar e saltar em sua mente.

"Seus ombros pontilhados de arabescos, suas ancas aveludadas tatuadas com rosas de Bruxelas. E em volta de seu lombo", murmurou ele, esfregando o nariz, "em volta de seu magnífico lombo, como uma rede de pintas em forma de flores, jardins e treliças rendadas."

E, por Deus, dava uma rima perfeita! Tatuadas e rendadas — dois firmes suportes em que poderia pendurar qualquer quantidade de renda e de pele da deusa.

"Ora, cale a boca!", disse Susan.

Mas os lábios dele continuavam a se mover.

"Gravada a tinta nesses quadris cremosos, que artística caligrafia, aumentando e encolhendo-se a cada movimento alternado."

De repente escutou que gritavam seu nome e o som de pés que corriam atrás deles.

"Quem raios...?"

Pararam e voltaram-se para trás.

"É Tom Boveney", disse Susan.

E era mesmo! Sebastian sorriu.

"Aposto cinco xelins como ele vai dizer 'alô, alô, dona Suse, não abuse!'."

Com um metro e noventa e cinco de altura, quase um de largura, mais de meio de espessura, cabelo cor de areia e sorridente, Tom chegou correndo como o Expresso da Riviera da Cornuália.

"Basty Garotão", ele gritou, "você é justamente o homem que eu estava procurando. "Ah! Aí está a jovem Susan. Como vai, dona Suse, não abuse!"

Ele riu e ficou deleitado quando Susan e Sebastian também riram — riram com desusado entusiasmo.

"Bom, está tudo resolvido", disse, voltando-se para Sebastian.

"O que está resolvido?"

"O problema do jantar. Sabendo que você vai viajar assim que terminar o semestre, consegui adiar para o fim das férias."

Sorriu e bateu afetuosamente no ombro de Sebastian. "Ele também", disse Susan para si mesma. Isso a levou a refletir que quase todos sentiam o mesmo em relação a Sebastian — e ele explorava esse fato. Sim, ele explorava isso.

"Contente?", indagou Tom.

Basty era seu mascote, seu filho e ao mesmo tempo o brilhante e especial objeto de um amor que ele era congenitamente demasiado heterossexual para admitir ou mesmo compreender ou reconhecer. Ele faria qualquer coisa para agradar o pequeno Basty.

Mas, em vez de sorrir deliciado, Sebastian pareceu quase tristonho.

"Mas, Tom", gaguejou, "você não deve... Quero dizer, você não precisava se incomodar por minha causa."

Tom riu e apertou o ombro dele com força, para reanimá-lo.

"Não é nenhum incômodo."

"Mas os outros rapazes", disse Sebastian, agarrando-se a qualquer pretexto.

Tom assegurou-lhe que os outros rapazes não se importavam se a festa de despedida dele fosse no começo ou no fim das férias.

"Uma farra é sempre uma farra", dizia ele filosoficamente quando Sebastian o interrompeu com uma veemência totalmente injustificada por questão de simples delicadeza.

"Não, nem em sonhos aceitaria ir", gritou em tom de ultimato.

Fez-se um silêncio. Tom Boveney olhava-o sem entender.

"Até parece que você não quer vir", começou ele, surpreendido.

Sebastian percebeu seu erro e apressou-se em protestar, assegurando que nada lhe daria mais prazer do que ir. O que era verdade. Jantar no Savoy, um espetáculo, e uma visita a uma casa noturna para fechar a noitada — seria uma experiência sem precedentes. Mas ele tinha de recusar o convite, e pela razão mais infantil e humilhante: ele não tinha roupa de gala. E agora, quando ele pensava que tudo já estava resolvido tão satisfatoriamente, surgia Tom para reabrir a questão. Para o inferno com ele, para o inferno! Sebastian definitivamente odiava o grande palerma por sua amabilidade serviçal.

"Mas se você quer vir", insistia Tom, com enervante bom senso, "por que cargas d'água está dizendo que não vai?" Ele virou-se para Susan. *"Você* pode me esclarecer o mistério?"

Susan hesitou. Ela naturalmente sabia tudo em relação à recusa de tio John de comprar um traje de gala para Sebastian. Era mesquinho da parte dele. Mas, afinal de contas, não havia nada de que Sebastian tivesse de se envergonhar. Por que ele não abria o jogo?

"Bom", disse ela devagar. "Acho que é porque..."

"Cale a boca. Cale a boca. Eu estou mandando." Durante sua fúria, Sebastian deu tamanho beliscão no braço dela que Susan soltou um grito de dor.

"Bem feito", sussurrou furioso, e voltou-se de novo para Tom. Susan ficou atônita ao ouvi-lo dizer que naturalmente ele iria, e que era de fato muita delicadeza da parte de Tom dar-se o trabalho de mudar a data. Muita delicadeza — e ele chegou até a conseguir presentear Tom com um de seus sorrisos angelicais.

"Você não acha que eu daria uma festa sem você, não é, Basty?" Novamente Tom Boveney apertou os ombros de seu mascote, seu filho único, seu menino prodígio e especial objeto de seu amor.

"E justamente agora que vou para o Canadá, e só Deus sabe quando o verei de novo. Você ou qualquer dos rapazes de Haverstock", ele se apressou em acrescentar. E, para fortalecer o álibi, dirigiu-se a Susan em tom de brincadeira: "E, se não fosse uma festa só para rapazes, eu convidaria você também. Abuse, querida Suse...". Deu-lhe um tapinha nas costas e riu.

"E agora tenho de ir voando. Na verdade, nem devia ter parado para falar com vocês, mas foi tamanho golpe de sorte encontrá-los. Até logo, Susan. Até logo, Basty." Deu as costas e começou a correr, com elegância, a despeito de seu tamanho e peso, como um velocista, adentrando a escuridão de onde surgira. Os outros dois retomaram sua caminhada.

"O que eu não consigo entender", disse Susan depois de um prolongado silêncio, "é por que você simplesmente não conta a verdade. Não é sua culpa não ter um *dinner jacket*. E não é como se houvesse uma lei proibindo você de usar seu terno de sarja azul. Eles não vão expulsar você do restaurante, sabe?"

"Ora, pelo amor de Deus!", exclamou Sebastian, levado quase a um paroxismo de cólera pela enervante racionalidade do que ela dizia.

"Mas se você ao menos me explicasse por que não conta para ele", insistia ela.

"Não desejo explicar", disse ele com a seriedade de uma decisão irrevogável.

Susan fitou-o, concluiu que ele era ridículo, e deu de ombros.

"Você quer dizer que não sabe explicar."

No silêncio que se seguiu, Sebastian bebeu da amargura de sua humilhação. Ele não desejava explicar porque, como tinha dito Susan, ele não sabia explicar. E não sabia explicar não porque lhe faltassem razões, mas porque as razões que tinha eram tão desgraçadamente íntimas. Primeiro aquela vaca velha da biblioteca; nem mesmo aquele filho morto dela era desculpa para que ela se desmanchasse diante dele como se ele ainda usasse fraldas. Depois, Pfeiffer, com seus charutos fedorentos. E agora essa derradeira humilhação. Não era só o fato de ele parecer criança, quando se considerava cem vezes mais capaz do que o mais velho deles. Era também que lhe faltava o equipamento externo e a parafernália pertencente à sua idade real. Se ele tivesse roupas decentes e suficiente dinheiro no bolso, as outras humilhações teriam sido mais toleráveis. Com seus gastos facilitados e o corte de seus casacos, ele poderia ter refutado a enganosa evidência de seu rosto e sua estatura. Mas seu pai só lhe dava um xelim por semana, forçava-o a usar roupas de segunda mão até que ficassem puídas e curtas nas mangas, e recusava-se terminantemente a dar-lhe um *dinner jacket*. Suas roupas confirmavam o testemunho do corpo que cobriam tão desajeitadamente: ele era uma criança com roupas de criança. E aí estava essa tola da Susan perguntando por que ele não podia contar a verdade para Tom Boveney!

"*Amor Fati*", citava ela. "Você não disse que esse era seu lema agora?" Sebastian não se dignou dar-lhe uma resposta.

Olhando para ele enquanto caminhavam lado a lado, o rosto imóvel, o corpo estranhamente rígido e reprimido, Susan sentiu que sua irritação se diluía em ternura maternal. Pobre querido! Como ele conseguia fazer-se tão infeliz! E por razões tão imbecis! Preocupando-se com um *dinner jacket*! Mas ela estava disposta a apostar que Tom Boveney não tinha um caso com uma linda mulher casada. E, lembrando-se de como ele tinha se alegrado um pouco antes com a menção da sra. Esdaile, Susan caritativamente tentou de novo.

"Você não terminou de me contar a respeito daquelas roupas íntimas de renda negra", disse ela por fim, quebrando o silêncio lúgubre.

Mas desta vez não houve reação; Sebastian simplesmente sacudiu a cabeça, sem sequer olhar na direção dela.

"Por favor", pediu ela, tentando persuadi-lo.

"Não quero." E quando Susan tentou insistir: "Já disse que não quero", repetiu ele com mais ênfase.

Já não havia nada de engraçado na credulidade de Susan. Visto com sobriedade, em suas devidas proporções, esse caso Esdaile era apenas mais uma de suas humilhações.

Sua memória voltou àquela noite horrível há dois meses. Do lado de fora da estação do metrô de Camden Town, uma garota vestida de azul, vulgarmente bonita, com a boca pintada e muito cabelo loiro. Ele caminhou para lá e para cá duas ou três vezes, tentando tomar coragem e sentindo-se meio enjoado, exatamente como se sentia diante de uma dessas penosas entrevistas com o diretor da escola a respeito das suas notas em matemática. A náusea do limiar da situação. Mas, finalmente, depois de bater na porta, entrar e sentar-se diante daquele rosto grande e extraordinariamente bem escanhoado, a coisa não era tão feia. "Sebastian, você parece achar que por ser altamente dotado em uma atividade está dispensado do trabalho em qualquer outra coisa que por acaso não seja do seu agrado", e terminava com sua retenção por duas ou três horas nas tardes de meio expediente, ou tendo de resolver alguns problemas extras todos os dias durante um mês. Nada tão grave assim, afinal de contas, nada que justificasse a náusea. Tomando coragem a partir dessas reflexões, Sebastian aproximou-se da garota de azul e disse: "Boa noite".

No início, ela nem sequer queria levá-lo a sério. "Uma criança como você! Eu teria vergonha de mim mesma." Ele teve de mostrar-lhe a inscrição em seu exemplar do *Oxford Book of Greek Verse*, que ele por acaso tinha no bolso. "Para Sebastian, em seu décimo sétimo aniversário, de seu tio, Eustace Barnack. 1928." A garota de azul leu as palavras em voz alta, olhou para o rosto dele ainda em dúvida e, depois, de novo para o livro. Da folha de rosto, ela escolheu uma página ao acaso, no meio do volume. "Ora, é iídiche!" Ela fitou-o com curiosidade. "Nunca teria adivinhado", disse. Sebastian esclareceu o assunto. "E você quer me convencer de que pode ler isto?" Ele demonstrou sua habilidade lendo um coro do Agamenon. Isso a convenceu; qualquer pessoa que é capaz de fazer isso tem de ser mais do que uma simples criança. Mas ele tinha dinheiro? Ele tirou a carteira e mostrou-lhe uma nota de uma libra que lhe sobrara do presente de Natal de tio Eustace. "Está bem", disse a garota. Mas ela não tinha um lugar próprio; aonde é que ele pretendia ir?

A tia Alice, Susan e o tio Fred tinham todos viajado naquele fim de semana, e não havia ninguém na casa, exceto a velha Ellen — e Ellen sempre ia para a cama às nove em ponto, e, além disso, era surda como uma porta. Eles poderiam ir para a casa dele, ele sugeriu, e chamou um táxi.

Do pesadelo que se seguiu, Sebastian não podia se lembrar sem estremecer. Aquele espartilho de vinil e, quando eles estavam em seu quarto, o corpo dela, tão indiferente quanto sua carapaça. Os aborrecidos beijos de praxe, e o hálito que fedia a cerveja e cáries e cebolas. Sua própria excitação, tão intensa a ponto de ser quase instantaneamente autodestrutiva; e depois, irremediável, a frieza terrivelmente sóbria que trouxe consigo asco por aquilo que estava deitado a seu lado, um horror como se pode sentir por um cadáver — e o cadáver ria e lhe oferecia suas condolências zombeteiras.

Quando descia para a porta da frente, a garota pediu para dar uma olhada na sala de visitas. Seus olhos se esbugalharam quando a luz revelou seus modestos esplendores. "Pintado a mão!", exclamou ela admirada, atravessando a sala até chegar à lareira e passando os dedos sobre o verniz do retrato de apresentação do avô de Sebastian. Isso a fez decidir-se. Ela virou-se para Sebastian e anunciou que queria outra libra. Mas ele não tinha outra libra. A garota de azul sentou-se enfaticamente no sofá. Muito bem, então; ela ficaria ali até que ele encontrasse uma. Sebastian esvaziou

os bolsos de todo o troco miúdo. Três xelins e onze. Não, ela insistia, nada menos de uma libra; e numa voz rouca de contralto ela começou a cantar as palavras: "Uma libra, uma libra, uma libra-a", à melodia de "When Irish Eyes...".
"Não faça isso", ele suplicava. O cântico cresceu até se tornar uma canção a plenos pulmões. "Uma libra, uma libra, uma libra-a, uma linda, linda libra..." Quase em prantos, Sebastian a interrompeu: havia uma criada dormindo no andar de cima, e até os vizinhos podiam escutar. "Ora, deixe que venham todos", disse a garota de azul. "Serão bem-vindos." "Mas o que é que eles vão dizer?", a voz de Sebastian vacilava quando ele falava, e seus lábios tremiam. A garota olhou para ele com desprezo e estourou numa risada alta e desagradável. "Bem feito para você, bebê chorão: é isso o que eles vão dizer. Querendo sair com garotas quando deveria ficar em casa e deixar que a mamãe assoe o seu nariz." Ela começou a marcar o ritmo: "Agora, um, dois, três. Todos juntos, rapazes. 'Quando libras irlandesas estão librando...'".

Na mesinha perto do sofá, Sebastian viu aquele abridor de cartas de casca de tartaruga banhado a ouro que havia sido oferecido ao tio Fred no vigésimo quinto aniversário de sua associação com a City and Far Eastern Investment Company. Valia muito mais do que uma libra. Ele o pegou e tentou colocá-lo na mão da garota. "Aceite isso", ele implorava. "Pois sim, e depois chamam a polícia no momento em que eu quiser vender." Afastou o abridor. Em outro tom e mais alto do que nunca ela recomeçou: "Quando libras irlandesas...". "Pare", gritou ele desesperado, "pare! Vou conseguir o dinheiro para você, juro que vou." A garota de azul calou-se e olhou para seu relógio de pulso: "Eu te dou cinco minutos", disse. Sebastian saiu correndo da sala e subiu as escadas. Um minuto depois estava martelando uma das portas que dava para o patamar do quarto andar. "Ellen, Ellen!" Não houve resposta. Surda como uma porta. Maldita mulher, *maldita*! Bateu outra vez e gritou. De repente e sem qualquer aviso, a porta se abriu, e ali estava Ellen numa camisola de flanela cinza, com seu cabelo grisalho penteado em duas trancinhas amarradas com uma fita e sem dentadura, de modo que seu rosto redondo como uma maçã parecia ter afundado, e, quando ela perguntou se a casa estava pegando fogo, ele mal pôde entender o que ela dizia. Com grande esforço, ele abriu seu sorriso mais angelical — o sorriso com que ele tinha sempre conseguido dominá-la durante toda a sua vida. "Desculpe, Ellen. Eu não faria isto se não fosse tão urgente." "E então?", perguntou ela, voltando o seu melhor ouvido para o lado dele. "Acha que poderia me emprestar uma libra?" O rosto dela permaneceu sem expressão, e ele teve de gritar-lhe: "UMA LIBRA". "Uma libra?", repetiu espantada. "Eu pedi emprestado esse dinheiro, e agora meu amigo está esperando aí embaixo." Sem dentes, mas conservando ainda seu sotaque do Norte, Ellen perguntou por que ele não podia pagar no dia seguinte. "Porque ele vai viajar", explicou Sebastian. "Vai para Liverpool." "Ah, para Liverpool", disse Ellen em outro tom, como se isso desse ao assunto outra conotação. "Vai de navio?", indagou. "Vai, para a América", gritou Sebastian, "para a Filadélfia." *Parte para a Filadélfia de manhã.* Ele deu uma olhadela no relógio. Só mais um minuto, ou por aí, e ela começaria aquela canção irlandesa outra vez. Ele sorriu mais encantadoramente ainda para Ellen. "Você poderia fazer isso, Ellen?" A velha devolveu-lhe o sorriso, pegou na mão dele e colocou-a por um instante em seu rosto; depois, sem uma palavra, voltou para dentro do quarto para buscar sua bolsa.

Foi quando eles voltaram daquele fim de semana — na tarde da segunda-feira, para ser exato, quando ele vinha caminhando com Susan da casa do velho Pfeiffer — que pela primeira vez contara a ela sobre a sra. Esdaile. A refinada, culta, loucamente voluptuosa Esdaile nos braços de seu bem-sucedido jovem amante — o reverso daquela medalha cuja outra face, a real, levava à imagem da garota de azul e de uma criança enojada, abjeta e balbuciante.

Na esquina de Glanvil Place eles se separaram.

"Você vai direto para casa", ordenou Sebastian, rompendo o longo silêncio. "Vou ver se meu pai está." E sem esperar pelos comentários de Susan, deu meia-volta e afastou-se rapidamente.

Susan ficou ali vendo-o afastar-se depressa, rua abaixo, tão frágil e indefeso, mas marchando com a coragem do desespero para um fracasso inevitável. Pois, certamente, se o pobre rapaz imaginava que poderia convencer tio John, só conseguiria magoar-se outra vez.

Sob a luz do lampião da esquina, a cabeleira pálida reviveu como uma auréola de chamas desordenadas; depois, dobrou a esquina e perdeu-se de vista. E era assim a vida, refletiu Susan, enquanto continuava andando — uma sucessão de esquinas. Você encontrava algo — algo diferente, algo bonito e desejável; e no minuto seguinte você já estava em outra esquina; o que você encontrara tinha desaparecido. E, mesmo que não tivesse desaparecido na volta da esquina, havia a paixão pela sra. Esdaile.

Ela subiu os degraus do número 18 e tocou a campainha. Ellen abriu a porta e, antes de deixá-la entrar, obrigou-a a limpar os pés no tapete.

"Não posso deixar que sujem os meus tapetes", disse no seu tom costumeiro de afeição resmungona.

A caminho do andar superior, Susan deu uma olhada na sala para dar boa-noite para sua mãe. A sra. Poulshot parecia preocupada, e seu beijo foi negligente.

"Procure não fazer nada que aborreça seu pai", recomendou ela. "Ele não está se sentindo muito bem esta noite."

Ah, céus!, pensou Susan, que, desde que tinha lembrança, havia padecido com esses estados de espírito do pai.

"E ponha o seu vestido azul-claro", acrescentou a sra. Poulshot. "Quero que o tio Eustace veja você o mais bonita possível."

Ela não ligava a mínima se o tio Eustace a achava bonita ou não! E, de qualquer maneira, continuou refletindo enquanto subia as escadas, que esperança havia de competir com alguém que tinha sido casada, que possuía dinheiro, comprava suas roupas em Paris, e estava provavelmente encharcada — embora, por mais estranho que pareça, Sebastian nunca mencionara o fato — do tipo mais indecente de perfume.

Acendeu a lareira a gás de seu quarto, despiu-se, e desceu meio lance de escada até o banheiro.

O prazer de ficar de molho na água quente foi desagradavelmente atenuado pela insistência do sr. Poulshot de que nada além de sabão carbólico jamais fosse usado em sua casa. O resultado era que se saía do banho cheirando, não como a sra. Esdaile, mas como um cachorro recém-lavado.

Susan cheirou seu corpo ao pegar a toalha e fez uma careta de nojo pelo cheiro desagradável de sua própria limpeza.

O quarto de Sebastian era do lado oposto ao seu no mesmo patamar, e, sabendo que ele estava ausente, entrou resolutamente, abriu a primeira gaveta de sua cômoda, e tirou o aparelho de gilete que ele tinha comprado havia dois meses para reprimir uma barba ainda hipotética.

Meticulosamente, como se estivesse se preparando para uma tarde em que usaria um vestido sem mangas e uma noite de paixão, ela raspou as axilas; depois, catou os pelos denunciadores e repôs o aparelho em sua caixa.

3

Nesse meio-tempo, Sebastian tinha caminhado por Glanvil Place, franzindo a testa e mordendo os lábios. Esta era provavelmente a última oportunidade que tinha de conseguir as roupas de gala antes da festa de Tom Boveney. Ele sabia que seu pai não viria jantar naquela noite e que, no dia seguinte, ele iria para Huddersfield, ou outro lugar qualquer, para um congresso; não voltaria até a noite de quarta-feira, e na quinta-feira de manhã eles partiriam juntos para Florença. Era agora ou nunca.

"Roupas de gala eram um símbolo de classe, e era um crime gastar dinheiro em luxos inúteis quando gente tão boa quanto nós morria de fome!" Sebastian sabia antecipadamente quais seriam os argumentos de seu pai. Mas, por trás dos argumentos, estava o homem — dominador e moralista, severo com os outros e mais severo ainda consigo mesmo. Se conseguisse chegar ao homem pelo caminho adequado talvez os argumentos não fossem levados à sua conclusão lógica. Sebastian tinha aprendido por meio de uma longa e amarga experiência que o importante era nunca parecer demasiado ansioso nem insistente. Ele tinha de pedir o *dinner jacket* — mas de tal maneira que seu pai não pensasse que ele o desejava muito. Isso, ele sabia, seria sugerir a recusa — aparentemente, já se vê, por conta da economia e da ética socialista, mas na realidade, segundo chegara a suspeitar, porque seu pai sentia certo prazer em frustrar manifestações de desejos demasiado explícitas. Se ele conseguisse evitar o equívoco do excesso de ansiedade, talvez fosse capaz de vencer os argumentos de seu pai em relação às outras razões plausíveis para uma recusa. Mas era preciso representar bem o papel para conseguir isso, e muita astúcia, e, acima de tudo, aquela presença de espírito que tão desgraçadamente sempre lhe faltava em momentos de crise. Mas, talvez, se ele armasse um plano previamente, uma demonstração de estratégia brilhante e inspirada...

Sebastian tinha mantido os olhos fixos no pavimento a seus pés; mas agora ergueu o rosto como se o plano perfeito e irresistível estivesse lá em cima no céu sombrio, esperando apenas ser visto e agarrado. Ergueu o rosto e de repente ali estava, do outro lado da rua — não o plano, naturalmente, mas a Capela Metodista Primitiva, *sua* capela, aquilo que fazia valer a pena caminhar por Glanvil Terrace uma noite com a finalidade de vê-la. Mas hoje, perdido como estava no labirinto de suas próprias tristezas, ele tinha se esquecido completamente dela. E agora ela o defrontava, fiel a si mesma, a parte inferior de sua fachada realçada pela luz esverdeada do lampião a gás à sua frente, e a parte superior cada vez menos nítida à medida que se distanciava do foco de luz até as mais altas torres pontiagudas da construção vitoriana de tijolo que se erguiam opacas e negras contra a escuridão e a névoa do céu de Londres. Pequenos detalhes brilhantes, e, mais acima, as diferenciações desaparecendo num mistério que as equipara; no topo, uma escuridão sem limites no céu de Londres. A seus pés, pequenos detalhes brilhantes e diferenciações. Sebastian ficou ali de pé, olhando; e, a despeito da lembrança de suas humilhações e de seu temor do que lhe poderia estar reservado na casa de seu pai, sentiu algo daquela euforia estranha e inexplicável que esse espetáculo sempre despertava nele.

Pequena esqualidez! transfigurada em Ely,
Em Bourges, na beleza da santidade;
Agigantando-se através da luz do lampião a gás em
[Elefanta;
Através de festas escolares, através do reverendo Wilkins,
Florescendo em Poesia...

Repetiu para si mesmo os primeiros versos de seu poema; depois, olhou de novo para seu sujeito. Construído no pior período, com os materiais mais inferiores. Incrivelmente horrendo durante o dia. Mas, uma hora mais tarde, quando se acendiam as lâmpadas, mais lindo e imponente do que qualquer coisa que jamais havia visto. Qual era a verdadeira capela — a pequena monstruosidade que recebia o reverendo Wilkins e seu rebanho nas manhãs de domingo? Ou este mistério insondável e fecundo com que se deparava? Sebastian sacudiu a cabeça e continuou andando. As perguntas não admitiam respostas, a única coisa a fazer era reformulá-las em termos de poesia.

Pequena esqualidez! transfigurada em Ely,
Em Bourges, na beleza da santidade...

O número 23 era uma casa alta com a fachada de estuque, idêntica a todas as demais naquele conjunto. Sebastian entrou pela varanda com colunas, atravessou o hall e, sentindo renovar-se a apreensão momentaneamente esquecida, começou a subir as escadas.

Um lance, dois lances, três lances, mais outro ainda, e estava diante da porta do apartamento de seu pai. Sebastian ergueu a mão para o botão da campainha da porta, e deixou-a cair de novo. Sentia-se nauseando, e seu coração batia violentamente. Era a puta de azul outra vez, o diretor da escola, a náusea do limiar da ação. Olhou para o relógio. Seis e quarenta e sete e meio. Às seis e quarenta e oito ele tocaria e entraria e simplesmente falaria tudo de uma vez, de qualquer modo.

"Pai, o senhor tem de permitir que eu tenha um *dinner jacket*..." Levantou de novo a mão e pressionou o polegar firmemente contra a campainha. Lá dentro a campainha zunia como uma vespa zangada. Esperou meio minuto e depois tocou de novo. Não houve resposta. Sua última oportunidade tinha desaparecido. Na mente de Sebastian o desapontamento se confundia com uma profunda sensação de alívio por lhe ser permitido adiar a hora da sua provação. Faltavam quatro semanas para a festa de Tom Boveney; ao passo que, se seu pai estivesse em casa, a temida entrevista se realizaria agora, naquele mesmo momento.

Sebastian tinha descido apenas um lance das escadas quando o som de uma voz conhecida o fez parar:

"Setenta e dois degraus", dizia seu pai lá embaixo, no hall.

"*Dio!*", disse outra voz, estrangeira. "Você mora na metade do caminho para o Paraíso."

"Esta casa é um símbolo", continuou a ressonante voz inglesa de classe alta. "Um símbolo de decadência do capitalismo."

Sebastian reconheceu o termo da conversa. Era o que John Barnack geralmente usava com as visitas na primeira vez que as acompanhava na subida daquelas escadas intermináveis.

"Antigamente era a casa de uma única e próspera família vitoriana." Era esse o tema. "Agora é um ninho de solteirões e de esforçadas mulheres de negócios, e de um ou dois casais sem filhos para equilibrar as coisas."

A voz tornava-se mais alta e mais clara à medida que seu possuidor se aproximava.

"... e é também produto do crescente desemprego e da diminuição da taxa de natalidade. Para resumir, de esperanças malogradas e de Marie Stopes." Nesse ponto dava-se a explosão surpreendente da risada alta e metálica de John Barnack.

"Cristo!", murmurou Sebastian. Era a terceira vez que ouvia essa piada e o subsequente acesso de riso.

"*Stope?*", indagou a voz estrangeira através do estertor final da alegria do outro. "Será que eu sei o que significa *stope? Stoppare? Stooper? Stopfen?*" Mas nem italiano, nem francês, nem alemão pareciam esclarecer o assunto.

De maneira detalhada, a voz com pronúncia de Cambridge começou a explicar.

Não querendo dar a impressão de que estivera escutando, Sebastian começou a descer de novo as escadas e, quando os dois homens deram a volta do patamar e surgiram diante dele, soltou uma exclamação bem simulada de surpresa.

O sr. Barnack ergueu os olhos e viu na pequena silhueta delgada que parou ali, seis degraus acima dele, não Sebastian, mas a mãe de Sebastian — Rosie na noite da festa a fantasia dos Hilliard, personificando lady Caroline Lamb fantasiada, com um colete curto com galões amarelos e calças justas de veludo vermelho como pajem de Byron. Três meses depois, tinha começado a guerra, e dois anos mais tarde ela o abandonara por aquele imbecil corrupto, Tom Hilliard.

"Ah, é você", disse o sr. Barnack em voz alta, sem o menor vestígio de surpresa, prazer ou qualquer outra emoção em seu rosto moreno e coriáceo.

Para Sebastian, essa era uma das coisas mais inquietantes com relação a seu pai: nunca se sabia pela sua expressão o que ele estava sentindo ou pensando. Ele olhava para as pessoas diretamente e sem piscar, seus olhos cinzentos brilhantes e sem expressão, como se a pessoa diante dele fosse um completo estranho. A primeira sugestão desse estado de espírito sempre chegava verbalmente, naquela voz alta e autoritária como a de um advogado no tribunal, nas frases medidas, tão cuidadosamente escolhidas, tão belamente articuladas. Haveria silêncio ou talvez conversa sobre assuntos neutros; e depois, de repente, saído do vazio de sua impassividade, um ditame, como um mandamento do Sinai.

Sorrindo com insegurança, Sebastian desceu ao encontro deles.

"Este é o meu mais novo", disse o sr. Barnack.

E o estranho revelou ser o professor Cacciaguida — o famoso professor Cacciaguida, acrescentou o sr. Barnack.

Sebastian sorriu respeitosamente e estendeu-lhe a mão; este deve ser o antifascista do qual ele ouvira seu pai falar. Bem, era uma bela cabeça, pensou, enquanto se afastava. Romana do melhor período, mas com uma incompatível melena grisalha penteada ao estilo romântico, toda para trás a partir da testa — ele deu outra olhadela furtiva —, como se o imperador Augusto tivesse tentado se passar por Liszt.

Mas quão estranhamente, continuou refletindo Sebastian, enquanto subiam o lance final, quão patologicamente até, o corpo do estranho contrariava aquela imponente cabeça! O imperador-gênio decaía num tronco estreito e ombros de menino, e depois, incongruentemente, numa barriga e numas cadeiras amplas, quase como uma mulher de meia-idade, e finalmente num par de perninhas finas e mínimas botas de couro presas com botões. Como um tipo de larva que tinha começado a se desenvolver e depois atrofiou-se, ficando só a extremidade superior do organismo completamente adulta, e o resto, pouco mais do que um girino.

John Barnack abriu a porta de seu apartamento e acendeu a luz.

"É melhor que eu vá providenciando o jantar", disse ele. "Considerando que o senhor tem de ir tão cedo, professor."

Era uma oportunidade para falar a respeito do *dinner jacket*. Mas, quando Sebastian se ofereceu para ajudar, seu pai deu uma ordem peremptória para que ele ficasse onde estava e conversasse com o ilustre hóspede.

"Depois, quando eu terminar", acrescentou, "você precisará sair. Nós temos algumas coisas importantes a discutir."

E assim, tendo posto Sebastian severamente em seu lugar de criança, o sr. Barnack deu as costas e, com passos rápidos e decididos, como um atleta que vai entrar em competição, marchou para fora da sala.

Durante alguns segundos, Sebastian ficou de pé, hesitante, mas depois resolveu desobedecer, seguir seu pai para dentro da cozinha, e falar abertamente com ele ali e agora. Mas, neste momento, o professor, que tinha estado olhando inquisidoramente ao redor da sala, virou-se para ele com um sorriso.

"Mas como é asséptico!", exclamou em sua voz melodiosa, com aquele encantador vestígio de pronúncia estrangeira e com aquele fraseado peculiar e demasiado literário, que só servia para enfatizar a perfeição do seu domínio da linguagem.

Naquela sala despojada e triste, tudo, exceto os livros, estava coberto por um esmalte da cor do leite desnatado, e o chão era uma passadeira de linóleo cinza encerado. O professor Cacciaguida sentou-se em uma das cadeiras de metal e, com dedos trêmulos, manchados de nicotina, acendeu um cigarro.

"Espera-se a chegada do cirurgião", acrescentou ele, "a qualquer momento."

Mas, em seu lugar, foi John Barnack que voltou à sala trazendo pratos e um punhado de talheres. O professor virou-se em sua direção, mas não falou imediatamente; em vez disso, ele colocou o cigarro na boca, tragou, prendeu a respiração durante alguns segundos e, depois, voluptuosamente soltou a fumaça por suas imperiais narinas. Depois do que, tendo aplacado momentaneamente o desejo, chamou seu anfitrião da outra ponta da sala.

"É decididamente profético!" Indicou a sala com um gesto. "Um fragmento do futuro racional e higiênico."

"Obrigado", disse John Barnack sem erguer os olhos. Estava pondo a mesa com a mesma atenção concentrada, notou Sebastian, o mesmo cuidado irritantemente meticuloso com que fazia todas as suas tarefas, da mais importante até a mais humilde — botando a mesa como se estivesse manipulando uma complicada peça de um aparelho de laboratório ou (é, o professor estava inteiramente certo) realizando a mais delicada das intervenções cirúrgicas.

"Mesmo assim", continuou o outro com uma risadinha, "no que diz respeito às artes, confesso que sou um sentimental. Prefiro o ontem ao amanhã. O apartamento de Isabella em Mântua, por exemplo. Muita poeira, sem dúvida, nas sancas. E toda aquela madeira esculpida!" Ele traçou uma série de volutas com a fumaça de seu cigarro aceso. "Cheio de sujeira arqueológica! Mas que calidez, que riqueza!"

"Certo", disse o sr. Barnack. Ele endireitou o corpo e permaneceu ali de pé, aprumado e firme, olhando do alto para o seu hóspede. "Mas de que bolsos saiu a riqueza?" E, sem esperar resposta, marchou de volta para a cozinha.

Mas o professor havia apenas começado.

"O que *você* acha?", perguntou, voltando-se para Sebastian. As palavras foram acompanhadas por um sorriso simpático; mas ficou bem evidente, à medida que ele continuava, que não tinha o menor interesse no que Sebastian pensava. O que ele queria era uma plateia.

"Talvez a sujeira seja a condição necessária à beleza", continuou ele. "Talvez a higiene e a arte nunca possam conviver. Não se pode ter Verdi, afinal de contas, sem cuspir nos trompetes. Não há Duse sem uma multidão de burgueses malcheirosos que intercambiem suas corizas. E pense nos inexpugnáveis recôncavos para os micróbios preparados por Michelangelo nos caracóis da barba de Moisés!"

Fez uma pausa triunfante, esperando o aplauso. Sebastian o forneceu na forma de uma gargalhada de deleite. A virtuosidade espontânea da conversa do professor o deleitava; e o sotaque italiano e o vocabulário peculiar e inesperado emprestavam ao seu desempenho um novo encanto. Mas, à medida que a improvisação se prolongava, os sentimentos de Sebastian a seu respeito sofreram uma modificação. Cinco minutos mais tarde ele estava pedindo a Deus que o velho chato se calasse.

Foram o cheiro e o ruído das costeletas de carneiro fritas que finalmente produziram o tão desejado resultado. O professor atirou para trás sua nobre cabeça e aspirou o ar com apreço.

"Ambrosia!", gritou ele. "Vejo que temos um segundo Barônio entre as panelas e caçarolas."

Sebastian, que não sabia quem era o primeiro Barônio, virou-se para olhar para dentro da cozinha pela porta aberta. Seu pai estava de pé, de costas para ele, sua cabeça grisalha e seus largos ombros fortes curvados para a frente enquanto se concentrava no fogão.

"Não só uma grande mente, mas um grande cozinheiro também", dizia o professor.

É, esse era o problema, pensava Sebastian. E não apenas um grande cozinheiro (embora ele tivesse o maior desprezo por aqueles que davam importância à comida por si mesma), como também um grande arrumador de escrivaninhas, um grande alpinista, um grande contador, um grande botânico e observador de pássaros, um grande interlocutor de cartas, um grande socialista, um grande velocista, abstêmio e não fumante, um grande leitor de relatórios e conhecedor de estatísticas, em resumo, um grande tudo o que era aborrecido, eficiente, meritório, saudável e voltado ao interesse social. Se pelo menos ele descansasse de vez em quando! Se sua armadura tivesse pelo menos algumas fissuras!

O professor levantou um pouco a voz, evidentemente na esperança de que o que ele estava por dizer fosse ouvido até mesmo na cozinha e por cima do barulho da fritura.

"E uma grande mente é associada a um coração e a uma alma maiores ainda", proclamou em tom de solenidade retumbante. Inclinou-se para a frente e colocou sua mão pequena e muito branca, exceto pelas pontas dos dedos amareladas pela nicotina, sobre o joelho de Sebastian.

"Espero que você tenha tanto orgulho de seu pai quanto ele merece", continuou ele.

Sebastian sorriu vagamente e soltou um débil e inarticulado murmúrio de afirmação. Mas como alguém que conhecia seu pai podia falar de seu grande coração ele realmente não podia imaginar.

"Um homem que podia ter aspirado às mais altas honras políticas dentro do velho sistema partidário, mas ele tinha seus princípios, ele recusou-se a entrar no jogo. E quem sabe?", acrescentou o professor como um parêntese, baixando a voz em tom confidencial. "Talvez muito em breve ele tenha sua recompensa. O socialismo está muito mais perto do que se pode imaginar. E quando vier, quando vier..." Ergueu a mão expressivamente, como se estivesse profetizando a apoteose do sr. Barnack. "E quando se pensa", prosseguiu, "nos milhares de libras que poderia ter ganhado como advogado. Milhares e milhares! Mas ele abandonou tudo. Como São Francisco. E, o que tem, ele distribui com uma generosidade heroica. Causas, movimentos, indivíduos que sofrem, ele dá para todos. Para todos", repetiu, assentindo enfaticamente com sua nobre cabeça. "Todos!"

Todos, menos um, corrigiu interiormente Sebastian. Ainda havia dinheiro suficiente para organizações políticas e, acreditava ele, para professores exilados; mas — quando se tratava de mandar seu próprio filho para uma escola decente, dar-lhe algumas roupas decentes e um *dinner jacket* — nada feito. Sonoramente o professor renovou sua enfuriante eloquência. Quase estourando de raiva reprimida, Sebastian deu graças a Deus quando afinal a chegada das costeletas interrompeu o panegírico e liberou-o.

"Diga a tia Alice que estarei com ela depois do jantar", gritou o sr. Barnack enquanto ele descia as escadas correndo. "E assegure-se de que o tio Eustace não saia antes de eu chegar. Tenho que combinar muitas coisas com ele."

Lá fora, na rua, a pequena esqualidez de uma capela ainda oferecia sua poética escuridão, transformada em significado inexplicável e beleza; mas desta vez Sebastian sentia-se tão amargamente lesado em seus direitos que nem sequer quis olhar para ela.

4

Com um copo de xerez na mão, Eustace Barnack estava de pé no tapete da sala, fitando o retrato de seu pai acima do consolo da lareira. Contra um fundo negro resplandecia o rosto quadrado e forte daquele fabricante de algodão e filantropo que olhava fixamente o vazio como um farol.

Eustace sacudiu a cabeça, pensativo.

"Centenas de guinéus", disse ele. "Foi o que os contribuintes pagaram por este objeto. E agora você teria sorte se conseguisse uma nota de cinco libras por ele. Pessoalmente", acrescentou, voltando-se para sua irmã, esguia e muito aprumada, que estava sentada no sofá da sala, "pessoalmente estaria muito disposto a dar a você dez libras pelo privilégio de não possuí-lo."

Alice Poulshot não disse nada. Enquanto o olhava, pensava na maneira chocante como ele havia envelhecido desde que o vira pela última vez. Estava mais corpulento ainda do que três anos atrás. E o rosto parecia uma máscara flácida de borracha soltando-se dos ossos, frouxa e mole e doentiamente manchada. Quanto à boca... Ela se lembrava do garoto brilhante e risonho do qual ela tanto se orgulhara naquela época; nele, aqueles lábios infantis separados pareciam engraçados em contraste com a estatura já de homem — engraçados e ao mesmo tempo comoventes. Não se podia olhar para ele sem se sentir profundamente maternal. Mas agora — agora bastava vê-lo para tremer de aversão. A mobilidade flácida e úmida daquela boca, a combinação de senilidade com infantilismo, da criança com o epicurista! Ela só podia perceber um vestígio do Eustace que tanto amara no brilho humorístico dos olhos. E agora o branco desses olhos estava amarelo e injetado, e as olheiras eram bolsas de pele descolorida.

Com seu gordo dedo indicador, Eustace batia na tela.

"Como ele ficaria furioso se soubesse! Eu lembro com que amargura ele se indignou com isso na ocasião. Todo esse dinheiro gasto numa simples pintura, quando poderia ter sido investido em alguma coisa realmente útil, como um bebedouro ou um banheiro público."

Ao ouvir as palavras "banheiro público", seu sobrinho, Jim Poulshot, ergueu os olhos do jornal *Evening Standard* e deu uma forte gargalhada. Eustace se virou e o encarou com estranheza.

"É isso mesmo, meu filho", disse com falsa seriedade. "Foi o senso de humor inglês que fez do Império o que ele é hoje."

Foi até o sofá e cautelosamente baixou o grande volume de seu corpo flácido até sentar-se. A sra. Poulshot afastou-se mais para o canto para dar-lhe espaço.

"Coitado do velho", comentou, continuando a conversa anterior.

"O que é que papai tem de coitado?", perguntou Alice com certa rispidez. "Eu diria que nós é que somos os coitados. Afinal, ele realizou alguma coisa. Onde estão nossas realizações. Eu gostaria de saber."

"Onde?", repetiu Eustace. "Bom, certamente não num monte de lixo, que é onde as *dele* estão. Os teares trabalhando meio expediente devido à competição com os indianos e japoneses. O paternalismo individual substituído pela interferência do Estado, que ele considerava o próprio demônio. O Partido Liberal morto e enterrado. O racionalismo sério e de padrões elevados transformado em libertinagem cínica. Se não é para ter pena do velho, então de quem?"

"Não são os resultados que interessam", disse a sra. Poulshot, mudando de argumento.

Ela tivera adoração pelo pai; e, para defender a memória que ela ainda reverenciava como algo quase divino, estava disposta a sacrificar muito mais do que a simples coerência lógica.

"São os motivos, as intenções e o trabalho intenso, sim, e a abnegação", falou com convicção.

Eustace soltou uma risadinha abafada.

"Ao passo que eu sou nojentamente comodista", disse ele. "E, se por acaso sou gordo, é totalmente minha malévola culpa. Já lhe ocorreu, minha querida, que se mamãe estivesse viva, ela seria provavelmente tão imensa quanto o tio Charles?"

"Como é que você pode dizer uma coisa dessas!", exclamou indignada a sra. Poulshot. O tio Charles tinha sido um monstro.

"Era de família", respondeu ele; e, dando uns tapinhas na barriga com complacência, acrescentou: "e ainda é."

O barulho de uma porta que se abria fez com que ele virasse a cabeça.

"Ah!", exclamou, "aí vem meu futuro hóspede!"

Ainda meditando sobre seus motivos para estar zangado e infeliz, Sebastian levantou a cabeça assustado. O tio Eustace... em sua preocupação com seus próprios problemas, ele se esquecera completamente do tio. Ficou ali de pé, estupefato.

"'Em vago ou pensativo humor'",[1] continuou Eustace com simpatia. "Está tudo dentro da grande tradição poética."

Sebastian adiantou-se e apertou a mão estendida para ele. Era macia, um tanto úmida e surpreendentemente fria. A ideia de que estava dando uma impressão deplorável, justamente no momento em que deveria se apresentar da melhor maneira possível, aumentou sua timidez a ponto de deixá-lo sem fala. Mas sua mente continuava a trabalhar. Na extensão daquele rosto flácido, os olhinhos, pensou ele, eram como os de um elefante. Um elegante elefantinho num casaco preto transpassado e calças xadrez cinza-pérola. Ah, e até com um monóculo na ponta de uma corrente para fazê-lo parecer mais ainda com o dândi das comédias musicais!

Eustace voltou-se para sua irmã.

"A cada ano que passa ele fica mais parecido com Rosie", disse ele. "É fantástico."

A sra. Poulshot concordou com a cabeça, sem falar. A mãe de Sebastian era um assunto que ela considerava melhor evitar.

"Bem, Sebastian, espero que esteja preparado para umas férias bem extenuantes." Mais uma vez Eustace acariciou a barriga. "Diante de você está o campeão mundial de turismo. Autor de *Galopando por Florença, O Vaticano em*

---

[1] Tradução livre de "In vacant or in pensive mood", verso do poema "The Daffodils", de William Wordsworth. (N. E.)

patins, A volta ao Louvre em oitenta minutos. E meu recorde de velocidade para as catedrais inglesas jamais foi superado."

"Seu tolo!", disse a sra. Poulshot, rindo-se.

Jim contribuiu com sua sonora gargalhada, e, a despeito do *dinner jacket,* Sebastian não pôde deixar de se juntar a essas risadas. A ideia desse elefante vestido de dândi galopando pela Catedral de Cantuária em calças folgadas de algodão grosso e de monóculo era irresistivelmente grotesca.

Sem fazer barulho, no meio dessa alegria, a porta se abriu de novo. Cinzento, lúgubre, rosto longo como o de um cavalo, como sua própria imagem num espelho distorcido, Fred Poulshot entrou, pisando em ovos. Ao vê-lo, Jim e Sebastian pararam abruptamente de rir. Ele foi até o sofá para cumprimentar seu cunhado.

"Você está com boa aparência", disse Eustace enquanto apertavam as mãos.

"Boa?", repetiu o sr. Poulshot em tom ofendido. "Peça a Alice para contar-lhe sobre minha sinusite algum dia destes."

Ele se afastou e, com o cuidado escrupuloso com que se mede a dose de um purgante, serviu-se um terço de um copo de xerez.

Eustace o olhou e sentiu-se, como havia se sentido com frequência no passado, profundamente pesaroso pela pobre Alice. Trinta anos de Fred Poulshot — imagine só! Bem, assim era a vida em família. Sentiu-se muito grato por estar agora sozinho no mundo.

A entrada direta de Susan neste momento nada contribuiu para diminuir seu senso de gratidão. É verdade que ela tinha a vantagem adventícia de estar com dezessete anos; mas nem os encantos perversos e um tanto cômicos da adolescência podiam esconder o fato de que ela era uma Poulshot e, como todos os demais Poulshot, indizivelmente chata. O melhor que se podia dizer dela era que, até o momento pelo menos, era menos chata do que Jim. Mas, também, aos vinte e cinco anos, o pobre Jim não passava de um pombal vazio, esperando ser ocupado pelo moderadamente bem-sucedido corretor da Bolsa de Valores que ele seria em 1949. Bom, esse era o resultado de haver escolhido um pai como Fred. Ao passo que Sebastian tivera a sabedoria de haver sido gerado por um Barnack e concebido pela mais linda das ciganas irresponsáveis.

"Você falou com ele sobre minha sinusite?", insistiu o sr. Poulshot.

Mas Alice fingiu não ter ouvido.

"Por falar de galopes por Florença", disse ela em voz bastante alta, "você costuma ver o filho da prima Mary quando está por lá?"

"Você se refere a Bruno Rontini?"

A sra. Poulshot assentiu com a cabeça.

"Por que raios ela teve de se casar com aquele italiano eu nunca pude imaginar", disse ela em tom de reprovação.

"Mas mesmo os italianos são quase humanos."

"Deixe de tolices, Eustace. Você sabe muito bem ao que me refiro."

"Mas como você detestaria se eu lhe dissesse!", exclamou Eustace, sorrindo.

Porque o fato a que ela se referia não passava de simples preconceito e esnobismo — uma aversão insular aos estrangeiros, uma convicção burguesa de que as pessoas mal-sucedidas devem ser de alguma forma imorais.

"Papai foi infinitamente bondoso com esse homem", continuou a sra. Poulshot. "Quando penso em todas as oportunidades que lhe deu!"

"E o sabido do Carlo estropiou todas elas!"

"Sabido?"

"Bem, ele conseguiu que lhe pagassem quatro libras por semana para ficar fora do negócio de algodão e voltar para a Toscana. Você não considera isso sabedoria?"

Eustace bebeu o resto de seu xerez e pousou o copo.

"O filho ainda dirige o sebo", continou ele. "Na realidade eu gosto muito do velho Bruno. Ele é engraçado a despeito daquela enfadonha religiosidade dele. Nada além do Vertebrado Gasoso!"

A sra. Poulshot riu. Na família Barnack, a definição de Deus dada por Haeckel tinha sido uma piada constante nos últimos quarenta anos.

"O Vertebrado Gasoso", ela repetiu. "Mas, também, pense na maneira como ele foi criado! A prima Mary costumava levá-lo àquelas reuniões dos quacres desde que ele era menino. *Quacres!*", repetiu ela com certa ênfase de incredulidade.

A copeira apareceu para avisar que o jantar estava servido. Ativa e ágil, Alice ficou de pé instantaneamente. Seu irmão ergueu-se com mais dificuldade. Seguidos pelo resto da família, caminharam até a porta. O sr. Poulshot foi até os interruptores e, quando a última pessoa passou pelo umbral, apagou as luzes.

Enquanto desciam para a sala de jantar, Eustace colocou a mão no ombro de Sebastian.

"Passei o diabo para persuadir seu pai a deixar você vir ficar comigo", disse. "Ele tem medo de que você aprenda a viver com os ricos e ociosos. Por sorte conseguimos neutralizá-lo apelando para a cultura, não é, Alice?"

A sra. Poulshot assentiu com certa frieza. Ela não apreciava o hábito que o irmão tinha de discutir problemas dos adultos na frente das crianças.

"Florença faz parte de uma educação liberal", disse ela.

"Exatamente. 'O que todos os rapazes devem saber.'"

De repente, as luzes da escada se apagaram. Mesmo em seus mais sombrios estados de ânimo, Fred não se esquecia de ser econômico.

Entraram na sala de jantar — ainda empapelada de vermelho, reparou Eustace, e tão completamente horrenda quanto sempre — e sentaram-se em seus lugares.

"Falsa tartaruga",[2] disse Alice quando a copeira colocou diante dele o prato de sopa.

Falsa tartaruga — tinha de ser! A querida Alice sempre havia mostrado especial aptidão para servir a mais insossa variedade de comida inglesa. Por questão de princípios. Com um sorriso afetuoso e vagamente sarcástico, Eustace colocou sua gorda mão edematosa sobre os angulosos dedos da irmã.

"Bem, minha querida, já faz muito, muito tempo desde a última vez que me sentei aqui à sua mesa festiva."

"Não por minha culpa", respondeu a sra. Poulshot. Sua voz assumiu um tom de jocosidade um tanto ferina e atrevida. "O lugar do filho pródigo esteve sempre preparado para ele. Mas imagino que ele estava muito ocupado enchendo a barriga com o caviar que comiam os porcos."

---

2 Sopa inglesa feita com cabeça de vitela, imitando sopa de tartaruga. (N. T.)

Eustace riu com sincero bom humor. Vinte e três anos antes ele havia abandonado o que todos consideravam uma carreira extremamente promissora na política radical para se casar com uma viúva rica que sofria do coração e viver em Florença. Foi uma atitude a qual nem sua irmã nem seu irmão, embora por diferentes razões, jamais o haviam perdoado. No caso de John era uma questão de princípios políticos ultrajados. Mas Alice se ressentia do insulto à memória do pai, da ferida infligida ao orgulho da família. A deles era a terceira geração de Barnacks com poucos recursos e elevada mentalidade. E com a exceção do inominável tio-avô Luke, Eustace foi o primeiro que passou para o campo inimigo do luxo e do ócio.

"*Mui-to* lindo!", lhe disse ele no fraseado e no tom de quem aplaude uma tacada particularmente bem lograda no bilhar.

Com uma renda de seis mil libras por ano, ele podia dar-se o luxo de ser magnânimo. Além disso, sua consciência nunca o incomodara pelo que havia feito. Durante os cinco anos de sua breve vida matrimonial, ele havia sido um marido tão bom quanto a pobre e querida Amy podia esperar. E ele não podia imaginar por que qualquer pessoa sensível e de mente ágil devia se envergonhar de ter abandonado a política. As intrigas sórdidas por trás das cortinas! A hipocrisia consciente ou inconsciente de todas as formas de discursos públicos eficientes! A estupidez asnática da interminável repetição das mesmas simplificações absurdas levadas ao extremo, os mesmos argumentos ilógicos e as personalidades vulgares, o mesmo mau uso da história e as profecias desprovidas de fundamento! E a isso chamavam o mais alto dever do homem. E se em vez disso ele escolhia a vida de um ser humano civilizado, ele devia se envergonhar.

"*Mui-to* lindo", repetiu. "Mas que puritana implacável você é, minha querida! E sem a menor justificativa metafísica."

"Metafísica!", disse a sra. Poulshot no tom depreciativo de alguém que está muito acima de semelhantes tolices.

Nesse meio-tempo, os pratos de sopa tinham sido retirados, e o lombo de carneiro, servido. Em silêncio e sem alterar sua expressão de irremediável sofrimento, o sr. Poulshot começou a cortar a carne.

Eustace olhou para ele e depois para Alice. Ela, probrezinha, estava olhando para Fred com uma expressão de tristeza e apreensão — desejando, sem dúvida, que o velho bebê mal-humorado se comportasse bem na frente de estranhos. E talvez, continuou refletindo Eustace, talvez por isso ela tivesse sido tão dura com ele. Pintando de branco seu marido ao enegrecer seu irmão. Não muito lógico, sem dúvida, mas muito humano.

"Espero que esteja a seu gosto, Fred", disse ela, da outra ponta da mesa.

Sem responder ou sequer levantar os olhos, o sr. Poulshot sacudiu seus ombros franzinos.

A sra. Poulshot fez um esforço para modificar a expressão de seu rosto e voltou-se para Eustace.

"Pobre Fred, ele sofre tanto com sua sinusite", comentou ela, tentando se desculpar com o marido pelo que havia feito na sala de estar.

Quando Ellen entrou com os legumes, um gatinho ainda não adulto entrou na sala furtivamente e foi se esfregar contra a perna da cadeira de Alice. Ela se abaixou e o pegou no colo.

"Bem, Onyegin", disse ela, fazendo-lhe cócegas atrás das orelhas. "Nós o chamamos Onyegin", explicou alegremente para o irmão, "porque ele é a obra-prima de nossa já falecida e lamentada Puss-kin."

Eustace sorriu por polidez.

Nem o conforto da filosofia, pensou ele, da religião, da arte, do amor ou da política — nenhum desses para a pobre e querida Alice. Não. A ela cabia o consolo de um senso de humor eduardiano e os exemplares semanais do *Punch*. Mesmo assim, era preferível fazer maus trocadilhos e ser divertida no estilo de 1912 a deixar-se levar pela autocomiseração ou capitular diante da sombria melancolia de Fred, como haviam feito todos os outros que estavam à mesa. E, por Deus, era bem difícil não capitular. Sentado ali, detrás de seu baluarte de carne de carneiro, Fred Poulshot praticamente irradiava negatividade. Era possível realmente *senti-la* atingir-lhes — uma irradiação penetrante que era a própria antítese da vida, a negação total de todo o calor humano. Eustace decidiu tentar uma distração.

"Bem, Fred!", disse em voz alta, no tom mais jovial possível. "Como vai a vida nessa sua City? Como está o pujante Oriente? Como vão os negócios, bem?"

O sr. Poulshot ergueu os olhos, magoado, mas, um segundo depois, magnânimo.

"Não poderia ser pior", sentenciou.

Eustace ergueu as sobrancelhas fingindo pânico.

"Por Deus! E como isso vai afetar meus dividendos no Yangtze & South China Bank?"

"Fala-se em reduzi-los este ano."

"Que horror!"

"De oitenta a setenta e cinco por cento", disse o sr. Poulshot pesarosamente; e, voltando-se para servir-se dos legumes, recaiu mais uma vez num silêncio que abrangeu toda a mesa.

Enquanto comia o carneiro com a couve-de-bruxelas, Eustace pensava em como esse homem seria bem menos insuportável se apenas se enfurecesse de vez em quando, ou se embebedasse, ou fosse para a cama com sua secretária — pobre secretária, que Deus tivesse misericórdia dela, se ela realmente o fizesse! Mas no comportamento de Fred jamais houvera algo de violento ou extremado. Exceto por ser absolutamente intolerável, era o marido perfeito. Amava a rotina do casamento e da vida doméstica — cortar o carneiro, gerar filhos — do mesmo modo que amava a rotina de ser (como era mesmo?) secretário e tesoureiro daquele negócio de borracha da City e do Extremo Oriente. E, em tudo o que dizia respeito a essas rotinas, ele era a encarnação da probidade e da constância. Dizer palavrões, zangar-se, enganar a pobre e querida Alice com outra mulher? Ora, seria mais fácil ele apropriar-se do troco em caixa da companhia. Não, não, Fred se desforrava das pessoas de uma maneira bem diferente. Ele não precisava *fazer* nada; bastava *existir*. As pessoas secavam e ensombreciam por simples contágio.

De repente o sr. Poulshot rompeu o silêncio prolongado, e, numa voz sem expressão e sem vida, pediu a geleia de passas vermelhas.

Assustado como se recebesse uma convocação do outro mundo, Jim olhou nervoso pela mesa.

"Aqui está, Jim", e Eustace Barnack empurrou a travessa em sua direção.

Jim devolveu-lhe um olhar de gratidão e passou-a para o pai. O sr. Poulshot aceitou-a sem uma palavra ou um sorriso, serviu-se, e, depois, com a evidente intenção de envolver outra vítima nesse ritual de sofrimento, devolveu-a, não a Jim, mas a Susan, que estava a ponto de levar o garfo à boca. Como ele havia previsto e desejado, o sr. Poulshot teve de esperar, com a bandeja na mão e com uma expressão de paciência martirizada no rosto, enquanto Susan apressadamente enfiava o pedaço de carneiro na boca, pousava os talheres com um ruído e, vermelha de vergonha, aceitava a geleia oferecida.

Da posição privilegiada com que observava essa comédia humana, Eustace sorriu com apreço. Que sofisticado refinamento do exercício do poder, que crueldade elegante! E que incrível dom para contagiar com a tristeza que abate até os ânimos mais elevados e abafa a própria possibilidade de alegria! Bem, não se podia dizer que o querido Fred tivesse enterrado seu talento.

O silêncio, como se houvesse um caixão na sala, tomou conta imediatamente da mesa. A sra. Poulshot tentou desesperadamente encontrar algo para dizer — algo inteligente, alguma coisa agressivamente engraçada —, mas não conseguiu pensar em nada. Fred havia rompido com suas defesas e obstruído a fonte da palavra, da própria vida, com areia e cinzas. Ela permanecia sentada ali, vazia, consciente apenas da horrível fadiga acumulada durante trinta anos de incessante defesa e contra-ataque. E o gatinho, como se de alguma forma tivesse percebido sua derrota, embora estivesse dormindo em seu colo, desenroscou-se, espreguiçou-se e saltou silenciosamente para o chão.

"Onyegin!", chamou ela estendendo uma das mãos; mas o gatinho escapou-lhe por entre os dedos, sedoso e serpenteante. Se tivesse menos idade e sensatez, a sra. Poulshot teria caído em lágrimas.

O silêncio se prolongava, ressaltado agora pelo tique-taque, audível então pela primeira vez, do relógio de bronze do consolo da lareira. Eustace, que a princípio pensara que seria divertido ver quanto tempo a situação intolerável poderia durar, sentiu-se de repente dominado pela lástima e pela indignação. Alice precisava de ajuda, e seria monstruoso se aquela criatura ali, aquela tênia, se permitisse gozar o seu triunfo. Ele recostou-se na cadeira, limpou a boca no guardanapo e, olhando ao redor, sorriu alegremente.

"Alegre-se, Sebastian", dirigiu-se ao outro lado da mesa. "Espero que você não fique tão abatido assim quando estiver morando *comigo* na semana que vem."

Rompeu-se o feitiço. A fadiga de Alice Poulshot desprendeu-se dela, e uma vez mais ela sentiu que era possível falar.

"Você se esquece", interrompeu ela em tom de brincadeira, quando o garoto tentava murmurar alguma coisa em resposta à provocação do tio, "de que nosso Sebastian tem temperamento poético." E carregando nos erres como um antigo declamador, ela acrescentou: "'Lág'rimas das pr'rofundezas de algum divino desespe'ro'".

Sebastian ruborizou-se e mordeu os lábios. Ele gostava muito da tia Alice — gostava tanto dela quanto ela podia permitir que alguém gostasse. Mas, mesmo assim, a despeito de sua afeição, havia momentos — e este era um deles — em que tinha vontade de matá-la. Não era só a ele que ela ofendia com esse tipo de comentário; ofendia a beleza, a poesia, a genialidade, tudo o que estava acima do nível do vulgar e do convencional.

Eustace observou a expressão do rosto do sobrinho e sentiu pena do pobre garoto. Alice era capaz de ser estranhamente dura, refletiu ele — por questão de princípios, do mesmo modo como ela preferia comidas ruins. Com muito tato ele tentou mudar o assunto. Alice tinha citado Tennyson; o que pensavam de Tennyson os jovens hoje em dia?

Mas a sra. Poulshot não permitiu que se mudasse de assunto. Ela tinha se encarregado da educação de Sebastian, e, se ela permitisse que ele se entregasse a seu temperamento inato, não estaria cumprindo seu dever. Era porque aquela tola da mãe de Fred sempre cedera a seus caprichos que ele hoje se comportava daquela maneira.

"Ou talvez", continuou ela, num tom cada vez mais irreverente à medida que sua intenção se tornava mais severamente didática, "talvez seja um caso de primeiro amor. 'Profundo como um primeiro amor, e desesperado de arrependimento!' A menos que, naturalmente, seja de sulfato de magnésio que o pobre garoto necessite."

À menção do sulfato de magnésio, o jovem Jim explodiu numa sonora gargalhada, que pareceu muito mais explosiva devido ao constrangimento que lhe era imposto pela proximidade com a fonte de tristeza detrás da travessa de carneiro. Susan olhou com solicitude para o rosto de Sebastian, cada vez mais corado, e franziu a testa, zangada, para seu irmão, mas ele nem sequer a notou.

"Eu supero o seu Tennyson com algo de Dante", disse Eustace, uma vez mais indo em socorro de Sebastian. "Você se lembra? No quinto círculo do Inferno.

Tristi fummo
Nell' aer dolce che del sol s'allegra.

E, porque eles eram tristes, foram condenados a passar a eternidade metidos ali no pântano; e a sua horrível *Weltschmerz* subia borbulhante pela lama, como gases emanados de um charco. Portanto, é melhor você ter cuidado, meu rapaz", concluiu ele, fingindo ameaçá-lo, mas com um sorriso que indicava estar inteiramente do lado de Sebastian e entender seus sentimentos.

"Ele não precisa se preocupar com o outro mundo", disse a sra. Poulshot com certa aspereza. Ela tinha convicções muito fortes a respeito dessa asneira de imortalidade — tão fortes que não gostava de ouvir falar sobre isso, nem de brincadeira. "Eu estou pensando no que acontecerá com ele quando crescer."

Jim tornou a rir. A juventude de Sebastian lhe parecia quase tão cômica quanto sua possível necessidade de um expurgo.

Essa segunda risada determinou a imediata ação do sr. Poulshot. Eustace, evidentemente, não passava de um hedonista, e mesmo da parte de Alice ele não podia esperar algo muito melhor. Ela sempre se mostrara (era sua única falha, mas que enorme falha!) escandalosamente insensível para com seus sofrimentos mais profundos. Mas Jim, felizmente, era diferente. Ao contrário de Edward e Marjorie, que nessa questão eram demasiado idênticos à mãe, Jim sempre tinha demonstrado respeito plausível e compreensão. O fato de ele agora haver se descontrolado a ponto de rir duas vezes era, portanto, duplamente penoso como ofensa à sensibilidade paterna e uma interrupção de seus tristes e sagrados pensamentos; doloroso também por ser tão decepcionante, tamanho golpe contra a fé que depositava no que a natureza do garoto tinha de melhor. Levantando os olhos que conservara tão resolutamente presos a seu prato, o sr. Poulshot olhou para o filho com uma expressão de tristeza. Jim, piscando os olhos para afastar aquele olhar de condenação, encheu a boca de pão para encobrir sua insegurança. Quase num sussurro, o sr. Poulshot por fim falou.

"Você sabe que dia é hoje?", perguntou.

Antecipando a reprovação que estava por vir, Jim enrubesceu e murmurou indistintamente, com o pão na boca, que ele achava que era dia 27.

"Vinte e sete de março", repetiu o sr. Poulshot. Sacudiu a cabeça devagar e com ênfase. "Neste dia, onze anos atrás, seu pobre avô nos foi levado." Durante alguns segundos, ficou olhando fixamente para o rosto de Jim, observando com satisfação os sintomas de seu embaraço, e em seguida baixou os olhos e voltou a ficar em silêncio, deixando que o jovem se sentisse envergonhado de si mesmo.

Do outro lado da mesa, Alice e Eustace estavam rindo juntos de suas reminiscências da infância. O sr. Poulshot esforçou-se ao máximo para sentir pena deles, pela frivolidade que os fazia tão impiedosamente insensíveis aos melhores sentimentos dos demais. "Perdoai-os porque não sabem o que fazem", disse para si mesmo; depois, bloqueando sua mente de toda conversa ociosa, dedicou-se à tarefa de reconstruir em detalhes suas negociações naquela tarde de 27 de março de 1918 com o agente funerário.

5

Na sala de estar, depois de terminada a ceia, Jim e Susan sentaram-se para jogar xadrez, enquanto os demais se agrupavam em volta da lareira. Fascinado, Sebastian olhava enquanto seu tio Eustace acendia o enorme charuto Romeo y Julieta que prudentemente havia trazido consigo, conhecedor que era dos princípios de Alice e dos hábitos de economia de Fred. Primeiro, o ritual de corte; depois, enquanto levava o charuto à boca, o sorriso de feliz antecipação. Carinhosamente, os lábios úmidos se fecharam sobre a ponta do charuto; o fósforo foi aceso; ele aspirou. E de repente Sebastian se lembrou do bebê da prima Marjorie metendo a carinha com cega concupiscência em busca do bico do peito, agarrando-o por fim entre os lábios macios e sugadores de sua boquinha e começando a chupar, a chupar num silencioso frenesi de satisfação. É bem verdade que o tio Eustace tinha modos mais refinados, e, neste caso, a teta tinha cor de café e media quinze centímetros. Esvoaçaram imagens diante de sua memória; palavras, grotescas e falsamente heroicas, começaram a pôr-se em ordem.

> *Velho, mas infante, abocanhando com lábios de luxúria*
> *A úmida teta marrom, encarnada, em que ele chupa,*
> *De alguma imaginária, a mais gigantesca rainha*
> *De todos os hotentotes...*

Foi interrompido pelo repentino abrir e fechar estrondoso de uma porta. John Barnack entrou na sala e caminhou a passos largos até onde a sra. Poulshot estava sentada no sofá.

"Lamento não ter podido estar com vocês durante o jantar", disse ele, colocando a mão no ombro dela. "Mas era minha única oportunidade de ver Cacciaguida. Por falar nisso, ele me disse", acrescentou, voltando-se para seu irmão, "que Mussolini está definitivamente com câncer na garganta."

Eustace retirou a teta de tabaco de entre os lábios e sorriu com indulgência.

"Desta vez é a garganta, não é? Os *meus* amigos antifascistas parecem preferir o fígado."

John Barnack ficou ofendido, mas esforçou-se por não demonstrá-lo.

"Cacciaguida tem fontes de informação de muita confiança", disse um tanto secamente.

"Se bem me lembro, alguém já não disse algo a respeito dos desejos serem pais dos pensamentos?", perguntou Eustace com suavidade exasperadora.

"Claro que se lembra bem", retrucou John. "Você se lembra porque precisa de uma desculpa para injuriar uma grande causa política cujos heróis quer menosprezar", falou ele em seu estilo habitual, comedido e perfeitamente articulado, mas num tom que traía seus sentimentos mais profundos por ser um pouco mais alto e mais vibrante do que de costume. "O realismo cínico, essa é a melhor desculpa do homem inteligente para não fazer nada diante de uma situação intolerável."

Alice Poulshot olhou de um para o outro, pedindo a Deus que seus dois irmãos não tivessem de brigar cada vez que se encontrassem. Por que John não podia simplesmente aceitar o fato de que Eustace era um velho glutão e deixar as coisas nesse pé? Mas não; ele sempre se exasperava daquela maneira horrivelmente reprimida que lhe era característica, e depois fingia que era indignação moral. E, de sua parte, Eustace provocava de forma deliberada as explosões, bramindo velhos chavões políticos e atirando dardos venenosos. Eram realmente incorrigíveis.

"Rei Tora ou rei Cegonha?", dizia Eustace com calma. "Eu sou sempre partidário do velho e querido rei Tora. Simplesmente não se meter em confusão é a maior de todas as virtudes."

Ali de pé junto à lareira, com os braços estendidos ao longo do corpo, os pés separados e o tronco muito aprumado e tenso, na posição de um atleta pronto para entrar em ação, John Barnack olhou para seu irmão com a atitude calma e firme que nos tribunais ele reservava para as testemunhas hostis e para os acusados que prevaricavam. Era um olhar que, mesmo dirigido a outra pessoa, enchia Sebastian de um horror paralisante. Mas Eustace simplesmente se deixou afundar mais no sofá. Fechando os olhos, ele beijou com ternura a ponta do charuto e sugou.

"E você se considera, suponho", disse John Barnack depois de longo silêncio, "um dos grandes expoentes dessa virtude?"

Eustace exalou uma nuvem de fumaça aromática, e respondeu que fazia o melhor que podia.

"Faz o melhor que pode", repetiu John. "Mas creio que você tem uma participação importante no Yangtze & South China Bank, não?"

Eustace concordou com a cabeça.

"E junto com o direito de lucrar com a exploração na China e no Japão, uma porção de ações de juta, não é assim?"

"Ações muito boas, por sinal", disse Eustace.

"Muito boas mesmo. Trinta por cento mesmo num ano ruim. Ganhas para você por indianos que recebem um salário diário que não compraria mais de um terço de um dos seus charutos."

O sr. Poulshot, que tinha estado sentado em lúgubre silêncio, esquecido por todos, surpreendentemente entrou na conversa.

"Não tinham problemas até que os agitadores começaram a fazer a cabeça deles", disse. "Organizando sindicatos, criando confusão com os proprietários. Deviam ser fuzilados. Sim, deviam ser fuzilados!", repetiu com ênfase feroz.

John Barnack sorriu ironicamente.

"Não se preocupe, Fred. A City de Londres providenciará isso."

"De *que* vocês estão falando?", perguntou Alice irritada. "A City de Londres não fica na Índia."

"Não; mas seus agentes sim. E eles são os caras com as metralhadoras. Os agitadores de Fred serão devidamente fuzilados, e Eustace continuará não se metendo em confusão — não se metendo, com toda a elegância inimitável que aprendemos a admirar nele."

Fez-se silêncio. Sebastian, que tinha ardentemente esperado ver o pai derrotado, olhava desditosamente para o tio. Mas, em vez de sentar-se ali arrasado e deprimido, Eustace estava sacudindo-se numa gargalhada silenciosa.

"Admirável!", exclamou, quando recuperou o fôlego o suficiente para falar. "Muito admirável! Agora, John, você deveria largar o sarcasmo e dar-lhes cinco minutos de autêntico sentimento e indignação; cinco minutos reconfortantes ao coração de sentimento sincero e masculino. Depois dos quais os jurados me considerariam culpado sem nem mesmo sair da sala e acrescentariam uma cláusula recomendando que o promotor fosse nomeado Tribuno do Povo. Tribuno do Povo", repetiu sonoramente. "Todos vestidos à maneira clássica. E, por falar nisso, qual é o nome técnico para aquela nobre toga romana que os cavalheiros da política usam para encobrir o desejo de poder quando querem que isso pareça respeitável? Você sabe, não sabe, Sebastian?" E, quando Sebastian fez que não com a cabeça, exclamou: "Que é *que* ensinam a você hoje em dia? Ora, o nome técnico é Idealismo. Sim, minha querida", prosseguiu, dirigindo-se a Susan, que tinha erguido os olhos, assustada, do seu jogo de xadrez, "é isso mesmo que eu disse: Idealismo."

John Barnack bocejou ostentosamente detrás da sua mão.

"A gente se cansa um pouco desse tipo de psicologia barata do século XVII", disse ele.

"E, agora, diga-nos", falou Eustace, "o que espera conseguir quando as pessoas certas conquistarem o poder? O cargo de promotor-geral, imagino."

"Ora, Eustace", disse com firmeza a sra. Poulshot, "já basta."

"Basta?", repetiu Eustace, fingindo estar ofendido. "Você acha que basta uma miserável e pequena chefia como promotor-geral? Minha querida, você não está dando o devido valor ao seu irmão. Mas, a sério, John", acrescentou em outro tom, "vamos falar de assuntos mais importantes. Eu não sei quais são os *seus* planos; mas, aconteça o que acontecer, tenho de viajar para Florença amanhã. Espero a visita de minha sogra na terça-feira."

"A velha sra. Gamble?", Alice ergueu os olhos de seu tricô surpreendida. "Você está dizendo que *ela* ainda viaja pela Europa? Com *a idade* que tem?"

"Oitenta e seis", disse Eustace, "e, exceto por estar praticamente cega devido à catarata, está em plena forma."

"Meu Deus!", exclamou a sra. Poulshot. "Espero realmente não durar tanto assim!" Ela balançou enfaticamente a cabeça, estarrecida diante da ideia de mais trinta e um anos de dona de casa aturando os estados de espírito sombrios de Fred e a total falta de sentido de tudo.

Eustace voltou-se de novo para seu irmão.

"E quando é que vocês dois pretendem viajar?"

"Na próxima quinta-feira. Mas vamos passar uma noite em Turim. Tenho de entrar em contato com algumas pessoas relacionadas com Cacciaguida", explicou John.

"Então você me entrega Sebastian no sábado?"

"Melhor dizendo, ele se entrega sozinho. Eu salto do trem em Gênova."

"Ah, você não se digna a vir pessoalmente?"

John Barnack fez que não com a cabeça. O navio sairia de Gênova na mesma noite. Ele ficaria no Egito três ou quatro semanas. Depois, seu jornal queria que ele fizesse uma reportagem sobre as condições dos nativos no Quênia e em Tanganica.

"E, enquanto estiver fazendo isso", disse Eustace, "veja se descobre por que as minhas ações de café da África Oriental não estão subindo."

"Posso dizer-lhe aqui e agora", respondeu o irmão. "Alguns anos atrás o café estava dando muito dinheiro. Resultado: milhões de hectares de novas plantações, com todos os porcos gadarenos de Londres, Paris, Amsterdã e Nova York precipitando-se por um íngreme declive nos investimentos cafeeiros. Agora há tamanho excedente de grãos, e o preço está tão baixo, que nem o trabalho suado dos negros pode dar dividendos."

"Que lástima!"

"Você acha? Espere até que a sua mania de não querer se meter em encrenca provoque a rebeldia entre os povos subjugados e uma revolução na Inglaterra."

"Felizmente", disse Eustace, "todos já estaremos mortos a essa altura."

"Não tenha tanta certeza disso."

"Podemos nos arrastar através dos anos como a pobre sra. Gamble", falou Alice, tentando imaginar como Fred e ela seriam em 1950.

"Não é preciso tanto", disse John Barnack, com evidente satisfação. "Vai acontecer muitíssimo antes do que qualquer um de vocês pode imaginar." Olhou para seu relógio. "Bem, tenho trabalho a fazer", anunciou. "E amanhã vou madrugar. Portanto, Alice, desejo-lhe uma boa-noite."

O coração de Sebastian começou a bater violentamente, e de imediato sentiu um tremendo mal-estar. O momento havia chegado afinal, a absoluta e derradeira oportunidade. Respirou fundo, levantou-se, e foi até seu pai.

"Boa noite, pai. Ah, a propósito", acrescentou, no tom de voz mais natural que conseguiu, "o senhor não acha que eu podia... quero dizer, não acha que eu realmente devia ter um traje a rigor agora?"

"Devia?", repetiu o pai. "Devia? Trata-se do Imperativo Categórico, hein?" E, de inesperado, assustadoramente, explodiu numa breve e retumbante gargalhada.

Estarrecido, Sebastian murmurou algo sobre não haver sido necessário da última vez que ele pedira isso, mas que agora... agora era urgente; ele fora convidado para uma festa.

"Ah, você foi convidado para uma festa", disse o sr. Barnack, e lembrou-se do êxtase com que Rosie costumava pronunciar essa palavra odiada; lembrou-se do brilho de seus olhos quando escutava a música e do ruído confuso da multidão, sua alegria desmedida e quase frenética à medida que a noite avançava.

"Cada vez mais categórico", acrescentou com sarcasmo.

"Seu pai teve muitos gastos recentemente", interpôs a sra. Poulshot, num esforço bem-intencionado de proteger o pobre Sebastian do impacto da intransigência de seu irmão. No final das contas, a culpa não havia sido inteiramente de Rosie. John sempre fora rígido e exigente, mesmo quando menino. E agora, para piorar as coisas, teimava em envenenar a vida dos outros com seus ridículos princípios políticos. Mas, nesse meio-tempo, a rigidez e os princípios políticos eram fatos, como o era a sensibilidade de Sebastian. A política de Alice era tentar evitar que os dois conjuntos de fatos colidissem. Mas, nesta ocasião, a tentativa foi mais do que infrutífera.

"Minha querida Alice", disse John Barnack, no tom de um contendor cortês, mas absolutamente decidido, "não se trata de *poder* ou não enfrentar o gasto de um traje a rigor para o garoto." As palavras evocaram a imagem dos calções de veludo vermelho de lady Caroline Lamb como pajem de Byron, ou do jovem Tom Hilliard. "A questão é se é *correto* fazê-lo."

Eustace tirou a teta da boca para protestar que aquilo era pior do que Savonarola.

John Barnack negou com a cabeça, enfaticamente:

"Não tem nada a ver com o ascetismo cristão. Trata-se apenas de uma questão de decência — de não se explorar as vantagens ocasionais. *Noblesse oblige.*"

"Tudo bem!", disse Eustace. "Entretanto, você começa por deixar-se obrigar pela *noblesse*. Trata-se de pura coerção."

"Sebastian carece totalmente do senso de responsabilidade social. Ele tem de adquiri-lo."

"Não é isso exatamente o que Mussolini diz do povo italiano?"

"E, de qualquer modo", aproveitou a sra. Poulshot para intervir, feliz pela oportunidade de lutar por Sebastian com a ajuda de um aliado, "para que discutir tanto por causa de um mísero *dinner jacket*?"

"Um insignificante smoking", exagerou Eustace num tom destinado a levar a discussão ao nível de pura farsa. "Um smoking de alguns tostões! Ah! E isso me faz lembrar do meu jovem de Peoria. Você não sabia que eu era poeta, sabia, Sebastian?

Que para manter seu senso de euforia
Vestia seu smoking

*E murmurava o Credo
Junto com o Sanctus e o Gloria.*

E aí está você, John, privando o seu filho do benefício dos sacramentos."

Mais alto do que de costume, devido ao nervosismo, Sebastian começou a rir, mas, ao se deparar com o rosto grave e severo do pai e com seus lábios resolutamente fechados, conteve-se de pronto.

Eustace piscou para ele por entre as pálpebras inchadas.

"Obrigado pelos aplausos", disse ele. "Mas receio que *não* estejamos nos divertindo."

A sra. Poulshot interveio mais uma vez, tentando desfazer o efeito do passo em falso de Eustace.

"Afinal", disse, querendo fazer com que a conversa voltasse a ficar séria, "*o que é* um traje a rigor? Nada. Uma convenção tola e insignificante."

"Tola, admito", disse John com seu jeito controlado e sentencioso. "Mas, quando se trata de um símbolo social, nenhuma convenção pode ser considerada insignificante."

"Mas, pai", interrompeu Sebastian. "Todos os rapazes da minha idade têm um traje a rigor." A voz era estridente e trêmula de emoção.

Curvada sobre o tabuleiro de xadrez, Susan reconheceu o sinal de perigo e imediatamente ergueu os olhos. O rosto de Sebastian estava congestionado, e seus lábios começavam a tremer. Mais do que nunca ele parecia um garotinho. Um garotinho infeliz, indefeso, um garotinho com quem um adulto está sendo cruel. Susan sentiu-se dominada por um sentimento de amor e de pena. Mas que confusão ele estava armando com tudo aquilo!, pensou. De repente sentiu-se furiosa com ele, não a despeito de seu amor, mas exatamente porque o queria tanto. E, por que cargas-d'água ele não se controlava um pouco ou, se isso era impossível, por que não se calava?

Durante alguns segundos, John Barnack olhou em silêncio para o filho — olhou intensamente para a imagem da esposa-menina que o havia traído e que estava morta. Depois, sorriu com sarcasmo.

"*Todos* os outros rapazes", repetiu. "Absolutamente todos." E, no tom que usava no tribunal para desacreditar a principal testemunha da parte contendora, acrescentou com ironia e desprezo: "Em Gales do Sul, os filhos dos mineiros desempregados fazem questão de usar casaca e gravata branca. Para não falar das gardênias na lapela. E agora", ordenou peremptoriamente, "vá para a cama e nunca mais me fale dessa tolice!".

Sebastian deu as costas e, sem uma palavra, saiu correndo da sala.

"Sua vez de jogar", disse Jim, com impaciência.

Susan baixou os olhos e viu o cavalo negro bem na frente da sua rainha e o tomou.

"Peguei-o!", disse com ferocidade. O cavalo negro era o tio John.

Triunfalmente, Jim moveu a torre de um extremo ao outro do tabuleiro e, ao lançar a rainha dela na caixa, gritou: "Xeque!".

Quarenta e cinco minutos mais tarde, já de pijama, Susan estava agachada no chão, diante do aquecedor de seu quarto, escrevendo seu diário. "B + em história, B em álgebra. Podia ser pior. A senhorita C. me deu uma nota baixa por negligência, mas, naturalmente, não disse nada a sua querida Gladys. *Francamente!!!* Scarlatti foi melhor, mas Pfeiffy quis fazer graça às custas de S. com os charutos, e depois Tom B. nos encontrou e o convidou para sua festa e S. sentiu-se infeliz por causa daquele desgraçado. Na realidade eu devia odiá-lo, porque ele esteve com a sra. E. outra vez, hoje, e ela estava usando *renda negra* sobre a pele. Mas fiquei foi com uma tremenda pena dele. E, hoje à noite, o tio J. foi *medonho* com relação ao smoking; *às vezes* realmente odeio ele. O tio E. tentou defender S., mas não adiantou." Não adiantou, e o pior é que ela teve de ficar sentada ali, esperando que o tio John e depois o tio Eustace se despedissem. E, mesmo quando já estava livre para ir para a cama, não teve coragem de ir consolá-lo, por medo de que sua mãe ou Jim pudessem ouvi-la e a encontrassem no quarto dele. Se fosse o Jim, seria aquela gargalhada, como se a tivesse visto sentada na privada. Se fosse a mãe, uma observação jocosa, pior que a própria morte. Mas, agora, olhando para o relógio da lareira, pensou que já não devia haver perigo. Levantou-se, trancou o diário na gaveta da escrivaninha e escondeu a chave no lugar de sempre, atrás do espelho. Depois de apagar a luz, abriu cautelosamente a porta e espiou. As luzes dos andares de baixo estavam apagadas; a casa estava tão silenciosa que Susan podia ouvir as batidas de seu coração. Três passos a levaram até à porta do outro lado do patamar. A maçaneta girou silenciosamente e ela se esgueirou para dentro do quarto, que não estava totalmente escuro, pois as venezianas não estavam fechadas e o lampião do outro lado da porta jorrava um feixe oblíquo de claridade esverdeada pelo teto. Susan fechou a porta atrás de si e ficou escutando — escutando primeiro só o próprio coração. Depois, as molas da cama rangeram de leve, e ela ouviu o som da respiração dele entrecortada por um soluço. Sebastian chorava. Impulsivamente, ela se adiantou. Sua mão estendida tocou na grade de metal, moveu-se para o cobertor e, da lã, resvalou para a maciez do lençol dobrado à altura do pescoço. Na escuridão, a roupa de cama branca parecia fantasmagórica, e, contra o travesseiro quase invisível, a cabeça de Sebastian desenhava uma silhueta negra. Seus dedos tocaram a nuca do rapaz.

"Sou eu, Sebastian."

"Vá embora", murmurou zangado. "Vá embora!"

Susan não disse nada, mas sentou-se na beira da cama. Os pelos curtos, deixados pela tesoura do barbeiro, pareciam elétricos em contato com a ponta de seus dedos.

"Você não deve ligar para essas coisas, Sebastian querido", murmurou. "Não deve deixar que eles o magoem."

Ela o estava paparicando, é claro; estava tratando-o como criança. Mas ele se sentia totalmente infeliz e tão humilhado que não tinha mais a energia do orgulho para manter o ressentimento. Ficou quieto, permitindo-se o deleite da reconfortante certeza da proximidade de Susan.

Ela tirou a mão da nuca de Sebastian e a manteve parada no ar, prendendo a respiração, hesitando. Será que teria coragem? Ele ficaria furioso se ela o fizesse? Seu coração batia ainda mais violentamente contra as costelas. Engolindo em seco, resolveu arriscar. Vagarosamente, a mão erguida se moveu para a frente e baixou pela escuridão, até que os dedos tocaram os cabelos dele, aqueles cabelos claros e brilhantes, cacheados e despenteados pelo vento, mas agora invisíveis, pouco mais do que uma trama de seda viva ligeiramente perceptível contra a pele dela. Esperou trêmula, pensando ouvir a qualquer momento a voz zangada mandando-a embora. Mas nenhum som se fez ouvir, e, encorajada pelo silêncio, baixou a mão um pouco mais.

Inerte, Sebastian se abandonava à ternura que, em outros momentos, jamais se permitiria expressar, e no próprio ato de abandono encontrou um pouco de consolo. De repente, sem que entendesse por que, veio-lhe à mente que esta era uma das situações que sempre almejara em seu sonho de amor com Mary Esdaile — ou qualquer que seja o nome da senhora de cabelos escuros, dona de sua imaginação. Ele ficaria deitado, inerte, no escuro, e ela se ajoelharia ao lado da cama, acariciando seus cabelos; e de vez em quando se inclinaria e o beijaria — ou talvez não fossem os lábios dela nos seus, mas o toque do seio desnudo. Mas, naturalmente, esta era apenas Susan, não Mary Esdaile.

Ela passava a mão pelos cabelos dele, abertamente agora, sem dissimular, como sempre desejara fazer: passando a ponta dos dedos na pele macia e firme detrás das orelhas, abrindo caminho por entre as raízes dos cabelos, enquanto os cachos grossos e resistentes escapavam-lhe por entre os dedos à medida que a mão chegava ao topo da cabeça, uma vez e outra mais, infatigavelmente.

"Sebastian?", murmurou afinal. Mas ele não respondeu, e sua respiração suave era quase imperceptível.

Com olhos já acostumados à escuridão, Susan viu o rosto adormecido e a felicidade que experimentou, a ventura indescritível, assemelhava-se à que sentia algumas vezes quando pegava no colo o bebê de Marjorie, mas com o acréscimo de todas essas outras coisas: desejo, apreensão e a sufocante sensação do proibido, à medida que sentia os cabelos dele contra a ponta de seus dedos, esse prazer dolorido nos seus seios. Curvando-se mais, tocou no rosto dele com seus lábios. Sebastian mexeu-se um pouco, mas não despertou.

"Querido", falou, e, na certeza de que ele não a escutava, repetiu: "meu amor, meu querido amor."

6

Eustace acordou naquela manhã de sábado alguns minutos antes das nove, depois de uma noite sem sonhos, induzida por nada mais forte em matéria de narcóticos do que meio litro de cerveja à meia-noite, com dois ou três pequenos sanduíches de anchovas.

O despertar foi doloroso, é claro, mas o gosto na boca era menos metálico, e a sensação de cansaço em seus membros, sensivelmente menos aguda do que de hábito a esta sombria hora matutina. É verdade que tossiu um pouco e expeliu algum catarro, mas a crise de exaustão passou mais rápido do que de costume. Depois da primeira xícara de chá e do banho quente, sentiu-se positivamente rejuvenescido.

Além da imagem de seu rosto coberto de espuma de barbear refletido no espelho redondo, estendia-se a cidade de Florença, emoldurada pelos ciprestes dos terraços em declive de sua casa. Sobre o monte Morello pairavam nuvens volumosas, como os traseiros dos querubins de Correggio em Parma. Mas o resto do céu estava imaculadamente azul, e nos canteiros debaixo da janela do banheiro os jacintos lembravam joias talhadas ao sol, jade branco, lápis-lazúli e coral rosa pálido.

"O cinza perolado", pediu ao pajem, sem se voltar, e depois parou para pensar qual gravata combinaria melhor com o terno e o lindo dia. A de xadrez preto e branco? Mas assim se parecia demasiado a um corretor triunfante. Não, o que o lugar e a hora exigiam era algo no estilo daquelas lãs escocesas em quadrados de fundo branco da Burlington Arcade. Ou, melhor ainda, aquela gravata rosa-salmão maravilhosa, da casa Sulka. "E a gravata rosa", acrescentou. "A nova."

Na mesa do café havia rosas brancas e amarelas.

Um belíssimo arranjo floral! Guido estava começando a aprender. Tirou um virginal botão branco e o enfiou na lapela. Em seguida, dedicou-se às uvas de sua estufa. Seguiu-se uma tigela de mingau de aveia, dois ovos pochê com torradas, um arenque defumado e alguns pães com geleia de laranja.

Enquanto comia, examinava a correspondência.

Primeiro, um recado de Bruno Rontini. Já estava de volta a Florença? Bem, se assim era, por que não dar um pulo até a loja qualquer hora dessas para um bate-papo e uma olhada nos livros? Anexo vinha um catálogo das últimas aquisições.

Havia também dois pedidos de ajuda da Inglaterra: daqueles horrendos órfãos de novo, e de um grupo novíssimo de Incuráveis, ao qual teria de mandar alguns guinéus, porque Molly Carraway era membro da comissão. Mas, para compensar os Incuráveis, havia uma mensagem muitíssimo alentadora do gerente de seu banco italiano. Usando o capital líquido de duas mil libras que lhes havia entregado para que o aplicassem, haviam conseguido acumular, no mês anterior, catorze mil liras. Pelo simples expediente de comprar e vender dólares e francos no mercado cambial. Catorze mil... Uma quantia considerável. Daria aos Incuráveis uma nota de cinco libras, e compraria para si um presentinho de aniversário. Alguns bons livros, talvez. E abriu o catálogo de Bruno. Mas, na realidade, quem queria a primeira edição de *O combate espiritual*, de Scupoli? Ou as *Opera Omnia*, de São Boaventura, editadas pelos Franciscanos de Quaracchi? Eustace pôs de lado o catálogo e dedicou-se à tarefa de decifrar as longas e ilegíveis garatujas de Mopsa Schottelius, que havia deixado para o fim. A lápis e na mais desconcertante mistura de alemão, francês e inglês, Mopsa descrevia o que ela estava fazendo em Monte Carlo. E o que aquela moça não estava fazendo podia ser anotado na parte posterior de um selo postal. Como os alemães sempre conseguiam parecer extraordinariamente detalhistas e entusiastas! No sexo como na guerra, na erudição, na ciência. Mergulhando mais fundo do que todos os outros e voltando à tona mais enlameados. Resolveu mandar para Mopsa um cartão-postal aconselhando-a a ler John Morley sobre o tema "Mediação".

De acordo com esses mesmos princípios morleyanos foi que decidiu, uma vez terminada a refeição, fumar um desses charutos pequenos, Larrañaga *claros*, que havia provado no seu tabaqueiro de Londres, e que lhe haviam agradado tanto que chegara a comprar mil deles, no ato. Os médicos o estavam sempre azucrinando por causa dos charutos, e havia prometido fumar apenas dois por dia, um depois do almoço e outro depois do jantar. Mas esses charutos miudinhos eram tão suaves que seria preciso uma dúzia deles para conseguir o mesmo efeito de um de seus enormes Romeo y Julieta. Portanto, se fumasse um deles agora e outro depois do almoço, e talvez um terceiro na hora do chá, com apenas um único charuto grande após o jantar, não estaria cometendo nenhum excesso. Acendeu o charuto e recostou-se na cadeira, saboreando a delicada luxúria de seu aroma. Depois levantou-se, dando ordens ao mordomo para ligar para a Casa Acciaiuoli para saber se a condessa poderia recebê-lo à tarde, e foi para a biblioteca. Os quatro ou cinco livros que estava lendo simultaneamente jaziam empilhados na mesa ao lado da poltrona em que ele, agora, cautelosamente, se deixou afundar: os *Journals* de Scawen Blunt, o segundo volume de *Sodoma e Gomorra*, uma *História do bordado*, ilustrada, o último romance de Ronald Firbank... Depois de um momento de hesitação, decidiu-se por Proust. Dez páginas era o máximo que conseguia ler de qualquer livro antes de optar por outro. Mas, desta vez, perdeu o interesse depois de apenas seis páginas e meia, e voltou-se para a seção de *"opus anglicanum"* da *História do bordado*. Neste instante, o relógio da sala bateu as onze, e já era tempo de ir até a ala oeste e dar bom-dia a sua sogra.

Maquiada em cores fortes e vestida num elegantíssimo costume amarelo-canário, a velha sra. Gamble estava sentada, com toda a pompa, as unhas da mão direita entregues aos cuidados profissionais da criada francesa, enquanto acariciava com a esquerda seu cachorrinho miniatura da Pomerânia, Foxy VIII, e escutava sua dama de companhia ler *Raymond*, de sir Oliver Lodge. À entrada de Eustace, Foxy VIII saltou do colo da dona e correu até ele, retrocedendo à medida que ele avançava, latindo furiosamente.

"Foxy!", exclamou a sra. Gamble, num tom quase tão agudo e metálico quanto os latidos do lulu-da-pomerânia. "Foxy!"

"Diabinho de cachorro!", disse Eustace de bom humor. E, virando-se para a leitora, que havia se interrompido no meio de uma frase, protestou: "Por favor, não pare por minha causa, sra. Thwale".

Veronica Thwale levantou o rosto de um oval impecável, concentrando em Eustace seu olhar sereno.

"Mas é um prazer", disse ela, "deixar todos estes fantasmas por um pouco de sólida carne."

Arrastou um pouco a enunciação da vogal da última palavra. Como "ca-a-r-ne", a palavra adquiria um teor de maior solidez.

Parece uma madona de Ingres, pensou Eustace, ao piscar para ela, como resposta. Suave e serena, quase impessoal, e, no entanto, conservando toda a sua sensualidade — e talvez até um pouco mais, de sobra.

"Demasiado, demasiado sólida, lamentavelmente."[3]

Rindo, acariciou a macia convexidade do colete cinza perolado.

"E como está a Rainha-Mãe esta manhã?", acrescentou ele, aproximando-se da cadeira da sra. Gamble. "Fazendo afiar as garras, parece."

A velha dama soltou uma risadinha alquebrada. Orgulhava-se de sua reputação de falar sem rodeios ou subterfúgios, e de seu humor ferino.

"Você é um pilantra, Eustace", disse em sua voz fina de velha, mas ainda vibrante, devido à entonação áspera da autoridade que faz com que tantas senhoras idosas, ricas e aristocráticas pareçam sargentos-mores refinados. "E quem está falando de carne?", acrescentou, voltando os olhos cegos inquisidoramente de onde imaginava que esta-

---

[3] Alusão ao monólogo de Hamlet: "... this too, too solid flesh...". (N. T.)

va Eustace para onde parecia-lhe que a sra. Thwale estava sentada. "*Você* está engordando, Eustace?"

"Bem, não estou tão parecido a uma sílfide como a senhora", respondeu, olhando com um sorriso para a pequena múmia encolhida, sentada na cadeira a seu lado.

"Onde você está?", perguntou a sra. Gamble, que, deixando uma de suas mãos nodosas entregue à manicure, agitou a outra no ar até que encontrou a lapela do paletó, e daí correu os dedos pelo volume do ventre coberto pelo colete cinza perolado. "Meu Deus!", exclamou. "Eu não fazia ideia! Você está gordo, Eustace, *gordo!*" A voz fina raspava de novo na garganta, como a de um oficial subalterno. "Ned também era gordo", continuou, comparando mentalmente a barriga sobre a qual retinha sua mão com a lembrança do ventre de seu marido. "Por isso se foi tão jovem. Com apenas sessenta e quatro anos. Nenhum homem gordo chegou aos setenta."

A conversa tomava um rumo que Eustace considerava bastante desagradável. Resolveu sair do impasse com uma risada, buscando um assunto mais do seu agrado.

"Vejo que conserva intacta a velha chama", comentou Eustace com jovialidade. "Mas, diga-me", acrescentou, "que acontece com os gordos quando morrem?"

"Não morrem", disse a sra. Gamble. "Desencarnam."

"Quando desencarnam", emendou Eustace com uma entonação que punha as palavras entre aspas, "continuam obesos do outro lado? Gostaria de perguntar isso na próxima vez que a senhora tiver uma sessão."

"Não seja frívolo", disse a Rainha-Mãe com severidade.

Eustace voltou-se para a sra. Thwale.

"Conseguiu, afinal, localizar uma boa feiticeira?"

"Infelizmente, a maioria delas só fala italiano. Mas, agora, lady Worplesden nos indicou uma inglesa que ela diz ser muito competente."

"Teria preferido um médium que incorpora", disse a sra. Gamble. "Mas, quando se está viajando, tem-se de aceitar o que se encontra."

Silenciosamente a criada francesa levantou-se, levou sua cadeira para o outro lado, e, tomando a outra mão da sra. Gamble, que se aferrava com garra ao pelo alaranjado de Foxy, começou a lixar as unhas pontiagudas.

"Seu jovem sobrinho chega hoje, não é?"

"Esta noite", respondeu Eustace. "Talvez nos atrasemos para o jantar."

"Gosto de rapazes", declarou a Rainha-Mãe. "Isto é, quando têm boas maneiras, o que é raro hoje em dia. E isso me faz lembrar, Veronica, do sr. De Vries."

"Ele virá para o chá, hoje à tarde", disse a sra. Thwale, na sua voz calma e inalterável.

"De Vries?", perguntou Eustace.

"Você o conheceu em Paris", falou a Rainha-Mãe. "No coquetel que ofereci no Ano-Novo."

"É mesmo?" O tom de voz de Eustace era vago. Na mesma festa conhecera cerca de cinco mil outras pessoas.

"Americano", continuou a Rainha-Mãe. "E ele simpatizou muito comigo, não foi, Veronica?"

"Foi, sim, realmente", confirmou a sra. Thwale.

"Veio visitar-me durante todo este inverno — frequentemente. E, agora, está em Florença."

"Dinheiro?"

A sra. Gamble confirmou com a cabeça.

"Comida para o café da manhã", disse ela. "Mas está realmente interessado em ciência e todo esse tipo de coisas. Contudo, como sempre digo a ele, fatos são fatos, diga o que disser o sr. Einstein."

"E não apenas o sr. Einstein", refrucou Eustace com um sorriso, "o sr. Platão, o sr. Buda e o sr. Francisco de Assis também."

Um pequeno grunhido estranho o fez virar o rosto. Quase sem vocalização, a sra. Thwale estava rindo.

"Disse alguma coisa tão engraçada assim?"

O rosto pálido e oval recuperou a serenidade costumeira.

"Estava pensando numa piada que meu marido e eu contávamos."

"A respeito do sr. Francisco de Assis?"

Por um segundo ou dois ela o olhou sem dizer nada.

"A respeito do irmão As-no", disse, por fim.

Eustace gostaria de saber mais sobre isso, mas achou melhor refrear sua curiosidade, visto que fazia pouco tempo que o sr. Thwale tinha falecido.

"Se você vai à cidade agora de manhã", disse a sra. Gamble, "gostaria que levasse Veronica."

"Com prazer."

"Ela tem de fazer umas compras para mim", continuou a velha senhora.

Eustace voltou-se para a sra. Thwale.

"Nesse caso, vamos almoçar juntos no Betti."

Mas foi a Rainha-Mãe quem rejeitou o convite.

"Não, Eustace. Quero que ela venha direto para casa. De táxi."

Ele olhou ansioso para a sra. Thwale para ver sua reação. O rosto da madona de Ingres estava inexpressivamente calmo. "De táxi", repetiu em voz clara e firme. "Muito bem, sra. Gamble."

Meia hora mais tarde, na sóbria elegância de um costume negro, Veronica Thwale saía para o sol. Aos pés da escadaria da frente estava o Isotta, grande, azul-escuro e de aparência prodigiosamente cara. Mas Paul de Vries, ela refletia ao entrar no carro, era provavelmente tão rico quanto o sr. Barnack.

"Espero que não faça objeção", disse Eustace, erguendo o segundo charuto do dia.

Ergueu os olhos para ele, sorriu sem entreabrir os lábios, e negou com a cabeça. Depois, voltou a fixar os olhos nas mãos enluvadas que jaziam enlaçadas frouxamente em seu colo.

Devagar, o carro deslizou por entre os ciprestes e atingiu a íngreme estrada sinuosa do lado de fora dos portões.

"De todos os espécimes de minha coleção", disse Eustace, rompendo o longo silêncio, "acho que a Rainha-Mãe é talvez o mais notável. O fóssil de um escorpião do período carbonífero, conservado quase em perfeito estado."

A sra. Thwale sorriu para as mãos enluvadas.

"Não sou geóloga", disse, "e, além disso, neste caso, o fóssil é minha empregadora."

"O que para mim ainda é surpreendente."

Ela o fitou inquisitivamente.

"O que quer dizer, que devia fingir ser dama de companhia da sra. Gamble?"

A palavra dama de companhia, notou Eustace com apreço, estava ligeiramente enfatizada, de modo a adquirir o mais completo sentido bronteano.

"É isso mesmo", disse ele.

A sra. Thwale examinou-o detidamente, levando em conta o chapéu inclinado, o terno cinza perolado de corte perfeito, a gravata Sulka e o botão de rosa na lapela.

"O *seu* pai não era um clérigo pobre em Islington", ela ressaltou.

"Não. Era um militante anticlerical em Bolton."

"Ah, não estou me referindo à fé", respondeu sorrindo com delicada ironia. "Estou pensando no que sua sogra chama de Fatos."

"Tais como?"

Ela deu de ombros.

"Frieiras, por exemplo. Morar numa casa fria. Sentir vergonha das próprias roupas, tão velhas e surradas. Mas o pior não era a pobreza. O *seu* pai não praticava as virtudes cristãs."

"Ao contrário", disse Eustace. "Era um filantropo profissional. Sabe como é, não? Bebedouros públicos, hospitais, clubes para meninos."

"Ah, mas ele se limitava a dar o dinheiro e deixar que gravassem o seu nome na entrada. Não tinha de trabalhar nesses malditos clubes."

"Ao passo que *você* sim?"

A sra. Thwale assentiu.

"Desde os treze anos. E, depois que completei dezesseis, eram quatro noites por semana."

"Eles a obrigavam a isso?"

A sra. Thwale deu de ombros e não respondeu imediatamente. Pensava em seu pai — aqueles olhos brilhantes no rosto de um Febo tuberculoso, o corpo comprido e magro, combalido, o peito encovado. E a seu lado a mãe, pequenina e frágil, mas a protetora do impotente desapego mundano dele, pequeno Atlas-passarinho, que sustentava todo o peso do universo material do marido.

"Há uma coisa que se pode considerar chantagem moral", disse ela, finalmente. "Se as pessoas que nos rodeiam insistem em se comportar como os cristãos primitivos, não temos muita escolha, não é mesmo?"

"Não muita, admito."

Eustace tirou o charuto do canto da boca e soltou uma nuvem de fumaça.

"Essa é uma das razões", acrescentou ele com uma risadinha, "pelas quais é tão importante evitar a companhia dos Bons."

"Um dos Bons era sua enteada", informou a sra. Thwale, depois de uma pequena pausa.

"Quem? Daisy Ockham?"

Ela fez que sim com a cabeça.

"Ah! Então seu pai deve ser aquele cônego Não-sei-das-quantas de quem ela vivia falando."

"Cônego Cresswell."

"É isso mesmo, Cresswell.", Eustace sorriu. "Bem, tudo o que posso dizer é que deveria ouvi-la falar a respeito dele."

"Já ouvi", disse a sra. Thwale. "Muitas vezes."

Daisy Ockham, Dotty Freebody, Yvonne Graves — as Santas Mulheres. Uma gorda e duas esqueléticas. Certa vez, ela desenhara as três acocoradas ao pé da cruz em que seu pai estava sendo crucificado por uma tropa de escoteiros.

Eustace rompeu o silêncio com uma gargalhada às custas de sua enteada e do cônego Cresswell, casualmente.

Neste caso, pensou, não tinha de levar em conta nenhuma devoção filial.

"Todas aquelas suas deploráveis boas obras! Mas também", acrescentou compassivamente, "não havia muitas alternativas para a pobre coitada depois que perdeu o marido e o filho."

"Ela já as fazia, até mesmo antes", disse a sra. Thwale.

"Então, *realmente*, não há desculpa!"

A sra. Thwale, sorrindo, assentiu com a cabeça. Após uma pausa, informou que fora Daisy Ockham quem a havia apresentado à sra. Gamble.

"Um raro privilégio!", disse Eustace.

"Mas foi na casa dela que conheci Henry."

"Henry?", indagou ele.

"Meu marido."

"Ah! Sim, claro."

Fez-se silêncio enquanto Eustace chupava seu charuto e tentava lembrar-se do que a Rainha-Mãe lhe contara sobre Henry Thwale. Um dos sócios do escritório de advocacia que cuidava de seus interesses. Muito agradável e bem-educado, mas que desencarnara devido a uma ruptura do apêndice com apenas — qual era mesmo a idade que ela havia mencionado, com sua costumeira exatidão macabra para esse tipo de coisas? Trinta e oito, não era? De modo que ele devia ter sido doze ou catorze anos mais velho do que sua mulher.

"Quantos anos você tinha quando se casou?"

"Dezoito."

"A idade certa, de acordo com Aristóteles."

"Mas não de acordo com meu pai. Por ele, eu teria esperado mais alguns anos."

"Os pais não gostam que suas filhas se casem muito jovens."

A sra. Thwale baixou os olhos para suas mãos cruzadas, e pensou na sua lua de mel e nas férias de verão às margens do Mediterrâneo. Os dois nadando, tomando deliciosos e estonteantes banhos de sol, as longas horas de sesta na penumbra de aquário do quarto de venezianas verdes.

"Não me surpreende", disse ela, sem erguer os olhos.

Ao lembrar-se desses delírios de prazer e de ausência de qualquer pudor, dessa entrega total de si mesma, ela sorriu. "Idiota leigo da natureza, eu te ensinei a amar." E a essa citação Henry havia acrescentado, como testemunho pessoal, que ela fora uma aluna exemplar. Mas, também, ele havia sido um professor excelente. O que, infelizmente, não o impediu de ter um temperamento difícil e de ser mesquinho com o dinheiro.

"Bem, fico feliz que tenha conseguido escapar", disse Eustace.

A sra. Thwale ficou em silêncio por algum tempo. "Depois que Henrry morreu", falou, finalmente, "quase tive de voltar para onde eu viera."

"Para os Pobres e os Bons?"

"Para os Pobres e os Bons", repetiu ela. "Mas, felizmente, a sra. Gamble precisava de alguém que lesse para ela."

"Portanto, agora, vive com os Ricos e os Maus, hein?"

"Como parasita", retrucou a sra. Thwale, calmamente. "Como uma espécie de criada de quarto glorificada... Mas tinha de escolher entre dois males."

Abriu a bolsa, tirou um lenço, e, levando-o ao nariz, aspirou profundamente o perfume de almíscar e de flores.

Na casa de seu pai havia o cheiro crônico de repolho e pudins cozidos no vapor, e no Clube das Moças... havia cheiro de moças.

"Pessoalmente", disse ela, guardando o lenço outra vez, "prefiro ser parasita numa casa como a sua do que morar sozinha com, quanto seria? Cerca de cinquenta xelins por semana, suponho."

Houve uma breve pausa.

"No seu lugar", falou por fim Eustace, "teria feito a mesma escolha, provavelmente."

"Não me surpreenderia", foi o comentário da sra. Thwale.

"Mas acho que teria imposto um limite..."

"Só se impõem limites quando se pode."

"Mesmo com os escorpiões fossilizados?"

A sra. Thwale sorriu.

"Sua sogra preferia um médium que incorpora, mas mesmo ela teve de se contentar com o que pôde encontrar."

"Até mesmo ela!", repetiu Eustace com uma risada rouquenha. "Mas devo admitir que ela teve muita sorte em encontrar você, não é mesmo?"

"Não tanta quanto eu de encontrá-la."

"E, se não se houvessem encontrado, que sucederia?"

A sra. Thwale deu de ombros.

"Talvez pudesse ganhar algum dinheiro ilustrando livros."

"Ah, você desenha?"

Ela assentiu.

"Secretamente", acrescentou.

"Por que secretamente?"

"Por quê?", repetiu ela. "Em parte pela força do hábito. Sabe, meus desenhos não eram muito bem aceitos em casa."

"Sob que pretextos? Éticos ou estéticos?"

Ela sorriu e deu de ombros. "Quem sabe?"

A verdade é que a sra. Cresswell tinha ficado tão chocada quando descobriu seu livro de desenhos que caiu de cama por três dias, com enxaqueca. Depois disso, Veronica não desenhara mais, exceto no banheiro e em pedacinhos de papel que podia eliminar pela privada, sem risco de entupir os canos.

"Além disso", continuou ela, "o segredo, por ser segredo, torna tudo mais interessante."

"É mesmo?"

"Não me diga que pensa como meu marido nessa questão! Henry seria nudista se tivesse nascido dez anos mais tarde."

"Mas não é o seu caso, embora *tenha nascido* dez anos mais tarde?"

Ela balançou a cabeça enfaticamente.

"Eu nem mesmo consigo fazer a lista da roupa suja com outra pessoa no quarto. Mas Henry... Ora, nunca fechava a porta de seu escritório. Nunca! Eu me sentia mal só de vê-lo."

Por alguns instantes ficou calada.

"Há uma oração horrível, no início do Ato de Comunhão", prosseguiu. "Sabe qual é? 'Deus Todo-Poderoso, a quem todos os corações estão descobertos, para quem todos os desejos são conhecidos, e para quem não existem segredos...' Realmente horrível! Eu antes fazia desenhos sobre o tema, e eram os que mais perturbavam minha mãe."

"Acredito piamente", disse Eustace com uma risada. "Um dia destes, não quer me mostrar um dos seus desenhos?"

A sra. Thwale encarou-o inquisidoramente, e depois desviou o olhar. Por alguns segundos não disse nada. Depois, lentamente, como quem já pensou muito sobre um problema e tomou uma decisão, respondeu:

"O senhor é uma das poucas pessoas a quem eu não teria objeção em mostrá-los."

"Sinto-me honrado", disse Eustace.

A sra. Thwale abriu a bolsa e, do meio de seu conteúdo perfumado, extraiu meia folha de caderno.

"Aqui está um em que estava trabalhando antes do café hoje de manhã."

Ele pegou a folha de papel e colocou o monóculo. O desenho era a tinta e, a despeito de sua pequenez, extraordinariamente detalhado e meticuloso. Competente, foi o veredicto de Eustace, mas desagradavelmente requintado. Olhou-o com mais atenção. O desenho representava uma mulher, vestida num costume dos mais severos e mais corretamente na moda, andando com o livro de orações na mão pela nave central de uma igreja. Detrás dela, preso na ponta de um barbante, arrastava um ímã em forma de ferradura — mas uma ferradura tão curva e arredondada que fazia lembrar um par de coxas cortadas na altura dos joelhos. No chão, um pouco atrás da mulher, um imenso globo ocular, do tamanho de uma abóbora, jazia, com a pupila ardentemente fixada no ímã que avançava. Dos lados do globo saíam dois braços em forma de vermes que terminavam em enormes garras que se cravavam no assoalho. Tão forte havia sido a atração, tão desesperadas as inúteis tentativas de resistir, que os dedos, ao se arrastarem pelas lápides, tinham aberto longos sulcos.

Eustace ergueu a sobrancelha esquerda e deixou cair o monóculo.

"Só há uma coisa nesta parábola que não entendo", disse ele. "Por que a igreja?"

"Ah, por muitas razões", respondeu a sra. Thwale, dando de ombros. "A respeitabilidade sempre intensifica a atração de uma mulher, e a blasfêmia acrescenta um tempero extra ao prazer. E, afinal de contas, as igrejas são lugares onde as pessoas se casam. Ademais, quem pode dizer que não é o *Decameron* que ela tem nas mãos, encadernado em couro negro, como um livro de orações?"

Pegou a folha de papel e guardou-a na bolsa outra vez.

"É uma pena que os leques tenham saído de moda", acrescentou, em outro tom. "E aquelas enormes máscaras brancas do tempo de Casanova. Ou falar por detrás dos biombos, como as damas de *O romance de Genji*. Não seria divino?"

"Seria?"

Ela fez que sim com a cabeça, o rosto brilhando de entusiasmo.

"Podiam-se fazer as coisas mais extravagantes enquanto se conversava com o vigário a respeito... bem, digamos, da Liga das Nações. Ah! As coisas *mais* extravagantes."

"Tais como?"

Um pequeno grunhido de uma risada surda foi toda a resposta obtida. Fez-se uma pausa.

"E, depois", acrescentou ela, "pense nas coisas terríveis que se poderiam fazer sem se envergonhar!"

"E você acha que gostaria de fazer coisas terríveis?"

A sra. Thwale concordou.

"Eu teria sido uma boa cientista."

"Que tem uma coisa a ver com a outra?"

"Será que não percebe?", disse ela com impaciência. "Não percebe? Amputar pedacinhos dos corpos de sapos e de ratos, enxertar câncer em coelhos, ferver juntas várias substâncias nos tubos de ensaio — só para ver o que acontece, só para se divertir. Provocar as coisas mais terríveis impudicamente — nisso se resume toda a ciência."

"E você gostaria de fazer essas coisas *fora* do laboratório?"

"Em público não, é claro."

"Mas, se estivesse de emboscada, detrás de um biombo, onde os Bons não a pudessem ver..."

"Emboscada atrás de um biombo", repetiu ela devagar. "E agora", continuou, mudando de tom, "tenho de saltar. Há uma loja por aqui em Lugarno onde se podem comprar ratos de borracha para cachorros. Ratos com sabor de chocolate. Foxy é louco por chocolate. Ah, é aqui!"

Inclinando-se para a frente, tocou no vidro que os separava do motorista.

Eustace a observou enquanto se afastava. Depois, colocando de novo o chapéu, mandou que o motorista o levasse a Weyl, na Via Tornabuoni.

7

'Weyl Frères, Bruxelas, Paris...'
    Eustace empurrou a porta e entrou na loja apinhada de gente. "'Onde todas as perspectivas agradam'", cantarolava, como sempre o fazia nestas ocasiões, "'e só Weyl Frères, Bruxelas, Paris, Florença, Viena... é o homem...'"
    Mas, nesta manhã, era mulher, e não homem. A mme. Weyl estava ocupada quando ele entrou, tentando convencer um coronel, evidentemente anglo-indiano, a comprar um Braque. A cena era tão cômica e a atriz tão extraordinariamente encantadora que Eustace fingiu estar interessado numa peça de maiólica particularmente feia para poder observar e escutar de perto.
    Como tinha essa suntuosa jovem, de tez perolada e cabelos dourados, deliciosamente rosada e gordinha, escapado de uma tela de Rubens, que era evidentemente o seu lugar? E como raios uma figura saída da mitologia de Peter Paul estava usando roupas? Mas, mesmo com seus incongruentes babados do século xx, a Vênus flamenga de Weyl permanecia encantadora, o que apenas ressaltava o absurdo da cena que interpretava para o coronel. Com a seriedade de uma garotinha que se esmera

ao máximo para reproduzir literalmente a lição decorada com tanto esforço, repetia conscienciosamente as frases tolas com que seu marido adornava seu palavreado. "Valores tangíveis", "ritmo", "formas significativas", *"repoussoirs"*, "delineamentos caligráficos" — Eustace reconhecia todos os estereótipos da crítica contemporânea, além de alguns produtos da própria genialidade levantina de Weyl, tais como, "volumes quadridimensionais", *"couleur d'éternité"* e "polifonia plástica". Tudo isso era pronunciado com um sotaque francês tão forte, tão indecorosamente "fofo", tão reminiscente do balbucio atrevido de uma senhorita parisiense numa comédia musical inglesa, que o rosto avermelhado do coronel praticamente reluzia de concupiscência.

De repente ouviu-se o ruído de pés apressados e o grito forte e alegre de "monsieur Eustache". Eustace voltou o rosto. Baixo, de ombros largos, incrivelmente rápido e ágil, Gabriel Weyl em pessoa vinha correndo em sua direção por entre as estátuas barrocas e a mobília quinhentista. Apertando nas suas as mãos de Eustace, sacudiu-as demorada e fervorosamente, assegurando-lhe, numa enxurrada de incorrigível anglobelga, o quanto estava feliz, orgulhoso, profundamente comovido e honrado. Depois, baixando a voz, murmurou dramático que acabara de receber de seu irmão de Paris um conjunto de tesouros que ele jurara, assim que os vira, que não mostraria a ninguém, nem mesmo ao próprio Pierpont Morgan, até que *ce cher monsieur Eustache* tivesse tirado a virgindade da pasta e escolhido suas melhores delícias. E que delícias! Desenhos de Degas como ninguém havia visto iguais!

Ainda transbordante de entusiasmo, indicou o caminho da sala dos fundos. Numa mesa veneziana primorosamente entalhada, estava uma pasta negra.

"Aí estão!", exclamou, apontando para a pasta com o gesto de alguém que, num Velho Mestre, chama a atenção, desnecessariamente, para a Transfiguração ou para o martírio de santo Erasmo.

Ficou calado por um momento, mas, depois, mudando sua expressão para o sorriso libidinoso de um vendedor de escravas oferecendo circassianas a um velho paxá, começou a desfazer o laço da pasta. As mãos, Eustace notou, eram ágeis e fortes, com o dorso coberto por uma camada de suaves pelos negros, os dedos curtos e as unhas excepcionalmente bem tratadas. Como um floreio, m. Weyl afastou para um lado a pesada capa de cartolina.

"Veja!"

O tom era triunfante e seguro de si. À vista daquelas tetas recém-desabrochadas, daquele incomparável umbigo, nenhum paxá, por mais caduco que estivesse, poderia resistir.

"Veja só!"

Colocando seu monóculo, Eustace olhou e viu o esboço a carvão de uma mulher nua, de pé numa banheira de estanho que parecia um sarcófago romano. Um pé muito deformado pelo uso de sapatos apertados estava plantado na borda da banheira, e a mulher se inclinava, os cabelos e os seios pendendo para um lado, o traseiro anguloso projetando-se para o outro, um dos joelhos dobrado para fora, num ângulo dos menos graciosos, para esfregar o calcanhar que, por uma sutileza indefinível do desenho, se adivinhava amarelo e, a despeito do sabonete, cronicamente encardido.

"Era *este* o rosto...?", murmurou Eustace.[4]

Mas realmente não havia ninguém como Degas; ninguém capaz de reproduzir a esqualidez íntima e cotidiana de nossa fisiologia com tamanha intensidade e em formas tão peculiarmente belas.

"Você não deveria ter me vendido aquele Magnasco", disse alto. "Como poderei comprar um destes, agora?"

O vendedor de escravas lançou um rápido olhar a seu paxá, e viu que as circasianas estavam começando a produzir o efeito desejado. Mas eram tão baratos, protestou; e um dos investimentos mais sólidos — tão bons quanto as ações da Companhia do Canal de Suez. E, agora, que "monsieur Eustache" olhasse este outro!

Removeu o primeiro desenho, e, desta vez, o rosto que lançara ao mar mil navios foi visto bem por trás, inclinado para a frente sobre o sarcófago de estanho, e secava a nuca vigorosamente com uma toalha.

Gabriel Weyl colocou um dedo indicador grosso, perfeitamente bem tratado por manicure, na bunda da mulher que se enxugava.

"Que valores!", exclamou, extasiado. "Que volumes, que *caligrafias*!"

Eustace desatou a rir, mas, como sempre, foi m. Weyl quem riu por último. Pouco a pouco, o velho paxá começou a ceder. Poderia talvez pensar no assunto — isto é, se o preço não fosse exorbitante...

---

4 Alusão a *Antônio e Cleópatra*, de Shakespeare: "Was this the face that launched a thousand ships". (N. T.)

Somente oito mil liras, insinuou o vendedor de escravas. Oito mil por algo que não era apenas uma obra-prima, mas também uma apólice de seguro orlada de ouro.

Era uma quantia bastante razoável; mas Eustace sentiu-se obrigado a protestar.

Não, não, nem um centésimo menos que oito mil. Mas, se monsieur Eustache ficasse com os dois desenhos e pagasse à vista, poderia levá-los por apenas catorze mil.

Catorze, catorze... Depois da carta desta manhã, enviada pelo banco, podia se considerar que levava dois Degas livres de gastos, grátis. Apaziguada a sua consciência, Eustace tirou do bolso o talão de cheques.

"Vou levá-las comigo", disse, indicando a que lavava o pé e a que se enxugava com a toalha.

Cinco minutos mais tarde, com o embrulho quadrado e achatado debaixo do braço, Eustace saiu de novo à luz do sol da Via Tornabuoni.

Da loja de Weyl dirigiu-se à biblioteca Vieusseux, para ver se tinham um exemplar de *L'Homme machine*, de Lamettrie. Mas, naturalmente, não tinham. Depois de folhear as últimas seções de críticas de livros franceses e ingleses, na esperança vã de encontrar algo para ler, saiu outra vez para o empurra-empurra das ruas estreitas.

Depois de um momento de hesitação, decidiu dar um pulo no Bargello e, em seguida, já a caminho de seu almoço, dar uma espiada em Bruno Rontini para pedir-lhe que providenciasse a visita de Sebastian à Villa Galigai.

Dez minutos foram suficientes para passar rapidamente pelos Donatellos e, com a cabeça cheia de bronzes e mármores heroicos, subiu a rua em direção à livraria.

Sim, seria lindo, pensava, seria realmente muito lindo se a vida tivesse a qualidade dessas estátuas. Nobreza sem afetação. Serenidade e intensa energia. Dignidade unida ao encanto. Mas, ai de nós, essas não eram exatamente as características que a vida exibia. O que era lamentável, sem dúvida. Mas, naturalmente, tinha suas compensações. Ser um Donatello seria demasiado extenuante para seu gosto. Esse tipo de coisa era mais do gosto de John — John, que sempre havia se considerado o equivalente à uma mistura de Gattamelata e o Batista. Em vez disso, sua vida real era... o quê? Eustace procurou uma resposta, e terminou por achar que a vida de John podia ser comparada a uma gravura de guerra feita por um destes deploráveis pintores que nasceram para ilustrar revistas, mas que, infelizmente, tinham visto os Cubistas e optado pela Arte Maior. Pobre John! Não tinha gosto, nem noção de estilo...

Mas aqui estava a esquina de Bruno. Abriu a porta e entrou na pequena caverna escura, forrada de livros.

Sentado junto ao balcão, um homem lia à luz de um lustre verde que pendia do teto. Ao som da campainha, guardou o livro e, com gestos que expressavam mais resignação do que prazer em ver um cliente, levantou-se e foi atender o recém-chegado. Era um rapaz de vinte e tantos anos, alto, de ossos grandes, rosto estreito e convexo, como de um carneiro, bastante tenso e sério, mas não muito inteligente.

"*Buon giorno*", disse Eustace, de bom humor.

O rapaz devolveu o cumprimento sem o mais leve indício de um sorriso. Não, Eustace estava certo, porque desejasse ser descortês, mas simplesmente porque, para um rosto como aquele, sorrir era praticamente impossível.

Perguntou por Bruno, e foi informado de que estaria ausente pelo menos por mais meia hora.

"Andando à toa por aí, como sempre!", comentou Eustace, com a desnecessária e absurda jovialidade a que o levava seu desejo de exibir o perfeito domínio do idioma toscano.

"Se assim o deseja expressar, sr. Barnack", disse o rapaz com imperturbável seriedade.

"Ah, você me conhece?"

O outro assentiu.

"Um dia, no outono passado, entrei na loja quando o senhor estava conversando com Bruno."

"E, depois que eu saí, ele lhe ofereceu uma completa dissecção do meu caráter!"

"Como pode dizer uma coisa dessas!", exclamou o rapaz, em tom de censura. "Logo o senhor, que o conhece há tanto tampo!"

Eustace riu e deu-lhe uma palmadinha no ombro. Claro, o rapaz não tinha senso de humor. Mas sua lealdade a Bruno e a solene sinceridade ovina de tudo quanto dizia eram estranhamente comovedoras.

"Só estava fazendo pilhéria", disse em voz alta. "Bruno seria o último homem a falar mal de alguém pelas costas."

Pela primeira vez em toda a conversa, o rosto do rapaz se iluminou com um sorriso.

"Alegro-me que o reconheça."

"Não só reconheço, como o lamento, às vezes", disse Eustace maldosamente. "Não há nada melhor para arruinar uma conversa do que a caridade. Afinal, ninguém se diverte com as virtudes alheias. Por falar nisso, como é que você se chama?", acrescentou, antes que o outro tivesse tempo de traduzir em palavras a dolorida expressão de seu rosto.

"Malpighi, Carlo Malpighi."

"Não é parente do *avvocato* Malpighi?"

O outro hesitou; uma expressão de acanhamento lhe apareceu no rosto.

"É meu pai", disse por fim.

Eustace não demonstrou surpresa, mas sua curiosidade foi despertada. Por que o filho de um advogado tão famoso estava vendendo livros usados? Decidiu averiguar.

"Bruno deve ter sido para você uma grande ajuda", começou, tomando o que considerava ser o caminho mais curto para ganhar a confiança do rapaz.

Não se equivocava. Em pouco tempo o jovem cara de carneiro estava quase loquaz. Falou a respeito da mãe enfermiça e convencional, da preferência do pai pelos dois filhos mais velhos e mais inteligentes, do impacto de *il darwinismo* e de sua perda de fé, de sua conversão à Religião da Humanidade.

"A Religião da Humanidade!", repetiu Eustace com deleite. "Que delícia de comédia, essa de as pessoas ainda adorarem a Humanidade!"

Do socialismo teórico, o passo para um antifascismo ativo era curto e lógico; particularmente lógico no caso de Carlo, uma vez que ambos seus irmãos eram membros do partido fascista, e estavam rapidamente subindo na escala hierarquia. Carlo passara alguns anos distribuindo literatura proibida, assistindo a reuniões clandestinas, conversando com camponeses e trabalhadores, na esperança de persuadi-los a formar algum tipo de resistência contra a tirania que abrangia tudo. Mas nada aconteceu. Não havia resultados para mostrar, depois de todos os esforços. Em particular as pessoas protestavam e contavam piadas a meia-voz, dizendo pequenas obscenidades contra os seus senhores. Em público continuavam a gritar "*Duce, duce!*". E, nesse meio-tempo, um dos companheiros de Carlo era preso, ou espancado à maneira clássica, ou o desterravam para as ilhas. E isso era tudo.

"E, mesmo que não fosse tudo", interrompeu Eustace, "mesmo que você os tivesse persuadido a fazer algo violento e decisivo, o que aconteceria? Haveria anarquia por um tempo; e depois, para curar a anarquia, outro ditador igual ao de antes. Não se distinguiria absolutamente do anterior", repetiu com a mais alegre das risadas, "a menos que, naturalmente, fosse ainda pior."

O outro concordou.

"Bruno disse algo parecido também."

"Camarada sensato!"

"Mas ele também disse mais uma coisa..."

"Ah, já o imaginava!"

Carlo ignorou a interrupção, e seu rosto reluziu com repentino ardor.

"... Que só há um canto do universo que você pode ter certeza de tornar melhor, que é você mesmo. Você mesmo", repetiu. "Assim, a gente tem de começar por dentro, não por fora, como as outras pessoas. Isso vem depois, quando já se trabalhou a si próprio. Você tem de *ser* bom antes de poder *fazer* o bem, ou, pelo menos, fazer o bem sem fazer mal ao mesmo tempo. Ajudando com uma mão e ferindo com a outra; é isso o que o reformador faz em geral."

"Ao passo que o homem verdadeiramente sábio", continuou Eustace, "se refreia para não fazer nada com nenhuma das mãos."

"Não, nada disso", protestou o outro com firmeza e seriedade. "O sábio começa transformando-se, para poder ajudar as outras pessoas sem correr o risco de se corromper ao fazê-lo."

E, com a incoerência da paixão, começou a falar da Revolução Francesa. Os homens que a fizeram tinham as melhores das intenções; mas essas boas intenções estavam indefectivelmente misturadas com vaidade, ambição, insensibilidade e crueldade. A consequência inevitável foi que o movimento iniciado como liberação degenerou em terrorismo e luta pelo poder, em tirania e imperialismo e nas reações mundiais ao imperialismo. Esse tipo de coisa tinha fatalmente de ocorrer, sempre que as pessoas tentassem fazer o bem sem serem boas. Ninguém podia fazer um serviço adequado com ferramentas sujas ou tortas. Não havia outra saída senão a de Bruno. E, naturalmente, o caminho de Bruno era o caminho que havia sido mostrado por...

Interrompeu-se, de repente, tomando consciência de Eustace como comprador em potencial, e assumiu uma aparência humilde.

"Sinto muito", disse em tom de desculpa. "Não sei por que estou falando assim com o senhor. Deveria ter perguntado o que o senhor desejava."

"Exatamente o que você me deu", disse Eustace com um sorriso divertido e um tanto irônico de amabilidade. "E comprarei qualquer livro que me recomende, de Aretino à sra. Molesworth."

Carlo Malpighi olhou-o por um momento, num silêncio hesitante. Depois, decidindo tomar suas palavras ao pé da letra, foi até uma das prateleiras e voltou com um velho exemplar.

"São só 25 liras", disse.

Eustace colocou o monóculo, abriu o livro ao acaso, e leu em voz alta:

"'A Graça não te falhou, mas tu falhaste com a Graça. Deus não te privou do Seu amor, mas tu privaste o Seu amor da tua colaboração. Deus jamais te rejeitaria, se tu não O tivesse rejeitado.' Puxa vida!" Olhou o título. *Tratado do amor de Deus*, por são Francisco de Sales. "Lástima que não é de Sade. Mas também", acrescentou, tirando a carteira, "custaria muito mais do que 25 liras, se fosse."

8

Confiante de que em Betti encontraria um amigo para compartilhar sua mesa, Eustace não se comprometera para o almoço. Decisão nada sábia, percebia agora, ao entrar no restaurante, pois Mario De Lellis estava totalmente absorvido por um grupo grande e alegre de amigos, e apenas pôde acenar de longe, em saudação. E o pai de Mopsa, o velho e solene Schottelius, pontificava sobre política internacional para dois outros alemães. Quanto a Tom Pewsey, almoçava tão intimamente com um jovem nórdico de extraordinária beleza que nem sequer notou a entrada de seu amigo mais antigo.

Sentado à mesa que lhe designaram, Eustace se preparava, um tanto melancolicamente, para uma refeição solitária, quando percebeu, por cima do cardápio, uma presença invasiva. Erguendo o rosto, deparou-se com um jovem esbelto que o fitava intensamente com seus olhos castanhos muito brilhantes e a firmeza de um nariz anguloso e inquiridor.

"Não creio que se lembre de mim", disse o estranho.

Era uma voz da Nova Inglaterra; e sua entonação combinava de forma um tanto peculiar a intensidade nativa com uma insípida e decidida monotonia, propositadamente acadêmica.

Eustace negou com a cabeça.

"Não, receio que não", admitiu.

"Tive o prazer de lhe ser apresentado em Paris, em janeiro. Na casa da sra. Gamble."

"Ah, você é o sr. De Jong."

"De Vries", corrigiu o jovem. "Paul de Vries."

"Sei tudo a seu respeito", disse Eustace. "Você conversou com minha sogra sobre Einstein."

Com um brilho excepcional, como se tivesse deliberadamente acendido uma luz, o jovem sorriu.

"Haverá assunto mais interessante?"

"Nenhum, a não ser quando se trata de almoçar e o relógio acusa 13h30. Você me acompanha nessa discussão?"

Era evidente que o jovem estava esperando exatamente esse tipo de convite.

"Muitíssimo obrigado", e, pousando os dois grossos volumes que estava carregando, sentou-se, plantou os cotovelos na mesa, e inclinou-se para frente, na direção de seu novo companheiro.

"Todos deviam saber algo sobre Einstein", começou.

"Um momento", disse Eustace. "Comecemos decidindo o que vamos comer."

"Claro, claro, isso é muito importante", concordou o outro, mas com evidente falta de convicção. "O estômago tem suas razões, como diria Pascal." Riu por mera delicadeza e consultou o cardápio. Quando o garçom já tinha anotado os pedidos, plantou os cotovelos como antes e recomeçou.

"Como estava dizendo, sr. Barnack, todos deveriam saber algo de Einstein."

"Mesmo os que não entendem nada do que ele diz?"

"Mas *entendem*", protestou o outro. "Só as técnicas matemáticas é que são difíceis. O princípio é simples. E, afinal, é a compreensão dos princípios que afeta os valores e a conduta."

Eustace deu uma gargalhada.

"Queria ver minha sogra mudando seus valores e sua conduta para se adaptar aos princípios da relatividade!"

"Bem, naturalmente, ela já *está* bastante idosa", admitiu o outro. "Pensava mais na gente que ainda é jovem o suficiente para ser flexível. Por exemplo, a senhora que atua como dama de companhia da sra. Gamble..."

Ah! Então era por isso que tinha sido tão assíduo em suas visitas à Rainha-Mãe! Nesse caso, o desenho do olho magnetizado podia não ser apenas uma parábola, mas uma parcela de história.

"... Matematicamente falando, quase analfabeta", dizia o jovem. "Mas isso não a impediu de perceber o alcance e a importância da revolução de Einstein."

E que revolução, continuava o rapaz, com crescente entusiasmo. Incomparavelmente mais importante do que qualquer coisa que acontecera na Rússia ou na Itália. Pois essa era a revolução que mudaria todo o rumo do pensamento científico, que trouxera de volta o idealismo, integrara a mente na contextura da natureza e terminaria, definitivamente, com o pesadelo vitoriano do universo de infinitesimais bolas de bilhar.

"Uma lástima", disse Eustace, como um parêntese. "Adorava essas bolinhas de bilhar."

Atacou o prato de *lasagne verdi* que o garçom colocara diante dele.

"De primeira", disse com apreço, de boca cheia. "Quase tão boa quanto a do Pappagallo, em Bolonha. Conhece

Bolonha?", acrescentou, na esperança de levar a conversa para temas mais amenos.

Mas Paul de Vries conhecia Bolonha como a palma da mão. Passara ali uma semana, no outono anterior, conversando com as pessoas mais interessantes da universidade.

"Da universidade?", repetiu Eustace, incrédulo.

O jovem assentiu e, pousando o garfo, explicou que durante os últimos dois anos percorrera todas as principais universidades da Europa e da Ásia, fazendo contato com as pessoas realmente importantes de cada uma delas, tentando conseguir a colaboração delas para seu grande projeto: a fundação de um centro internacional selecionador de ideias, a criação de um estado-maior de síntese científico--religioso-filosófica para todo o planeta.

"E você seria o comandante-chefe?" Eustace não resistiu à tentação de lhe perguntar.

"Não, não", protestou o outro. "Somente o oficial de ligação e o intérprete. Apenas o engenheiro que constrói a ponte."

Essa era a medida integral de sua ambição: ser um humilde construtor de pontes, um *pontifex*. Não *maximus*, acrescentou, com outro de seus brilhantes sorrisos. *Pontifex minimus*. E tinha grandes esperanças de consegui-lo. As pessoas se mostravam extremamente gentis, prestativas e interessadas. E, enquanto isso, podia assegurar a Eustace que Bolonha estava correspondendo à sua antiga reputação. Seus estudiosos estavam realizando um trabalho interessantíssimo em cristalografia, e, em suas últimas conferências sobre Estética, Bonomelli utilizara todos os recursos da psicofisiologia moderna e a matemática pluridimensional. Nada semelhante à Estética de Bonomelli havia jamais aparecido.

Eustace limpou os lábios e bebeu um pouco de Chianti.

"Gostaria de poder dizer o mesmo da arte italiana contemporânea", observou, enquanto enchia de novo seu copo com o vinho da garrafa bojuda que se balançava em seu berço de palha.

"Sim", admitiu o outro, com imparcialidade. Era fato que a pintura de cavalete não era grande coisa na Itália moderna. Mas havia visto exemplares notáveis de arte cívica e socializada: edifícios de correios clássico-funcionais, gigantescos estádios de futebol, murais heroicos. E, afinal, essa seria a arte do futuro.

"Meu Deus", exclamou Eustace. "Espero não viver para vê-la!"

Paul de Vries fez sinal ao garçom para que levasse seu prato de *lasagne* quase intacto, acendeu avidamente um cigarro, e continuou.

"O senhor é um espécime, se me permite a expressão, do Homem Individualista. Mas o Homem Individualista está rapidamente cedendo lugar ao Homem Social."

"Já sabia", disse Eustace. "Todos os que querem fazer o bem à raça humana terminam sempre como opressores universais."

O jovem protestou. Não estava falando de arregimentação, mas de integração. E, numa sociedade decididamente integrada, surgiria um novo tipo de cultura, com novos valores estéticos que a ela deveriam sua existência.

"Valores estéticos!", repetiu Eustace, com impaciência. "Esse é o tipo de frase que me provoca a mais profunda desconfiança."

"Por que diz isso?"

Eustace respondeu com outra pergunta:

"Qual é a cor do papel de parede do seu quarto de hotel?".

"A cor do papel de parede?", ecoou, em tom de espanto. "Não faço a menor ideia."

"Não, claro que não", disse Eustace. "É por isso que desconfio tanto dos valores estéticos."

O garçom trouxe os peitos de peru com molho, e Eustace recaiu em silêncio. Paul de Vries apagou o cigarro amassando-o, e comeu duas ou três garfadas, mastigando com extraordinária rapidez, como um coelho. Depois, limpou os lábios, acendeu outro cigarro, e fitou Eustace com seus olhos brilhantes e suas narinas atentas.

"O senhor tem razão", disse ele. "Tem toda a razão. Minha mente está tão ocupada pensando em valores que me esqueço de experimentá-los."

A admissão foi feita com uma humildade tão espontânea que Eustace se comoveu.

"Um dia destes vamos dar uma volta pela Uffizi", sugeriu. "Eu lhe direi o que penso sobre os quadros, e você me dirá o que devo saber sobre suas implicações metafísicas, históricas e sociais."

O jovem concordou deliciado.

"Uma síntese!", exclamou. "O ponto de vista orgânico!"

Orgânico... A palavra abençoada o liberou da realidade constrangedora, levando-o para os vastos espaços abertos da ideia pura. Começou a falar do professor Whitehead e como não existia o que chamava de Locação Simples, somente locação dentro de um campo determinado. E quanto mais se pensava na ideia de um campo organizado e organizador, mais importante isso lhe parecia, mais rico em interesse. Era essa uma das grandes ideias-ponte, ligando um universo do discurso ao outro. Havia o campo eletromagnético na física, o campo da individuação na embriologia e na biologia geral, o campo social entre os insetos e os seres humanos...

"E não se esqueça do campo sexual."

Paul de Vries olhou inquisidoramente para quem o interrompia.

"Trata-se de algo que até você deve ter notado", continuou Eustace. "Ao estar perto de certas jovens. Como os tubos de força de Faraday. E não é necessário um galvanômetro para percebê-lo", concluiu com uma risadinha.

"Tubos de força", repetiu vagarosamente o jovem. "Tubos de força."

As palavras pareciam ter causado nele profunda impressão. Franziu o cenho.

"E, no entanto, é claro", continuou depois de uma pequena pausa, "o sexo tem seus valores — embora eu saiba que a palavra lhe desagrada."

"Mas não a coisa em si", disse Eustace, jovialmente.

"Pode ser refinado e sublimado. Pode receber uma referência mais ampla."

Fez um gesto com o cigarro para indicar a expansão.

Eustace negou com a cabeça.

"Pessoalmente", disse ele, "prefiro-o em estado natural e com todas as minúcias."

Seguiu-se um silêncio. Eustace chegou a abrir a boca para dizer que a delicada sra. Thwale irradiava um poderoso campo magnético, mas, antes que as palavras lhe saíssem, cerrou os lábios. Era tolice criar problemas para si mesmo ou para as demais pessoas. Além disso, o ataque oblíquo era geralmente o mais eficaz, e, como a Rainha-Mãe tinha vindo para ficar um mês, teria tempo de sobra para satisfazer sua curiosidade.

Pensativamente, Paul de Vries começou a falar de celibato. Já não se confiava mais na ideia de votos e ordens; mas, afinal de contas, constituíam um mecanismo simples e eficiente para livrar o intelectual dedicado dos envolvimentos emocionais e das responsabilidades perturbadoras da vida em família. Embora, naturalmente, fosse necessário sacrificar certos valores...

"Não se os votos forem cuidadosamente equilibrados com um pouco de fornicação."

Eustace lhe sorria por sobre a borda de seu copo de vinho. Mas a expressão do jovem permaneceu obstinadamente séria.

"Talvez", disse ele, "possa existir uma forma diferente de celibato, que, sem excluir o amor romântico e as formas mais elevadas do sexo, se limite a proibir o casamento."

Eustace explodiu numa gargalhada.

"Mas, afinal de contas", protestou o outro, "não é o amor que é incompatível com a vida de um intelectual dedicado, mas a obrigação permanente de cuidar de uma esposa e dos filhos."

"E você espera que as senhoras compartilhem esse seu ponto de vista?"

"Por que não, se estiverem dedicadas ao mesmo tipo de vida?"

"Você está sugerindo que os intelectuais só dormiriam com mulheres matemáticas?"

"Por que apenas matemáticas? Poetas, cientistas, músicas e pintoras."

"Em uma palavra, qualquer jovem que seja capaz de passar num exame ou de dedilhar num piano. Ou mesmo desenhar", acrescentou com um pensamento ulterior. "Vocês, os celibatários diferentes, vão se divertir à beça."

Mas que asno!, pensava Eustace enquanto comia. E tão transparente que chega a ser patético! Imprensado entre seus ideais e seus desejos, tenta racionalizar uma saída para essa situação absurdamente banal, falando tolices a respeito de valores e de intelectuais dedicados e de celibatos diferentes. Era realmente patético.

"Bem, agora que já lidamos com o campo sexual," disse, em voz alta, "passemos aos outros."

Paul de Vries fitou-o por um momento, sem falar; depois, abriu um de seus brilhantes sorrisos e assentiu.

"Passemos aos outros", repetiu.

Pondo de lado o prato de peru, comido pela metade, plantou os cotovelos na mesa e, num segundo, já se largara em franca dissertação.

Considere-se o caso, por exemplo, dos campos psíquicos e mesmo espirituais. Pois, quando se examina o assunto com a mente aberta, sem ideias preconcebidas, tem que se aceitar tais coisas como fatos — não é mesmo?

É? Eustace deu de ombros.

Mas a evidência era demasiado forte. Quando se leem os Anais da Sociedade de Pesquisas Psíquicas, não se pode deixar de ficar convencido. Essa era a razão por que a maioria dos filósofos se negava tão taxativamente a lê-los. Era a consequência de ter de realizar todo o seu trabalho no velho estilo do campo acadêmico. Não se podia pensar com honestidade a respeito de certas coisas, por mais que se quisesse. E, naturalmente, se o campo apresentava forte argumentação, nem se queria pensar.

"Você devia conversar com a minha sogra sobre fantasmas", disse Eustace.

O conselho era desnecessário. Paul de Vries já havia estado presente a uma série de sessões espíritas patrocinadas pela velha senhora. Vencer a defasagem entre os fenômenos do espiritualismo e os fenômenos da psicologia e da física era um dos seus atributos como *pontifex minimus*. Tarefa extraordinariamente árdua, diga-se de passagem, visto que não se havia ainda formulado uma hipótese em termos da qual se pudesse pensar coerentemente nos dois conjuntos de fatos. No momento, o melhor que se podia fazer era simplesmente saltar de um mundo para o outro, à espera de que algum dia se tivesse um indício, uma intuição iluminadora da síntese maior. Pois teria de haver uma síntese, sem dúvida, um pensamento-ponte, que permitisse à mente passar discursiva e logicamente da telepatia para o *continuum* quadridimensional, dos duendes turbulentos e dos espíritos dos falecidos até a fisiologia do sistema nervoso. E, além dos fenômenos que se passavam nas salas de sessões espíritas, havia as ocorrências dos oratórios e das reuniões de meditação. E havia o campo fundamental e todo abrangente: o Brahma de Sankara, o Uno de Plotino, a Terra de Eckhart e Boehme, o...

"O Vertebrado Gasoso de Haeckel", interrompeu Eustace.

E dentro desse campo fundamental, apressou-se o jovem a dizer, resolvido a não permitir interrupção, havia campos subordinados — tais como os que os cristãos denominam de Comunhão dos Santos, e os budistas..."

Mas Eustace não o deixava em paz.

"Por que parar aí?", interrompeu com sarcasmo, enquanto selecionava um charuto e se preparava para acendê-lo. "Por que não a Imaculada Conceição e a Infalibilidade Papal?"

Sugou onde estava preso o fósforo, e a fumaça jorrou de suas narinas.

"Você me lembra do Rapaz de Cape Cod que aplicou a Deus a Teoria do Quantum..."

E, cortando pela raiz o esforço do outro de reiniciar a conversa, começou a recitar uma seleção do que ele chamava sua Suíte do Novo Mundo — "A Jovem de Spokane", "O Jovem de Peoria", "As Duas Garotas de Cheyenne". O riso de Paul de Vries, notou, era um tanto forçado e convencional, mas continuou assim mesmo, por princípio, pois não era possível deixar que este camarada levasse a melhor com tanta pretensão. Considerando-se implicitamente religioso só porque podia dizer um monte de asneiras de alto nível a respeito da religião. Um pouco de indecência honesta desinfetaria o ambiente de tanta hipocrisia filosófica, e faria com que o filósofo baixasse ao nível do velho e conhecido curral humano, que ainda era o seu lugar. Aquele jovem com cara de carneiro da loja do Bruno podia ser absurdo, e o próprio Bruno, um simpático imbecil mal orientado, mas, pelo menos, não eram pretensiosos. Praticavam o que pregavam e, o que era ainda mais notável, evitavam pregar o que praticavam. Ao passo que este jovem *pontifex minimus*...

Tirando o charuto da boca, Eustace soltou uma baforada e, baixando um pouco a voz, recitou seu epigrama a respeito do bispo de Wichita Falls.

9

Do restaurante Betti, depois de terminado o almoço, Eustace foi a pé até o banco. Ao vê-lo junto ao caixa, esperando seu dinheiro ser entregue, o gerente veio pressuroso para lhe dizer, entusiasmado, que, no mês seguinte, esperava obter resultados melhores ainda no mercado cambial. O banco tinha um novo correspondente em Berna, um certo dr. Otto Loewe, dotado de um talento verdadeiramente extraordinário para esse tipo de especulação — um gênio, realmente, podia-se dizer, como Michelangelo ou Marconi...

Ainda carregando seus desenhos de Degas e seu *Tratado do amor de Deus*, Eustace seguiu para a Piazza, e, chamando um táxi, deu ao motorista o endereço de Laurina Acciaiouli. Quando o táxi deu partida, recostou-se no canto do assento e suspirou, com exausta resignação. Laurina era uma das suas cruzes. Já era bem desagradável que ela fosse doente, impertinente e amarga. Mas isso não era nada. Essa inválida macilenta e artrítica fora, certa vez, a mulher que ele amara com uma intensidade de sentimento jamais experimentada antes ou depois. Outra mulher se teria resignado a esquecer esse fato. Mas Laurina não. Revolvendo o punhal na ferida, passava tardes inteiras falando com ele sobre a beleza passada e a feiúra atual, os amores passados e o abandono, a solidão e a miséria de hoje. E, quando já se tinha exaltado o suficiente, voltava-se contra seu visitante, apontando acusadoramente, com seus dedos inchados, e, em voz baixa (antes tão encantadoramente grave e agora rouquenha pela doença e pelo excesso de fumo e de puro ódio), dizendo-lhe que viera vê-la só por obrigação, ou, pior ainda, por simples fraqueza; que ele só a amara quando seu corpo era jovem e esbelto, e que, agora que ela estava velha e inválida e infeliz, ele nem sequer conseguia sentir pena dela. Desafiado a negar essas verdades tão tristemente óbvias, Eustace ficava atolado na lama das banalidades hipócritas, e o que dizia era tão pouco convincente que Laurina terminava rindo, rindo com a ferocidade do sarcasmo muito mais contundente para ela mesma, claro, do que para ele, pois, afinal de contas, não era ele quem sofria de artrite. Mesmo assim, era bastante doloroso. Pensou com apreensão no que lhe estaria reservado para aquela tarde. Outra daquelas ameaças de suicídio, que já o estavam cansando. Talvez. Ou então...

"*Bebino!*", gritou uma voz aguda, quase no seu ouvido. "*Bebino!*"

Voltou-se assustado. Pela rua estreita e cheia, o táxi avançava a passo de cágado, e, saltitando ao lado dele, com a mão na moldura da janela aberta, estava a inventora (por razões que só ela e ninguém mais podia entender) desse apelido infantil e grotesco.

"Mimi!", exclamou, e pediu a Deus que nenhum conhecido seu estivesse ali por perto para ver ou ouvir.

Naquele vestido escandalosamente púrpura, ela parecia não apenas a linda putinha que era, mas também a caricatura de uma linda putinha numa revista cômica. E era precisamente isso que o encantava; a vulgaridade simples e sem afetação de sua maneira de ser era absolutamente perfeita.

Inclinando-se para frente, falou com o motorista, e, quando o táxi parou, abriu a porta. Mimi chamaria menos atenção dentro do que fora do táxi.

"*Bebino mio!*" Ela se aninhava contra ele no assento, e o envolvia no cheiro forte de seu perfume barato. "Por que não tem vindo me ver, *Bebino*?"

À medida que o táxi avançava, ele começou a explicar que estivera em Paris alguns meses e depois fora à Inglaterra. Mas, em vez de ouvir, ela continuava a cobri-lo de críticas e perguntas. Tanto, tanto tempo! Mas os homens eram todos assim, *porchi*, verdadeiros *porchi*. Não a queria mais? Estava botando chifres nela com outra?

"Já disse que estive em Paris durante alguns meses", repetiu.

"*Sola, sola*", ela o interrompia em tom de sentida tristeza.

"... E depois, algumas semanas em Londres", continuou, levantando a voz, num esforço para ser ouvido.

"E eu que sempre fiz tudo o que você me pediu!" Havia realmente lágrimas em seus olhos castanhos. "Tudo!", insistia lastimosa.

"Mas se já disse que estive fora!", gritou Eustace com impaciência.

Mudando abruptamente de expressão, Mimi o fitou com a mais pura lascívia nos olhos e no sorriso, e, tomando-lhe a mão, apertou-a contra seu seio jovem e carnudo.

"Por que não vem comigo agora, *Bebino*?", sugeriu. "Eu o farei tão feliz." E, inclinando-se para ele, murmurou em linguagem infantil. "A escova de cabelos — o pequeno *Bebino* travesso precisa da escova de cabelos."

Em silêncio, Eustace olhou para ela por um momento, e depois consultou o relógio. Não, não havia tempo de encaixar as duas mulheres antes de o trem chegar. Teria de ser ou uma, ou outra. O passado ou o presente; pena ou prazer. Fez sua escolha.

"*Gather ye peaches while ye may*", recitou em inglês, e, batendo no vidro, disse ao motorista que tinha mudado de ideia. Queria ir a outro lugar, e deu-lhe o endereço do apartamento de Mimi, perto de Santa Croce. O homem assentiu e deu-lhe uma piscadela cúmplice.

"Tenho de dar um telefonema", disse Eustace quando chegaram.

Enquanto Mimi mudava de roupa, ligou para sua casa e deu ordem para que o carro estivesse esperando na entrada principal de Santa Croce quinze para as seis. Depois, foi a vez de Laurina. Podia falar com a condessa? Esperando pela ligação, elaborava sua pequena mentira.

"Eustace?", veio a voz grave e rouca que já tivera o poder de lhe ordenar qualquer coisa.

"*Chère*", começou ele loquazmente, "*je suis horriblement ennuyé...*" A insinceridade bem-educada parecia-lhe mais fácil em francês do que em inglês ou italiano.

Aos poucos foi lhe dando a notícia, numa torrente de palavras estrangeiras — a má, a péssima notícia de que tinha quebrado o pequeno aparelho que agora substituía seus desaparecidos dentes. Não era ainda uma completa *râtelier*, felizmente — *plutôt un de ces bridges* — *ces petits ponts qui sont les Ponts des Soupirs qu'on traverse pour aller du palais de la jeunesse aux prisons lugubres de la sénilité.*[5] Riu, apreciando a elegância de sua própria piada. Bem, a coisa era que tinha sido obrigado a ir *en hâte* ao dentista, e ali teria de ficar até que a ponte fosse consertada. E isso, *hélas,* o impediria de estar com ela na hora do chá.

Laurina aceitou a coisa muito melhor do que ele ousara esperar. O dr. Rossi, contou ela, havia importado de Viena um novo tipo de lâmpada e uma nova e maravilhosa droga de Amsterdam. Agora ela passava dias seguidos quase inteiramente sem sentir dores. Mas isso não era tudo. Saindo do assunto de sua saúde, mencionou com uma naturalidade destinada a ocultar, mas que realmente traía um sentimento de triunfo, que D'Annunzio fora visitá-la — várias vezes, recentemente, e lhe falara muito poeticamente do passado. E o querido e velho amigo Van Arpels lhe mandara seu último livro de poesia com uma carta das mais encantadoras. E, por falar em cartas, ela havia relido sua coleção — e ele nem fazia ideia de quantas e de quão interessantes eram.

"Devem ser", disse Eustace. E pensou na desvairada paixão que ela provocara nos dias de seu fascínio, nas agonias de desejo e de ciúme. E em tantos homens diferentes — de matemáticos a empresários, de poetas húngaros a baronetes ingleses e campeões estonianos de tênis. E agora... Recordou a imagem de Laurina como era hoje, vinte anos depois: a inválida macilenta em sua cadeira de rodas, com

---

5 Em francês no original: "Querida, estou terrivelmente aborrecido... uma dessas pontes... essas pontezinhas que são as Pontes dos Suspiros que cruzamos para ir do palácio da juventude às lúgubres prisões da velhice." (N. T.)

aqueles cachos amarelo-dourados sobre um rosto que podia ser a máscara mortuária de Dante...

"Separei algumas de suas cartas para ler para você", disse a voz no telefone.

"Devem parecer bem tolas agora."

"Não, não. São encantadoras", insistiu. "Tão espirituosas; *et en même temps si tendres — così vibranti!*"

"*Vibranti?*", repetiu ele. "Não me diga que fui emocionante!"

Um ruído fez com que se voltasse para trás. No umbral da porta estava Mimi. Sorriu para ele e soprou-lhe um beijo. Seu quimono era cor de clarete, e estava aberto.

Do outro lado do fio veio o som de papel bruscamente manuseado.

"Escute esta", disse a voz rouca de Laurina. "'Você tem o dom de despertar desejos que são infinitos, e que, sendo infinitos, nunca poderão ser satisfeitos pela posse de um corpo meramente finito e de um espírito individual.'"

"Santo Deus!", exclamou Eustace. "Eu escrevi isso? Parece de Alfred de Musset."

Mimi agora estava de pé ao lado dele. Com a sua mão livre ele lhe deu umas palmadinhas amistosas na bunda. "Colhamos os pêssegos..."

A voz rouca continuou lendo:

"'Assim sendo, Laurina, parece que a única cura possível para os que a amam seria tornar-se um sufi ou um João da Cruz. Só Deus pode dar a medida dos desejos que você inspira...!'"

"*Il faudrait d'abord l'inventer*", exclamou Eustace com uma risadinha. Mas ele se lembrava de que na época essas coisas lhe tinham parecido inteiramente sensatas. O que demonstrava a que triste condição esse maldito amor podia reduzir um ser racional! Bem, graças a Deus que para ele *esse* tipo de coisa já terminara! Deu outra palmadinha em Mimi e olhou-a com um sorriso.

"*Spicciati, Bebino*", murmurou ela.

"E aqui tenho outra coisa adorável que você escreveu", disse a voz de Laurina nesse mesmo instante. "'Amando-a como a amo...'"

Mimi beliscou a orelha dele, impaciente.

"'... como se tivesse nascido de novo para o tipo mais intenso de vida'", a voz no telefone continuava a ler.

"Desculpe ter de interromper meus próprios devaneios", disse Eustace, falando para o receptor. "Mas tenho de desligar... Não, não, nem mais um minuto, minha querida. Aqui vem o dentista. *Ecco il dentista*", repetia, para benefício de Mimi, acompanhando as palavras com um pequeno beliscão de brincadeira. "*Adesso comincia la tortura.*"

Desligou, voltou-se e sentou a garota nos joelhos. Com seus dedos grossos e curtos começou a fazer-lhe cócegas nas costelas bem fornidas de carne.

"Não, não, *Bebino*... não!"

"*Adesso comincia la tortura*", repetiu ele entre as gargalhadas histéricas de Mimi.

10

Sentado no balcão de sua pequena loja cavernosa, Bruno Rontini estava colocando os preços em uma leva de livros recém-adquiridos. Quinze liras, doze, vinte e cinco, quarenta... Seu lápis se movia de um frontispício a outro. A luz que incidia quase verticalmente da lâmpada suspensa sobre sua cabeça destacava sombras negras no interior das profundas órbitas e debaixo dos ossos das faces e do nariz protuberante. Era um crânio adunco que se curvava sobre os livros; mas, quando erguia a cabeça, os olhos azuis eram brilhantes, e todo o rosto se revestia de uma expressão quase alegre.

Carlo havia ido para casa, e estava sozinho, completamente sozinho com aquilo que tornava seus momentos de solidão tão cheios de indizível felicidade. Os ruídos da rua eram fortes do outro lado da janela, mas ali dentro a pequena loja era um núcleo, por assim dizer, da quintaessência do silêncio, para o qual cada ruído era uma irrelevância, e que persistia a despeito de qualquer interrupção. Sentado no coração desse silêncio, Bruno pensava que o *L* cruzado que traçava antes dos números em cada frontispício significava não apenas Lira, mas também *Love* e também Liberação.

A sineta da porta tocou, e entrou um freguês. Bruno ergueu o rosto e viu um semblante jovem, quase infantil. Mas quão estranhamente parco! Como se a Natureza, subitamente parcimoniosa, tivesse se recusado a fornecer material suficiente para traços fisionômicos significativos e de bom tamanho. Só os dentes, irregulares e proeminentes, eram grandes — estes e os óculos côncavos, através dos quais, com um olhar tímido, furtivo e penetrante, brilhava uma inteligência que estava evidentemente sendo usada como instrumento, não para descobrir a verdade, mas para a autodefesa e, acima de tudo, para garantir a autoconfiança diante de humilhações.

O estranho tossiu nervosamente e disse que desejava um livro sobre religiões comparadas. Bruno mostrou o que tinha em estoque: um livro didático italiano, um trabalho popular em francês, uma tradução, em dois volumes, do alemão.

"Recomendo o texto francês", disse em sua voz suave. "São duzentas e setenta páginas. Levará pouco mais de algumas horas para lê-lo."

Recebeu um sorriso de desprezo.

"Procuro alguma coisa mais substancial."

Fez-se um curto silêncio enquanto o estranho folheava os outros dois livros.

"Está estudando para o magistério, imagino?", perguntou Bruno.

O outro olhou-o com desconfiança; mas depois, não vendo nenhum vestígio de ironia nem de impertinência na expressão do livreiro, concordou.

Estava, sim. Pretendia ensinar. E, por enquanto, levaria a tradução do texto alemão.

"*Peccato*", disse Bruno, erguendo os dois volumes espessos. "E, quando finalmente chegar a ser professor universitário", acrescentou, "o que acontecerá?"

O jovem ergueu o livro didático italiano.

"Escreverei", respondeu.

Sim, escreveria, pensou Bruno, um pouco triste. E, seja por desespero, seja por um ingênuo respeito pelos professores como tais, alguma mulher se casará com ele. E, naturalmente, é melhor casar-se que abrasar-se;[6] mas este tipo aqui, era demasiado óbvio, continuaria abrasando-se, mesmo depois de casado — furtivamente, mas com a violência inextinguível característica de temperamentos tão frágeis e nervosos. E, debaixo da crosta de respeitabilidade e até importância, a vida de fantasia eclipsadora de Deus, o vício secreto do prazer autoinfligido, persistiria quase até a velhice. Contudo, naturalmente, lembrou-se com rapidez, nada podia jamais ser prognosticado com certeza para nenhum ser humano. Havia sempre o livre-arbítrio, havia sempre uma suficiência de Graça, se a pessoa quisesse colaborar com ela.

"Escreverei com autoridade", continuou o jovem quase agressivamente.

"E não como os escribas e os fariseus", murmurou Bruno com um sorriso. "Mas e daí?"

"E daí?", repetiu o outro. "O que quer dizer com 'e daí'? Continuarei escrevendo."

Não, não havia ainda nenhuma ruptura naquela carapaça protetora. Bruno afastou-se e começou a embrulhar os livros em papel pardo. Fugindo à vulgar transferência de

---

6 Referência ao conselho de são Paulo. (N. T.)

moeda de uma mão para a outra, o jovem depositou o dinheiro sobre o balcão. Para ele, nada de contatos físicos com outras pessoas, exceto os sexuais. E, mesmo esses, pensou Bruno, mesmo esses sempre lhe pareceriam decepcionantes e até um pouco repulsivos. Atou o nó final e entregou o pacote.

"Muito obrigado", disse Bruno. "E, se algum dia se cansar desse tipo de...", hesitou. Em suas profundas órbitas os olhos azuis brilharam com uma luminosidade quase travessa. "... Desse tipo de frivolidade erudita", continuou, pondo o dedo no pacote, "lembre-se de que tenho um estoque bem grande de livros realmente sérios sobre o assunto." Apontou para uma série de prateleiras na parede oposta: "*Scupoli*, a *Bhagavata*, o *Tao Teh Ching*, a *Teologia germânica*, as *Graças da oração interior*...".

Durante alguns segundos, o jovem ouviu atento, ouviu com a expressão inquieta de quem se encontra encerrado com um louco potencialmente perigoso. Em seguida, olhando para o relógio de pulso, murmurou alguma coisa a respeito de já ser muito tarde, e saiu apressado da loja.

Bruno Rontini suspirou e voltou à tarefa de colocar os preços nos livros. *L* para Lira, *L* para Liberação. De dez mil, apenas um romperia a carapaça completamente. Não era uma proporção elevada. Mas, de todas as galáxias de ovos, quantos arenques se tornavam peixes adultos? E os arenques, era o caso de se lembrar, sofriam apenas interferências externas em sua ovulação e seu crescimento. Ao passo que no processo de amadurecimento espiritual, cada ser humano era sempre seu pior inimigo. Os ataques vinham de ambos os lados e de dentro com maior violência, persistência e eficácia. De modo que, afinal, a proporção de um crescer em dez mil tentativas era realmente bastante respeitável. Algo para ser admirado em vez de lamentado. Não era o caso de reclamar, como tínhamos frequentemente a tentação de fazer, contra a injustiça de Deus, mas, ao contrário, dar graças pela generosidade divina, que concedia a tantos uma recompensa tão incomensuravelmente vasta.

L para Liberação, *L* para *Love*... A despeito das buzinas impacientes, a despeito dos ruídos metálicos e do fluxo de tráfego, o silêncio, para Bruno Rontini, era como um cristal vivo. Então a campainha da porta soou de novo, e, erguendo os olhos, viu, debaixo de seu chapéu Homburg inclinado, o rosto amplo e flácido, os olhos inchados e os lábios de bebê que sorriam frouxamente de Eustace Barnack. E através desse cristal vivo aquele homem lhe pareceu estar dentro de uma tumba, como que enterrado longe da luz, emparedado numa impenetrável privação de beatitude. E as paredes desse sepulcro eram feitas das mesmas inércias e sensualidades que conhecera dentro de si mesmo, e que ainda conhecia, que ainda tinha de suplicar a Deus que perdoasse. Cheio de profunda compaixão. Bruno se levantou para recebê-lo.

"Finalmente o encontro!", exclamou Eustace. Falou em italiano, porque era mais fácil quando se estava tão consumadamente representando o papel do jovial burguês florentino, para evitar o perigo de ter de falar com excessiva seriedade — e, com Bruno, em particular, era importante não ter conversas sérias jamais. "Estive o dia inteiro atrás de você."

"Já sei. Fiquei sabendo que você esteve aqui hoje de manhã", respondeu Bruno em inglês.

"E fui recebido", disse Eustace ainda representando sua comédia toscana, "pelo seu mais ardente discípulo! O jovem até conseguiu vender-me um exemplar de literatura edificante, *qualche trattatino sull'amor del* Vertebrado Gasoso", concluiu alegremente.

E agora o volume estava acomodado entre um dos romances de Pittigrilli e um livro dos sonhos, já muito manuseado, na mesinha de cabeceira de Mimi.

"Eustace, você está se sentindo bem?", perguntou Bruno com uma seriedade que contrastava frontalmente com a atitude brincalhona do outro.

Assustado, Eustace voltou à sua língua nativa.

"Nunca me senti melhor", respondeu. Mas, como Bruno continuou a fitá-lo com a mesma expressão de tristeza e solicitude, um tom de irritação e suspeita surgiu-lhe na voz. "O que há?", perguntou com rispidez.

Poderia o tipo ver algo que lhe permitisse adivinhar algo sobre Mimi? Não que Mimi fosse motivo de vergonha. Não. O que era intolerável era a intromissão em sua privacidade. E Bruno, lembrou-se, sempre tivera esse dom estranho e exasperador de saber das coisas sem que ninguém as contasse. E, naturalmente, se não era clarividência, poderia facilmente ser uma mancha de batom.

"Por que me olha dessa maneira?"

Bruno sorriu, desculpando-se.

"Perdão", disse. "É que pensei que você parecia... não sei bem. Parecia que estava para ficar gripado."

Era o rosto de um homem no túmulo, e agora, de repente, ameaçado na tumba. Mas ameaçado pelo quê?

Aliviado porque Mimi não fora percebida, Eustace relaxou e sorriu.

"Bem, se eu pegar uma gripe", disse, "saberei que me rogou a praga. E agora, não pense", continuou de bom humor, "que vim aqui só para banquetear meus olhos na sua fuça seráfica. Quero que me consiga permissão para levar meu sobrinho para ver o labirinto dos jardins de Galigai. Ele chega esta noite."

"Que sobrinho?", perguntou Bruno. "Um dos filhos de Alice?"

"Aqueles paspalhos?", disse Eustace. "Deus me livre! Não, não. Este é o filho de John. Uma criaturinha bastante notável. Dezessete anos e além disso infantil, mas escreve os versos mais surpreendentes. Cheios de talento."

"John deve ser um pai bem difícil", disse Bruno, depois de uma pausa.

"Difícil? Ele não passa de um tirano idiota. E, naturalmente, o garoto não o suporta, e detesta tudo o que o pai representa."

Eustace sorriu. Sentia verdadeiro prazer em pensar nos defeitos do irmão.

"É. Se pelo menos as pessoas percebessem que os princípios morais são como o sarampo..."

A voz suave perdeu-se no silêncio de um suspiro.

"Como o sarampo?"

"Tem de haver contágio. E só as pessoas que o têm é que podem transmiti-lo."

"Felizmente", disse Eustace, "elas nem sempre conseguem transmiti-lo."

Pensava naquela mulher miudinha, a sra. Thwale. Todo o contágio possível do cônego e de sua esposa; mas nem sinal de arranhão moral ou pietista na pele voluptuosa e branca da filha.

"Tem razão", concordou Bruno. "A gente não tem de pegar a infecção do bem, se não a deseja. A vontade é sempre livre."

Sempre livre. As pessoas têm podido dizer não até a Filipe Néri e Francisco de Sales; até para Cristo e Buda. Ao citá-los para si mesmo, a pequena chama em seu coração pareceu expandir-se, por assim dizer, e elevar-se, até que tocou naquela outra luz que a superava e a incluía; e, por um momento, se imobilizou na intensidade infinita de um desejo que era também uma consumação. O som da voz de seu primo chamou sua atenção de volta ao que se passava na loja.

"Nada me dá maior prazer", notava Eustace, com deleite, "do que o espetáculo dos Bons tentando propagar suas noções e produzindo resultados exatamente opostos aos que pretendiam. É a forma mais sublime de comédia."

Soltou uma risada abafada e asmática.

Ouvindo aquele riso que vinha das profundezas e das trevas de um sepulcro, Bruno sentiu-se comover até quase o desespero.

"Se pelo menos você pudesse perdoar os Bons!" A voz mansa elevou-se até quase a veemência. "Então poderia permitir-se ser perdoado."

"Perdoado de quê?", perguntou Eustace.

"De ser o que você é: um ser humano. É. Deus pode perdoá-lo até mesmo disso, se você realmente o deseja. Pode perdoar sua separação tão completamente que você se tornaria um com Ele."

"O vertebrado sólido unido ao Gasoso."

Bruno o olhou por um momento em silêncio. No seu rosto de carnes flácidas e cansadas, os olhos brilhavam alegremente; os lábios infantis estavam torcidos num sorriso irônico. "Que tal a comédia dos Inteligentes?", disse Bruno, por fim. "Atingindo a autodestruição em nome do interesse próprio e a desilusão em nome do realismo. Às vezes acho que é até mais sublime do que a comédia dos Bons."

Passou por detrás do balcão e voltou com uma maleta Gladstone muito velha.

"Se você vai se encontrar com esse jovem sobrinho seu", disse, "acompanho-o até a estação."

Ia tomar o trem das sete e meia para Arezzo, explicou. Havia um velho professor aposentado lá que queria vender sua biblioteca. E segunda-feira era o dia de abertura de um importante leilão em Perugia. Haveria compradores de todo o país. Esperava poder conseguir algumas das ninharias menos importantes.

Bruno apagou as luzes e saíram para o lusco-fusco da tarde que rapidamente se transformava em noite. O carro de Eustace os esperava numa rua lateral. Os dois homens entraram, e o carro os levou vagarosamente para a estação.

"Lembra-se da última vez que fomos juntos de carro para a estação?", perguntou Bruno, de repente, depois de um período de silêncio.

"A última vez que fomos juntos de carro para a estação", repetiu Eustace, em dúvida.

E, então, de repente, se lembrou. Ele e Bruno no velho Panhard. E foi justamente depois do enterro de Amy, e ele voltava para a Riviera; voltava para Laurina. Não, não ficara muito a seu favor esse episódio de sua vida. Definitivamente sórdido. Fez uma careta, como se tivesse sentido o bafio de um repolho podre. Depois, imperceptivelmente, deu de ombros. Afinal, que importância *tinha* isso? Seria o mesmo daqui a cem anos; tudo seria igual.

"Sim, me lembro", disse. "Você me falou do Vertebrado Gasoso."

Bruno sorriu. "Ah, não. Eu não teria ousado romper com o velho tabu. Foi você quem começou."

"Talvez tenha sido eu", admitiu Eustace.

A morte e aquela paixão louca e seu próprio comportamento reprovável tinham conspirado para obrigá-lo a fazer uma porção de coisas sem nexo naquela época. Sentiu-se, de repente, extremamente deprimido.

"Pobre Amy!", disse em voz alta, levado por uma obscura compulsão, mais forte do que todas as suas resoluções de evitar, na presença de Bruno, falar a sério. "Pobre Amy!"

"Não havia razão para ter pena dela", falou Bruno. "Amy estava conformada com o que lhe estava acontecendo. Não há por que sentir pena das pessoas que estão preparadas para a morte."

"Preparadas? Mas que diferença faz?", o tom de Eustace era quase violento. "Morrer é morrer", concluiu, aliviado por poder escapar da seriedade para a controvérsia.

"Do ponto de vista da fisiologia, talvez", concedeu Bruno, "mas psicológica e espiritualmente..."

O carro parou diante do braço estendido de um guarda de trânsito.

"Ora, ora", interrompeu Eustace. "Não me venha com tolices a respeito da imortalidade! Nada de fabulações geradas pelo desejo pessoal!"

"E, no entanto", disse Bruno com suavidade, "a aniquilação seria bastante conveniente, não é mesmo? Que me diz do desejo de crer nisso?"

Do sepulcro de sua privação, Eustace deu uma resposta confidencial:

"Ninguém *deseja* crer na aniquilação. Apenas se aceitam os fatos."

"Você quer dizer é que se aceitam as inferências deduzidas de um conjunto de fatos, e se ignoram outros fatos dos quais diferentes inferências poderiam ser deduzidas. Ignoram-se esses fatos porque se deseja realmente que a vida seja uma história contada por um idiota.[7] Apenas uma maldição depois de outra, até que por fim vem a maldição definitiva, depois da qual não existe mais nada."

O apito do guarda soou estridente, e o carro continuou sua marcha. A luz de uma vitrine cruzou lentamente o rosto de Eustace, mostrando cada inchaço e cada ruga e cada mancha da pele flácida. Depois, a escuridão cobriu-a de novo, como a tampa de um sarcófago. Cobriu-o irrevogavelmente, pareceu a Bruno, cobriu-o para sempre. Impulsivamente, Bruno colocou a mão no braço do outro.

"Eustace, eu lhe imploro..."

Eustace estremeceu. Algo estranho estava acontecendo. Era como se as ripas de uma veneziana tivessem sido abertas de repente para receber a luz e o espaço azul do céu de verão. Livre e desimpedida, uma enorme e abençoada claridade fluiu dentro dele. Mas com a claridade veio a

---

[7] Referência a *Macbeth*, de Shakespeare: "a tale told by an idiot". (N. T.)

lembrança do que Bruno dissera na loja: "Ser perdoado... perdoado por ser o que você é". Com raiva e medo, retraiu o braço de sopetão.

"O que é que você *está* fazendo?", perguntou com rispidez. "Está querendo me hipnotizar?"

Bruno não respondeu. Tinha feito o último esforço desesperado para levantar a tampa, mas de dentro do sarcófago ela havia sido fechada de novo. E, naturalmente, refletiu, a ressurreição é optativa. Não estamos sujeitos a nenhuma compulsão, exceto a de persistir, persistir como somos, piorando um pouco sempre, indefinidamente, até que desejemos ressurgir de novo, como algo diferente do que éramos; inexoravelmente, a menos que permitamos que nos levantem.

11

O trem foi inesperadamente pontual, e, quando chegaram à estação, os passageiros já se acotovelavam nos portões de saída.

"Se vir um pequeno querubim com calça de flanela cinzenta", disse Eustace, enquanto se punha nas pontas dos pés para espiar por sobre as cabeças da multidão, "é o nosso homem."

Bruno apontou com um dedo anguloso.

"Aquele *ali* corresponde à sua descrição?"

"Qual?"

"Aquele pequeno *non Anglus sed angelus,* ali, detrás do pilar."

Eustace conseguiu ver uma cabeça conhecida, de cabelos claros e cacheados, e, acenando, abriu caminho até chegar mais perto do portão.

"E aqui está seu primo de segundo grau, há muito desterrado", dizia Eustace ao voltar, um minuto depois, com o garoto. "Bruno Rontini, que vende livros de segunda mão, e que gostaria que todos acreditassem no Vertebrado Gasoso."

E, enquanto se cumprimentavam, continuou, em tom de

falsa solenidade: "Deixe-me preveni-lo; ele provavelmente tentará converter você".

Sebastian olhou de novo para Bruno e, sob a influência da apresentação de seu tio, só viu estupidez nos olhos brilhantes, só viu fanatismo naquele rosto magro e anguloso, com as faces encovadas e o nariz adunco protuberante. Depois, voltou-se para Eustace e sorriu.

"Então, este é Sebastian", disse Bruno lentamente. Ominosamente significativo, este era o nome do alvo predestinado da fatalidade.

"Não sei por que, mas não posso deixar de pensar em todas aquelas flechas", continuou. "As flechas da luxúria que esta beleza evocaria e permitiria a seu possuidor satisfazer; as flechas da vaidade e da presunção, e..."

"Mas as flechas vão em ambas as direções", comentou Eustace. "Este mártir saberá devolver à medida que receber — não é mesmo, Sebastian?" E sorriu com conhecimento de causa, como de homem para homem.

Envaidecido por essa demonstração de confiança em sua capacidade, Sebastian riu e aprovou com a cabeça. Com um gesto carinhoso, quase possessivo, Eustace colocou a mão no ombro do garoto.

"*Andiamo!*", exclamou.

Havia certo tom de triunfo em sua voz. Não só tirara a sua desforra de Bruno pelo que acontecera no carro, como eliminara qualquer possibilidade de que exercesse influência sobre Sebastian.

"*Andiamo!*", repetiu Bruno. "Eu os acompanho até o carro e apanho a minha maleta." Recolhendo a mala de Sebastian, Bruno caminhou para a saída. Os outros dois o seguiram.

Buzinando em seu tom melodioso de barítono, o Isotta foi abrindo caminho devagar pela rua lotada. Sebastian puxou a coberta de pele um pouco mais para cima dos joelhos, e pensou como era maravilhoso ser rico. E dizer que se não fosse pelas ideias idiotas de seu pai...

"Divertido, o velho Bruno!", observou o tio com amena condescendência. "Por uma coisa ou outra, ele sempre me fez lembrar daqueles horríveis santos anglo-saxões: santo Willibald e santo Wunnibald, santa Winna e santa Frideswide..."

Ao pronunciá-los, fazia com que os nomes soassem tão cômicos que Sebastian explodiu numa gargalhada.

"Mas é uma criatura meiga e absolutamente gentil", continuou Eustace. "E, considerando que é um dos Bons, não é demasiado chato."

Interrompendo-se, tocou no braço de Sebastian e apontou através da janela do lado esquerdo:

"Os túmulos dos Medici estão ali", disse. "São considerados sublimes, mas não posso nem vê-los agora. Meu limite, nestes últimos tempos, é Donatello. Mas, naturalmente, é a pura verdade: essas malditas coisas *são* as melhores esculturas do mundo. E ali está Rossi, o alfaiate", continuou, sem transição, apontando de novo. "Encomende uma boa fazenda inglesa, e o homem fará um terno tão bom quanto o melhor de Savile Row, e pela metade do preço. Vamos tomar um pouco do tempo de nossos passeios turísticos para ir lá tirar as suas medidas para aquele traje a rigor."

Mal acreditando no que ouvia, Sebastian olhou para o tio indagativo.

"Quer dizer...? Ah! Obrigado, tio Eustace", exclamou, enquanto o outro sorria e concordava com a cabeça.

Eustace olhou para o menino e percebeu, à luz fugidia de um lampião de rua, que seu rosto tinha ficado corado e seus olhos brilhavam. Comovido, deu umas palmadinhas no joelho do garoto.

"Não precisa agradecer", disse. "Se eu aparecesse no *Who's Who,* coisa que não acontece, você saberia que meu passatempo favorito é 'contrariar meu irmão'..."

Riram juntos, conspiradores, numa travessura.

"E agora", exclamou Eustace, "abaixe-se e dê uma espiada pela janela para ver o maior ovo jamais posto."

Sebastian obedeceu e viu grandes promontórios de mármore e, acima dos promontórios, uma enorme cúpula flutuando no céu e escurecendo à medida que se alçava da região banhada pela luz tênue do lampião que ainda lhe iluminava a base para atingir um mistério mais impenetrável do que a própria noite. Era a transfiguração, não de uma pequena esqualidez agora, mas de uma vasta e harmoniosa magnificência.

"Primeiro a luz", disse Eustace, indicando com um dedo manchado que se erguia à medida que ele falava, "e depois a escuridão."

Sebastian olhou-o surpreendido. Então, ele também...?

"É como a equação de um espelho", continuou o outro. "Você começa com os valores de X e Y, e termina com uma quantidade desconhecida. A mais romântica forma de iluminação."

"Não sabia que mais alguém o havia notado", disse Sebastian.

"Otimista!", sorriu Eustace com benevolência. Que lindo ser jovem e estar convencido de que, a cada vez que se perde uma virgindade, o fato é inédito! "Os desenhistas e gravadores vitorianos praticamente não viram outra coisa. Todos os seus Matterhorns e castelos arruinados românticos são mais escuros no topo do que na base. O que não desmerece a equação do espelho."

Houve uma pequena pausa. O carro saiu da praça da catedral e entrou numa rua ainda mais estreita e mais cheia do que a que haviam percorrido vindo da estação.

"Eu escrevi um poema sobre isso", confidenciou finalmente Sebastian.

"Não é nenhum daqueles que me mandou no Natal?"

O garoto negou com a cabeça.

"Não pensei que fosse gostar. É um pouco... bem, não sei... um pouco religioso; isto é, se fosse a respeito de religião, mas não é. Agora, vendo que o senhor notou a mesma coisa também... Isto é, a maneira como as coisas se iluminam da base..."

"Pode recitá-lo?"

Dividido entre a timidez e o desejo de se exibir, Sebastian balbuciou qualquer coisa, engoliu em seco, e, finalmente, disse que sim.

Pequena esqualidez, transfigurada em Ely,
Em Bourges, na beleza da santidade...

Recostado no seu canto, Eustace ouvia a voz suave, quase infantil, e, ao sabor das luzes que surgiam e desapareciam, examinava o rosto que, de frente para a escuridão, o fitava com os olhos muito abertos e uma gravidade angelical. Sim, ali havia talento, sem dúvida. Mas o que o comovia tão profundamente, o que o comovia à beira das lágrimas, era a inteireza, a boa-fé sem malícia, a pureza absoluta. Pureza, insistia ele, ainda que não se pudesse realmente dizer o que essa palavra significava, ou mesmo justificar seu uso. Pois era óbvio que o garoto estava obcecado pelo sexo, seguramente se masturbava, provavelmente tinha algum caso amoroso, homossexual ou não. E, no entanto, havia pureza ali, uma pureza genuína.

O recitativo chegou ao fim, e fez-se um longo silêncio. Tão longo, na verdade, que Sebastian começou a duvidar se sua pequena esqualidez era realmente tão boa quanto pensava. O tio Eustace tinha bom gosto e, se *ele* pensava que não era bom, então... Mas o outro falou, finalmente:

"Muito bonito", disse serenamente. As palavras se referiam menos ao poema do que ao que sentira ao ouvi-lo: essa súbita torrente de sublime emoção e de ternura protetora. "Muito bonito", e colocou a mão afetuosamente no joelho de Sebastian. Depois de uma pausa, acrescentou sorrindo: "Eu costumava escrever poemas, quando tinha alguns anos mais do que você".

"É mesmo?"

"Dowson e água", disse Eustace, meneando a cabeça, "com lampejos ocasionais de Wilde e de mijo de gato." Riu. "Chega de sentimentalismo. Hoje em dia não passo dos epigramas", continuou. "Mas, como tão apropriadamente notou Wordsworth:

> *Não desprezes o epigrama, nem faças cara feia, crítico,*
> *Ignorando suas merecidas honras; com esta chave*

Shakespeare soltou seus anseios; a obscenidade
Deste pequeno alaúde aliviou as dores de Petrarca...[8]

"E assim por diante, até que, naturalmente, nas mãos de Milton:

A Coisa tornou-se uma prostituta; por isso assobiou
Melodias estimulantes para a alma — infelizmente, muito poucas![9]

"Depois do que eu realmente tenho de contar a você sobre 'A jovem de Spokane'."

O que fez. O carro, nesse meio-tempo, tinha entrado numa escuridão maior. As luzes brilhavam sobre as águas; cruzaram uma ponte e, ganhando velocidade, rodaram durante um minuto ou dois ao longo de uma ampla represa. Depois, o caminho deu uma guinada para a direita, ficou tortuoso, e começou a ficar íngreme. Pela janela, Sebastian olhava, fascinado, os faróis dianteiros criarem do nada uma série confluente de universos limitados. Um bode cinzento e magro, de pé sobre as patas traseiras para mordiscar os botões de glicínia que pendiam de uma extensão de estuque já descascado. Um sacerdote, de batina preta, empurrando uma bicicleta de mulher ladei-

---

8 Tradução livre dos versos: "Scorn not the Limerick; Critic, you have frowned,/ Mindless of its just honours; with this key/ Shakespeare unlocked his pants; th' obscenity/ Of this small lute gave ease to Petrarch's wound...". (N. E.)
9 Tradução livre dos versos: "The Thing became a strumpet; whence he blew/ Soul-animating strains—alas, too few!". (N. E.)

ra acima, uma grande árvore de azevinho retorcendo-se como um polvo de madeira; e, aos pés de uma escadaria, dois namorados separando-se, assustados, do abraço que os unia e voltando-se, num faiscar de olhos e de dentes risonhos, para a luz que os havia convocado e agora, ao passá-los, os abolia.

Um pouco depois o carro parava diante de altos portões de ferro. Musical, mas imperiosamente, buzinou para que o deixassem passar, e um velho baixinho saiu das sombras para abrir os ferrolhos.

A alameda serpenteava pelo meio de altos ciprestes; um canteiro de jacintos azuis apareceu e sumiu, e depois, uma pequena fonte num nicho em forma de concha. Ao dar a curva final, os faróis dianteiros do Isotta deram vida a meia dúzia de ninfas desgastadas pela ação da intempérie, nuas, sobre pedestais, e, finalmente, como se fosse a última revelação que tudo explicava, o carro parou junto a uma laranjeira plantada num imenso vaso de cerâmica.

"Chegamos", disse Eustace. No mesmo instante, um mordomo de paletó branco abriu a porta, e, com deferência, inclinou a cabeça.

Entraram num vestíbulo quadrado, de teto alto, com colunas e abóbadas, como uma igreja. O mordomo pegou a bagagem, e Eustace subiu a escadaria de pedra.

"Aqui é o seu quarto", disse, escancarando uma porta. "Não se assuste com *isto*", acrescentou, apontando para uma enorme cama coberta por um dossel. "Só o entalhe de madeira é que é antigo. O colchão é contemporâneo. O seu banheiro é aí dentro." Acenou para outra porta. "Acha que pode se lavar e escovar as roupas em cinco minutos?"

Sebastian tinha certeza de que sim, e cinco minutos depois estava lá embaixo outra vez, no vestíbulo. Uma porta semiaberta era convidativa. Entrou e encontrou-se na sala de estar. Um suave aroma de *pot-pourri* invadia a atmosfera, e as lâmpadas que pendiam do teto ornamentado se refletiam em inúmeras superfícies curvas que as destacavam, em superfícies de porcelana e prata, madeira torneada, esculturas de marfim e bronze. Montanhas de chintz, enormes poltronas e sofás se alternavam com o desconforto dos móveis venezianos do século xviii, elaboradamente entalhados e pintados em tons alegres. Sob os pés um tapete chinês amarelo jazia como uma extensão de luz solar, suave e antiga. Nas paredes, as molduras dos quadros eram portas que levavam a outros mundos. O primeiro que ele observou era um estranho universo brilhante, intensamente cheio de vida e, no entanto, estático, definitivo e sereno: um mundo em que tudo era feito de inúmeros pontos de pura cor, e os homens usavam cartolas de copa alta, e as ancas dos vestidos das mulheres eram monumentais, como granito egípcio. E junto a esse estava a porta para outro mundo, um mundo veneziano, onde um grupo de senhoras, numa gôndola, levava seus cetins rosados contra a cor de jade, complementária, do Grande Canal. E aqui, acima da lareira, num universo maníaco de luz de velas e de sombras marrons: betuminosas, um conjunto de frades longilíneos estava sentado, celebrando, sob as abóbadas de uma catedral...

A voz de seu tio o trouxe de volta à realidade.

"Ah! Você descobriu meu pequeno Magnasco."

Eustace aproximou-se e tomou-o pelo braço.

"Divertido, não?"

Mas, antes que o garoto pudesse responder, falou de novo.

"E agora você vai ver o que fiz ontem", prosseguiu, levando-o dali. "Aí está!"

Apontou. Num recesso em forma de arco, estava uma mesa negra de papel mâchê com espirais douradas, engastada com madrepérola. Em cima havia um ramo de flores de cera dentro de uma redoma de cristal e uma caixa cilíndrica de vidro com beija-flores empalhados. Na parede, entre esses dois objetos e um pouco acima deles, estava pendurado um quadro pequeno do século XIV representando um grupo de jovens com os cabelos cortados à maneira de pajem, calções ajustados, que atiravam setas num são Sebastião amarrado a uma macieira em flor.

"Seu xará", disse Eustace. "Mas o importante mesmo é que por fim descobri um jeito de usar os primitivos menores. Obviamente é ridículo tratar esse tipo de porcaria como se fosse arte séria. Mas, por outro lado, é uma porcaria encantadora; não deve ser desperdiçada. Bem, aqui está a solução para o dilema: misturá-la ao vitoriano! Forma uma salada deliciosa. E agora, meu caro, vamos comer. A sala de jantar é por aqui, depois da biblioteca."

Saíram. Detrás da porta, do outro lado do longo túnel de livros, vinha o som de uma voz áspera, esganiçada, e o retinir da prataria e da porcelana.

"Bem, aqui estamos, finalmente!", exclamou Eustace alegremente ao abrir a porta.

Num vestido de noite azul metálico, com sete colares de pérolas ao redor do pescoço de múmia, a Rainha-Mãe virou-se, sem ver, na direção deles.

"Você conhece meus hábitos, Eustace", disse ela no que era uma remota imitação da voz de um sargento. "Nunca espero por ninguém para jantar depois das sete e quarenta e cinco. Ninguém", repetiu com ênfase. "Já estamos quase terminando."

"Mais um pouco de fruta?", perguntou a sra. Thwale, suavemente, colocando na mão da velha senhora um garfo, no qual estava empalado um quarto de pera. A sra. Gamble deu uma mordida.

"Onde está o garoto?", perguntou com a boca cheia.

"Aqui."

Sebastian foi empurrado para a frente e, meio sem jeito, apertou a garra cheia de joias que lhe foi estendida para que a tomasse.

"Conheci sua mãe", falou a sra. Gamble com voz áspera. "Era bonita, muito bonita. Mas foi criada muito mal. Espero que você tenha sido criado melhor." Terminou a pera e baixou o garfo.

Sebastian, fortemente ruborizado, produziu um balbucio, querendo expressar que esperava que sim.

"Fale com clareza", disse a sra. Gamble rispidamente. "Se há uma coisa que não tolero é que resmunguem. Todos os jovens resmungam hoje em dia. Veronica?"

"Sim, sra. Gamble."

"Ah, por falar nisso, garoto, esta é a sra. Thwale."

Sebastian penetrou numa aura de perfume, levantando os olhos humilhados das dobras de um vestido cinzento como penugem de pomba, e quase soltou um grito de surpresa com o que viu. Aquele rosto oval na sua moldura de cabelos escuros e macios: era o de Mary Esdaile.

"Muito prazer, Sebastian."

Por estranho que pareça, ele jamais havia claramente escutado com o ouvido da imaginação o som da voz de Mary. Mas era evidente agora que estes eram seus próprios tons — um pouco graves, mas claros e peculiarmente distintos.

"Muito prazer."

Deram-se as mãos.

Foi só nos olhos que ele encontrou diferença entre a fantasia e sua encarnação. A Mary Esdaile de seus sonhos acordados sempre baixava as pálpebras quando ele a encarava. E como ele podia olhar para os seus sonhos sem hesitações, com que firmeza e resolução! Como seu pai. Mas aqui não era sonho, era realidade. E para a realidade ele continuava tímido, como sempre, e aqueles olhos escuros estavam fixos nele, com um firme escrutínio ligeiramente irônico que lhe era extremamente embaraçoso. Seu olhar vacilou e afinal se afastou.

"*Você* sabe falar o inglês correto, Veronica", grasnava a sra. Gamble. "Dê-lhe algumas lições enquanto ele está aqui."

"Nada me dará maior prazer", disse Veronica Thwale, como se estivesse lendo um livro vitoriano de boas maneiras. Ergueu novamente os olhos para o rosto de Sebastian, os cantos de sua boca lindamente esculpida agitaram-se num pequeno sorriso. Depois, voltando-se para o outro lado, ocupou-se em descascar o resto da pera para a sra. Gamble.

"Deixem o garoto vir comer", chamou Eustace, que havia se sentado e já estava na metade da sopa. Agradecido, Sebastian se dirigiu ao lugar que lhe estava reservado.

"Devia ter-lhe avisado a respeito da Rainha-Mãe", continuou Eustace em tom jocoso. "A mordida dela é ainda mais dolorosa do que o seu latido."

"Eustace! Nunca ouvi semelhante impertinência!"

"É porque a senhora nunca se escutou", respondeu ele.

A velha senhora cacarejou sua aprovação e afundou a dentadura noutro pedaço de pera. O suco escorreu-lhe pelo queixo e caiu no ramo de flores preso ao decote.

"Quanto à sra. Veronica Thwale", continuou Eustace, "conheço-a muito pouco para poder aconselhar você. Terá que descobrir por si mesmo, quando lhe der as aulas de resmungação. Gosta de dar aulas, sra. Thwale?"

"Depende da inteligência do aluno", respondeu ela com seriedade.

"E acha que este aqui parece inteligente?"

Mais uma vez, Sebastian sentiu-se compelido a evitar o firme escrutínio daqueles olhos escuros. Mas ela estava linda naquele vestido cinzento, e o pescoço era suave como uma coluna branca, e os seios eram pequeninos.

"Muito", disse a sra. Thwale, por fim. "Mas é claro que, no que diz respeito a resmungar, nunca se pode ter certeza. Resmungar é algo especial, não acha?"

E, antes que Eustace pudesse responder, ela soltou sua estranha, desdenhosa e estertorosa risadinha. Foi um segundo apenas. Depois o rosto retornou à serenidade grave e marmórea. Delicadamente começou a descascar uma tangerina.

A sra. Gamble voltou-se na direção do genro.

"O sr. De Vries veio ver-me esta tarde. Portanto, sei onde você almoçou."

"'E para quem não há segredos'", recitou Eustace.

A sra. Thwale ergueu as pálpebras para lançar-lhe um rápido olhar de cumplicidade, e depois baixou os olhos para seu prato.

"Um jovem muito instruído", continuou ele.

"Eu gosto dele", proclamou a Rainha-Mãe, com ênfase.

"E ele simplesmente a adora", disse Eustace com mal disfarçada ironia. "E, nesse ínterim, como é que a *senhora* vai indo com o seu Einstein, sra. Thwale?"

"Faço o melhor que posso", respondeu ela, sem levantar os olhos.

"Garanto que sim", disse Eustace, em tom de diabrura bem-humorada.

A sra. Thwale ergueu os olhos. Mas, desta vez, não havia cumplicidade em seu olhar; nenhuma sugestão de resposta divertida. Só frieza de pedra. Taticamente, Eustace mudou de assunto.

"Conversei longamente com Laurina Acciaiuolli esta tarde", disse, voltando-se para a sra. Gamble.

"O que, ela ainda não morreu?" A Rainha-Mãe parecia desapontada, quase ofendida. "Pensei que essa mulher estava tão desesperadamente enferma", acrescentou.

"Evidentemente não está enferma o suficiente", disse Eustace.

"Algumas vezes continuam assim durante anos", disse a sra. Gamble com voz áspera. "Sua mãe faleceu há algum tempo, não é, Sebastian?"

"Em 1921."

"Como?", gritou ela. "Como? Você está resmungando outra vez."

"Em 1921", repetiu, mais alto.

"Não precisa berrar", vociferou o sargento em potencial. "Não sou surda. Você teve alguma comunicação com ela, desde então?"

"Comunicação?", repetiu, surpreendido.

"Por um médium", explicou Eustace.

"Ah! *Entendo*. Não, não, não tive."

"Não por objeções religiosas, espero?"

Eustace riu alto.

"Que pergunta mais absurda!"

"Nada absurda", retrucou rapidamente a Rainha-Mãe. "Considerando que minha própria neta tem objeções religiosas. Principalmente devido ao seu pai, Veronica", acrescentou ela.

A sra. Thwale desculpou-se pelo cônego.

"Não é culpa sua", concedeu generosamente a Rainha-Mãe. "Mas Daisy é uma idiota em dar-lhe ouvidos. Ali está ela, com um marido e um filho já do outro lado, e não faz nada a respeito, absolutamente nada. Isso me põe doente."

Afastou a cadeira e levantou-se.

"Vamos subir agora", disse ela. "Boa noite, Eustace."

Como ela não podia vê-lo, não se deu o trabalho de ficar de pé.

"Boa noite, Rainha-Mãe", respondeu-lhe.

"E você, garoto, amanhã vai ter uma lição sobre resmungos, entendeu? Vamos, Veronica."

12

Veronica Thwale tomou o braço da velha senhora e a guiou até a porta que Sebastian abrira para elas. Quando passou por ele, seu perfume lhe pareceu doce ao olfato — doce, mas, ao mesmo tempo, longinquamente animal, como se o cheiro de suor tivesse se misturado perversamente com o das gardênias e do sândalo. Fechou a porta e voltou ao seu lugar.

"A nossa Rainha-Mãe é uma piada", disse Eustace. "Mas a gente se sente aliviado sempre que acaba. A maioria das pessoas nunca deveria estar no mesmo lugar por mais de cinco minutos de cada vez. Agora, a pequena Thwale, ao contrário... Essa é uma verdadeira peça de colecionador."

Interrompeu-se para protestar contra a inadequada quantidade de filé de peixe de que Sebastian havia se servido. Uma receita do Trois Faisans de Poitiers. Ele teve de subornar o cozinheiro para consegui-la. Obedientemente, Sebastian serviu-se de mais peixe. O mordomo se afastou para a cabeceira da mesa.

"Uma verdadeira peça de colecionador", repetiu. "Se eu fosse vinte anos mais jovem, ou você, cinco anos mais velho... Exceto, naturalmente, que você não precisa ser mais velho, não é mesmo?"

Deu a seu sorriso radiante um significado todo especial. Sebastian fez o possível para devolver-lhe o sorriso adequado. "*Verbo sap.*",[10] continuou Eustace. "E nunca deixe para amanhã o prazer que pode gozar hoje."

Sebastian não disse nada. *Seus* prazeres, pensava com amargura, eram exclusivamente os da imaginação. Quando a realidade se apresentava, sentia-se simplesmente aterrorizado. Não poderia, pelo menos, ter olhado nos olhos dela?

Limpando o molho de seus lábios grossos e flácidos, Eustace bebeu um pouco do champanhe que tinha no copo.

"Roederer 1916", disse. "Estou realmente muito satisfeito com esse champanhe."

Representando o papel de um conhecedor deliciado, Sebastian tomou uns dois goles em apreço, e depois engoliu meio copo. Tinha gosto de maçã, pensou ele, descascada com uma faca de aço.

"É espetacularmente bom", disse em voz alta. Depois, lembrando-se da última peça tocada por Susan: "É como a música de Scarlatti para clavicórdio", forçou-se a dizer, sentindo-se enrubescer, porque lhe pareceu muito artificial.

Mas Eustace ficou fascinado pela comparação.

"E me alegra tanto", acrescentou, "que você não seja como seu pai. Aquela indiferença a todos os refinamentos da vida. É realmente revoltante. Puro calvinismo, é isso. Calvinismo, sem a desculpa da teologia de Calvino."

Engoliu o último bocado de seu segundo prato de peixe e, recostando-se na cadeira, olhou à sua volta, com prazer, para a mesa lindamente posta, a mobília estilo im-

---

10 *Verbum sat sapienti:* A bom entendedor meia palavra basta. (N. T.)

pério, a paisagem de Domenichino sobre a lareira, as cabras em tamanho natural pintados por Rosa di Tivoli sobre o aparador, os dois criados trabalhando com a silenciosa precisão de conspiradores.

"Nada de Calvino comigo", disse. "Prefiro o Catolicismo, sempre. O padre Cheeryble com seu turíbulo; o padre Chatterjee com sua liturgia. Como se divertem com charadas e enigmas! Se não insistissem em misturar com isso o Cristianismo, eu me converteria amanhã."

Inclinou-se para frente e, com surpreendente destreza e sensibilidade artística, tornou a arrumar as frutas na bandeja de prata entre os castiçais.

"'A beleza do sagrado'", disse. "'A beleza do sagrado.' Adorei essa frase no seu poema. E, lembre-se, não se aplica apenas às igrejas. Ah, assim está melhor." Deu um toque final nas uvas da estufa, e recostou-se contra o respaldo da cadeira. "Uma vez tive um mordomo maravilhoso — não tenho esperanças de jamais encontrar outro igual", suspirou e abanou com a cabeça. "Aquele homem era capaz de fazer com que um jantar de cerimônia transcorresse com a perfeição solene de uma missa cantada na Madeleine."

Depois do peixe, veio frango com creme. Eustace fez uma breve digressão falando de trufas, e depois voltou à beleza do sagrado. Daí prosseguiu para a vida como uma das belas-artes.

"Mas uma bela-arte não reconhecida como tal", queixou-se. "Seus mestres são considerados ociosos e gastadores, em vez de serem admirados. Os códigos morais sempre foram formulados por pessoas como o seu pai, ou, na melhor das hipóteses, pessoas como Bruno. Gente como eu quase nunca pôde sequer dar um palpite. E, quando fazemos valer a nossa palavra — como o fizemos uma ou duas vezes no século XVIII —, ninguém nos leva a sério. E, no entanto, está demonstrado que causamos muito menos malefício do que outros indivíduos. Não fazemos guerras, nem cruzadas albigenses, nem revoluções comunistas. 'Viver e deixar viver' — é o nosso lema. Ao passo que a ideia deles de bondade é 'morrer e fazer morrer'. Deixe-se matar por uma causa idiota e mate todos que por acaso não concordem com você. O caminho para o inferno não está simplesmente pavimentado de boas intenções. Suas paredes e telhados estão feitos também. Sim, e inclusive a mobília."

Para Sebastian, depois de sua segunda taça de champanhe, esta observação lhe pareceu, sem motivo evidente, extremamente cômica, e explodiu numa risada compulsória que terminou embaraçosamente num arroto. Esse troço era pior do que gengibirra.

"Você conhece, é claro, o Velho da Moldávia?"

"O senhor se refere ao que não podia acreditar no Nosso Salvador?"

Eustace concordou.

"'Por isso fundou'", citou literalmente, "'tendo a si mesmo como chefe'", embora estas palavras não correspondam ao seu temperamento, veja bem; ele não *queria* ser o chefe; ele só queria desfrutar pacificamente da vida e ter boas maneiras, 'o culto ao Comportamento Decoroso'. Ou, em outras palavras, Confucionismo. Mas, infelizmente, a China também estava cheia de budistas e taoístas e de vários senhores da guerra. Gente com temperamento tirânico e gente com temperamento inibido, escrupuloso. Pessoas horrendas, como Napoleão, e outras pessoas horrendas, como Pascal. Havia um Velho da Córsega que não acreditava em nada que não fosse o poder. E um Velho de Port Royal que se torturava acreditando no Deus de Abraão e de Isaac, não no Deus dos filósofos. Entre os dois, não deram ao pobre Velho da Moldávia a mais mísera oportunidade. Nem na China, nem em nenhum outro lugar."

Parou para se servir de suflê de chocolate.

"Se tivesse o conhecimento necessário", prosseguiu, "ou a energia, escreveria um resumo da história mundial. Não em termos da geografia, do clima, da economia ou da política. Nenhum desses aspectos é fundamental. Escreveria em termos de temperamento. Em termos da eterna luta triangular entre o Velho da Moldávia, o Velho da Córsega e o Velho de Port Royal."

Eustace interrompeu-se para pedir mais creme, e depois continuou. Cristo, naturalmente, foi um Velho de Port Royal, do mesmo modo que Buda e a maior parte dos outros hindus. Assim como Lao-Tsé. Já Maomé tinha muito do Velho da Córsega dentro dele. E o mesmo se pode dizer de muitíssimos santos e doutores da Igreja. Assim, temos a violência, a rapina praticadas por tiranos proselitistas e justificadas por uma teologia inventada por introvertidos. E, nesse meio-tempo, o pobre Velho da Moldávia foi espancado e caluniado por todo mundo. Exceto, talvez, entre os índios de Puebla, jamais houve uma sociedade predominantemente moldaviana, isto é, uma sociedade na qual fosse feio nutrir ambições, heresia ter uma religião individual, criminoso ser um líder de homens, e virtuoso desfrutar da vida em paz e tranquilidade. Fora do Zuñi e do Tao, os Velhos da

Moldávia tiveram de se contentar em deixar registrado seu protesto, em tentar frear, em sentar-se no chão e recusar-se a mover seus opulentos traseiros, a menos que fossem arrastados. Confúcio foi o que maior êxito teve em moderar a fúria dos Corsos e dos de Port Royal; ao passo que, no Ocidente, Epicuro se tornou palavra de opróbio. Boccaccio, Rabelais e Fielding foram descartados como simples homens de letras, e ninguém mais se deu o trabalho de ler Bentham, ou mesmo John Stuart Mill. E recentemente os Velhos de Port Royal começaram a ser tratados tão mal quanto os da Moldávia. Ninguém mais leu Bentham, mas também ninguém mais leu Thomas à Kempis. O Cristianismo tradicional entrou no processo de se tornar quase tão desacreditado quanto o Epicurismo. A filosofia da ação pela ação, do poder pelo poder, tornou-se uma ortodoxia estabelecida. "Conquistaste, ó empreendedor Babbitt."

"E agora", concluiu Eustace, "vamos tomar nosso café onde possamos estar mais confortáveis."

Movendo-se com cuidado e certa dificuldade, dentro do seu mundo frágil de incipiente bebedeira, Sebastian seguiu o tio para a sala de estar.

"Não, obrigado", disse polidamente quando lhe ofereceu um charuto maior e mais escuro do que os do dr. Pfeiffer.

"Então, aceite um cigarro", oferecem Eustace, enquanto se servia de um Romeo y Julieta. Úmidos e amorosos, os lábios de bebê se cerraram sobre o objeto de seu desejo. Sugou a chama da pequena lâmpada de prata, e um instante depois a teta estava soltando seu leite aromático e sua boca se enchia de fumaça. Eustace deu um suspiro de contentamento. O gosto do tabaco ainda lhe parecia uma revelação tão nova e especial quanto o fora na juventude. Era como se seu paladar fosse virgem e esta fosse a primeira e surpreendente introdução ao prazer. "Você não deve perder tempo", disse, "em adquirir o hábito do charuto. É uma das maiores felicidades. E tão mais duradoura do que o amor, tão menos desgastante emocionalmente. Embora, é claro", acrescentou, lembrando-se de Mimi, "até o amor pode ser bastante simplificado. Bastante, de fato." Tomou o braço de Sebastian afetuosamente. "Você ainda não viu o melhor que tenho para mostrar." Levou-o para o outro lado da sala e ligou um interruptor. Debaixo do foco de luz, um gracioso fragmento da mitologia adquiriu vida de repente. Numa clareira verde, com o Mediterrâneo ao longe e um par de Capris afastadas da orla costeira, Adonis dormia entre seus cães também adormecidos. Curvando-se sobre ele, uma Vênus loura e amorosa estava a ponto de retirar o véu de gase bordada a ouro que era a única coisa que cobria o jovem, enquanto Cupido, em primeiro plano, ameaçava, com espírito brincalhão, o bico do seio de Vênus com uma flecha da aljava do jovem caçador.

"A incandescente copulação dos deuses", murmurou Sebastian para si mesmo, enquanto olhava, encantado, para o quadro. Outras frases começaram a lhe ocorrer. "Com o brilho da luxúria divina." "A pura inocência lasciva do céu." Mas o que fazia essa incandescência particularmente deliciosa era o fato de ser oferecida com um toque de ironia, uma sugestão (sutilmente transmitida pelos dois coelhos brancos à esquerda, em primeiro plano, o pisco entre as folhas de carvalho na parte superior, os três pelicanos e o centauro na praia distante), uma sugestão, enfim, de que tudo era um pouco absurdo.

"Fazer amor na realidade", ressaltou Eustace, "raramente é tão lindo quanto a ideia de Piero di Cosimo a respeito." Deu volta e começou a desembrulhar os desenhos que tinha comprado naquela manhã, na loja de Weyl. "É muito mais parecido com Degas." Deu a Sebastian o desenho da mulher secando a nuca.

"Quando você se sentir seduzido", disse Eustace, "será provavelmente por alguém parecido com *isto,* e não com *aquilo.*" Fez um gesto com a cabeça na direção da Vênus de Piero.

De dentro do seu universo particular de champanhe, Sebastian respondeu com uma risadinha.

"Ou talvez você já tenha sido seduzido?" O tom de Eustace era jocoso. "Mas, naturalmente, isso não é da minha conta", acrescentou, enquanto Sebastian dava outra risadinha e enrubescia. "Três palavras de admoestação, contudo. Lembre-se de que seu talento é mais importante do que seu divertimento. Também que o prazer com uma mulher pode, às vezes, ser incompatível não apenas com o seu talento, mas até mesmo com a sua alegria. E que, se isso acontece, a fuga é a única estratégia."

Serviu brandy em dois enormes copos que lhe haviam trazido, adoçou uma das xícaras de café, e, acomodando-se pesadamente no sofá, chamou o garoto para que viesse sentar-se a seu lado.

Como um profissional, Sebastian girou o líquido no copo e provou. Tinha o gosto do cheiro de álcool metílico. Mergulhou um torrão de açúcar em seu café e mordiscou-o, como teria feito depois de uma dose de quinino amoniacado. Então, olhou outra vez para o desenho.

"Qual é o seu equivalente em poesia?", disse, fazendo uma reflexão. "Villon?" Negou com a cabeça. "Não. Isto não é trágico. Donne se parece mais a isto, exceto que Donne era um satírico, e este homem não é."

"E Swift", interferiu Eustace, "não sabe transmitir a beleza de suas vítimas. Os contornos fascinantes dos quartos traseiros de uma senhora, os deliciosos tons de verde e fúcsia da pele de uma colegial; ele nem sequer vê essas coisas, muito menos faz com que *nós* as vejamos."

Riram juntos. Depois, Eustace bebeu de golpe o que sobrara de seu brandy e serviu-se outra vez.

"Que tal Chaucer?", disse Sebastian levantando os olhos do desenho, depois de outro exame.

"Certo!", exclamou Eustace, entusiasmado. "Você está absolutamente certo. Ele e Degas conheciam o mesmo segredo: a beleza da feiúra, a comédia do sagrado. Agora, suponhamos que você pudesse escolher", prosseguiu ele, "entre A *divina comédia* e *Contos da Cantuária*, qual dos dois você preferia ter escrito?" E, sem dar tempo a Sebastian para responder, disse: "Eu escolheria *Contos da Cantuária*. Ah! Sem hesitação! E, como homem, preferiria infinitamente ser Chaucer! Viver pelos quarenta anos desastrosos, depois da Peste Negra, e fazer uma só referência ao problema em todo o seu trabalho, e, ainda assim, uma referência cômica! Ser um administrador e um diplomata, e não considerar o fato suficientemente importante para ser mencionado nem sequer uma vez! Ao passo que Dante teve de entrar na política partidária e, quando vê que tomou o bonde errado, passa o resto da vida se lamentando e se roendo de raiva, vingando-se dos seus oponentes políticos, colocando-os no inferno e recompensando seus amigos, promovendo-os ao purgatório ou ao paraíso. O que poderia ser mais tolo ou mais sórdido? E, naturalmente, se ele não fosse o segundo maior *virtuoso* da linguagem que jamais existiu; não haveria quem o defendesse".

Sebastian riu e demonstrou com a cabeça que concordava. O álcool e o fato de seu tio o estar levando a sério e respeitar suas opiniões o faziam muito feliz. Bebeu um pouco mais de brandy e, enquanto mastigava o torrão de açúcar com o qual lhe eliminava o gosto, olhou de novo para o desenho da mulher com a toalha. A alegria estimulava suas faculdades, e, num abrir e fechar de olhos, fez um quarteto. Tirando do bolso seu lápis e bloco de anotações, começou a escrever.

"O que é que você está tramando?"

Sebastian não respondeu com palavras, mas, arrancando a página, entregou-a ao tio. Eustace colocou o monóculo e leu em voz alta:

> *Para fazer um quadro, há os que tiram a ideia*
> *Da obra de Ovídio ou do Credo de Niceia;*
> *Degas o conseguiu com uma tina de latão,*
> *Uma teta pendurada e um bundão.*

Eustace palmeou Sebastian no joelho.
"Bravo", exclamou. "Bravo!"
Repetiu a última linha e riu até tossir.

"Faremos uma troca", disse, quando lhe passou o ataque de tosse e já havia tomado outra xícara de café e um pouco mais de brandy. "Eu fico com o poema, e você, com o desenho."

"Eu?"

Eustace fez que sim com a cabeça. Dava realmente satisfação fazer as coisas para alguém que correspondia com tamanho entusiasmo e sincera alegria.

"Você o terá quando for para Oxford. Um desenho de Degas sobre a lareira lhe dará quase tanto prestígio quanto remar nas regatas da faculdade num iole a oito. "Além disso", acrescentou, "sei que apreciará o desenho por si mesmo."

O que era muito mais, e o pensamento lhe ocorreu inesperadamente, do que se poderia dizer de sua enteada. Ele próprio só tinha o usufruto; depois da sua morte, tudo iria para Daisy Ockham. Não somente as ações e títulos da Bolsa, mas também a casa e tudo o que nela havia: móveis, tapetes, porcelanas, sim, até os quadros. Seu pequeno e absurdo são Sebastião, seus dois deliciosos Guardis, seu Magnasco, seu Seurat, seu quadro de Vênus e Adonis, que Daisy certamente consideraria demasiado indecente para pendurar na sala de estar, onde poderia ser visto por suas Bandeirantes, ou o que quer que fossem, e encher-lhes a cabeça de ideias... E talvez ela as trouxesse mesmo para a *villa*, enxames de fêmeas na puberdade, pálidas e cheias de espinhas, andando pela casa e dando risadinhas diante de tudo o que viam, numa ignorância de bárbaros. Só de pensar nisso já se sentia mal. Mas, afinal de contas, lembrou-se Eustace, ele não estaria ali para se aborrecer. E sentir-se mal por antecipação, sem nenhum motivo diretamente relacionado com os seus sentimentos, era pura tolice. Também era tolice pensar na morte. Enquanto a pessoa está viva, a morte não existe, exceto para os outros. E quando a gente mesmo morre, nada existe, nem mesmo a morte. Portanto, para que se preocupar? Especialmente porque ele estava tomando muito cuidado para postergar o acontecimento. Fumando só um desses divinos Romeo y Julieta, bebendo só um copo de brandy depois do jantar... Mas não, ele já tinha bebido dois. Este que estava levando à boca era o terceiro. Bem, não importava; tomaria cuidado para que isso não se repetisse. Esta noite estava celebrando a chegada de Sebastian! Não é todos os dias que se pode dar as boas-vindas a um garoto prodígio. Tomou um gole e fez o líquido girar na boca. Na língua e no palato, o brandy consumava o mais feliz dos casamentos com o persistente aroma do charuto.

Voltou-se para Sebastian:

"Um tostão pelos seus pensamentos."

O outro riu, um pouco envergonhado, e respondeu que não valiam isso. Mas Eustace insistiu:

"Bem, para começar", disse Sebastian, "estava pensando... bem, estava pensando como o senhor está me tratando tão bem." Não era exatamente a verdade, pois sua imaginação estivera ocupada com os presentes recebidos, não com o doador. "E, depois", continuou, um tanto apressadamente, percebendo, tarde demais, como sempre, que o tributo superficial não parecera muito convincente. "Estava pensando no que faria quando tivesse o traje a rigor."

"Como levar todas as coristas do Gaiety para jantar no Ciro?"

Surpreendido no inadequado hábito de sonhar acordado, Sebastian enrubesceu. Tinha-se imaginado no Savoy, na verdade, não com todas as garotas do Gaiety, mas, muito definidamente, com duas garotas que iam estar na festa de

Tom Boveney. E, de repente, uma dessas garotas tinha se transformado na sra. Thwale.

"Estou certo?"

"Bem... não exatamente", respondeu Sebastian.

"Não *exatamente*", repetiu Eustace com ironia benevolente. "Você compreende", acrescentou, "é claro, que sempre vai se desapontar, não é?"

"Com o quê?"

"Com garotas, com festas, com experiências em geral. Ninguém que tenha muita imaginação criativa pode deixar de ficar desapontado com a vida real. Quando era jovem, me sentia um desgraçado por não ter nenhum talento; nada, a não ser um pouco de gosto e de inteligência. Mas, agora, não sei se não se é mais feliz assim. As pessoas como você não se encaixam no mundo em que vivem, enquanto as pessoas como eu se adaptam inteiramente." Removeu a teta dos grandes lábios úmidos e tomou outro gole de brandy.

"Seu negócio não é fazer coisas", continuou. "Não é nem mesmo viver. É escrever poesia. *Vox et praeteria nihil*, é isso o que você é, e o que deve ser. Ou melhor, *voces,* não *vox*. Todas as vozes do mundo. Como Chaucer, como Shakespeare. A voz do Moleiro, a voz do Pároco, a voz de Desdêmona, e de Caliban, e de Kent, e de Polônio. Todos eles, com imparcialidade."

"Imparcialidade", repetiu Sebastian, lentamente.

Sim, era uma boa ideia; exatamente o que estava tentando pensar a seu respeito como poeta, mas que nunca conseguira, porque tais pensamentos não se enquadravam nos padrões éticos e filosóficos que lhe haviam ensinado a considerar como axiomáticos. Vozes, todas as vozes com imparcialidade. Estava deliciado com a ideia.

"Naturalmente", dizia Eustace, "você pode sempre argumentar que vive mais intensamente no seu mundo mental substituto do que nós, que apenas chafurdamos na realidade. E eu me inclinaria a admiti-lo. Mas o problema é que você não vai conseguir limitar-se ao seu lindo *ersatz*. Vai ter de descer ao nível de um traje a rigor, do Ciro e das coristas, e talvez até da política e das reuniões de comissões, Deus nos livre! Com resultados lamentáveis. Porque você não se sentirá à vontade com esses grãos indiscriminados de matéria. Eles o deprimem, o deslumbram, chocam, enfurecem e o transformam num idiota. E, no entanto, ainda tentam você, e continuarão tentando-o, durante toda a sua vida. Tentam você a comprometer-se em ações que você sabe de antemão que só o podem fazer sentir-se miserável e desviar você da única coisa que sabe fazer adequadamente, a única coisa pela qual as pessoas lhe darão valor."

Era interessante que lhe falassem assim, mas os efeitos estimulantes do álcool já tinham se esgotado, e Sebastian, de um momento para outro, se sentiu invadido por certo estupor que obliterava toda a ideia de poesia, de vozes ou de trajes a rigor. Disfarçadamente, deu um bocejo. As palavras do tio lhe chegavam por meio de uma espécie de nevoeiro que se tornava cada vez mais espesso para, em seguida, rarear outra vez, permitindo que o significado delas brilhasse através de sua bruma por uns momentos, para depois avançar de novo, escurecendo tudo.

"... *Fascinatio nugacitatis*", dizia Eustace. "Traduz-se bastante diferente na versão inglesa dos livros apócrifos. Mas que maravilha na Vulgata! A magia da trivialidade: ficar embevecido pelo meramente insignificante. Como conheço bem essa fascinação! Sua intensidade assusta! O supérfluo pelo supérfluo. E, no entanto, qual é a alternativa? Comportando-se como o Velho da Córsega ou como algum tipo de horrível fanático religioso..."

Mais uma vez a escuridão invadiu a mente de Sebastian; um estupor diversificado apenas por trêmulas ondas de vertigem e uma ligeira náusea. Desejava ardentemente deitar-se. Muito claro e argênteo, um relógio bateu a meia hora.

"Dez e meia", proclamou Eustace. "Tempo, tempo e metade de um tempo. A beleza e a inocência só têm um inimigo, que é o tempo." Soltou um arroto. "É isso o que eu gosto no champanhe: torna as pessoas tão poéticas. Todo o lindo refugio de cinquenta anos de leitura indiscriminada surge boiando na superfície. *O lente, lente currite, noctis equi!*"

O lente, lente... Com a lentidão de um funeral, cavalos negros se moveram através do nevoeiro. E, de repente, Sebastian percebeu que seu queixo tinha involuntariamente caído sobre seu peito. Despertou sobressaltado.

"Uma fé", dizia o tio, "eles não podem viver sem uma fé. Sempre a necessidade de algum ideal tolo que os cegue para a realidade e os faça agir como lunáticos. E vejam os resultados em nossa história!" Bebeu outro gole de brandy e depois chupou voluptuosamente o charuto. "Primeiro é em Deus que acreditam, não três Vertebrados Gasosos, mas um Vertebrado Gasoso. E o que acontece? Conseguem um papa, o Santo Ofício, Calvino e John Knox e as guerras religiosas. Depois se aborrecem com Deus, e é a guerra e o massacre em nome da Humanidade. A Humanidade e o

Progresso, o Progresso e a Humanidade. Você já leu *Bouvard et Pécuchet,* por falar nisso?"

Com algum atraso, Sebastian conseguiu sair de seu coma e disse que não.

"Que livro!", exclamou Eustace. "Incomparavelmente o melhor livro que Flaubert escreveu. É um dos grandes poemas filosóficos do mundo, e com toda a probabilidade, o último que se escreverá; é obvio que depois de *Bouvard et Pécuchet* simplesmente não há nada mais a dizer. Dante e Milton apenas justificam os caminhos de Deus. Mas Flaubert realmente desce à raiz das coisas. Ele justifica os caminhos dos Fatos. Os caminhos dos Fatos na medida em que afetam, não apenas o homem, mas também a Deus. E não apenas o Vertebrado Gasoso, mas todos os demais produtos fantásticos da imbecilidade humana, incluindo, é claro, nosso querido e velho amigo, o Progresso Inevitável. Progresso Inevitável!", repetiu. "Só mais um massacre indispensável de Capitalistas ou de Comunistas ou de Fascistas ou de Cristãos ou de Hereges, e já estaremos, estaremos no limiar do Futuro Dourado. Mas nem é preciso dizer, de acordo com a verdadeira natureza das coisas, o futuro *não pode* ser dourado. Pela simples razão de que ninguém jamais obteve alguma coisa por nada. O massacre tem um preço, e o preço é um conjunto de circunstâncias que absolutamente garantem que não se atinja o bem que o massacre pretendia conseguir. E o mesmo acontece até com as revoluções sem derramamento de sangue. Todo progresso notável na técnica ou na organização tem seu preço, e, na maioria dos casos, o débito é mais ou menos equivalente ao crédito. Exceto, naturalmente, quando é mais do que equivalente, como é o caso da educação universal, por exemplo, ou do rádio, ou desses malditos aeroplanos. Em cujo caso, o progresso é um passo para trás e para baixo. Para trás e para baixo", repetiu, tirando o charuto da boca para jogar a cabeça para trás e dar uma longa e arquejante gargalhada. Então, de repente, interrompeu-se, e seu enorme rosto se retorceu num espasmo de dor. Levou a mão ao peito.

"Azia", disse, sacudindo a cabeça. "Esse é o problema com o vinho branco. Já tive de desistir completamente do Hock e do Riesling, e às vezes até do champanhe..."

Eustace sentiu outro espasmo de dor e, numa careta, mordeu os lábios. A dor amainou um pouco. Com alguma dificuldade, levantou-se da poltrona.

"Felizmente", acrescentou com um sorriso, "não há nada que um pouco de bicarbonato de sódio não cure."

Colocou de novo a teta na boca e saiu da sala de estar. Atravessou o vestíbulo e passou pelo corredor que levava ao lavatório do andar inferior.

Deixado por sua conta, Sebastian se levantou, tirou a rolha do brandy, e devolveu à garrafa o que restava de bebida em seu copo. Depois, bebeu um pouco de água com gás e se sentiu bem melhor. Foi até uma das janelas, afastou as cortinas, e olhou para fora. A lua brilhava. Contra o céu, os ciprestes eram obeliscos de sólida escuridão. A seus pés estavam as pálidas estátuas que pareciam gesticular, e, atrás delas, bem ao longe, estavam as luzes de Florença. E, sem dúvida, lá em baixo, havia favelas, como as de Camden Town, e prostitutas vestidas de azul nas esquinas das ruas, e todo o fedor e toda a estupidez e todas as misérias e humilhações. Mas, aqui, havia apenas ordem e objetivo, sentido e beleza. Aqui estava um fragmento do mundo em que os seres humanos *deveriam* estar vivendo.

De repente, num ato de pura preocupação intelectual, se apercebeu do poema que ia escrever a respeito desse jardim. Não de seus elementos acidentais — métrica, palavras e frases —, mas de sua forma essencial e seu espírito inspirador. A forma e o espírito de um longo poema lírico meditativo, uma reflexão poética intensificada ao ponto de total exaltação e sustentada em sua intensidade por certo milagre duradouro. Por um momento o sabia perfeitamente, seu poema não escrito, e esse saber o encheu de uma felicidade extraordinária. Segundos depois já a perdera.

Deixou cair a cortina, voltou para sua cadeira e sentou-se para lutar com os problemas da composição. Dois minutos depois estava totalmente adormecido.

Havia um cinzeiro de ônix no parapeito do lavatório. Com muito cuidado, para não perturbar sua combustão perfeita, Eustace pousou seu charuto e depois voltou-se para abrir a porta do pequeno armário de remédios sobre a pia. Estava sempre bem abastecido, de modo que, se durante o dia ele tivesse necessidade de primeiros socorros, internos ou externos, não precisaria subir até o banheiro de seu quarto. Em dez anos, gostava de dizer, ele tinha deixado de subir o equivalente à distância que o levaria ao cume do monte Everest.

Da fila de medicamentos da prateleira superior, selecionou o bicarbonato de sódio, desatarrachou a tampa e sacudiu, para que caíssem quatro pílulas brancas na palma da sua mão. Estava por repor o frasco quando outro espasmo daquela azia, estranhamente violento, o fez decidir dobrar a dose. Encheu um copo com água e começou a engolir as pílulas uma a uma, com um gole de água depois de cada uma. Dois, três, quatro, cinco, seis... E, de repente a dor era como um ferro em brasa penetrando no seu peito. Sentiu-se tonto, e uma escuridão vertiginosa obliterou o mundo exterior. Tateando cegamente, deslizou as mãos pela parede e encontrou a cisterna de porcelana esmaltada do sanitário. Abaixou-se, vacilante, até sentar-se na tábua. Quase no mesmo instante se sentiu melhor. "Deve ter sido o diabo daquele peixe", disse para si mesmo. A receita exigia muito creme, e ele tinha se servido duas vezes. Engoliu as duas últimas pílulas, bebeu o resto da água e, estendendo o braço, colocou o copo no parapeito da janela. Justamente quando seu braço estava inteiramente distendido, a dor voltou — mas de maneira diferente; pois, agora, havia se tornado indescritivelmente libidinosa e torturante. Logo em seguida, ofegante, sem poder respirar, sentiu-se nas garras de um terror mais intenso do que qualquer medo jamais experimentado. Durante alguns segundos, sentiu terror, o mais puro, total e inesperado terror. Então, de repente, a dor desceu fulminante, pelo braço esquerdo, causando-lhe náuseas, aversão, como ser açoitado pelo vento, como levar um pontapé nos genitais — e, num lampejo, o medo generalizado se cristalizou no medo de uma falha cardíaca, no medo da morte.

A morte, a morte, a morte. Lembrou-se do que lhe dissera o dr. Burgess da última vez que o examinara. "A velha bomba não pode aguentar maus-tratos indefinidamente."

E sua esposa, ela também... Mas com ela a coisa não fora repentina. Foram anos e anos de sofás e de enfermeiras e gotas de estrofantina. Uma existência bastante agradável, na realidade. Ele não se importaria com isso; até deixaria completamente de fumar.

Mais cruciante do que nunca, a dor voltou. A dor e o terrível medo da morte.

"Socorro!", tentou gritar. Mas o único som que conseguiu produzir foi um ruído fraco e rouco. "Socorro!" Por que não vinham? Malditos criados! E o diabo daquele garoto, ali, do outro lado do corredor, na sala de estar.

"Sebastian!", o grito não foi mais do que um sussurro. "Não me deixem morrer. Não me deixem..." De repente, tentava aspirar o ar com um grasnido estranho. Não havia ar, nenhum ar. E lembrou-se daquela horrível geleira na qual o fizeram subir quando tinha apenas doze anos. Tossindo e tentando respirar na neve, e vomitando o café da manhã, enquanto seu pai ficava ali, de pé, com John e o guia suíço, sorrindo com superioridade e dizendo-lhe que era só um pouco de mal de altitude. A lembrança esvaiu-se, e nada permaneceu, exceto este grasnido pedindo ar, esta pressão sobre os olhos escurecidos, este latejar precipitado do sangue em seus ouvidos e a dor que aumentava, aumentava, como se uma mão sem misericórdia estivesse gradativamente apertando um parafuso, até que por fim: Ah, Cristo! Cristo! Mas era impossível gritar. Algo pareceu romper-se e ceder, e houve um súbito desgarramento. A punhalada daquela redobrada angústia o fez levantar-se. Deu três passos em direção à porta e girou a chave na fechadura. Mas, antes que pudesse abri-la, seus joelhos cederam e ele caiu. Com o rosto colado ao chão de cerâmica, continuou a arquejar por algum tempo, cada vez com mais dificuldade. Mas não havia ar; só o cheiro de fumaça do charuto.

Com um sobressalto, Sebastian despertou, sentindo agudas alfinetadas na perna esquerda. Olhou à sua volta e, por um segundo ou dois, não conseguiu lembrar-se de onde estava. Depois, tudo foi se encaixando em seus devidos lugares: a viagem, tio Eustace e a estranha e inquietante encarnação de Mary Esdaile. Seus olhos pousaram no desenho, que estava onde o tio o havia deixado, no sofá. Inclinou-se para frente e o pegou. "Uma teta pendurada e um bundão." Um Degas genuíno, e tio Eustace prometera dá-lo a ele. E o traje a rigor também! Teria de usá-lo em segredo e escondê-lo nos intervalos. De outro modo, seu pai seria capaz de tomá-lo. Susan deixaria que guardasse em seu quarto. Ou a tia Alice, pois nesse caso ela estava do seu lado tanto quanto a própria Susan. E por sorte seu pai ainda estaria fora quando Tom Boveney desse a sua festa.

Musicalmente, o relógio da lareira fez dim-dom e depois repetiu, dim-dom, dim-dom. Sebastian olhou para o relógio e ficou espantado de ver que faltavam quinze para a meia-noite. E era um pouco depois das dez e meia quando tio Eustace saíra da sala.

Levantou-se de um salto e foi até a porta. Olhou para fora. O vestíbulo estava vazio. Toda a casa estava silenciosa. Suavemente, por medo de acordar alguém, arriscou-se a chamar discretamente:

"Tio Eustace!"

Não houve resposta.

Será que subiu e não desceu mais? Ou, talvez, especulou Sebastian, inquieto, tivesse voltado e, encontrando-o dormido, o deixaria ali — de brincadeira. Sim, isso foi provavelmente o que acontecera. E amanhã se cansaria de escutar sobre o assunto. Encolhido numa poltrona como uma criança fatigada! Sebastian ficou furioso consigo mesmo por haver sucumbido tão facilmente a algumas taças de champanhe. O único consolo era que tio Eustace não seria desegradavelmente sarcástico. Só um pouco brincalhão, e era tudo. Mas o perigo estava em que podia ser brincalhão na frente dos outros — na frente daquela horrenda bruxa velha, na frente da sra. Thwale. E a ideia de ser tratado como um bebê diante da sra. Thwale era-lhe particularmente desagradável e humilhante.

Franzindo o cenho, esfregou o nariz, perplexo em sua incerteza. Depois, uma vez que era evidente que tio Eustace não tinha a intenção de descer outra vez, a estas horas, decidiu ir dormir.

Apagando as luzes da sala de estar, subiu. Verificou que alguém havia aberto sua mala e arrumado suas coisas, enquanto ele jantava. Um pijama cor-de-rosa desbotado tinha sido posto, cuidadosamente, na majestosa cama; o pente de celulóide, com três dentes quebrados, e as escovas de cabelo com dorso de madeira haviam tomado seu lugar incongruentemente ao lado dos objetos de cristal e prata da penteadeira. A simples vista disso o fez estremecer. Que pensariam os criados? Enquanto se despia, pensava quanto teria de dar-lhes de gorjeta quando fosse embora.

Era tarde, mas a oportunidade luxuriante de tomar um banho à meia-noite não podia ser desperdiçada. Levando o pijama no braço, entrou no banheiro. Tendo, pela força do hábito, cuidadosamente trancado a porta atrás de si, abriu a torneira da banheira. Deitado ali, no calor delicioso que o envolvia, pensou no jardim à luz do luar e no poema que tinha a intenção de escrever. Seria algo como "Tintern Abbey", como o que Shelley escrevera sobre o Mont Blanc, mas, naturalmente, bem diferente e contemporâneo. Ele usaria todos os recursos da dicção não poética, assim como os poéticos; intensificaria o lirismo com a ironia, o belo, com o grotesco. "Um sentido de lago muito mais profundamente interligado" — isso poderia estar certo em 1800, mas agora, não. Era demasiado fácil, demasiado complacente. Hoje algo interligado teria de ser apresentado em conjunção com os horrores com os quais estava interligado. E, isso, sem dúvida, significava um tipo de versificação inteiramente diferente. Mutável e irregular para se ajustar ao assunto que modularia a partir de Deus Desafinado Menor até Sexo Maior e Sordidez Natural. Riu de sua pequena invenção, e conjurou a figura de Mary Esdaile naquele jardim banhado pelo luar, Mary Esdaile entre as estátuas, tão pálida quanto elas, e, entre as malhas de renda negra, muito mais nua.

Mas por que Mary Esdaile? Por que não sua encarnação, sua presença real? Real a ponto de ser inquietante, mas linda, terrivelmente desejável. E talvez a sra. Thwale fosse tão apaixonada quanto sua imaginária companheira, tão desavergonhadamente voluptuosa quanto a Vênus do quadro do tio Eustace. Três pelicanos cômicos e um centauro — e, em primeiro plano, a pura inocência lasciva do céu, a incandescente copulação de uma deusa, que sabia muito bem o que queria com seu amante mortal. Que entrega completa, que riso e que despreocupação! Em sua volúpia, considerava-se um Adônis permissivo.

13

Não havia mais dor nem a angustiante necessidade de tentar respirar, e o chão de ladrilhos do lavatório deixara de ser frio e duro.

Todos os ruídos haviam desaparecido. A escuridão era completa. Mas, no vazio e no silêncio, ainda perdurava certo conhecimento, uma vaga percepção.

Percepção não de nome ou pessoa, não do presente, nem lembranças do passado, nem mesmo deste ou daquele lugar, pois não havia lugares. Havia apenas uma existência cuja dimensão única era saber que não pertencia a ninguém, que não possuía nada e que era solitária.

Essa percepção só conhecia a si mesma, e a si mesma unicamente como a ausência de alguma outra coisa.

O conhecimento expandiu-se para penetrar na ausência que era seu objetivo. Expandiu-se mais e mais, penetrando na escuridão. Invadiu o silêncio. Ilimitadamente. Não havia fronteiras.

Esse conhecimento reconhecia-se como uma ausência sem limites, dentro de outra ausência sem limites, que nem sequer tinha percepção.

Era conhecimento de uma ausência cada vez mais abrangente, uma privação cada vez mais excruciante. E percebia, com uma espécie de fome crescente, mas uma fome de algo que não existia, pois era apenas o conhecimento da ausência, da mais pura e absoluta ausência.

Essa ausência persistiu durante períodos cada vez mais prolongados. Períodos de inquietação. Períodos de fome. Períodos que se expandiram mais e mais, incessantemente, enquanto se intensificava a angústia da insaciedade, que se prolongavam em eternidades de desespero.

Eternidades do conhecimento insaciável e desesperante dessa ausência dentro da ausência, por toda a parte, sempre, numa existência de uma única dimensão...

E, abruptamente, surgiu outra dimensão, e o eterno deixou de ser eterno.

Já não se constituía em ausência aquilo dentro de que a percepção da ausência se reconhecia, pelo que era incluída e interpenetrada, mas transformara-se na presença de outra percepção. A percepção da ausência sábia agora, que era conhecida.

No silêncio de trevas, no vazio em que não havia sensações, algo começou a conhecê-la. Muito indistintamente, a princípio, vindo de uma distância incomensurável. Mas, pouco a pouco, a presença foi se aproximando. A intensidade desse outro conhecimento se tornou mais brilhante. E, de repente, a percepção se transformou numa percepção de luz. A luz do conhecimento pelo qual era conhecida.

Na percepção de que havia algo que não era ausência, a ansiedade encontrou apaziguamento; a fome encontrou satisfação.

Em vez de privação, havia essa luz. Havia esse conhecimento de ser conhecido. E esse conhecimento de ser conhecido era um conhecimento agradável e até mesmo alegre.

Sim, havia alegria em ser conhecido, em ser incluído assim dentro de uma presença reluzente, em ser assim interpenetrado por uma presença reluzente.

E, porque a percepção estava incluída nessa presença e era por ela interpenetrada, identificava-se com ela. A percepção não era apenas conhecida por essa presença, mas conhecia com o conhecimento que dela provinha.

Conhecia não a ausência, mas a negação luminosa da ausência; não a privação, mas a bem-aventurança.

Ainda havia fome. Fome de maior conhecimento, de uma negação ainda mais completa da ausência.

Fome, mas também a saciedade da fome, também bem-aventurança. E, então, à medida que a luz aumentava, surgia outra vez a fome de satisfações mais profundas, de uma bem-aventurança mais intensa.

Bem-aventurança e fome, fome e bem-aventurança. E, por períodos cada vez mais longos, a luz continuava a refulgir cada vez mais bela. E a alegria de conhecer, a alegria de ser conhecido aumentavam ambas a cada incremento dessa beleza abarcadora e interpenetrante.

Cada vez mais refulgente, ao longo de sucessivos períodos, que se expandiram, finalmente, numa eternidade de alegria.

Uma eternidade de conhecimento radiante, de bem-aventurança inalterável em sua intensidade última. Para sempre, para sempre.

Mas, gradativamente, o imutável começou a mudar.

O brilho da luz aumentou. A presença tornou-se mais premente. O conhecimento, mais exaustivo e completo.

Sob o impacto dessa intensificação, a alegre percepção de ser conhecido, a alegre participação nesse conhecimento, foi lançada contra os limites de sua própria bem-aventurança. Lançada com crescente impulso, até que por fim os limites começaram a ceder, e a percepção os ultrapassou e encontrou-se em outra existência. Uma existência em que o conhecimento de ser incluído dentro de uma presença luminosa se convertia no conhecimento de ser oprimido por um excesso de luz. Em que essa interpenetração transfiguradora se transformava numa força interior disruptiva. Em que o conhecimento era tão penetrantemente luminoso que participar dele transcendia a capacidade do participante.

A presença se aproximou; a luz cresceu em intensidade.

Onde houvera bem-aventurança eterna, havia uma inquietação imensamente prolongada, um período de dor imensamente prolongado e cada vez mais prolongado à medida que aumentava a dor; períodos de angústia intolerável. A angústia de ser forçado, pela participação, a conhecer mais do que era possível ao participante conhecer. A angústia de ser esmagado pela pressão dessa luz demasiada — esmagado a ponto de se transformar numa sempre crescente densidade e opacidade. A angústia de ser simultaneamente quebrado e pulverizado pelo impacto desse conhecimento interior interpenetrante. Desintegrado em fragmentos cada vez menores, até ser simplesmente poeira ou átomos de mera não identidade.

E essa poeira e a densidade sempre crescente dessa opacidade foram apreendidas pelo conhecimento participante como hediondas. Foram julgadas e consideradas repulsivas, uma privação de toda a beleza e realidade.

Inexoravelmente, a presença se aproximou, a luz ficou mais intensa.

E a cada aumento da premência, a cada intensificação desse conhecimento, invadindo do lado de fora, esse brilho disruptivo, impulsionado do lado de dentro, aumentava a agonia, a poeira e a escuridão compacta se tornavam mais vergonhosas, e foram percebidas pela participação como a mais hedionda das ausências.

Vergonhosas para sempre numa eternidade de vergonha e dor.

Mas a luz se tornou mais brilhante, angustiosamente mais brilhante.

Toda a existência era luminosidade — tudo, exceto esse pequeno coágulo de ausência não transparente, exceto esses átomos dispersos de um nada que, por percepção direta, se reconhece opaco e separado e, ao mesmo tempo, por uma excruciante participação na luz, se sabia a mais hedionda e vergonhosa das privações.

Luminosidade além dos limites do possível e depois uma incandescência ainda mais intensa e mais próxima pressionando pelo exterior e desintegrando interiormente. E, ao mesmo tempo, havia este outro conhecimento, cada vez mais penetrante e completo à medida que a luz se tornava mais intensa, de uma coagulação e uma desintegração que pareciam cada vez mais vergonhosas à medida que os períodos se prolongavam interminavelmente.

Não havia como escapar. Uma eternidade de não evasão. E, por períodos sempre mais longos, sempre menos acelerados, de impossível em impossível, a luminosidade aumentava e chegava mais angustiosa e prementemente próxima.

De repente, houve um novo conhecimento contingente, uma percepção condicional de que, se não houvesse participação na luminosidade, metade da agonia desapareceria. Não haveria percepção da repugnância dessa privação coagulada ou desintegrada. Haveria apenas um estar separado sem transparência, reconhecido como algo diferente da luz invasora.

Uma infeliz poeira do nada, um pobre e pequeno coágulo inofensivo de mera privação, esmagado exteriormente, desintegrado internamente, mas ainda resistindo, ainda recusando-se, a despeito da angústia, a desistir do seu direito a uma existência em separado.

Abruptamente houve um novo e avassalador lampejo de participação na luz, no angustiante conhecimento de que não havia nenhum direito a uma existência separada, de que essa ausência coagulada e desintegrada era vergonha e tinha de ser negada, tinha de ser aniquilada — exposta decididamente ao resplendor desse conhecimento invasor e completamente aniquilada, dissolvida na beleza dessa incandescência impossível.

Durante um imenso período, as duas percepções se mantiveram equilibradas, por assim dizer — o conhecimento, que se sabia separado, conhecia seu próprio direito à separação, e o conhecimento que admitia a vergonha da ausência e a necessidade de sua aniquilação angustiante na luz.

Como se estivessem equilibrados, como sobre o fio de uma navalha, entre uma intensidade impossível de beleza e uma intensidade impossível de dor e vergonha, entre a fome de opacidade e isolamento e ausência e uma fome de participação ainda mais total na luminosidade.

E então, depois de uma eternidade, houve uma renovação desse conhecimento contingente e condicional: "Se não houvesse participação na luminosidade, se não houvesse participação...".

E, de imediato, não havia mais nenhuma participação. Havia um autoconhecimento do coágulo e da poeira desintegrada, e a luz que conhecia essas coisas era outro conhecimento. Ainda havia a invasão angustiante interior e exterior, mas não havia mais vergonha, apenas uma resistência ao ataque, uma defesa de direitos.

Gradualmente, a luminosidade começou a perder algo de sua intensidade, a retroceder, por assim dizer, a ficar menos premente. E, de repente, houve uma espécie de eclipse. Entre a luz insuportável e a percepção sofredora da luz como presença alheia a essa privação coagulada e desintegrada, algo interferiu bruscamente. Algo como uma imagem, algo que compartilhava de uma memória.

Uma imagem, uma memória de coisas relacionadas com outras de uma forma abençoadamente familiar, que não podia ainda ser claramente apreendida.

Quase completamente eclipsada, a luz perdurava, fraca e insignificante, nos bordes da percepção. No centro estavam apenas essas coisas.

Coisas ainda irreconhecidas, não totalmente imaginadas ou lembradas, sem nome ou até mesmo sem forma, mas defintitivamente presentes, definitivamente opacas.

E agora que a luz desaparecera num eclipse e não havia participação, a opacidade já não era vergonhosa. A densidade percebia com alegria a densidade, o nada percebia o nada sem transparência. O conhecimento era sem bem-aventurança, mas profundamente encorajador.

E, gradativamente, o conhecimento se foi aclarando, e as coisas conhecidas se tornaram mais definidas e familiares. Cada vez mais familiares, até que a percepção pairava nos bordes do reconhecimento.

Uma coisa coagulada aqui, uma coisa desintegrada ali. Mas que coisas? E o que eram essas opacidades correspondentes por meio das quais estavam sendo conhecidas?

Houve um vasto período de incerteza, uma busca cega, muito, muito longa, num caos de possibilidades não manifestadas.

Então, abruptamente, era Eustace Barnack quem percebia. Sim, essa opacidade era Eustace Barnack, essa dança de poeira agitada era Eustace Barnack. E o coágulo exterior a si mesmo, essa outra opacidade da qual ele levava a imagem, era seu charuto. Ele se recordava de seu Romeo y Julieta, quando se havia desintegrado devagar no azul do nada entre seus dedos. E com a lembrança do charuto veio a memória de uma frase: "Para trás e para baixo". E depois, a lembrança de uma gargalhada.

Palavras em qual contexto? Gargalhada às custa de quem? Não havia resposta. Somente "Para trás e para baixo", e aquele toco de opacidade que se desintegrava. "Para trás e para baixo", e depois a gargalhada histérica e a alegria inesperada.

Ao longe, além da imagem daquele cilindro marrom de tabaco lambuzado de saliva, além da repetição daquelas palavras e da gargalhada que as acompanhou, permanecia a luminosidade, como uma ameaça. Mas, em sua alegria por haver encontrado de novo essa memória das coisas, esse conhecimento de uma identidade de lembranças, Eustace Bernack tinha praticamente cessado de perceber a existência da luminosidade.

14

Sebastian tinha aberto as cortinas ao se deitar, e, um pouco depois das sete e meia, um raio de sol tocou-lhe o rosto e o acordou. Do lado de fora da janela havia o ruído de pássaros e dos sinos das igrejas, e, entre as pequenas nuvens cinzentas e brancas, o céu estava de um azul tão brilhante que decidiu, a despeito da delícia de sua enorme cama, sair para um pequeno reconhecimento, antes que os outros estivessem andando por aí.

Levantou-se, banhou-se, examinou seu queixo e faces para ver se havia necessidade de usar a navalha, e, decidindo que não, vestiu com esmero uma camisa limpa, a mais nova de suas duas calças de flanela cinza, e o menos andrajoso de seus dois paletós de lã, já muito pequenos para seu porte, mas que seu pai dissera que teriam de durar até junho. Então, depois de dar uma última escovadela nos seus cabelos rebeldes, desceu e saiu pela porta da frente.

Quase tão romântico quanto havia parecido ao luar, o jardim revelava-se em todos os detalhes de seu desenho arquitetônico, com todas as cores de sua folhagem e das flores de abril. Seis deusas montavam sentinela no terraço, e entre as duas deusas centrais, uma grande escadaria descia, por vários patamares, entre colunas de ciprestes, até um gramado verde, cercado por um muro baixo, semicircular, além do qual o olhar continuava sua descida até um caos distante de telhados marrons e róseos. Flutuando acima dos telhados, no centro do mesmo panorama, a cúpula da catedral se erguia. Sebastian desceu até o fim da escadaria e olhou por sobre o muro de contenção. Lá embaixo estendia-se em declive um vinhedo ainda sem folhas, como um hectare de homens mortos cujos braços erguidos buscavam freneticamente a luz. E aqui, além dos ciprestes, crescia uma figueira antiga toda cheia de protuberâncias, expondo contra o céu os galhos feito cotovelos e brancos como ossos. Que emaranhado de azul e branco, quando se erguiam os olhos para ela! "Retalhos do céu", murmurou para si mesmo, "vistos através de um ossário. Um ossário suspenso de artrópodes." E havia aqueles sinos de igreja, outra vez, e um olor de fumaça de madeira e de jacintos, e a primeira borboleta amarela. E voltar caminhando até o pé da escadaria e olhar para o alto era como estar dentro de algo escrito por Milton. Como caminhar por Lycidas, ou por de um dos símiles de *Paraíso perdido*. Simetrias majestosas! E, no topo, em seus elevados pedestais, Ártemis e Afrodite se erguiam pálidas, contra a fachada escorçada da casa. Lindas e, ao mesmo tempo, ligeiramente absurdas. As frases adequadas lhe vieram à mente:

> *Diana com seu cão e Vênus modestamente*
> *Tapando o líquen de seu púbis e o verde*
> *Musgo de suas tetas calcárias...*

E, de repente, percebeu que, sem querer, tinha descoberto o "abre-te, Sésamo" do poema todo. "Calcárias" havia lhe ocorrido por casualidade, como simples adjetivo descritivo. Mas, na realidade, era a senha para sua obra-prima ainda por escrever, a chave e a sugestão orientadora. E, vejam só, o velho MacDonald, com suas suíças de morsa, o professor de ciências, era sua Ariadne. Lembrou-se das palavras que por um momento o haviam despertado do coma em que geralmente mergulhava durante as aulas de física e química. "A diferença entre um pedaço de pedra e um átomo é que o átomo é minuciosamente organizado, ao passo que a pedra, não. O átomo é um modelo-padrão, e a molécula e o cristal, também. Mas a pedra, embora feita desses padrões, é apenas uma simples confusão. Só quando surge a vida é que se obtém a organização em maior escala. A vida toma os átomos, moléculas e cristais; mas, em vez de fazer uma confusão com eles, como a pedra, os combina em padrões próprios, novos e mais elaborados."

Os outros alunos só tiveram ouvidos para as peculiaridades de pronúncia de Dundee do velho Mac. Durante semanas, "os pudrões de útomos" foram a piada do dia. Mas, para Sebastian, a piada tinha adquirido um sentido meio obscuro e indecifrável. E agora, de repente, aqui estava claro e compreensível o seu sentido.

O padrão primordial. E, depois, o caos feito de padrões. E, depois, os padrões de vida feitos dos fragmentos do caos. E o que viria depois? Padrões viventes de padrões viventes? Mas o mundo dos homens era caótico, repugnante, injusto e estúpido. Mais irremediavelmente refratário do que a própria pedra. Pois a pedra se deixava esculpir, tomando a forma de seios e de rostos. Ao passo que cinco mil anos laboriosos de civilização só haviam resultado em favelas, fábricas e escritórios. Sebastian chegou ao topo da escadaria e sentou-se nas lajes polidas ao pé do pedestal de Vênus.

"E os seres humanos", pensava — como padrões vivos no espaço, como eram incrivelmente sutis, ricos e complexos, individualmente! Mas a marca que deixavam no tempo, o padrão de suas vidas privadas, meu Deus, que horror de rotina! Como os desenhos repetidos numa passadeira de linóleo, como uma série de ladrilhos ornamentais idênticos ao longo das paredes de um mictório público. Ah, quando por fim tentavam lançar-se em algum empreendimento original, os resultados eram geralmente medonhos. E, de qualquer modo, a maioria deles logo terminava na fumaça negra da frustração e depois voltava ao linóleo, aos ladrilhos dos mictórios, até o amargo final de seus dias.

Olhou para a casa, tentando imaginar qual daquelas janelas fechadas era a da sra. Thwale. Se aquela horrenda bruxa velha realmente queria que ele tivesse aulas de dicção, isso lhe daria a oportunidade de conversar com a sra. Thwale. Será que teria coragem de lhe contar sobre Mary Esdaile? Seria evidentemente um maravilhoso início de conversa. Imaginou um diálogo que, começando com uma confissão irônica e espirituosa de suas próprias fantasias adolescentes, terminasse — bem, poderia terminar em praticamente qualquer coisa.

Suspirou, baixou a vista para ver a cúpula distante, por entre os ciprestes, e depois levantou os olhos para a estátua em seu pedestal. Que estranha visão de uma deusa, como a viam os vermes! Um escaravelho dourado, iridescente, estava se arrastando devagar pelo joelho esquerdo da estátua. Ou assim lhe pareceu. Mas que diria o escaravelho sobre o que fazia? Sentindo o compasso de suas seis pernas, a força da gravidade atuando sobre o seu lado direito, o fascínio da luz forte em seu olho esquerdo, a calidez e a dureza da superfície diversificada com reentrâncias e protuberantes estalagmites e excrescências vegetais, podres, mas sem o mínimo interesse, visto que não era o olor que o fazia, quer quisesse ou não, abrir buracos redondos nas folhas ou intrometer-se entre as pétalas das flores. E o que, pensou Sebastian, estava ele mesmo fazendo neste momento? Arrastando-se por qual joelho enorme? Em direção a que acontecimento futuro, a que piparote premeditado da unha de um gigante?

Levantou-se, sacudiu o pó do assento das calças, e, depois, erguendo a mão, deu um pequeno piparote no escaravelho. O inseto caiu sobre o pedestal e ficou ali de barriga para cima, agitando no ar as patas. Sebastian se agachou para observá-lo, e verificou que a couraça de seu ventre estava coberta de minúsculos carrapatos. Enojado, virou o inseto de barriga para baixo e se afastou em direção à casa. O sol, que por momentos havia estado encoberto por uma nuvem, voltou a surgir, e todo o jardim brilhava, como se cada folha e cada flor tivessem luz própria. Sebastian sorriu e começou a assobiar o primeiro movimento da sonata de Scarlatti que Susan tocava.

Quando abriu a porta da frente, surpreendeu-o o ruído confuso de vozes, e, ao atravessar o umbral, viu que o vestíbulo estava cheio de gente: meia dúzia de criados, duas velhas camponesas com xales cobrindo a cabeça, e uma garotinha de olhos escuros, de dez ou doze anos, que levava uma criança num braço e, com a outra mão, segurava uma enorme galinha-d'angola, pendurada pelos pés, com a cabeça para baixo.

Neste momento, todos se calaram. De um corredor escuro e abobadado, à direita, chegou o rumor de pés que se arrastavam e, logo depois, andando de costas, com um par de pernas vestidas em calças cinzentas debaixo dos braços, surgiram o mordomo e, detrás dele, vergados pelo peso do tronco, um criado e o motorista. Uma mão gorda e amarela, com a palma para cima, roçava o chão. Ao darem a volta para levar sua carga escada acima, Sebastian viu de relance a negra cavidade de uma boca aberta e dois olhos sem brilho e sem cor que o fitavam rígida e negligentemente. Degrau por degrau, o corpo foi carregado para cima, até desaparecer. Pendurada na mão da menina, a galinha-d'angola soltou um débil cacarejo e tentou sacudir as asas. A criança de colo rompeu numa risada alegre.

Sebastian deu meia-volta e correu para a sala de estar. A primeira reação animal de surpresa e horror lhe deixara o estômago revirado, e seu coração batia descompassadamente. Sentou-se e tapou o rosto com as mãos. Sentia-se tão mal quanto daquela vez, na escola, em que o velho Mac os havia obrigado a dissecar um cação e ele vomitara numa das pias do laboratório. E aquilo era o pobre do tio Eustace. Subitamente inerte, reduzido àquela Coisa horrível que tinham levado pela escada. Como homens carregando um piano. E devia ter acontecido quando ele, Sebastian, estava dormindo ali, naquela mesma cadeira. Talvez o tio tivesse chamado por ele; e talvez, se o tivesse ouvido, pudesse ter feito alguma coisa para salvá-lo. Mas não havia escutado nada, tinha continuado a dormir. Dormir como um porco enquanto esse homem, que fora seu amigo, esse homem, que tinha sido melhor para ele do que qualquer outra pessoa de que podia se lembrar, que o tinha tratado com tão extraordinária generosidade...

De repente, como um raio, ocorreu-lhe a ideia de que agora não ia mais conseguir o traje a rigor. Ontem tio Eustace havia prometido, mas hoje não havia ninguém para cumprir a promessa. Era o adeus à festa de Tom Boveney; adeus àquelas garotas, antes de conhecê-las. Toda a estrutura desse conjunto específico de expectativas, tão razoáveis e tangíveis a partir do momento em que tio Eustace lhe mostrara a loja do alfaiate ao sair da estação, se desintegrava totalmente. A angústia de seu desapontamento e autocomiseração encheu seus olhos de lágrimas. Haveria alguém no mundo com tanto azar?

Então, lembrou-se do tio Eustace, lembrou-se dele, não como o provedor de trajes a rigor, mas como a pessoa bondosa, jovial, que na noite anterior fora seu amigo e que, agora, estava reduzido a uma coisa repugnante. Lembrou-se e sentiu vergonha da monstruosidade de seu próprio egoísmo.

"Meu Deus, eu sou horrível", disse para si mesmo. E, para se concentrar na tragédia real, murmurou repetidamente a palavra: "Morto, morto...".

Logo depois surpreendeu-se pensando na desculpa que inventaria para Tom Boveney. Que estava enfermo? Que estava de luto por seu tio?

A campainha da frente tocou, e pela porta aberta da sala Sebastian viu o criado atravessar o vestíbulo e atender à porta. Ouviu algumas frases em italiano e, depois, um homem alto e magro, elegantemente vestido e carregando uma pequena maleta preta, foi levado para o andar de cima. Era o médico, evidentemente, chamado para dar o atestado de óbito. Mas, se houvesse sido chamado na noite anterior, tio Eustace poderia ter sido salvo. E o médico não foi chamado, lembrou-se, porque ele, Sebastian, estava dormindo.

O criado desceu novamente e sumiu para os lados da cozinha. Passou um tempo. Depois, o relógio da lareira deu quatro dim-don e batem as nove. Um instante depois, o criado entrou pela porta da biblioteca, parou na frente da cadeira em que Sebastian estava sentado, e disse algo que, devido ao aroma longínquo de café e de toucinho frito, interpretou como um convite para o desjejum. Disse "Obrigado", levantou-se, e foi para a sala de jantar. Já havia se desvanecido o mal-estar da surpresa e do horror, e Sebastian recuperara a fome. Sentou-se para comer. Os ovos mexidos estavam absolutamente deliciosos; o toucinho, quebradiço ao toque dos dentes, perfeitamente saboroso; o café, um sonho.

Tinha acabado de se servir de geleia de laranja, pela segunda vez, quando lhe ocorreu uma ideia luminosa. Aquele desenho de Degas que tio Eustace lhe dera... Que raios poderia fazer com ele nos próximos anos? Pendurá-lo em seu quarto para que a velha Ellen reclamasse que era "indecente"? Guardá-lo até ir para Oxford? Não seria realmente muito mais sensato vendê-lo e usar o dinheiro para comprar o traje a rigor?

O abrir da porta o fez erguer os olhos. Vestida de negro, com punhos e gola de renda branca, a sra. Thwale entrara silenciosamente. Sebastian levantou-se de um salto e, limpando apressadamente a boca, deu-lhe bom-dia. Com a folha de caderno de notas que tinha na mão, a sra.

Thwale fez-lhe sinal para se sentar e ela mesma sentou-se a seu lado.

"Sabe o que aconteceu, não é mesmo?"

Sebastian fez que sim, com ar de culpa.

"A gente se sente... bem, a gente se sente um pouco envergonhado de si mesmo." Estava tentando compensar por não haver pensado no pobre do tio Eustace durante todo o café da manhã.

"Sabe, não é?", prosseguiu. "Envergonhado de estar vivo."

A sra. Thwale olhou-o em silêncio por um instante e depois deu de ombros.

"Mas é isso que é viver", disse ela. "A negação fisiológica do respeito, das boas maneiras e do Cristianismo. E você nem sequer é cristão, não é?"

Sebastian fez que não com a cabeça. A sra. Thwale continuou com uma pergunta aparentemente irrelevante.

"Quantos anos você tem?"

"Dezessete."

"Dezessete?"

Olhou para ele outra vez. Olhou-o tão demoradamente, com uma expressão de divertimento tão impessoal, que ele, inquietando-se, começou a ruborizar-se e baixou os olhos.

"Nesse caso", prosseguiu ela, "é rematada tolice sentir vergonha de estar vivo. Na sua idade já se sabe qual é a verdadeira essência da vida. Impudência é o que é; pura e simples impudência."

Seu lindo rosto, impassível e rígido, franziu-se ligeiramente numa careta cômica, e ela soltou um delicado grunhido, que era uma risadinha. Depois, recuperando rapidamente a serenidade, abriu a bolsa e tirou um lápis.

"Há um monte de telegramas que mandar", continuou, na voz calma da eficiência. "Você pode me ajudar com alguns dos endereços."

Alguns minutos mais tarde, o mordomo entrou para anunciar que conseguira falar com o sr. Pewsey por telefone, e que o sr. Pewsey se oferecera para tomar todas as providências para o enterro.

"Obrigada, Guido."

O mordomo inclinou quase imperceptivelmente a cabeça e se retirou em silêncio. O ritual do seu serviço continuava impecável, mas Sebastian notou que ele havia chorado.

"Bem, isso já é um grande alívio", comentou a sra. Thwale.

Sebastian concordou.

"Toda essa confusão dos funerais", disse ele, "é demasiado horrível."

"Mas, evidentemente, menos horrível do que perceber que morrer é ainda mais impudente do que viver."

"Mais impudente?"

"Bom, pelo menos não se apodrece quando se faz amor, ou quando se come ou defeca. Ao passo que, quando se morre..." Fez uma leve careta. "Por isso é que as pessoas se dispõem a gastar tanto com os últimos sacramentos, com embalsamadores e caixões de chumbo. Mas, a respeito dos telegramas..." Tornou a olhar a lista de nomes. "A sra. Poulshot", leu em voz alta. "Para onde enviaremos o telegrama?"

Sebastian não sabia ao certo. Tia Alice e tio Fred estavam fazendo uma excursão de automóvel pelo País de Gales. Melhor seria mandar o telegrama para Londres e confiar na sorte.

A sra. Thwale anotou o endereço que lhe ditou Sebastian.

"Falando de impudência", disse ela, ao pegar outro formulário de telegrama, "conheci uma moça que perdeu a virgindade na noite de Sexta-Feira Santa, em Jerusalém, bem em cima da igreja do Santo Sepulcro. Agora, o seu pai, por onde anda?"

"Ele partiu para o Egito ontem à tarde", começou a dizer Sebastian.

De repente, pela porta entreaberta, chegou-lhes o áspero grito imperioso de "Veronica, Veronica!".

Sem responder ou fazer qualquer comentário, a sra. Thwale se levantou e, seguida por Sebastian, passou à sala de estar. Uma tempestade de latidos esganiçados os recebeu. Recuando, passo a passo, à medida que eles avançavam, Foxy VIII quase gritava, desafiando-os. Sebastian levantou o olhar do cachorro para sua dona. O rosto muito pintado parecia mais fantasticamente berrante em contraste com o vestido e o chapéu negros que ostentava a Rainha-Mãe ali, de pé, pequena e engelhada, junto à figura apática de sua criada.

"Silêncio", gritou às cegas, na direção do barulho. "Pegue-o no colo, Hortense."

Nos braços de Hortense, Foxy se contentava em rosnar de vez em quando.

"O garoto está aí também?", perguntou a sra. Gamble. E, quando o rapaz se aproximou, disse: "Bem, garoto", quase em tom de triunfo, "o que pensa de tudo isto?".

Sebastian murmurou que lhe parecia horrível.

"Eu lhe disse ontem mesmo", continuou a Rainha-Mãe, no mesmo diapasão. "Nenhum gordo chega aos setenta. Muito menos a uma idade menos razoável. Você mandou um telegrama a Daisy, não mandou?"

"Vai ser expedido com os demais dentro de alguns minutos", respondeu a sra. Thwale.

"E pensar que aquela idiota vai herdar tudo!", exclamou a Rainha-Mãe. "O que *ela* vai fazer com isto? Gostaria de saber. Todos os quadros e móveis de Eustace. Eu sempre disse a Amy que não deixasse tudo para ela."

De repente voltou-se para a criada.

"Que diabo está fazendo aqui, Hortense? Saia daqui e faça algo útil. Não vê que não preciso de você?"

Silenciosamente, a mulher começou a se afastar.

"E onde está Foxy?", gritou a Rainha-Mãe, olhando na direção dos passos que se retiravam. "Quero ele!" Estendeu um par de garras cheias de joias. O cachorro lhe foi entregue.

"Foxy, meu queridinho", disse com voz áspera, mas afetuosamente, a sra. Gamble, e curvou-se para esfregar seu rosto contra o pelo do animal. Foxy correspondeu com uma lambida. A Rainha-Mãe deu uma risadinha esganiçada e limpou o rosto com os dedos, lambuzando de pintura o queixo pontudo e cheio de pelos. "Apenas cinquenta e três anos!", prosseguiu, voltando-se para a sra. Thwale e Sebastian. "É ridículo. Mas que outra coisa se poderia esperar, com um barrigão daqueles! Garoto!", gritou com rispidez. "Dê-me seu braço."

Sebastian obedeceu.

"Quero que me mostre o lugar exato onde ele desencarnou."

"A senhora quer dizer...?"

"É isso mesmo", berrou a Rainha-Mãe. "Você pode ficar aqui, Veronica."

Devagar e cautelosamente, Sebastian começou a dirigir-se para a porta.

"Por que não diz alguma coisa?", perguntou a sra. Gamble, depois que haviam dado alguns passos em silêncio. "Eu entendo bastante de futebol, se é isso que o interessa."

"Bem, não exatamente... Estou mais interessado em poesia e coisas do gênero."

"Poesia? Você escreve poesia?"

"Um pouco..."

"Muito original", disse a Rainha-Mãe. Então, depois de uma pausa: "Lembro-me de uma ocasião em que estava numa casa onde o sr. Browning era um dos hóspedes. Nunca vi ninguém comer tanto no café da manhã. Exceto, talvez, o rei Eduardo."

Saíram do vestíbulo e passaram pelo pequeno corredor. A porta no final do corredor ainda estava aberta. Sebastian a empurrou.

"É este o lugar", disse.

A sra. Gamble soltou-lhe o braço e, ainda segurando o cachorro, tateou as paredes. Suas mãos tocaram a pia. Abriu e fechou a torneira. Depois, continuou tateando, tocou na privada e puxou a descarga. Foxy começou a latir.

"Qual foi o imperador romano?", perguntou, por entre os latidos estridentes e o ruído do fluxo da água. "Aquele que desencarnou no banheiro? Foi Marco Aurélio ou Júlio César?"

"Creio que foi Vespasiano", arriscou Sebastian.

"Vespasiano? Nunca ouvi falar dele", disse enfaticamente a Rainha-Mãe. "Aqui dentro cheira a fumaça de charuto", acrescentou. "Sempre lhe disse que fumava charutos demais. Dê-me o braço outra vez."

Voltaram para o vestíbulo e passaram à sala de estar.

"Veronica", disse a Rainha-Mãe, ao acaso, dentro das trevas que constituíam seu mundo, "você telefonou de novo para aquela mulher inconveniente?"

"Ainda não, sra. Gamble."

"Não entendo por que ela não atende o telefone." O tom de voz da velha senhora era preocupado e ofendido.

"Não estava", disse a sra. Thwale, com calma. "Talvez estivesse fazendo alguma sessão espírita."

"Ninguém faz sessões espíritas às nove da manhã. E, de qualquer modo, deveria haver alguém na casa para receber recados."

"Talvez não possa pagar uma criada."

"Tolice", exclamou a Rainha-Mãe. "Nunca vi um bom médium que não pudesse pagar uma criada. Especialmente em Florença, onde custam uma miséria. Telefone outra vez, Veronica. Telefone de hora em hora, até encontrá-la. E agora, rapaz, quero caminhar um pouco pelo terraço, e você vai me falar de poesia. Como você começa a escrever um poema?"

"Bom", começou Sebastian, "geralmente..."

Interrompeu-se.

"Na realidade, é muito difícil explicar."

E, voltando-se para ela, deu um daqueles seus irresistíveis sorrisos angelicais.

"Que resposta estúpida!", exclamou a Rainha-Mãe. "Pode ser difícil, mas estou certa de que não é impossível."

Lembrando-se tarde demais de que ela não podia ver seu sorriso e sentindo-se um perfeito idiota, Sebastian relaxou os músculos do rosto e ficou sério.

"Vamos!", comandou a velha senhora.

Gaguejando, ele tentou explicar:

"Bem, é como se a pessoa... isto é, é como se, de repente, se *ouvisse* algo. E depois isso vai crescendo sozinho — sabe, como um cristal numa solução supersaturada."

"Numa o quê?"

"Solução supersaturada."

"O que é isso?"

"Ah, é, bem... é onde se formam os cristais. Mas, na realidade", acrescentou rapidamente, "essa metáfora não é muito adequada. Parece mais com flores que brotam de sementes. Ou mesmo uma escultura, sabe: acrescentando pedacinhos de argila, até que, finalmente, surge a estátua. Ou, melhor ainda, se pode comparar a..."

A Rainha-Mãe o interrompeu.

"Não entendo uma palavra do que está me dizendo", grasnou. "E você está resmungando pior do que nunca."

"Lamento muito", murmurou, ainda mais inaudível.

"Direi a Veronica que lhe dê uma lição de inglês todas as tardes, enquanto eu descanso. E, agora, fale-me de novo da sua poesia."

15

"Para trás e para baixo", a gargalhada e o charuto. Durante longos períodos não houve nada além disso. Isso era tudo de seu que possuía, tudo de seu que pudera encontrar. Nada, exceto a lembrança dessas cinco palavras e de uma alegria inesperada e um charuto babado de saliva. Mas isso bastava. O conhecimento era agradável e tranquilizador.

Entretanto, nos bordes da percepção, a luz ainda perdurava. E, de repente, entre duas lembranças, percebeu que a luz havia sofrido certa alteração.

No início, o esplendor estivera em toda a parte, e sempre igual: um silêncio luminoso, ilimitado, uniforme. Essencialmente ainda não apresentava falhas, ainda era contínuo. E, contudo, embora permanecesse o que sempre fora, era como se essa calma imensidão de bem-aventurança, esse conhecimento tivessem sido delimitados pela interpenetração de uma atividade; atividade que era, ao mesmo tempo, um padrão, uma espécie de trama viva: ubíqua, infinitamente complexa e extraordinariamente delicada. Uma teia vasta e ubíqua de entrosamentos e divergências, de paralelas e espirais, de formas intrincadas e suas projeções estranhamente deformadas, todas refulgentes, atuantes, cheias de vida.

Mais uma vez recuperou seu único fragmento de individuação — o mesmo de antes, mas, desta vez, associado de certa maneira a uma forma específica, a uma trama luminosa de relacionamentos intrincados, localizados, por assim dizer, num de seus inumeráveis núcleos de movimentos que se interceptavam.

"Para trás e para baixo", e, em seguida, a inesperada alegria de uma gargalhada.

Mas essa trama de intercepções era projetada a partir de outra trama, e dentro dessa outra trama descobriu, de repente, outro fragmento maior de si mesmo — encontrou a lembrada imagem de um menino pequeno, saindo aos tropeções das águas de uma vala, molhado e coberto de lama até acima dos joelhos. E, "Sanguessuga, John, sanguessuga!", recordava-se de haver gritado. E, quando o outro garoto disse "Salta, covarde!", ele apenas gritara de novo "Sanguessuga!" e rolara de rir.

E o riso evocou outra vez o charuto, cheio de saliva, e, com o charuto de algum outro lugar no âmago dessa trama ubíqua, veio a lembrança de sentir o polegar entre os lábios, a lembrança do prazer de se sentar, interminavelmente, no sanitário, lendo *The Boy's Own Paper* e chupando um pirulito fino e comprido.

E aqui, voltando da projeção ao projetor, estava a imagem de uma enorme presença de carne rija, cheirando a sabão desinfetante. E quando ele não conseguia fazer *Töpfchen*, fräulein Anna o deitava energicamente sobre seus joelhos, dava-lhe umas palmadas na bunda e o deixava de bruços na cama, enquanto ia buscar o *Spritze*. Sim, o *Spritze*, o *Spritze*... E havia outros nomes para isso, nomes ingleses, porque às vezes era sua mãe que lhe infligia a tortura prazenteira do clister. E, quando isso acontecia, a figura ameaçadora não cheirava a desinfetante, mas a perfume de lírios de Florença. E, embora pudesse ter feito *Töpfchen*, se quisesse, não o fazia, justamente para gozar desse prazer angustiante.

Os contornos de luz viva se diluíram e se reuniram noutro entrosamento. E agora não era mais Fräulein Anna nem sua mãe. Era Mimi. *Spicciati, Bebino!* E, num arrebato de prazer, lembrou-se do quimono cor de clarete e do calor e da flexibilidade da carne sob a seda.

Através dos interstícios da trama percebeu outro aspecto da luz — o vasto silêncio indiferenciado, a beleza austeramente pura, mas atraente, desejável, irresistível em seu fascínio.

A luminosidade se aproximou e ficou mais intensa. Ele tornou-se parte da bem-aventurança, identificou-se com o silêncio e com a beleza para sempre, para sempre.

Mas, com a participação na beleza, vinha a participação no conhecimento. E, de repente, reconheceu esses fragmentos recuperados de si mesmo como vergonhosos, meros coágulos e desintegrações. Reconheceu-os como simples ausências de luz, meras privações sem transparência, nadas, que tinham de ser maquiados, tinham de ser expostos à incandescência, mostrados em toda a sua hediondez à luz desse silêncio refulgente, expostos e entendidos, e depois repudiados, aniquilados, para dar lugar à beleza, ao conhecimento, à bem-aventurança.

O quimono de seda cor de clarete abriu-se, e reconheceu outro fragmento do seu ser: a lembrança de seios redondos, brancos como cera, guarnecidos por um par de olhos castanhos cegos. E na carne dura, profundamente engastado, o umbigo, lembrava-se, tinha a absurda formalidade de uma boca vitoriana. Afetação de linguagem. *Adesso comincia la tortura.*

Abrupta, quase violentamente, a beleza da luz e a angústia de participar de seu conhecimento se intensificaram além dos limites do tolerável. Mas, no mesmo instante, percebeu que podia desviar sua atenção, recusar-se a participar. Deliberadamente, limitou sua percepção ao quimono cor de clarete. A luz desvaneceu-se outra vez, tornou-se insignificante. Ficou em paz com sua pequena propriedade de lembranças e imagens. Para guardá-las como um tesouro e gozá-las interminavelmente, gozá-las a ponto de com elas se identificar, a ponto de nelas se transubstanciar. Uma e outra vez, ao longo de períodos reconfortantes de charutos e quimonos, gargalhadas e fräulein Anna, e novamente charutos e quimonos...

Então, subitamente, dentro do esquema da trama, houve um deslocamento abrupto de percepção, e descobriu outro fragmento de si mesmo... Estavam sentados naquela igreja em Nice, e o coro cantava o Ave Verum Corpus de Mozart — as vozes adultas masculinas enchendo a escuridão vazia com toda a intensidade da tristeza e do desejo, os agudos dos meninos cantores perpassando por elas, harmoniosos, mas lindamente irrelevantes, com a qualidade virginal das coisas anteriores à Queda, anteriores à descoberta do Bem e do Mal. Sem esforço, a música fluía de beleza em beleza. Havia o conhecimento da perfeição, estaticamente bem-aventurada e, ao mesmo tempo, triste a ponto de levar ao desespero. *Ave verum, verum corpus.* Antes que o motete chegasse à metade, as lágrimas já lhe rolavam pelo resto. E, quando ele e Laurina saíram da igreja, o sol se havia posto, e acima dos telhados escuros o céu ainda estava luminoso e sereno. Encontraram o carro e voltaram a Monte Carlo pela Corniche. Numa curva da estrada, entre dois ciprestes altos, viu a estrela vespertina. "Olhe!", disse ele. "Igual aos meninos cantores!" Mas vinte minutos depois estavam no Cassino. Foi naquela noite que Laurina teve seu extraordinário golpe de sorte. Vinte e dois mil francos. E, em seu quarto, à meia-noite, ela espalhara o dinheiro pelo tapete: centenas de moedas de ouro, dúzias e dúzias de notas de cem francos. Ele sentara-se no chão, a seu lado, colocara-lhe um braço em volta dos ombros, estreitando-a contra si. *"Ave Verum Corpus"*, dissera, rindo. Esse era o verdadeiro corpo.

E agora se encontrava noutra, mas quase idêntica, intercepção da trama, vendo-se deitado na grama alta ao lado do campo de críquete da escola. Olhando para o céu, sonolento, através das pálpebras meio cerradas, vendo o azul brumoso, quase tangível de uma tarde de verão inglês. E, enquanto olhava, aconteceu algo extraordinário. Nada se movia, mas era como se tivesse havido um imenso gesto circular, como se uma cortina tivesse sido afastada. Para todos os efeitos externos, aquele nostálgico pálio azul, bem acima do topo das árvores, permanecia impassível. E, no entanto, tudo estava subitamente diferente; tudo havia se esfacelado. A tarde desse meio-feriado, a rotina do jogo, a amistosidade das coisas e dos acontecimentos costumeiros — tudo estava em pedaços. Estilhaçado, embora fisicamente intato, por um terremoto interior e invisível. Algo se havia rompido através da crosta da aparência cotidiana. Um surto de lava proveniente de alguma outra e mais real ordem de existência. Nada havia mudado; mas ele percebia tudo de maneira totalmente diferente. Percebia-se capaz de agir e pensar de maneira totalmente nova, adequada a essa diferença revolucionária do mundo.

"Que tal ir à cidade depois do jogo?"

Levantou os olhos. Era Timmy Williams. Mas até Timmy Williams, percebeu de relance, estava diferente, melhor, mais importante do que a pessoa com cara de texugo com quem gostava de falar de literatura e de pornografia.

"Uma coisa bem estranha me aconteceu esta tarde", confidenciou-lhe, meia hora depois, na confeitaria, enquanto comiam morangos com creme.

Mas, uma vez relatado o incidente, Timmy apenas riu e disse que todo mundo tinha alterações de visão de vez em quando. Era, provavelmente, prisão de ventre.

Não era verdade, é claro. Mas, agora que este mundo estilhaçado já se unificara outra vez, agora que a cortina voltara a se fechar e o surto de lava voltara para o lugar de onde saíra, tudo era mais agradável e reconfortante! Melhor deixar tudo como estava. Melhor continuar agindo como sempre e não se arriscar a fazer algo estranho ou incômodo. Depois de um instante de hesitação, unira a sua à risada do companheiro.

Provavelmente prisão de ventre. Sim, provavelmente prisão de ventre. E, como se fora dotado de vida própria, o refrão começou a entoar-se na cadência de "Under the Bamboo Tree".

Provavelmente prisão de ven,
Provavelmente prisão de ven,
Provavelmente prisão de ventrix;
Provavelmente pris,
Provavelmente pris,
Provavelmente prisão de ventrei, trei, trei.

E *da capo, da capo* — como o realejo que tocava a canção diante da Pretoria de Kensington, na manhã em que ele e Amy se casaram.

Debaixo do pé de bambu
Debaixo do pé de bambu
Provavelmente prisão de ventreix...

16

"Bem", disse a sra. Thwale, quando os latidos de Foxy e o coaxar agudo das frases carinhosas da Rainha-Mãe desapareceram ao longe, "agora você é meu aluno. Talvez devesse ter providenciado uma vara. Vocês apanham de vara na escola?"

Sebastian negou com a cabeça.

"Não? Que pena! Sempre pensei que açoitar com vara tivesse um encanto considerável."

Olhou-o com um sorriso tênue e depois virou-se para o lado para beber um gole de café. Houve um silêncio prolongado.

Sebastian levantou os olhos e, disfarçadamente, observou o rosto de perfil — o rosto de Mary Esdaile ganhou vida, o rosto da mulher com quem, na sua imaginação, tinha descoberto o que acreditava ser o máximo da sensualidade. E aqui estava ela, sentada, muito respeitável em seu vestido negro, entre toda a riqueza de colorido da sala, completamente alheia ao papel que desempenhara em seu universo particular, das coisas que havia feito e às quais se submetera. Messalina na cabeça dele, Lucrécia na dela. Mas claro que não era Lucrécia; não podia ser, não com aqueles olhos, com aquele jeito silencioso de impregnar o espaço à sua volta com sua presença fisicamente tão feminina.

A sra. Thwale ergueu os olhos.

"É óbvio", disse, "que a primeira coisa a fazer é descobrir por que você resmunga, quando é tão fácil falar com clareza e coerência. Por que você resmunga?"

"Bem, quando se é tímido..."

"Quando se é tímido", disse a sra. Thwale, "o melhor que se pode fazer, na minha opinião, é imaginar a pessoa que nos provoca a timidez sentada num bidê, lavando-se."

Sebastian deu uma risadinha nervosa.

"É quase infalível", continuou. "Os velhos e feios parecem tão grotescos que mal se pode ficar sério. Os jovens e bonitos parecem tão atraentes que se perde todo o medo e até mesmo o respeito. Vamos, feche os olhos e experimente."

Sebastian olhou-a, e o sangue lhe subiu ao rosto.

"Quer dizer..."

Não teve coragem de terminar a pergunta.

"*Eu* não faço objeção", disse a sra. Thwale, impassível.

Ele fechou os olhos e ali estava Mary Esdaile, de renda negra; Mary Esdaile num sofá cor-de-rosa, na atitude da *Petite Morphil*, de Boucher.

"Então, sente-se menos tímido agora?", perguntou ela quando o rapaz reabriu os olhos.

Sebastian fitou-a por um instante e, depois, cheio de vergonha só de pensar que ela agora podia saber algo do que se passava em sua imaginação, negou enfaticamente com a cabeça.

"Não?", disse a sra. Thwale, e a voz baixa modulou-se num crescente arrulho. "Assim vai mal. Até parece que o seu é um caso de cirurgia. Cirurgia", sibilou, e, tomando outro gole de café, fitou-o, com olhos brilhantes e irônicos, por sobre a borda da xícara.

"Contudo", acrescentou, enxugando a boca, "talvez ainda seja possível curá-lo usando métodos psicológicos. Há, por exemplo, a técnica do ultraje."

Sebastian repetiu a palavra em tom inquisitivo.

"Bem, você sabe o que é um ultraje", disse. "Um *non sequitur* da ação. Por exemplo, recompensar a boa conduta de uma criança dando-lhe uma tremenda surra ou mandando-a de castigo para a cama. Ou, melhor ainda, surrar a criança e mandá-la para a cama sem motivo algum. Esse é o ultraje perfeito, completamente desinteressado, absolutamente platônico."

Sorriu para si mesma. Essas últimas palavras eram as que seu pai usava quando se referia à caridade cristã. Essa maldita caridade com que tinham envenenado toda a sua infância e adolescência. Rodeando-se, em seu nome, de uma corja de infelizes e de santarrões. Transformando o que deveria ter sido seu lar numa simples sala de espera e num corredor público. Criando-a no meio da sordidez e da feiúra da miséria. Chantageando-a para que se consagrasse a um serviço que ela não queria prestar. Forçando-a a passar as horas de lazer com estranhos chatos e ignorantes, quando o que lhe agradava era poder ficar sozinha. E, para piorar, obrigava-a a recitar Coríntios 13, todos os domingos de noite.

"Absolutamente platônico", repetiu a sra. Thwale, olhando para Sebastian, "como Dante e Beatriz." E, depois de uns segundos, acrescentou pensativa: "Um dia esta carinha linda ainda lhe vai criar problemas".

Meio sem graça, Sebastian riu e tentou mudar de assunto.

"Mas o que tem isso a ver com a timidez?"

"Não tem nada a ver", respondeu ela. "A timidez desaparece. O ultraje a elimina."

"Que ultraje?"

"Ora, o ultraje que você comete quando simplesmente não sabe mais o que fazer ou dizer."

"Mas como? Quero dizer, se a pessoa é tímida..."

"Tem de se violentar. Como se estivesse por cometer suicídio. Encosta o revólver na testa. Mais cinco segundos e o mundo se acabará. Enquanto isso, o resto não tem importância."

"Tem sim", objetou Sebastian. "E o mundo, na realidade, não se acaba."

"Não, mas se transforma. O ultraje cria uma situação totalmente inédita."

"Uma situação desagradável."

"Tão desagradável", concordou a sra. Thwale, "que você desiste de ser tímido, de uma vez por todas."

Sebastian parecia duvidar.

"Não acredita em mim?", perguntou. "Bom, vamos fazer um ensaio. Eu sou a sra. Gamble pedindo que você me conte como escreve um poema."

"Meu Deus, aquilo foi tremendo, não foi?", exclamou Sebastian.

"E por que foi tremendo? Porque você não teve o bom senso de ver que era o tipo de pergunta que só se podia responder com um ultraje. Tive vontade de rir quando o ouvi murmurando e gaguejando a respeito de sutilezas psicológicas que a velha senhora não tinha a mínima condição de entender, nem que quisesse, e, naturalmente, não entendeu nada."

"Mas o que mais podia fazer, se ela queria saber como eu escrevia?"

"Eu lhe digo o que podia fazer", respondeu a sra. Thwale. "Você não deveria ter aberto a boca durante pelo menos cinco segundos. Depois, bem pausadamente e com toda a clareza, devia ter dito: 'Madame, eu escrevo com lápis indelével num rolo de papel higiênico'. E, agora, repita."

"Não, não posso... realmente..."

Lançou-lhe um daqueles seus sorrisos de súplica, irresistíveis. Mas, em vez de se derreter, a sra. Thwale sacudiu a cabeça com desprezo.

"Não, não me venha com essa", disse ela. "Não gosto nem um pouco de crianças. E, quanto a você, deveria envergonhar-se de usar esses truques. Aos dezessete anos um homem deveria estar fazendo crianças, e não tentando imitá-las."

Sebastian enrubesceu e riu nervoso. A franqueza dela doía fundo, mas, ao mesmo tempo, uma parte dele alegrava-se de que tivesse falado assim. Alegrava-se de que ela não quisesse, como as outras mulheres, tratá-lo como criança.

"E agora", continuou a sra. Thwale, "vai repetir o que eu disse, entendeu?"

O tom de voz era tão frio e imperioso que Sebastian obedeceu sem maiores protestos nem delongas.

"Madame, eu escrevo com lápis indelével", começou.

"Isso não é um ultraje", disse a sra. Thwale. "Isso é um balido."

"Escrevo com lápis indelével", repetiu mais alto.

"*Fortissimo!*"

"... Com lápis indelével num rolo de papel higiênico..."

A sra. Thwale bateu palmas.

"Excelente!"

E soltou o delicado grunhido que era sua gargalhada. Mais ruidosamente, Sebastian a acompanhou.

"E agora", continuou ela, "devia dar-lhe um soco no ouvido, com força, para que doesse. E você ficaria tão surpreso e furioso que gritaria: 'Sua velha filha da puta' ou coisa que o valha. E aí começaria a brincadeira. Eu gritaria como uma arara, e você começaria a..."

A porta da sala de estar se abriu.

"*Il signor De Vries*", anunciou o criado.

A sra. Thwale interrompeu-se no meio da frase, e instantaneamente mudou de fisionomia. Já era uma madona de aspecto grave quando enfrentou o recém-chegado, que rapidamente atravessou a sala para cumprimentá-la.

"Estive fora a manhã toda", disse Paul de Vries ao tomar-lhe a mão estendida. "Só recebi seu recado quando voltei para o hotel, depois do almoço. Que choque brutal!"

"Brutal", repetiu a sra. Thwale, concordando com um meneio de cabeça. "Por falar nisso", acrescentou, "este é o sobrinho do pobre sr. Barnack, Sebastian."

"Deve ter sido um golpe terrível para você", disse De Vries ao cumprimentá-lo.

Sentindo-se um pouco hipócrita, Sebastian confirmou com a cabeça e murmurou que fora terrível, realmente.

"Tremendo, tremendo", repetiu o outro. "Mas, naturalmente, não se deve esquecer de que até a morte tem seus valores."

Voltou-se para a sra. Thwale.

"Vim para ver se havia algo em que pudesse ajudar."

"Muita gentileza sua, Paul."

Ergueu as pálpebras e lançou-lhe um olhar atento, carregado de significação. Sem se apartarem, seus lábios vacilaram num leve sorriso. Depois, baixou novamente os olhos para as mãos brancas, cruzadas sobre o colo.

O rosto de Paul de Vries se iluminou de satisfação, e, de repente, num lampejo de percepção, Sebastian intuiu que o sujeito estava apaixonado por ela, e que ela o sabia e consentia.

Dominado por um acesso de ciúme, ciúme mais penoso por ser inútil, e mais violento por ser muito jovem para que pudesse admiti-lo sem cair no ridículo. Se lhe dissesse o que sentia, ela simplesmente soltaria uma gargalhada. Seria mais uma de suas humilhações.

"Devo retirar-me", falou, encaminhando-se para a porta.

"Não está fugindo, não é?", disse a sra. Thwale.

Sebastian parou e voltou-se. Ela tinha os olhos fixos nele, e ele não pôde encarar aquele olhar enigmático e sombrio sem pestanejar.

"Tenho de... de escrever umas cartas", inventou, e saiu apressado da sala.

"Está vendo só?", disse a sra. Thwale, quando a porta se fechou. "O pobre garoto está com ciúme de você."

"Ciúme?", repetiu De Vries, com incredulidade e surpresa.

Não havia notado nada. Na verdade, nunca notava nada. Reconhecia esse seu defeito e até se vangloriava disso. Quando a mente está cheia de ideias realmente importantes e magníficas, não se pode perder tempo com as ninharias da vida quotidiana.

"É, suponho que sim", disse ele com um sorriso. "'O desejo da mariposa pela estrela.' Talvez seja até muito bom para o garoto", acrescentou, falando como um humanista sensato e benevolente. "Os amores impossíveis fazem parte da educação liberal. É assim que os adolescentes aprendem a sublimar o sexo."

"É mesmo?", disse a sra. Thwale com tanta seriedade que um homem mais perspicaz teria percebido a ironia subjacente.

Mas Paul de Vries apenas confirmou enfaticamente:

"Descobrindo os valores do amor romântico", acrescentou. "É assim que chegam à sublimação. Havelock Ellis escreveu coisas muito lindas sobre isso num de seus..."

Percebendo, de repente, que não era nada disso que queria falar com ela, interrompeu-se.

"Que se dane Havelock Ellis!", exclamou. E fez-se um longo silêncio.

A sra. Thwale continuava sentada, impávida, aguardando o que sabia que por fim ia acontecer. E não se enganava. Sentando-se no sofá a seu lado, De Vries impulsivamente tomou-lhe uma das mãos e a apertou entre as suas.

Ela ergueu os olhos, e Paul de Vries a encarou com um sorriso vacilante da mais terna devoção. Mas o rosto da sra. Thwale continuou impassível e grave, como se considerasse o amor um assunto demasiado sério para sorrisos. Com aquelas narinas, pensava ela, ele parecia um desses cães asquerosamente sentimentais. Era cômico e ao mesmo tempo repulsivo. Mas o que se vai fazer, sempre havia que se escolher entre dois males. Baixou os olhos outra vez.

O jovem levou aos lábios os dedos indiferentes da mulher, e os beijou com reverência quase religiosa. Mas seu perfume exalava um olor doce, pesado, sufocante. Seu pescoço roliço era perfeito, macio e branco, e, sob a seda negra do vestido ajustado, ele imaginava a firmeza dos pequenos seios. A ternura aflorou violentamente em desejo. Murmurou seu nome e, num gesto abrupto, atabalhoado, colocou um braço em volta dos ombros dela e, com a outra mão, ergueu-lhe o rosto, aproximando-o do seu. Mas, antes que pudesse beijá-la, a sra. Thwale se afastou.

"Não, Paul, por favor."

"Mas, querida..."

Agarrando uma das mãos dela, tentou mais uma vez puxá-la para si. Ela resistiu e sacudiu negativamente a cabeça.

"Eu disse não, Paul."

O tom da voz era peremptório, e ele desistiu.

"Você não gosta nem um pouquinho de mim, Veronica?", queixou-se.

A sra. Thwale olhou-o em silêncio e, por um momento, sentiu-se tentada a dar a esse idiota a resposta que merecia. Mas isso era insensato. Gravemente, ela fez um gesto afirmativo.

"Gosto muito de você, Paul. Mas você parece esquecer", acrescentou com um sorriso, mudando repentinamente seu tom de voz, "que sou o que se convencionou chamar de uma mulher respeitável. Há vezes em que desejaria não sê-lo. Mas a situação é essa!"

Sim, era essa a situação, um obstáculo intransponível para o seu celibato modificado. E, entretanto, ele a amava como jamais amara antes. Amava-a descontroladamente, além dos limites da razão, quase chegando à beira da loucura. Amava-a a ponto de não poder esquecê-la um minuto sequer, presa fácil do adorável demônio da atração que ela exercia sobre ele.

A mãozinha inerte que segurava entre as suas se reanimou e se retirou.

"Além do mais", continuou ela, muito séria, "nós estamos nos esquecendo do pobre sr. Barnack."

"Ao diabo com o sr. Barnack!", De Vries não pôde deixar de exclamar irritado.

"Paul!", protestou ela, enquanto seu rosto assumia uma expressão magoada. "Francamente..."

"Sinto muito", desculpou-se, de má vontade.

Com os cotovelos apoiados nos joelhos e a cabeça entre as mãos, olhava sem ver o tapete chinês que tinha entre seus pés. Pensava, ressentido, como o demônio o interrompia quando estava lendo. Não havia exorcismo possível nem nada que o afastasse; mesmo os livros mais magníficos, livros recentes e importantes, eram impotentes contra essa obsessão. Em vez da mecânica quântica, em vez do campo de individuação, era o pálido rosto oval dela que lhe invadia a mente, era sua voz, o jeito com que o olhava, seu perfume e o branco das suaves curvas de seu pescoço e braços. E, contudo, ele sempre jurara que jamais se casaria, que queria dedicar todo o seu tempo, pensamento e energias à sua grande obra, a construir a ponte que era tão evidentemente e tão providencialmente a sua vocação.

Sentiu a mão dela tocar em seu cabelo e, erguendo os olhos, viu que ela sorria quase com ternura.

"Não deve ficar triste, Paul."

Ele meneou a cabeça:

"Triste e louco e provavelmente mau também."

"Não, não diga isso", falou, e com um gesto rápido colocou seus dedos sobre os lábios dele. "Mau, não, Paul. Mau, nunca."

Ele tomou-lhe a mão e cobriu-a de beijos. Sem protestar, ela a entregou durante alguns segundos a seu arrebatamento, e, depois, gentilmente, a retraiu.

"E agora", disse, "quero saber tudo sobre a visita ao homem de quem me falou ontem."

O rosto de De Vries se iluminou.

"Loria?"

Ela assentiu.

"Ah, foi realmente magnífico", disse Paul de Vries. "É ele quem está levando a cabo o trabalho de Peano em lógica matemática."

"Ele é tão bom quanto Russell?", perguntou a sra. Thwale, que se lembrava de uma conversa anterior sobre o tema.

"É justamente essa a pergunta que *me* faço", exclamou o jovem, encantado.

"Os grandes espíritos têm os mesmos pensamentos", disse a sra. Thwale, e, com um sorriso encantadoramente brincalhão, bateu na testa com os nós dos dedos e depois na dele.

"E agora quero que me conte sobre seu magnífico professor Loria."

17

Ao som da melodia de "Under the Bamboo Tree", ao acompanhamento da gargalhada conivente de Timmy Williams, repetia-se o refrão:

> *Provavelmente prisão de ven*
> *Provavelmente prisão de ven*
> *Provavelmente prisão de ventrix...*

Mas, naturalmente, não era verdade. Ele sempre soubera que não era verdade.

Mais uma vez, houve a percepção de um silêncio que tudo invadia, que brilhava e tinha vida. Belo, mais belo ainda do que a música de Mozart, mais do que o céu depois do pôr do sol, mais belo do que a estrela vespertina surgindo à vista entre os ciprestes.

E, desses ciprestes, verificou que se transportava pela trama até a descoberta de si mesmo em Paestum, na penumbra de um crepúsculo de outono em que ventava muito, até à lembrança do vale do Cavalo Branco, quando o sol de julho caía com intensidade desesperada, surgido de um golfo azul entre continentes montanhosos de nuvens de tormenta.

E aqui estava o Deus do Milho de Copan, e a "Última comunhão de são Jerônimo", e aquele quadro de Constable no museu Victoria and Albert, e, ah, sim, "Susana e os anciãos".

Mas isto não era a pálida silhueta de uma nudez marmórea e majestosa pintada por Tintoretto! Isto era Mimi. Mimi sentada no divã, suas pernas curtas, brancas, parecendo opacas contra as almofadas de forte colorido.

E, subitamente, estava outra vez participando daquele conhecimento insistente de uma ausência tão hedionda que não podia existir nada, a não ser aversão, vergonha, julgamento e condenação de si mesmo.

Para escapar à dor, voltou-se novamente para a abertura do quimono, para as carícias e as ternuras, para o charuto e a gargalhada. Mas, desta vez, a luz recusou-se a eclipsar-se. Ao contrário, brilhou com mais intensidade, impossível de aguentar, cada vez mais insuportavelmente bela.

O terror foi se transformando em ressentimento, em uma forte sensação de ira e ódio.

E, num passe de mágica, recuperou, de chofre, todo o seu vocabulário obsceno em quatro idiomas: o inglês nativo, o alemão, que adquirira à custa de tantos sacrifícios, o francês e o italiano.

O surto de raiva, a torrente daquelas palavras lhe trouxeram alívio imediato. A premência da luz diminuiu, e não havia mais participação no conhecimento pelo qual era compelido a julgar-se ignominioso. Nada permaneceu além daquela coisa linda, isolada na distância, como o céu depois do pôr do sol. Mas, agora, ele não se deixava enganar por sua beleza, porque sabia que era apenas uma isca para atraí-lo para algum tipo horrível de suicídio.

Suicídio, suicídio — todos tentavam persuadi-lo a suicidar-se. E aqui estava um fragmento de si mesmo representado por Bruno na livraria, Bruno a caminho da estação, olhando-o com aqueles olhos, falando tão suavemente da necessidade de permitir-se o perdão, tentando até hipnotizá-lo. Hipnotizá-lo para levá-lo à autodestruição.

Esgueirando-se para um lado, por assim dizer, para chegar a outro nível da trama, viu-se de súbito em contato com um conhecimento que logo identificou como sendo de Bruno. O conhecimento vago e irrelevante de um modesto quarto de hotel. E, ao mesmo tempo, dominando tudo, o conhecimento da luz. Ternamente azul, desta vez; azul e de certa forma musical. Uma sístole e diástole de luminosidade, cantando sem voz dentro dos labirintos espiralados de uma concha invisível.

Beleza, paz e ternura — imediatamente reconhecidas e imediatamente rejeitadas. Conhecidas apenas para serem odiadas, apenas para serem execradas, idiomaticamente em quatro línguas.

Santo Willibald fazendo suas orações no quartinho de um hotel de quinta categoria. Santo Wunnibald de olhos fixos em seu umbigo. Era asnático. Era desprezível. E, se o idiota imaginava que com esses truques podia induzir alguém a sentir tanta vergonha de si mesmo a ponto de desejar suicidar-se, estava redondamente enganado. Quem ele pensava que era, lidando assim com aquela maldita luz? Mas, pensasse o que pensasse, o fato era que não passava do velho e conhecido Bruno, um simples livreiro modesto e raquítico, com uma inteligência mediana e o dom da tagarelice.

E então percebeu que Bruno não estava só, que o conhecimento que Bruno tinha da luz não era o único. Havia toda uma galáxia de percepções. Iluminadas pela participação, unidas com a luz que lhes propiciava a existência. Unidas e contudo identificáveis, dentro da Possibilidade Universal, como possibilidades que haviam sido realmente compreendidas.

No quarto de hotel, o conhecimento dessa luminosidade terna e musical se tornava mais completo, ao mesmo tempo que a tonalidade azul se intensificava até chegar a uma incandescência mais pura. A música se modulava por meio de significantes cada vez mais elevados até a perfeição última do silêncio.

"Willibald, Wunnibald, num quartinho de quinta categoria. E esperemos que haja um casal de alemães em lua de mel no quarto ao lado." Querendo alardear o que podia fazer com a luz! Mas isso não o impede de ser um tolo e insignificante mascate de livros usados, um vendedor ambulante de lixo mofado. "E, se leva a sério a ideia de que pode convencê-lo a se sentir envergonhado..."

De repente, Eustace percebeu o que o outro conhecia. Percebeu na intimidade, não só exteriormente, mas num ato de identificação. E, no mesmo instante, percebeu novamente a fealdade indescritível de seu próprio ser opaco e fragmentário.

Ignominioso, ignominioso... Mas se recusava a se sentir envergonhado. Que o diabo o carregasse, caso se deixasse levar ao suicídio. Sim, que o diabo o carregasse!...

No esplendor e no silêncio, seus pensamentos eram como montes de excremento, como o ruído de vômitos.

Quanto mais repulsivos lhe pareciam, mais incontroláveis se tornavam a raiva e o ódio que sentia.

Diabo de luz! Maldito mascate insignificante! Mas agora não havia mais sossego ou alívio que a raiva pudesse proporcionar. Seu ódio ardia, mas ardia diante de uma luminosidade que não se abrandava. As obscenidades em quatro idiomas se soltavam como vômitos num silêncio com o qual, de algum modo, ele estava identificado, um silêncio que simplesmente enfatizava a hediondez daquilo que o interrompia.

Toda a satisfação da raiva e do ódio, toda a agitação que antes o distraíra, desaparecera. Ficara sem nada, a não ser a negativa experiência nua e crua do afastamento, intrinsecamente dolorosa e ao mesmo tempo motivo de dor maior ainda, pois a luz perene e o silêncio interrupto, objeto de seu desprezo, o compeliam a se reconhecer, mais uma vez, julgando e condenando.

Outros fragmentos de si mesmo fizeram sua aparição: dez páginas de Proust e um passeio rápido por Bargello. São Sebastião entre os adornos vitorianos e o Jovem de Peoria. *Fascinatio nugacitatis.* Mas todas as irrelevâncias que antes o encantavam lhe pareciam agora não apenas profundamente desinteressantes, mas até, de certo modo negativo, profundamente perversas. E, no entanto, havia que persistir nisso, pois a alternativa era o conhecimento total e a renúncia de si mesmo; a atenção e a exposição totais à luz.

De modo que agora era Mimi de novo. E no resplendor com o qual já estava inevitavelmente identificado, tinham de perdurar aquelas tardes longas, no pequeno apartamento detrás de Santa Croce: intermináveis fricções desprovidas de calor, o estrígil arranhando, arranhando, mas sem lograr excitação. *Adesso comincia la tortura.* E nunca cessava, porque não podia permitir que cessasse, por medo do que poderia acontecer se o permitisse. Não havia como escapar, exceto por este caminho que o levava ainda mais longe em seu cativeiro.

De repente, Bruno Rontini se mexeu um pouco e tossiu. Eustace teve, como em segunda instância, uma percepção mais acentuada do quartinho desolado e do ruído do tráfego subindo em marcha lenta os íngremes acessos a Perugia. Depois, esse conhecimento irrelevante foi posto de lado, e só havia silêncio, outra vez, e a luminosidade.

Ou haveria outro caminho? Um caminho que contornasse esses coágulos de excremento de antigas experiências e a condenação por eles imposta? O silêncio e a luminosidade sugeriam plenamente a resposta inequívoca: não havia caminhos de contorno; só havia o caminho direto, passando através dessas coisas. E, naturalmente, ele o sabia muito bem, sabia exatamente aonde levava esse caminho.

Mas, se seguisse esse caminho, o que aconteceria com Eustace Barnack? Eustace Barnack estaria morto, irremediavelmente morto, extinto, aniquilado. Não sobraria nada, apenas esta maldita luz, este brilho demoníaco no silêncio. Seu ódio recrudesceu, e então, quase instantaneamente, cessou o calor prazenteiro e estimulante. Não lhe sobrou nada, senão um afastamento amedrontado e, com o afastamento, o conhecimento dilacerante de que seu ódio e sua repulsa eram igualmente asquerosos.

Mas melhor esta dor do que sua alternativa; melhor esse conhecimento de sua própria asquerosidade do que a extinção de todo o conhecimento, indiscriminadamente. Qualquer coisa menos isso! Até essas eternidades de trocadilhos sem nexo, essas eternidades de luxúria sem prazer. Dez páginas de Proust e a simetria do arranjo de flores de cera com o são Sebastião. Uma e outra vez. E, depois disso, as repetições daquela sensualidade de frieza cadavérica, daqueles carinhos e carícias intermináveis e obrigatórios, daqueles manuseios ao acompanhamento de "Provavelmente prisão de ven" e de "O jovem de Peoria". Milhares de vezes, centenas de milhares de vezes. E a piadinha sobre santo Willibald, a piadinha sobre santo Wunnibald. E do sr. Cheeryble com seu turíbulo, e do sr. Chatterjee com sua... O sr. Chatterjee com sua... O sr. Chatterjee com... E novamente as mesmas dez páginas de Proust, as mesmas flores ornamentais de cera e o são Sebastião, os mesmos bicos marrons dos seios, como olhos cegos, e a tortura da luxúria compulsória, enquanto o Jovem de Peoria continuava murmurando o Credo, murmurando o *Sanctus*, murmurando uma série de obscenidades impecavelmente idiomáticas num silêncio luminoso que tornava cada uma dessas milhares de repetições ainda mais sem sentido do que a anterior, ainda mais tristemente repugnante.

Mas não havia alternativa, nenhuma alternativa, exceto ceder à luz, exceto diluir-se no silêncio. Mas qualquer coisa menos isso, qualquer coisa, qualquer...

E então, subitamente, havia salvação. Um conhecimento, em primeiro lugar, de que havia outros conhecimentos. Mas não como a horrenda conspiração de Bruno com a luz. Não como aquela galáxia de percepções dentro do conhecimento de todas as possibilidades. Não, nada disso. Essas outras percepções eram confortadoramente semelhantes às dele mesmo. E todas elas se referiam a ele, a sua própria estimada e opaca identidade. E sua referência era como a esvoaçante sombra de inúmeras asas, como o grito e o palrar de bandos de passarinhos nervosos, impedindo a penetração daquela luz insuportável, rompendo com aquele amaldiçoado silêncio, trazendo uma trégua e um alívio, trazendo o abençoado direito de ser ele mesmo e de não se envergonhar disso.

Descansou ali, naquela deliciosa confusão de gorjeios da qual se tornara o centro, e teria se contentado em descansar assim, para sempre, mas coisas bem melhores lhe estavam reservadas porque, de repente, sem aviso prévio, surgiu uma nova e mais bem-aventurada fase de sua salvação. Ele se encontrava de posse de algo infinitamente precioso, algo do qual, como ele entendia agora, fora privado durante todos os períodos dessas horríveis eternidades: um conjunto de sensações corporais. Teve a emocionante experiência direta e imediata da escuridão viva e quente por detrás das pálpebras fechadas, de vozes suaves, não identificadas, mas que realmente ouvia ali adiante, de um pouquinho de lumbago na parte inferior do dorso, de mil dorzinhas, pressões e tensões imprecisas que lhe vinham de dentro e de fora. E que estranha sensação de peso nas entranhas! Que sensações esquisitas de peso e constrição sobre o peito!

"Acho que ela entrou em transe", disse a Rainha-Mãe num sussurro áspero e teatral.

"Ela realmente parece estar respirando com muitos estertores", concordou Paul de Vries. "Roncar é indício de relaxamento", acrescentou instrutivo. "Por isso é que as pessoas magras e nervosas raramente..."

A sra. Gamble o interrompeu de chofre.

"Faça o favor de soltar minha mão; quero assoar o nariz."

Suas pulseiras tilintavam no escuro. Houve um sopro e um resmungo.

"Agora, onde está você?", perguntou, estendendo sua garra em busca da mão dele. "Ah, aqui está! Espero que todos estejam apertando bem as mãos."

"*Eu,* pelo menos, estou", disse o jovem.

Estava gracejando, mas o apertão que deu na mãozinha macia à sua direita foi terno e demorado. Para sua grande alegria, a pressão foi correspondida de leve, quase imperceptivelmente.

Protegida pela escuridão, a sra. Thwale pensava na desavergonhada, impudica essência do amor.

"E você, Sebastian, como está?", perguntou, voltando o rosto.

"Bem", respondeu, com uma risadinha nervosa. "Ainda estou segurando."

Mas o desgraçado do De Vries também estava! Segurando a mão dela e tendo a sua segurada por ela. Ao passo que, se fosse ele que lhe apertasse a mão, provavelmente ela anunciaria o fato ao resto do grupo, e todos dariam boas risadas. Mesmo assim, estava decidido a fazê-lo, a despeito de tudo. Como um ultraje, exatamente como ela havia ensinado. De Vries estava apaixonado por ela, e, pelo que lhe constava, ela estava apaixonada por De Vries. Muito bem, então. O *non sequitur* melhor possível, nas circunstâncias, seria que ele dissesse ou fizesse algo para mostrar que *ele* estava apaixonado por ela. Mas quando tratou realmente de cometer o ultraje, de apertar a mão dela, Sebastian sentiu-

-se hesitar. Tinha ou não tinha coragem? Valia mesmo a pena ou não?

"Dizem que dar as mãos afeta as vibrações", anunciou a Rainha-Mãe, no outro extremo da fileira.

"Bem, não é impossível", sentenciou Paul de Vries. "À luz das pesquisas mais recentes sobre os potenciais elétricos dos vários grupos musculares..."

Em cinco segundos, dizia Sebastian para si mesmo, com o cano da pistola imaginária encostado em sua testa; em cinco segundos o mundo terá acabado. Nada mais importava agora. Mas, mesmo assim, ele não agiu. Nada importava, nada importava, ele ainda repetia desesperadamente quando sentiu a mão dela recobrar vida na sua. Depois, para sua surpresa, a ponta dos dedos dela começou a traçar pequenos círculos na sua palma. Repetidamente, deliciosamente, eletricamente. Então, de repente, enterrou as unhas pontiagudas na sua carne. Só por um segundo; depois os dedos se estenderam e relaxaram, e ele se viu segurando a mesma mão flácida, passiva e inerte de antes.

"E, então", dizia Paul de Vries, "há que considerar a possibilidade de radiações mitóticas como um fator no fenôme..."

"Psiu! Ela está falando alguma coisa."

Da escuridão diante deles veio uma vozinha infantil esganiçada.

"Sou Bettina", disse. "Sou Bettina."

"Boa noite, Bettina", exclamou a Rainha-Mãe, num tom que pretendia ser alegre e acolhedor. "Como estão as coisas aí do outro lado?"

"Muito bem!", disse a voz esganiçada que pertencia, como explicara a sra. Byfleet, antes de apagar as luzes, a uma garotinha que desencarnara durante o terremoto de São Francisco.

"Tudo ótimo. Todos estão se sentindo bem. Mas a pobre Gladys aqui, ela está bastante doente."

"Sim, todos lamentamos *muito* que a sra. Byfleet não esteja se sentindo bem."

"Não está se sentindo nada bem."

"Que pena!", replicou a Rainha-Mãe com mal disfarçada impaciência. Ela havia insistido para que a sra. Byfleet realizasse a sessão espírita, mesmo estando indisposta. "Espero que isso não interfira com a comunicação."

A voz esganiçada disse algo a respeito de "fazer o possível", e perdeu-se em incoerências. Depois, a médium suspirou profundamente e ressonou um pouco. Fez-se silêncio.

O que significava aquilo?, pensava Sebastian. Que raios poderia significar? Seu coração martelava-lhe os ouvidos. Mais uma vez encostou o cano do revólver na testa. Em cinco minutos o mundo se acabaria. Um, dois, três... Apertou a mão dela. Esperou um segundo. Apertou outra vez, mas não houve pressão correspondente, nem qualquer indicação de que ela tivesse pelo menos notado o que ele fizera. Sebastian sentiu-se invadido pela mais dolorosa vergonha.

"Sempre gosto de realizar a primeira sessão logo depois do funeral", fez constar a Rainha-Mãe. "Até mesmo antes do funeral, se possível. Nada como malhar o ferro enquanto está quente."

Houve uma pausa. A voz nervosa, mas monótona e uniforme de Paul de Vries, irrompeu:

"Continuo pensando no discurso do sr. Pewsey à beira do túmulo, esta tarde. Muito comovedor, não acharam? E com frases tão adequadas. 'Amigo das artes e artista como amigo.' Não podia ter sido dito de melhor forma."

"O que não o impede", grasnou a Rainha-Mãe, "de ter os hábitos mais repugnantes. Se não fosse por Veronica e por esse garoto aí, contaria algumas coisas que sei a respeito de Tom Pewsey."

"Há alguém aqui", anunciou a voz de cana rachada, meio assustada. "Ele quer muito se comunicar com todos vocês."

"Diga-lhe que estamos esperando", disse a Rainha-Mãe, como se estivesse dando ordens a um criado.

"Ele acaba de chegar", continuou a voz esganiçada. "Parece que ainda não sabe bem que desencarnou."

Para Paul de Vries, essas palavras foram como o cheiro recente de um coelho para o faro de um cão de caça. Disparou como um raio.

"Que coisa fantástica!", exclamou. "Ele não sabe que desencarnou. Todos dizem isso, desde os budistas Mahayana até os..."

Mas a voz esganiçada havia começado a murmurar algo.

"Não pode parar de interromper?", disse a Rainha-Mãe.

"Desculpe", murmurou De Vries.

No escuro, a sra. Thwale pressionou sua mão direita, como sinal de solidariedade, e, no mesmo instante, desinteressada e platonicamente, curvou o dedo indicador delicado e, no centro da palma da mão esquerda de Sebastian, traçou as quatro letras A, M, O, R, e depois, outra combinação inevitável, e outra mais. Uma efervescência de mudas risadas borbulhava dentro dela.

"Ele está tão contente de vocês estarem todos aqui", disse a voz esganiçada, tornando a falar de repente. "Ele não tem palavras para dizer o quanto isso o alegra."

Eustace estava pensando: "Não que o tivesse expressado com ênfase tão patética. Mas era essencialmente a verdade".

Aquela maldita luz estava definitivamente apagada e, com essas sensações recentemente recuperadas saltando e piando como vinte mil pardais, não havia silêncio possível. E como até o lumbago, até essa obscura e familiar dor de barriga podiam ser tão agradáveis! E a voz do ralador de noz-moscada da Rainha-Mãe: nenhum Mozart jamais soara tão doce aos seus ouvidos. Naturalmente era uma lástima que, por alguma razão, tudo tinha de passar pelo filtro desse conhecimento intermediário. Ou, melhor dizendo, dessa ignorância intermediária, pois era apenas um monte de imbecilidade organizada; não passava disso. Você lhe dava as melhores das suas piadas, e quatro vezes em cinco o resultado era uma tolice consumada. Que confusão fizera, por exemplo, com as coisas que disse quando aquele sujeito americano começou a falar de fatores psíquicos, ou sei lá o que era! E quando quis citar os versos de Sebastian a respeito das duas nádegas e uma teta pendurada, ela ficou falando de pêndulos, de um jeito incongruente, de natas e de pêndulos. Idiota demais! Contudo, conseguira pelo menos transmitir uma boa indireta à Rainha-Mãe. Saiu quase ao pé da letra, pois mesmo uma debiloide não pode se equivocar com a palavra "garras".

E então, algo muito curioso aconteceu.

"É verdade", perguntou de repente a sra. Thwale, num tom de excessiva e totalmente improvável inocência. "É verdade que onde o senhor está não há casamentos nem noivados?"

As palavras pareceram apertar um gatilho. Houve uma espécie de sacudidela mental, um deslocamento quase violento da consciência, e Eustace percebeu, como se tivesse disso uma vívida lembrança, acontecimentos que não haviam sucedido a ele, acontecimentos que, de algum modo, percebia que não tinham ainda se passado. Usando um casaco de peles de ombros largos e um chapelão incrível, como algo saído de um retrato feito por Winterhalter da imperatriz Eugénie, a sra. Thwale estava sentada numa plataforma com um grupo de oficiais da Marinha, enquanto um homem com os cabelos revoltos e um sotaque do Meio-Oeste gritava num microfone. "Navio *Liberdade*", continuava dizendo, "o quadragésimo quinquagésimo nono navio *Liberdade*." E, de fato, aquele enorme precipício de ferro, ali à esquerda, era a proa de um navio. E agora a sra. Thwale estava de pé, dando impulso a uma garrafa de champanhe presa por um cordel. E, depois, o precipício começou a se afastar e houve muitos aplausos. E, enquanto ela sorria para um almirante e alguns capitães, De Vries chegava correndo e começava a lhes contar sobre os novos e magníficos progressos da balística...

"Não sou eu quem está pensando em casamento", disse Eustace em tom jocoso.

Mas o que a imbecil realmente falou foi: "Não pensamos em casamento aqui".

Eustace começou a protestar, mas sua irritação foi esquecida pela emergência de outra dessas lembranças nítidas do que não havia ainda acontecido. A pequena sra. Thwale, num sofá, com um oficial muito jovem, como aqueles adolescentes imberbes que se costumavam ver durante a Grande Guerra. E, realmente, as coisas que ela se permitia! E sempre com aquele sorriso levemente irônico, aquela expressão de curiosidade muito especial nos olhinhos negros e brilhantes, que sempre permaneciam bem abertos e atentos, acontecesse o que acontecesse. Ao passo que o rapazinho, no esforço de reter o prazer e afastar a vergonha e a timidez, mantinha os *seus* olhos bem fechados.

As imagens sucessivas se desvaneceram no nada. Ao pensar nos chifres de De Vries e na conexão inevitável entre guerra e luxúria, entre as mais santas cruzadas e as mais promíscuas copulações, Eustace começou a rir.

"Para trás e para baixo, soldados de Cristo", disse no intervalo entre dois ataques de riso.

"Ele diz que somos todos soldados de Cristo", sentenciou a voz esganiçada. E, em seguida, quase automaticamente: "Adeus, pessoal, adeus, adeus...".

Gargalhadas, gargalhadas cada vez mais fortes. Depois, de repente, Eustace entendeu que a bem-aventurada experiência de sensações estava começando a se afastar dele. As vozes exteriores ficaram mais apagadas e mais confusas, diluiu-se a mal percebida sensação de pressão, toque e tensão. E agora não havia mais nada, nem mesmo o lumbago, nem mesmo a intérprete idiota. Nada, só a fome pelo que havia perdido. E, emergindo novamente, depois de um longo eclipse detrás da opacidade e do delicioso ruído, aquele silêncio puro e refulgente da luz. Mais brilhante, cada vez mais premente, cada vez mais austera e ameaçadoramente linda. Percebendo o perigo em que se encontrava, Eustace concentrou toda a sua atenção na pequena sra. Thwale e em seu adolescente uniformizado, na enorme piada cósmica de cruzadas e copulações. "Para baixo e para trás, soldados de Cristo", repetiu. Fazendo um esforço proposital, riu mais efusivamente do que antes.

18

Um pouco depois das sete, na manhã seguinte, Sebastian desceu para outro passeio solitário no jardim — outro caminhar por "Lycidas" na direção de seu próprio poema ainda por escrever e intitular. Já decidira que começaria com a Vênus da balaustrada, a quem uma inteligência deu forma a partir da pedra informe. Ordem nascida do caos que era, ele próprio, composto de inúmeras ordens inferiores. E a estátua seria o emblema de uma vida individual em sua plenitude possível e ideal, da mesma maneira que o jardim, como um todo, representaria a vida idealmente plena de uma sociedade. Da plenitude ideal passaria à realidade da feiura, da crueldade, da inépcia e da morte. Numa terceira parte, viria o êxtase e a inteligência que construiriam as pontes entre o real e o ideal, indo da prostituta de azul e da severidade de seu pai à sra. Thwale e Mary Esdaile, do cadáver no lavatório a Teócrito e Marvell.

Como conseguiria colocar tudo isso no poema sem convertê-lo numa chatice só saberia quando começasse a trabalhar com as palavras em que se expressaria. Até agora, as únicas palavras que lhe haviam ocorrido referiam-se ao coitado do tio Eustace e à sessão espírita da noite anterior, e se encaixariam na segunda parte.

"Isto foi outrora um homem", repetia para si mesmo, enquanto andava para lá e para cá no terraço à primeira luz da manhã.

> *Isto foi outrora um homem:*
> *Aceitem-no como era,*
> *Como o velho piano...*

Não, não, isso estava errado: deveria dizer "velho Bechstein".

> *Como o velho Bechstein, arrematado por nada,*
> *E homens de aventais vieram buscá-lo*
> *Arrastando os pés pelo vestíbulo.*

Com os versos que seguiam ainda se sentia um pouco em dúvida.

> *Mas alguém no salão vazio,*
> *Dedilhando teclas não existentes...*

Sacudiu a cabeça. "Não existentes" era linguagem jornalística. A palavra visada seria "ausência". "Dedilhando a ausência do teclado", ou, talvez, "Dedilhando a ausência de teclas desaparecidas" ficasse melhor.

> *Mas alguém no salão vazio,*
> *Dedilhando a ausência de teclas desaparecidas,*

Ainda toca o velho Chaconne *e* Für Elise
E sim, senhor, ela é o meu xodó, sim, senhor,
Ela é o meu xodó, sim, senhor, até o Juízo Final.

Era isso exatamente o que lhe parecera durante a sessão com aquela idiota, citando as mínimas piadas do tio Eustace e até se equivocando, como havia finalmente percebido Sebastian, com o seu próprio poeminha sobre Degas. Mas, nesse meio-tempo, havia o "Juízo Final" para se levar em conta. As circunstâncias justificariam o clichê? Ou não seria melhor prolongar a frase um pouco mais para conduzi-la, coleante e sinuosa, pelo "túmulo", talvez, ou alternativamente, por um "quem" interrogativo? Até chegar a recessos mais profundos do tema?

Sebastian ainda debatia o problema quando um acontecimento imprevisto interrompeu o curso dos seus pensamentos. A garotinha que vira no vestíbulo naquela terrível manhã apareceu subitamente no alto da escadaria carregando não um bebê desta vez, nem uma galinha, mas um enorme cesto. Assustada pela presença de Sebastian, ela parou e fitou-o por alguns segundos com uma expressão de incerteza, quase de medo. Sebastian sorriu-lhe. Tranquilizada por essa expressão de benevolência por parte de um dos aterradores *signori*, a garotinha retribuiu o sorriso e, andando, por excesso de deferência, na pontinha das botas desajeitadas, atravessou o terraço e começou a tirar as ervas daninhas dos canteiros alinhados em estreita faixa de cores e perfumes ao longo da extensa fachada do palacete.

Sebastian continuou seu passeio. Mas a presença da criança era um obstáculo intransponível para continuar a composição. Não que ela fizesse barulho ou qualquer movimento brusco. Ao contrário. O problema era de natureza mais profunda. O que o perturbava era o fato de ela estar trabalhando, sujando-se na terra, enquanto ele passeava para lá e para cá com as mãos nos bolsos. A presença dos pobres sempre o incomodava, acrescentando-se a isso uma sensação de vergonha quando eles trabalhavam e ele, aparentemente, estava sem fazer nada. Eram sentimentos que deveriam, supunha, fazer com que desejasse seguir os passos do pai. Mas a política sempre lhe parecera tão inútil e irrelevante. Sua reação habitual diante da vergonha e do mal-estar era fugir da situação que os ocasionava. E hoje a situação era ainda pior do que de costume, pois quem trabalhava era uma criança que deveria estar brincando. Além do mais, a pobreza, em contraste com a suntuosidade que a rodeava, parecia-lhe particularmente ultrajante. Sebastian olhou para o relógio, para o caso de ela o estar olhando (o que não estava), e encenou com certo exagero o papel de alguém que percebe, de repente, que está atrasado para uma importante reunião de negócios, e saiu apressado do terraço. Ainda não havia chegado à porta da frente quando se lembrou de que realmente tinha razão para se apressar. Iria à cidade depois do almoço. Supostamente para fazer um pouco de turismo. Mas, na realidade, decidira tirar as medidas para seu traje a rigor, isto é, se pudesse primeiro vender o Degas.

Correu para seu quarto e desceu outra vez com a sua pasta de papéis. A sala de visitas estava vazia, e o antigo e persistente bafio dos charutos do tio Eustace tinha se aplacado tanto que cheirava apenas a uma vaga mistura de olores. Um longo e estreito raio de sol atravessava a sala e, como animado por um propósito misterioso, iluminava os três pelicanos ao fundo do quadro de Piero.

Os desenhos estavam na mesa de mármore, junto ao vão da janela central. Sebastian foi até lá, abriu o invólucro de papel pardo e, de dentro das duas folhas protetoras de papelão, retirou seu legado. Duas nádegas e uma teta pendurada. Colocou o desenho na pasta e fechou-a. Depois, com muito cuidado, dobrou o papel como estava antes. Degas e o smoking — agora que o coitado do tio Eustace estava morto, isso era assunto exclusivamente seu.

O ruído de uma vozinha aguda cantando o sobressaltou. Olhou pela janela aberta. Ali, quase diretamente abaixo dele, estava acocorada a garotinha de quem havia acabado de fugir. Suas pequenas mãos sujas moviam-se delicadamente pelos jacintos, arrancando ora um cardo, ora algumas folhas de grama, de maneira a deixar tudo perfeito e em ordem para os *signori*.

"*Gobbo rotondo*", cantava ela, "*che fai in questo mondo?*"

Percebendo uma presença estranha, levantou os olhos e viu Sebastian. Uma expressão de culpa e de terror apareceu-lhe nos olhos; a face quase sem cor enrubesceu.

"*Scusi, signore*", murmurou com voz trêmula. "*Scusi.*"

Sebastian, que ficara quase tão sem jeito quanto a garotinha, recuou abruptamente a cabeça e, afastando-se da janela, abaixou-se para pegar a pasta.

"O que *está fazendo* aí?", perguntou uma voz suave e clara por trás dele.

Assustado, virou-se. Mas, sem esperar resposta, a sra. Thwale foi até a janela e olhou para fora.

"*Cosa fai?*", perguntou.

Do terraço, a vozinha assustada deu uma resposta incompreensível.

"De que falavam, você e a criança?"

"Eu não estava falando", gaguejou Sebastian. "Estava apenas... bem, ela estava cantando."

"E você, escutando, não é? E agora vai fazer um pequeno Wordsworth sobre isso?"

Ele riu, sem graça.

"E estes são seus manuscritos, não são?"

Ela apontava a pasta.

Agradecido pela sugestão, Sebastian fez que sim com a cabeça.

"Bem, deixe-os aí e venha para o jardim."

Obediente, ele a seguiu, cruzando o vestíbulo e saindo pela porta da frente.

"E como lhe pareceu a sessão?", perguntou ela quando saíram ao terraço.

"Ah, foi interessante", respondeu evasivamente.

"Interessante?", repetiu ela. "Nada mais?"

Sebastian corou e desviou os olhos. Ela lhe dava a oportunidade de comentar o que acontecera na noite anterior, de perguntar-lhe o que significava aquilo, de contar-lhe sobre Mary Esdaile. Mas as palavras não saíam. Simplesmente não saíam.

A sra. Thwale olhou para o rosto vermelho e angustiado do rapaz, e quase soltou uma gargalhada. Que situações peculiarmente cômicas se criavam quando as pessoas eram tímidas demais para falar! As ações mais ultrajantes, e nem uma palavra era dita, nem uma referência a respeito.

Oficialmente nada acontecera, pois nada fora comunicado. Mas, na realidade, na realidade...

"Que pantomima!", exclamou ela, por fim, rompendo o silêncio prolongado.

"Está falando da sessão espírita?"

A sra. Thwale assentiu com um meneio de cabeça.

"Mesmo assim, parecia genuína, não parecia? Isto é, às vezes", acrescentou Sebastian, cerceando-se um pouco, para não se ver obrigado a defender uma opinião muito definida.

Mas a precaução era desnecessária.

"Perfeitamente genuína", concordou ela. "A morte fazendo pouco da reverência e da religiosidade, exatamente como o faz a vida."

Tinham chegado ao alto da escadaria, e ela parou para olhar lá para baixo, por entre os ciprestes, para os telhados de Florença. No âmago, impudência; mas, na superfície, Brunelleschi e Michelangelo, boas maneiras e roupas de Lanvin, arte, ciência e religião. E o encanto da vida consistia precisamente na incoerência entre essência e aparência; e a arte da vida consistia numa acrobacia delicada de *sauts périlleux* entre um mundo e o outro, numa prestidigitação que podia sempre descobrir a obscenidade dos coelhos no fundo da cartola mais luxuosa, e, por outro lado, a decência elegante de um chapéu podia ocultar até o mais fecundo e lascivo dos roedores.

"Bem, não podemos ficar aqui eternamente", disse por fim a sra. Thwale. Continuaram. Como se fosse por acaso e irrefletidamente, ela colocou uma das mãos no ombro de Sebastian.

19

"Um desenho para vender?"

M. Weyl fez a expressão de fastio e desprezo que sempre assumia nestas ocasiões. Mas, quando o rapaz abriu a pasta e mostrou o Degas que havia vendido a *ce pauvre Monsieur Eustache* apenas quatro dias antes, não pôde reprimir um sobressalto de surpresa.

"Onde conseguiu este desenho?"

"Foi um presente."

"Presente?"

"Tout est possible", m. Weyl disse a si mesmo. Mas nunca tinha notado o menor indício de que o velho fosse homossexual.

Consciente de que se tornara alvo de suspeitas, Sebastian enrubesceu.

"Do meu tio", disse ele. "O senhor provavelmente o conheceu. O sr. Barnack."

"Seu tio?"

A expressão de m. Weyl mudou. Sorriu, segurando a mão de Sebastian entre as suas e o cumprimentou.

Um de seus mais estimados clientes. Um de seus melhores amigos, se atreveria a dizer. Tinha ficado *bouleversé* com a trágica notícia. Uma perda irreparável para a arte. Só podia oferecer seus sinceros pêsames.

Sebastian gaguejou seu agradecimento.

"E seu bom tio lhe deu este desenho?"

O outro confirmou com a cabeça.

"Umas poucas horas antes de..."

"Antes do adeus supremo", disse Gabriel Weyl, poeticamente. "Que enorme valor sentimental isso deve ter para você!"

Sebastian enrubesceu ainda mais. Para se justificar murmurou algo a respeito de não ter onde colocá-lo. Além disso, havia certa quantia de dinheiro que tinha de ser paga imediatamente, quase uma dívida de honra, acrescentou, como uma reflexão pitoresca. De outra forma, não pensaria jamais em se desfazer do presente do seu tio.

M. Weyl concordou compreensivo, mas seus olhos brilhavam de astúcia.

"Diga-me", perguntou, "por que me procurou para este assunto?"

"Por acaso", respondeu Sebastian. A loja de artigos de arte era a primeira que havia visto quando percorria a Via Tornabuoni.

Isso significava que não sabia onde o desenho fora adquirido. M. Weyl riu-se alegremente e deu uma palmadinha amistosa no ombro de Sebastian.

"O acaso", sentenciou, "é muitas vezes o melhor guia."

Olhou o desenho, franziu as pálpebras, e, com atitude crítica, inclinou a cabeça para um lado.

"Lindo", disse, "lindo. Embora não se possa dizer que seja um de seus melhores trabalhos." Colocou um dedo sobre as nádegas da figura. "Notam-se os efeitos de sua vista cansada, *hein*?"

"Bem, não creio", disse Sebastian, num esforço viril para defender sua propriedade de qualquer depreciação.

Fez-se uma pequena pausa.

"Se seu tio lhe deu outras coisas", disse m. Weyl com pretensa naturalidade, sem levantar os olhos, "teria muito prazer em fazer-lhe uma oferta. A última vez que tive a honra de visitar a sua coleção, lembro-me de que me impressionaram alguns bronzes chineses." Suas mãos robustas e ágeis se juntaram à altura de seu rosto, como se segurasse com carinho um objeto quase sagrado. "Que volumes!", exclamou com entusiasmo. "Que sensualidade rítmica! Mas pequenos, bem pequenos. Poderiam ser colocados nos bolsos."

Voltando-se para Sebastian, deu um sorriso insinuante.

"Poderia fazer-lhe uma excelente oferta pelos bronzes", disse ele.

"Mas não me pertencem. Isto é... ele só me deu este desenho."

"Só isso?", repetiu o outro em tom de incredulidade.

Sebastian baixou os olhos. Aquele sorriso, aquele insistente brilho no olhar o faziam sentir-se pouco à vontade. Que estava tentando sugerir este indivíduo?

"Nada, a não ser isto", insistiu, desejando de coração ter escolhido outro antiquário. "Mas, naturalmente, se o senhor não está interessado..."

Começou a guardar o desenho.

"Não, não!", exclamou m. Weyl, pondo a mão no braço de Sebastian, para reter seu movimento. "Ao contrário. Interesso-me por tudo o que Degas fez; até por suas obras de menor importância."

Dez minutos depois tudo estava resolvido.

"... Dezenove, vinte, vinte e uma e vinte e duas. Correto, *hein*?"

"Obrigado", disse Sebastian. Pegou o grosso maço de notas de cem liras e o enfiou na carteira. Seu rosto estava acalorado, seus olhos brilhavam de excitação e de triunfo irreprimível. O homem tinha começado oferecendo apenas mil liras. Com grande ousadia, ele exigira três. No fim, chegaram a um acordo por duas mil e duzentas liras. Dez por cento acima da quantia que dividiria a diferença entre a demanda e a oferta. Achando que tinha o direito de sentir-se orgulhoso de si mesmo, Sebastian colocou a carteira de dinheiro no bolso e, ao levantar os olhos, deparou com o antiquário, que lhe sorria quase com benevolência paternal.

"Um jovem que sabe comerciar", disse m. Weyl, dando-lhe outra palmada amistosa nos ombros. "No comércio, fará uma carreira brilhante."

"Não estou interessado em comércio", replicou Sebastian. E como o outro erguera as sobrancelhas inquisidoramente, acrescentou: "Sabe, sou poeta".

Poeta? Mas essa havia sido a ambição de juventude de m. Weyl. Expressar o lirismo de um coração sofredor...

> *Les chants désespérés sont les chants les plus beaux,*
> *Et j'en sais d'immortels qui sont de purs sanglots.*

"*De purs sanglots*", repetiu, "*mais, hélas*, o dever me levou para outro caminho."

Suspirou e continuou indagando sobre a família de Sebastian. Sem dúvida, num meio tão culto, havia uma tradição de poesia e das belas-artes? E, quando o garoto disse que seu pai era advogado, insistiu que o sr. Barnack deveria ser um destes luminares do direito que devotam seu tempo livre às Musas.

A ideia de seu pai ter tempo livre, ou, no caso de ter, devotá-lo a algo que não fossem os Anais Parlamentares, era tão cômica que Sebastian deu uma gargalhada. M. Weyl pareceu ofender-se com isso, e Sebastian ficou imediatamente sério para explicar a razão de sua hilaridade.

"Sabe", disse ele, "meu pai é meio estranho."

"Estranho?"

Sebastian assentiu e, em seu estilo incoerente e sem fluidez, começou a falar da carreira de John Barnack. E, nas circunstâncias do momento, pareceu-lhe perfeitamente natural tornar a descrição heroica; insistir no êxito de seu pai como advogado, engrandecer sua importância política, e enfatizar a abnegação do seu altruísmo.

"Mas que generosidade!", exclamou m. Weyl.

Sebastian reagiu a essas palavras como se fossem um elogio dirigido a ele próprio. Um frêmito de calor lhe subiu pela espinha.

"Ele tem muito dinheiro", continuou, "mas o doa todo a refugiados políticos e esse tipo de coisas."

O prazer de alardear virtudes vicariamente havia feito com que se esquecesse de seu ódio pelos parasitas que aceitavam o que era seu por direito, deixando-o sem mesmo um traje a rigor.

"Há um camarada chamado Cacciaguida, por exemplo..."

"Quem, o professor?"

Sebastian concordou. m. Weyl lançou uma olhadela à sua volta e, embora visse que a loja estava vazia, continuou a conversa em voz mais baixa.

"*Ele* é amigo de seu pai?"

"Jantou conosco", continuou Sebastian, dando-se ares de importância, "na véspera de nossa viagem a Florença."

"Pessoalmente", sussurrou m. Weyl, depois de outra olhadela em volta, "acho que é um grande homem. Mas deixe que eu lhe dê um conselho."

Piscou significativamente, levou o indicador aos lábios bem traçados e polpudos, e sacudiu a cabeça. "O silêncio é de ouro", pronunciou em tom de oráculo.

O súbito tilintar da sineta da porta fez com que os dois se voltassem de um salto, como um par de conspiradores. Duas senhoras de pouco mais de quarenta anos, uma gordinha e morena, e a outra loura, queimada de sol e atlética, estavam entrando na loja. Uma expressão radiante de prazer apareceu no rosto de m. Weyl.

"*Gnädige Baronin!*", exclamou, "*y la reina de Buenos Aires!*"

Pondo Sebastian de lado, saltou sobre uma *cassettone*, agachou-se para passar por baixo do braço direito de uma estátua em tamanho natural do Cristo crucificado e, correndo para as duas senhoras, beijou-lhes as mãos, extasiado.

Sem se fazer notar, Sebastian saiu da loja e foi caminhando com desenvoltura, assobiando, pela Via Tornabuoni, em direção à catedral e ao alfaiate do tio Eustace.

20

Soldados de Cristo, soldados copulando e todas aquelas guerras, aquelas guerras santas, enquanto o eco respondia, "Putas, putas, putas!". O Deus das Batalhas é sempre o Deus dos Bordéis, sempre e inevitavelmente o Deus dos Bordéis...
    Para Eustace Barnack não havia mais necessidade de forçar o riso. Saía-lhe ressoando, espontaneamente, rompendo o que sobrava daquele detestável silêncio, escurecendo e dissipando os últimos e longínquos reflexos de luz.
    O universo inteiro se estremecia de tanto divertimento, ressoava com enormes gargalhadas. E em meio às gargalhadas o eco continuava respondendo: "Putas e Bordéis, Putas e Bordéis".
    Todo um segmento de seu ser intelectual lhe foi devolvido. Lembrou-se de sua coleção de Piadas Históricas. Um milhão de mortos por ocasião do discurso de Gettysburg, e depois esses negros abjetos, amedrontados, que se veem nas pequenas cidades da Georgia e da Louisiana. A cruzada pela liberdade, igualdade e fraternidade, e depois a ascensão de Napoleão; a cruzada contra Napoleão, e depois o surto do nacionalismo germânico; a cruzada contra o nacionalismo germânico, e agora esses homens desempre-

gados, de pé, como cadáveres semivivos, nas esquinas das ruas miseráveis, na chuva.

E agora recordava a voz de John — vibrante, mas controlada em seu entusiasmo, falando do fim do *laissez-faire* e da produção para o consumo e da Revolução Russa. Em outras palavras, duas vezes e meia a população de Londres exterminada para que o poder político pudesse ser tomado das mãos de um bando de celerados e entregue nas mãos de outro; para que o processo de industrialização pudesse ser um pouco mais acelerado e bem mais brutal do que poderia ter sido em outras circunstâncias. "Para baixo e para trás, soldados do anticristo!" O riso aumentava sem parar. Eustace estava dominado por um enorme júbilo, pelo triunfo do ridículo universal, pelo êxtase do desprezo por todas as pessoas.

Estupidez e assassinato, imbecilidade e destruição! Encontrou as frases à sua espera. E o motivo era sempre o idealismo, os instrumentos eram sempre a coragem e a lealdade heroicas, sem as quais homens e mulheres nunca seriam capazes de perseverar em seus longos períodos de suicídios e assassinatos.

E todos esses tesouros do conhecimento colocados, sem hesitação alguma, a serviço da paixão! Toda a genialidade e inteligência dedicados à tentativa de atingir fins impossíveis ou diabólicos! Todos os problemas herdados da última cruzada e resolvidos por métodos que automaticamente criavam centenas de outros problemas. E cada novo problema exigiria uma nova cruzada, e cada nova cruzada deixaria novos problemas para outras cruzadas resolverem e multiplicarem, no velho estilo.

E também havia os Triunfos da Religião e da Ciência. O Protestantismo Reformador — patrono da exploração capitalista. Francisco de Assis, miraculosamente defendendo um Corpo Místico que era também uma organização política e uma empresa comercial. Faraday e Clerk Maxwell trabalhando infatigavelmente para que o ar pudesse afinal se tornar um veículo de mentiras e imbecilidades.

E o Triunfo da Educação, essa divindade à qual seu pobre pai oferecera cinquenta mil libras e um Instituto Politécnico de tijolos amarelos. Educação: compulsória e gratuita. Todos foram alfabetizados, e o resultado foi Northcliffe e anúncios de cigarros, laxantes e uísque. Todo mundo foi à escola, e em toda a parte os anos de escolaridade se transformaram num prelúdio para a conscrição militar. E que excelentes cursos de história falsificada e de glorificação nacional! Que fundamentação completa para as religiões do nacionalismo! Nenhum Deus mais; e sim, quarenta e tantas chancelarias infalíveis.

Uma vez mais, o universo inteiro estremeceu numa gargalhada.

21

Ia ser um jantar informal para poucas pessoas, e Eustace, pensando bem, era apenas um parente afim, não consanguíneo. Portanto, a Rainha-Mãe não via motivo para cancelar a aceitação do convite de lady Worplesden. E quanto a estar em casa para receber Daisy quando chegasse naquela noite, bem, a ideia nem sequer lhe ocorreu.

"Você terá de entreter minha neta sozinho", anunciou a Sebastian, na hora do chá.

"Sozinho? Pensei que a sra. Thwale..."

"Vou levar Veronica comigo, naturalmente."

A sra. Thwale interferiu para lhe dar um pouco de confiança:

"Você vai ver que ela não amedronta ninguém."

"Amedronta!" O tom da Rainha-Mãe era de desprezo. "Ela é um pudim de maisena."

"Assim, não haverá desculpa para resmungos, nem para ficar totalmente mudo", acrescentou a sra. Thwale com naturalidade, apanhando um torrão de açúcar enquanto falava. "Que é um pequeno defeito seu que já deu para notar."

"Isso me faz lembrar", disse a Rainha-Mãe. "Como vai ele com suas aulas de resmungação?"

"Espero que ele mesmo lhe dê uma demonstração um dia destes", respondeu com seriedade a sra. Thwale.

"Uma demonstração? Que demonstração?"

Não houve resposta imediata. Sebastian ergueu os olhos e lançou à sra. Thwale um olhar angustiado de súplica. Mas o sorriso com que ela lhe correspondeu era alegre, divertido e impessoal, como se estivesse assistindo a uma sutil comédia de costumes.

"Como é que você escreve um poema?", murmurou ela a meia-voz.

"O que é que você está dizendo?", perguntou rispidamente a Rainha-Mãe.

Seu pescoço engelhado de cágado fazia a velha cabeça girar de um lado para o outro, numa série de rápidos movimentos cegos.

"O que é?"

"Por favor", implorou Sebastian, articulando mudamente as palavras com os lábios trêmulos de agonia. "Por favor!"

Por um terrível segundo, ele ficou na incerteza do que ela faria em seguida. Então, ela virou-se para a sra. Gamble.

"Não é nada", disse. "Só uma piadinha tola que contamos na aula de resmungos."

"Não gosto de piadas exclusivas", grasnou a velha senhora em tom áspero e magoado. Com uma expressão de ferocidade, os olhos cegos fitaram a sra. Thwale, sentada do outro lado da mesa. "Não gosto disso", repetiu. "Não gosto nada disso."

Em silêncio, a sra. Thwale examinou o escorpião fossilizado do período carbonífero.

"Não se repetirá, sra. Gamble", disse finalmente.

Mas, ao pensar no que as palavras de submissão realmente significavam, seus olhos brilharam e seus lábios se agitaram num sorrisinho de secreto triunfo. Naquela manhã, um mensageiro especial lhe trouxera uma carta de Paul de Vries, seis páginas datilografadas de paixão frenética e palavras eloquentes. Não era ainda uma proposta específica de casamento, mas era bastante evidente que a sra. Gamble, muito em breve, teria de arranjar uma nova dama de companhia.

Levantou-se, chegou pé ante pé por trás da cadeira de Sebastian, e, separando um de seus cachos audaciosamente fascinantes, deu-lhe um puxão curto, mas muito doloroso. Depois, sem mesmo olhar para ele, foi até onde estava sentada a Rainha-Mãe e tirou a xícara das garras dela.

"Permita-me servir-lhe outra xícara de chá fresco", disse em sua voz suave e musical.

Outra pessoa poderia ter ficado sentida ao se ver tratada com tamanha indiferença e descortesia. Mas Daisy Ockham se dava tão pouca importância que nem sequer se surpreendeu quando o mordomo lhe transmitiu o recado da sra. Gamble.

"Minha avó foi jantar fora", explicou ao seu companheiro de viagem. "De modo que estaremos sozinhos esta noite."

O homem inclinou a cabeça e, com uma pronúncia que denotava não ter sido educado em nenhuma das mais antigas e caras sedes do saber, disse que isso era um prazer que havia muito esperava desfrutar.

De meia-idade, magro e de feições afiladas, com os cabelos castanhos e grossos escovados para trás, para encobrir a calvície que lhe coroava o topo da cabeça, o sr. Tendring vestia-se como um eminente advogado ou um especialista da Harley Street, mas, infelizmente, sem resultados convincentes. As calças de casimira escura listrada sempre haviam parecido surradas, mesmo nos seus melhores dias; o casaco preto obviamente não era de um alfaiate. Apenas o colarinho estava à altura do nível profissional proposto: alto, com as pontas engomadas levantadas como asas e uma abertura tão grande que o pescoço do sr. Tendring, com seu protuberante pomo de adão, parecia pateticamente fino e, ao mesmo tempo, desagradavelmente despido, quase indecente. Debaixo do braço direito levava uma pasta de couro preto, importante demais para ser confiada ao criado que o ajudara a tirar o sobretudo.

"Bem, imagino que gostaria de subir até o seu quarto antes do jantar", disse a sra. Ockham.

Inclinou a cabeça novamente, desta vez sem falar.

Enquanto seguiam o mordomo em direção à escada, o sr. Tendring olhava ao seu redor com olhos miúdos e calculistas — apreciou as colunas e a abóbada do vestíbulo, arriscou uma olhadela, por entre as portas altas de batente duplo, para o luxuoso e vasto panorama da sala de visitas, observou os quadros nas paredes, as porcelanas, os tapetes. A ideia de todo o dinheiro que devia ter sido gasto para fazer daquela casa o que era deu-lhe uma sensação de prazer quase sensual. Tinha profundo e desinteressado respeito pela riqueza, um amor terno e cheio de admiração pelo dinheiro em si, sem qualquer relação consigo mesmo ou com suas necessidades imediatas. Cercado por esses esplendores exóticos e desconhecidos, não sentia inveja, só veneração acentuada pela secreta satisfação de pensar que ele estava ali, o filho do quitandeiro, o ex-garoto de recados, gozando os esplendores do lado de dentro, como hóspede, como o indispensável assessor financeiro, especialista em impostos e contador da nova proprietária. De repente, o rosto cinzento, de feições afiladas, se relaxou, e, como um colegial que conseguiu superar todos os colegas, o sr. Tendring sorriu vitorioso.

"Que mansão!", disse para a sra. Ockham, mostrando uma dentadura a que um dentista suburbano dera um aspecto de pérolas tão brilhantes que, mesmo na boca de uma corista, pareceria incongruente.

"Sim", disse a sra. Ockham vagamente. "De fato."

Ela pensava como tudo aquilo lhe era dolorosamente familiar. Como se fosse ontem que era uma colegial em férias, vindo todos os anos a Florença para passar o Natal e a Páscoa. E agora todos os demais estavam mortos. Seu pai, em primeiro lugar. Tão velho e solene, tão alto e de sobrancelhas sempre bastas, e tão distante que seu falecimento não havia realmente feito nenhuma diferença. Mas depois fora a vez de sua mãe. E, para Daisy Ockham, sua mãe tinha morrido duas vezes. Uma vez quando se casou com Eustace, e, outra vez, para sempre, cinco anos depois. E, quando aquela angústia tinha sido superada, vieram seu próprio casamento e aqueles anos de felicidade com Francis e com o pequeno Frankie. Quase catorze anos de vida intensa e abundante. E, então, numa linda manhã de verão, com as gaivotas gritando e o ar repleto da maresia soprada pelo vento e as grandes ondas verdes como vidro explodindo em espuma ao longo das praias, eles haviam ido se banhar. Pai e filho, a mão do homem no ombro do menino, rindo juntos, enquanto caminhavam.

Meia hora depois, quando ela foi ao encontro deles levando a garrafa térmica com leite quente e os biscoitos, viu os pescadores carregando dois corpos que tinham retirado da água... E agora era o pobre Eustace, a quem sua mãe tinha amado e a quem, por essa mesma razão, ela havia odiado intensamente. Mas, então, sua mãe morrera, e Eustace desaparecera de sua vida, tornara-se um conhecido ocasional, encontrado de vez em quando em casas de amigos comuns — e, uma vez por ano mais ou menos, quando havia negócios a tratar, marcavam um encontro no escritório do advogado. De Lincoln's Inn, quando tudo havia sido resolvido, Eustace a levava para almoçar no Savoy, e ela escutava sua conversa estranha, desconcertante, totalmente diferente de tudo o que ouvia em sua casa, e ria e pensava que, afinal de contas, ele era de fato muito simpático, com seu jeitão engraçado. Muito simpático, realmente, e muito inteligente. Era uma pena que não fizesse nada com as suas aptidões e todo aquele dinheiro.

Bem, agora ele estava morto, e todo aquele dinheiro era dela; todo aquele dinheiro e, com ele, a enorme responsabilidade de utilizá-lo como deveria ser utilizado, como Deus queria que o fosse. Só de pensar na carga futura que isso representava, a sra. Ockham suspirou profundamente. Esta casa, por exemplo, que poderia fazer com ela? E os criados? Devia haver pelo menos uma dúzia deles.

"Foi terrivelmente inesperado", disse em italiano para o mordomo, quando começaram a subir a escada.

O homem concordou com a cabeça, e uma expressão de genuína tristeza transpareceu em seu rosto. O *signore* havia sido tão bondoso. *Tanto buono, tanto buono.* Os olhos se encheram de lágrimas.

A sra. Ockham se comoveu. No entanto, ela simplesmente não podia manter todos aqueles criados. Talvez se lhes oferecesse um ano de salário quando os despedisse... Ou melhor, um ano de salário incluindo casa e comida... Mas o sr. Tendring nunca permitiria tal coisa. Olhou com apreensão para o rosto cinzento, o nariz pontiagudo e a boca tão hermeticamente cerrada que quase não se viam os lábios. Nunca, repetia para si mesma. Nunca. E, afinal, era para isso que ele estava ali, para controlá-la, para evitar que fizesse alguma tolice. Lembrou-se do que o cônego Cresswell repetia sempre a seus ouvidos: "É preciso duas pessoas para que exista uma trapaça, o trapaceiro e o trapaceado. Se a senhora consente em ser trapaceada, é conivente no crime — está induzindo uma pessoa inocente à tentação. Portanto, não o faça. Não o faça!". Era um conselho que valia ouro, mas como fora difícil para ela segui-lo! E agora que, no lugar das já excessivas mil e duzentas libras por ano, ela receberia seis mil, mais uma enorme fortuna em edifícios, móveis e obras de arte, seria ainda pior, porque haveria um número muito maior de mãos solicitantes. Ela empregara o sr. Tendring, entre outros motivos, para protegê-la de seu próprio sentimentalismo. E, contudo, não podia deixar de pensar que aqueles pobres criados mereciam um ano de salário com casa e comida. Afinal, não era culpa deles que Eustace tivesse morrido tão de repente. E alguns deles haviam estado com ele durante anos e anos... Suspirou outra vez. Como era difícil saber distinguir o certo do errado! E, quando se sabia, tinha-se de agir de acordo. Isso era relativamente fácil, se não houvesse outras pessoas envolvidas. Mas, na maioria dos casos, não se podia fazer o que era certo sem contrariar tantas pessoas quantas as que se satisfazia. E, então, o desapontamento e a amargura dessas pessoas contrariadas a faziam duvidar do acerto da decisão. E aí o debate começava outra vez...

Meia hora mais tarde, renovada, depois de um banho e de trocar de roupa, a sra. Ockham entrava na sala de estar, na expectativa de estar só. Quando, das profundezas de uma poltrona enorme forrada de cetim estampado, uma pequena silhueta descruzou as pernas e de um salto se pôs de pé, respeitosamente, ela soltou uma assustada exclamação de surpresa. Com acanhamento, a silhueta foi se aproximando, e, quando estava ao alcance de seus olhos um tanto míopes, a sra. Ockam reconheceu o garoto com quem tinha conversado na biblioteca pública de Hampstead. O garoto que lhe lembrava de Frankie; que realmente *era* Frankie, essa fora sua dolorosa impressão; era seu filhinho precioso, ou como ele se tornaria se Deus lhe tivesse permitido conservá-lo mais um ano ou dois. Quantas vezes, depois daquele encontro casual, duas ou três semanas atrás, ela se recriminara por não ter tido a presença de espírito de perguntar-lhe como se chamava ou onde vivia! E, agora, milagrosamente, ali estava ele, na sala de estar de Eustace.

"Você!", sussurrou incrédula. "Mas... mas quem é você?" A imagem viva de Frankie sorriu-lhe timidamente.

"Sou Sebastian", respondeu. "Tio Eustace era... bem, ele era meu tio", concluiu atabalhoado.

Um tanto pesadamente, pois sentia nos joelhos uma estranha sensação de fraqueza, a sra. Ockham deixou-se cair sentada na poltrona mais próxima. Mais um pouco e teria desmaiado. Fechou os olhos e respirou fundo três ou quatro vezes. Seguiu-se um longo silêncio.

De pé, diante dela, Sebastian agitava-se, inquieto, pensando se deveria dizer alguma coisa, como "Que coincidência estranha", ou "Aquele chocolate que a senhora me deu era delicioso". Mas, afinal de contas, ela havia perdido o filho. Ele deveria se referir a isso. "Não tive oportunidade de dizer-lhe quanto lamento." Mas até mesmo isso lhe parecia inadequado, considerando como ela estava perturbada, coitada!

A sra. Ockham ergueu os olhos.

"É a mão da Providência", disse em voz baixa.

Havia lágrimas em seus olhos, mas ela sorria. Sorria um sorriso que transformava o rosto flácido e achatado, fazendo-o parecer quase lindo.

"Deus quer devolvê-lo a mim."

Sebastian se contorceu. Que situação horrível!

Deus queria devolver-lhe Frankie, pensava a sra. Ockham. Sim, e talvez devolver-Se a Si Mesmo. Pois Frankie havia sido o sacramento vivo, a revelação, a experiência palpável da divindade.

"Deus é amor", disse ela em voz alta. "Mas o que é o amor? Eu não o sabia até que nasceu meu garotinho. Então, comecei a aprender. E todos os dias aprendia um pouco mais. Diferentes formas de amor, intensidades mais profundas. Todos os dias, durante quase catorze anos."

Calou-se de novo, pensando naquela manhã de verão de vento forte e nos pescadores arrastando-se penosamente ao subir a encosta da praia; recordando aquelas primeiras semanas de desespero rebelde, quase insano, seguidas por meses em que se sentia vazia, apática, sem esperança e meio-morta. Foi o cônego Cresswell que a trouxera de volta à vida. Depois da tragédia, ela se recusara a se aproximar dele. Uma perversão de sua parte, porque sabia, no fundo do seu coração, que ele podia ajudá-la. Mas ela não queria ser ajudada, queria sofrer na solidão, para sempre. Depois, não sabia como, a sra. Cresswell descobrira onde ela estava, e numa tarde chuvosa de novembro, ali estavam eles, na porta da pequena casa lúgubre que escolhera como esconderijo. E, em vez de condoer-se com sua tragédia, em vez de dizer-lhe, pesarosamente, como ela estava mal, o cônego Cresswell fez com que ela se sentasse e escutasse chamá-la de emotiva, covarde e masoquista, revoltada contra a Providência Divina, pecadora impenitente, entregue ao pecado de um desespero imperdoável.

Uma hora depois, a sra. Cresswell a ajudava a arrumar a casa e, fazer as malas. Naquela noite já estava de volta ao Clube das Jovens, e, no dia seguinte, que era domingo, ela foi cedo para a Comunhão. Ressuscitara para a vida, mas era uma vida truncada. No passado, Deus estivera com ela quase todos os dias. Por exemplo, quando ela vinha dar boa-noite a Frankie, e ele saía da cama e se ajoelhava, vestido no seu pijama cor-de-rosa, e repetiam juntos o pai-nosso, *Ele* estava ali, o Pai Nosso no céu do amor que ela vivenciava. Mas, agora, nem a Comunhão conseguia fazê-la sentir-se perto d'Ele. E embora ela amasse as crianças pobres do clube, embora ela estivesse disposta a fazer muito mais por elas agora do que antes, quando seu trabalho ali era apenas uma oferta em agradecimento por tanta felicidade, tudo resultava secundário. Não havia ninguém para substituir Frankie. Ela aprendera a aceitar a vontade de Deus, mas era a vontade de alguém a distância, afastado e oculto.

A sra. Ockham tirou da bolsa um lenço e enxugou as lágrimas.

"Sei que você me acha uma velha terrivelmente sentimental", disse com um leve sorriso.

"Não, nada disso", protestou Sebastian, por delicadeza.

Pelo menos uma vez a Rainha-Mãe tivera razão: pudim de maisena era a descrição perfeita.

"Você é filho de John Barnack, não é?"

Ele assentiu.

"Então, sua mãe..."

A sra. Ockham deixou a frase em suspenso. Mas o tom com que falou e a expressão de tristeza que aflorou em seus olhos cinzentos bastavam para sugerir o que ela queria dizer.

"É, morreu", disse Sebastian.

"Sua mãe morreu", repetiu ela, lentamente.

Imagine o pobrezinho do Frankie, sozinho neste mundo cruel e indiferente, sem ninguém que o ame como só ela era capaz de amá-lo! Ao amor que havia em seu coração, acrescentou-se uma compaixão avassaladora.

Pudim de maisena, pensava Sebastian. Pudim de maisena com molho de Jesus. Então, para seu grande alívio, o mordomo entrou para anunciar que o jantar estava servido.

Com um suspiro a sra. Ockham guardou o lenço e depois pediu que o mordomo avisasse ao *signore*. Voltando-se para Sebastian, começou a elucidá-lo a respeito do sr. Tendring.

"Você vai achá-lo um pouco... bem, você sabe, não muito..."

O gesto depreciativo indicava bem o que ele não era. "Mas, no fundo, uma boa alma", apressou-se a acrescentar. "Ele é unitário e tem dois filhos, e planta tomates numa linda estufa no quintal de sua casa. E quanto aos negócios... bem, não sei o que seria de mim sem ele nestes últimos cinco anos. Por isso lhe pedi que me acompanhasse agora: para tratar de tudo isto aqui."

Com um gesto débil de completa inaptidão, ela indicou os tesouros de Eustace.

"Não saberia nem por onde começar", concluiu, confirmando sua incapacidade.

O som de passos fez com que se voltasse.

"Ah! Estava justamente falando a seu respeito, sr. Tendring. Dizia a Sebastian — ele é o sobrinho do sr. Barnack, por falar nisso —, como estaria totalmente perdida sem a sua ajuda."

O sr. Tendring agradeceu o elogio com uma pequena reverência, deu silenciosamente a mão a Sebastian e, em seguida, voltando-se para a sra. Ockham, desculpou-se por fazê-la esperar.

"Estava compilando um catálogo dos pertences no meu quarto", explicou. Para confirmar suas palavras, tirou do bolso lateral do casaco um pequeno caderno preto de notas.

"Um catálogo?", repetiu a sra. Ockham, com espanto, levantando-se da poltrona.

O sr. Tendring comprimiu ainda mais os lábios já muito fechados, e confirmou solenemente com a cabeça. Na abertura ampla e um tanto profissional de seu colarinho duro, o pomo de adão moveu-se como dotado de vida própria e espasmódica. Resolutamente, em frases baseadas no estilo das cartas comerciais e de documentos legais, começou a falar:

"A senhora me informou, sra. Ockham, que o falecido proprietário não possuía apólice de seguro contra incêndio ou roubo."

Para surpresa geral, a sra. Ockham soltou uma pequena gargalhada sonora e divertida.

"Ele dizia que não podia arcar com essa despesa, devido ao imposto sobre os charutos Havana."

Sebastian sorriu, mas o sr. Tendring contraiu as sobrancelhas, e seu pomo de adão subiu e baixou bruscamente, como ofendido também por semelhante blasfêmia contra a prudência.

"Pessoalmente", disse com severidade, "não acho que se deva brincar com assuntos sérios."

A sra. Ockham apressou-se em apaziguá-lo.

"Certo", disse ela, "muito certo. Mas não vejo relação entre o fato *de ele* não ter seguro com o catálogo que o *senhor* está preparando."

O sr. Tendring condescendeu em sorrir. Os dentes de corista de comédia musical fulguraram triunfantes.

"Esse fato", disse ele, "constitui indício provável de que o falecido proprietário jamais mandou preparar qualquer inventário de suas propriedades pessoais."

Sorriu outra vez, evidentemente orgulhoso da beleza da sua linguagem.

"Então é isso que está anotando no seu caderninho preto?", disse a sra. Ockham. "Será realmente necessário?"

"Necessário?", repetiu o sr. Tendring quase indignado. "É um *sine qua non*."

A afirmação era taxativa e arrasadora. Depois de um pequeno silêncio, a sra. Ockham sugeriu que fossem jantar.

"Você me leva até a sala, Sebastian?", perguntou.

Sebastian começou oferecendo-lhe o braço errado, e ficou terrivelmente envergonhado quando a sra. Ockham sorriu e lhe disse que desse a volta e lhe oferecesse o outro braço. Fazer papel de idiota na frente daquele horrendo e insignificante casca-grossa...

"Que estupidez", murmurou. "Sei perfeitamente... Com franqueza!"

A sra. Ockham estava encantada com o equívoco.

"Exatamente como Frankie!", exclamou contente. Frankie *nunca* se lembrava de que braço deveria oferecer.

Sebastian não disse nada, mas estava começando a ficar farto de tanto Frankie.

Enquanto caminhavam para a sala de jantar, a sra. Ockham apertou-lhe o braço, num gesto de intimidade.

"Que sorte que os outros estão fora, na primeira noite em que estamos juntos!", disse ela, mas acrescentou logo em seguida: "Não que eu não goste da querida vovó, e Veronica é tão..."

Hesitou, lembrando-se da preocupação dos Cresswell com o espírito inquietante que começara a despontar, antes mesmo que saísse da infância, nos olhos brilhantes e aparentemente calmos de sua filha.

"Tão linda e inteligente", concluiu. "Mas, mesmo assim, estou muito contente que não estejam aqui. Espero que você também esteja", acrescentou, sorrindo para ele, com um arzinho malicioso.

"Claro que estou, muito", respondeu Sebastian, sem grande convicção.

22

Mas, depois de tudo, ele teve de admitir, muito antes do fim da noitada, que ela não era de jeito nenhum uma velha desagradável. Claro que se parecia um pouco com um pudim de maisena; mas, no fundo, era muito legal. Ela ia lhe dar todos os volumes dos Clássicos Loeb, que faziam parte da biblioteca de seu marido. E a edição da Oxford Press de Donne e os dois volumes de *Minor Caroline Poets,* editado por Saintsbury. E, além de ser bondosa, não era tão tola assim. É verdade que confessara não poder cantar "Abide with Me" sem chorar; mas também gostava de George Herbert. E, embora tivesse o irritante hábito de se referir a todos que conhecia como "querido Fulano de tal", ou, no pior e menos caridoso dos casos, como "coitado", tinha bastante senso de humor, e algumas das piadas que contou eram realmente muito engraçadas.

Sua qualidade mais preciosa era que nunca fazia as pessoas se sentirem tímidas. Nesse aspecto, se parecia ao tio Eustace; e, em ambos, pensava Sebastian, o segredo consistia numa certa ausência de pretensão, abstendo-se de impor os próprios direitos e privilégios ou conceitos de dignidade. Ao passo que aquela diabólica Rainha-Mãe não só fazia prevalecer a própria dignidade como estava sempre disposta a enfrentar e deliberadamente espezinhar a dignidade alheia. E, de maneira mais sutil, a sra. Thwale, por mais atraente que fosse, fazia o mesmo. Era como se estivesse sempre usando as pessoas, de uma forma ou de outra, como instrumentos para promover seus próprios fins particulares — e esses fins eram inquietadoramente misteriosos e imprevisíveis. Com a sra. Ockham, ao contrário, era a outra pessoa quem se constituía no fim, e ela se comprazia em ser o instrumento adorador da glorificação alheia. O que na realidade era bastante agradável. Tão agradável, na verdade, que Sebastian logo foi além de simplesmente deixar de ser tímido com ela; começou a se mostrar e a se impor. Exceto por Susan — e Susan realmente não contava —, ele jamais conhecera alguém que se dispusesse a ouvi-lo com tanto respeito. Estimulado por sua admiração e deixado à vontade pelo sr. Tendring, que nunca interrompia e permitia que sua presença fosse praticamente ignorada, Sebastian se tornou extraordinariamente loquaz, em especial depois do seu segundo copo de vinho. E, quando lhe faltavam ideias, não hesitava em utilizar as do tio Eustace. Suas observações a respeito da afinidade entre os objetos de adorno da era vitoriana e os quadros dos primitivos italianos foram consideradas muito surpreendentes e brilhantes. Contudo, mesmo com o vinho a dar-lhe coragem e a roubar-lhe a discrição, não se atreveu a repetir o que tio Eustace havia comentado sobre a Vênus de Piero e seu Adônis. Foi a sra. Ockham quem finalmente rompeu o silêncio que se fizera enquanto olhavam o quadro, depois do jantar.

"A arte tem coisas engraçadas", disse ela pensativa, meneando a cabeça. "Muito engraçadas mesmo, às vezes."

Sebastian lançou-lhe um sorriso divertido e compadecido. A observação da sra. Ockham o fazia sentir-se deliciosamente superior.

"Obras de arte não são tratados morais", sentenciou ele.

"Sim, eu sei, eu sei", concordou a sra. Ockham. "Mas, mesmo assim..."

"Mesmo assim o quê?"

"Bem, para que dar tanta importância a essas coisas?"

Ela não dera importância, exceto, é claro, negativamente, na medida em que sempre achou que o assunto todo era profundamente desagradável. E, a despeito das admoestações imprecisas mas temerosas de sua mãe sobre o sexo masculino, o seu querido Francis tivera realmente muito pouca importância. Portanto, por que haveria pessoas que achavam necessário pensar e falar tanto disso, escrever tantos livros e poemas, pintar semelhantes quadros, como este que estavam olhando? Quadros que, se não fossem Arte com A maiúsculo, ninguém sonharia em admiti-los numa casa de gente decente, onde garotos inocentes como Frankie, como Sebastian...

"Às vezes", continuou ela, "simplesmente não consigo entender..."

"Com licença", interrompeu o sr. Tendring, de repente intrometendo-se entre eles e as nudezas mitológicas.

Horizontalmente primeiro e depois verticalmente, mediu o quadro com uma fita métrica. Depois, tirando o lápis de entre os dentes perolados, anotou em seu caderninho: *Pintura a óleo: Antônio e Cleópatra. Antiguidade. 1 m por 50 cm. Emoldurado.*

"Obrigado", disse, e passou para o Seurat. Sessenta e cinco por quarenta; e a moldura, em vez de ser dourada e genuinamente entalhada a mão, era uma coisa de aparência muitíssimo ordinária, pintada de diferentes cores, como um desses navios camuflados durante a guerra.

A sra. Ockham conduziu Sebastian para o sofá e, enquanto tomavam café, começou a perguntar-lhe sobre seu pai.

"Ele não se dava muito bem com o querido Eustace, não é mesmo?"

"Ele odiava o tio Eustace."

A sra. Ockham ficou chocada.

"Você não deve dizer isso, Sebastian."

"Mas é verdade", insistiu ele.

E, quando ela começou a tentar abafar a coisa toda com aquela sua mania sentimental e melosa de pudim de maisena — mugindo interminavelmente a respeito dos irmãos que talvez não se entendam, mas que nunca se odeiam, nunca realmente se esquecem de que são irmãos —, ele se irritou.

"A senhora não conhece o meu pai", falou, contrariado.

E, esquecendo-se do relato heroico que pintara para agradar a Gabriel Weyl, Sebastian lançou-se numa descrição amarga do caráter e do comportamento de John Barnack. Profundamente entristecida, a sra. Ockham tentou persuadi-lo de que tudo não passava de um mal-entendido. Quando fosse mais velho, entenderia que seu pai sempre havia agido com a melhor das intenções. O único resultado dessas intervenções bem-intencionadas foi estimular Sebastian a usar palavras mais contundentes. Então, numa transição natural, passou do ressentimento à lamentação. De um momento para o outro, sentiu extraordinária pena de si mesmo e começou a se queixar.

A sra. Ockham se comoveu. Mesmo que John Barnack não fosse tão mau quanto o haviam pintado, mesmo que não fosse pior do que um homem muito ocupado, com maneiras severas e sem tempo para dar afeto, isso já seria o bastante para fazer a infelicidade de uma criança sensível. Mais do que nunca, ao ouvir as palavras de Sebastian, convenceu-se de que Deus é que os havia reunido: o pobre garotinho sem mãe e a pobre mãe que perdera seu filho. Reunira-os para que pudessem se ajudar, para que pudessem se fortalecer e realizar neste mundo a obra de Deus.

Nesse meio-tempo, Sebastian havia começado a contar a história do traje a rigor.

A sra. Ockham lembrou-se de como Frankie tinha ficado adorável no traje a rigor que ela lhe comprara para a festa dos seus treze anos. Tão adulto e tão comovedoramente infantil. Seus olhos se encheram de lágrimas. De fato era um grande sofrimento para Sebastian que seu pai o sacrificasse devido a um mero preconceito político.

"Ah! Que lindo da parte do querido Eustace dar a você o traje a rigor!", exclamou, quando Sebastian chegou a esse ponto da história.

Sebastian ofendeu-se com aquele tom alegre de que tudo está bem quando termina bem!

"O tio Eustace só prometeu", disse com tristeza. "Depois... bem, aconteceu aquilo."

"Quer dizer que não o tem, afinal?"

Ele negou com a cabeça.

"Pobre querido, você *realmente* tem pouca sorte!"

Para Sebastian, que sentia tanta pena de si mesmo, o fato de ela se compadecer dele foi como um bálsamo. Que alguém lhe dissesse, neste tom, que ele tivera pouca sorte, era tão agradável que seria quase sacrílego mencionar o desenho, as duas mil e duzentas liras, e a visita ao alfaiate. Na verdade, nem sequer lhe ocorreu que deveriam ser mencionados. Em seu atual estado de espírito e de sentimentos, tais coisas eram irrelevantes, praticamente inexistentes. Mas, de repente, elas saltaram para o primeiro plano da realidade imediata. A sra. Ockham se inclinou para ele, colocando uma das mãos sobre seu joelho. Um sorriso da mais intensa ternura transfigurava-lhe o rosto pequeno e achatado.

"Sebastian, quero lhe pedir um favor."

Ele sorriu encantador e levantou uma das sobrancelhas, num gesto interrogativo.

"Eustace lhe fez uma promessa", observou. "Uma promessa que não pôde cumprir. Mas *eu* posso cumpri-la. Você me permite fazê-la?"

Sebastian ficou olhando para ela um segundo, sem saber se havia entendido bem. Depois, à medida que o sentido de suas palavras lhe ficou claro, sentiu o sangue subir-lhe ao rosto.

"A senhora quer dizer... o traje a rigor?"

Encabulado, evitava olhá-la direto nos olhos.

"Gostaria tanto de fazê-lo."

"É extremamente gentil de sua parte", murmurou ele. "Mas, de fato..."

"Afinal, foi um dos últimos desejos do pobre Eustace."

"Eu sei, mas..."

Hesitou, pensando se deveria contar-lhe a respeito do desenho. Mas ela poderia pensar, como aquele cara, o Weyl, pensara, que ele não deveria tê-lo vendido, pelo menos não com tanta pressa, logo após o enterro. E, com ela, não poderia usar o argumento de uma dívida de honra. Além disso, se fosse o caso de falar no desenho, já deveria tê-lo feito há muito tempo. Mencioná-lo agora seria admitir que havia recebido sua simpatia e invocado sua generosidade com pretextos falsos. Além de parecer um idiota, passaria por um embusteiro!

"Afinal de contas", disse a sra. Ockham, atribuindo sua hesitação à relutância muito compreensível de aceitar um presente de uma estranha, "afinal de contas, eu faço parte da família. Prima postiça em primeiro grau, para ser exata."

Que sentimentos delicados tinha o garoto! Com mais ternura do que antes, ela sorriu-lhe novamente.

Da profundidade de sua inquietação, Sebastian esforçou-se por lhe devolver o sorriso. Agora era tarde demais para dar explicações. Só lhe restava ir em frente com o assunto.

"Bem, se a senhora acha que está bem assim."

"Ah! Ótimo, ótimo! Iremos juntos ao alfaiate. Isso *será* divertido, não é mesmo?"

Ele sacudiu afirmativamente a cabeça, e disse que seria muito divertido.

"Tem de ser o melhor alfaiate da cidade", disse a sra. Ockham.

"Vi que tem um na Via Tornabuoni", disse Sebastian, resolvido a desviá-la, a todo custo, da loja perto da catedral.

Mas como fora idiota vendendo o desenho tão precipitadamente! Em vez de esperar para ver o que aconteceria. E agora acabaria ficando com dois trajes a rigor. E não se daria o caso de poder guardar um deles para usar mais tarde. Em poucos anos, ambos ficariam muito pequenos para ele. Bem, afinal, isso não tinha muita importância.

"Quando voltarmos a Londres", disse a sra. Ockham, "espero que venha jantar comigo algumas vezes usando o seu traje a rigor."

"Isso me agradaria muito", disse, por delicadeza.

"Você será minha desculpa para frequentar teatros e concertos aos quais nunca tive disposição nem energia para ir sozinha."

Teatros e concertos... Os olhos de Sebastian brilharam só de pensar.

Começaram a falar de música. Ao que tudo indicava, a sra. Ockham fora assídua frequentadora de concertos quando seu marido era vivo. Viajara a Salzburg para assistir a Mozart e aos modernos, a Bayreuth para ouvir Wagner, e a Milão para ver *Otelo* e *Falstaff*. Em contraste com todas essas experiências, Sebastian podia oferecer apenas uns poucos espetáculos noturnos no Queen's Hall. Num ato de defesa pessoal, viu-se compelido a dissertar com uma espécie de arrogante possessividade sobre a maravilhosa execução de um antigo pianista, amigo seu, já aposentado das salas de concerto, mas ainda brilhante, o dr. Pfeiffer; talvez ela tivesse ouvido falar dele. Não? Bem, na sua época áurea gozara de grande reputação na Europa.

Em segundo plano, entretanto, o sr. Tendring havia tirado as medidas de todos os quadros, e estava agora catalogando as peças de porcelana, jade e marfim. Milhares de libras, dizia para si, repetidamente, demorando-se com volúpia na pronúncia dos ditongos *cockney*, milhares de libras... Sentia-se extremamente feliz.

Às dez e quinze houve uma repentina agitação no vestíbulo, e, momentos depois, como saída de um campo fantasmagórico de desfiles militares, a voz da Rainha-Mãe chegou-lhes aos ouvidos.

"Aí está a querida vovozinha", disse a sra. Ockham, interrompendo Sebastian no meio de uma frase.

A sra. Ockham levantou-se e foi depressa até a porta. No vestíbulo, a criada da sra. Gamble acabava de lhe tirar o abrigo, e estava por lhe entregar o lulu-da-pomerânia.

"Foxy, totozinho queridinho", exclamou a Rainha-Mãe. "Teve saudades de sua vovozinha queridinha? Ele teve, não teve?"

Foxy VIII lambeu-lhe o queixo, e depois virou-se para ladrar para a recém-chegada.

"Vovó, querida!"

Cintilando como um candelabro de brilhantes, a sra. Gamble voltou-se em direção à voz.

"É você, Daisy?", perguntou em sua voz de gralha.

Quando a sra. Ockham disse que sim, ofereceu-lhe a face engelhada, mas vermelha como um tijolo, enquanto colocava Foxy fora do alcance, para que sua neta não fosse mordida enquanto a cumprimentava.

A sra. Ockham beijou-a sem maiores perigos.

"Que bom vê-la outra vez!", disse em meio aos insistentes latidos.

"Por que o seu nariz está tão frio?", perguntou com rispidez a Rainha-Mãe. "Espero que não esteja resfriada, está?"

A sra. Ockham assegurou-lhe que nunca se sentira melhor de saúde, e depois voltou-se para a sra. Thwale, que ficara um pouco afastada, a um lado, como espectadora silenciosa, de olhos reluzentes e um leve sorriso nos lábios.

"E aqui está a querida Veronica", disse, estendendo-lhe ambas as mãos.

A sra. Thwale seguiu a sugestão e ofereceu-lhe as suas.

"Está mais linda do que nunca", exclamou a sra. Ockham num tom de sincera e entusiástica admiração.

"Ora, Daisy", grasnou a Rainha-Mãe, "pelo amor dos céus, pare com essas efusões colegiais."

Ouvir elogios feitos a outras pessoas em sua presença lhe era desagradável. Mas, em vez de perceber a indireta, a sra. Ockham continuou, agravando mais ainda o seu primeiro equívoco.

"Não são efusões colegiais", protestou, enquanto tomava o braço de sua avó e a conduzia à sala de estar. "É a pura verdade."

A Rainha-Mãe bufou de raiva.

"Nunca vi Veronica tão radiante quanto esta noite."

Bem, se isso era verdade, pensava a sra. Thwale ao segui-las, então ela estava vivendo iludida, congratulando-se, convencida de que tinha construído um álibi com sua máscara de ferro, quando, na realidade, ainda podiam ler seu rosto como um livro aberto.

Franziu o cenho. Já bastava, para sua desgraça, um Deus hipotético, para o qual todos os corações estavam abertos e para quem todos os desejos eram conhecidos. Mas que Daisy Ockham, entre todas as pessoas, pudesse ver e perceber algo nela constituía a suprema humilhação.

Havia justificativas, claro. Não era todas as noites que se recebia uma proposta de casamento de Paul de Vries. Mas, por outro lado, era precisamente nas ocasiões excepcionais e importantes que se fazia mais necessário manter as outras pessoas na ignorância do que se estava realmente sentindo. E ela havia permitido que os sintomas de sua intensa satisfação aparecessem tão claramente que até uma velha gorda e idiota como Daisy podia percebê-los. Não que isso fosse muito prejudicial desta vez, mas servia para mostrar o quanto se tem de ser cuidadoso e vigilante o tempo todo.

A sra. Thwale franziu de novo o cenho. Depois, relaxando os músculos faciais, fez um esforço consciente para assumir uma expressão de indiferença e neutralidade. Nada dessa indiscreta expressão radiante. Para o mundo exterior, nada, a não ser o símbolo opaco de uma polidez um tanto distante e divertida. Mas, por trás disso, para si mesma, que refulgentes segredos de alegria, que exuberância de mudas gargalhadas e de secretos triunfos!

Acontecera depois do jantar, quando o velho lorde Worplesden, que era astrônomo amador, insistiu em levar a sra. Thwale e a pequena *contessina* ao topo da torre onde instalara seu telescópio refratário de seis polegadas. Um instrumento de primeira, gabava-se. Da marca Zeiss, de Jena. Mas, entre as jovens da vizinhança, era célebre por outras razões. O observador das estrelas levava as jovens para lá, sob a cúpula de seu pequeno observatório, e, sob o pretexto de colocar a pessoa e o telescópio na posição adequada para ver os satélites de Júpiter, manuseava as jovens à vontade, dissertando todo o tempo em voz alta sobre Galileu. Depois, se não houvesse muita objeção, mostrava os anéis de Saturno. E finalmente havia as nebulosas espirais. Estas exigiam pelo menos dez minutos de laboriosa adaptação. As jovens que tinham visto uma nebulosa espiral ganhavam no dia seguinte um frasco enorme de perfume, com um convite jocoso, com uma coroa em alto relevo e assinado "Mui afetuosamente, W." para vir outra vez e realmente explorar a Lua.

O estoque de perfume da *contessina* já estava evidentemente esgotando, pois decorreu quase meia hora antes que ela e o idoso cavalheiro voltassem do observatório. Foi o tempo suficiente para que Paul, que os havia seguido sem ser convidado, olhasse para o céu noturno e falasse um pouco de Eddington; olhasse lá do alto para as luzes de Florença e refletisse em voz alta que eram lindas, que a terra também tinha suas constelações; para que se calasse um pouco e depois dissesse algo a respeito de Dante e a *Vita nuova*; e que ficasse calado outra vez e lhe segurasse a mão; e, por fim, quase sem poder respirar e, desta vez num sussurro, lhe pedisse que se casasse com ele.

A intrínseca comicidade do que acontecera e a magnitude repentina de sua própria satisfação quase a tinham feito soltar uma gargalhada.

Por fim! O ímã tinha cumprido sua função. O Olho filosófico sucumbira à essencial impudência da vida. No confronto entre aparência e realidade, a realidade vencera, como sempre tem de ser, sempre tem de ser.

Que espetáculo grotesco! Mas, para ela, pelo menos, a piada teria sérias e relevantes consequências. Significava liberdade; significava poder sobre o ambiente ao seu redor; significava um pequeno e protegido mundo de privacidade tanto dentro quanto fora de si mesma — uma casa própria assim como uma atitude, um apartamento no Ritz assim como um estado de espírito e uma imaginação luxuriantes.

"Aceita, Veronica?", repetira ansioso, quando seu silêncio de indiferença persistira durante alguns segundos. "Ah! Minha querida, diga que sim!"

Por fim, confiante de que seria capaz de falar sem se trair, ela se voltara para ele.

Querido Paul... indizivelmente emocionada... tomada assim completamente de surpresa... gostaria de esperar um dia ou dois antes de dar uma resposta definitiva...

A porta do pequeno observatório se abrira, e a voz alta de lorde Worplesden se ouviu, recomendando à *contessina* que lesse os livros mais conhecidos de sir James Jeans. No caso dele, pensava Veronica, o Olho era astronômico e proconsular; mas era o mesmo velho ímã, a impudência era idêntica. E dentro de mais alguns anos haveria a impudência final, a morte.

Nesse meio-tempo, na sala de estar, a Rainha-Mãe havia reagido à pronúncia do sr. Tendring exatamente como sua neta havia esperado e temido. Às suas educadas perguntas sobre sua saúde ela respondera simplesmente pedindo que lhe soletrasse seu nome e, depois que este o havia feito, comentara: "Que estranho!", e repetira a palavra "Tendring" duas ou três vezes, como quem está com nojo, como se estivesse sendo forçada, contra sua vontade, a falar de gambás e de excrementos. Então, voltando-se para Daisy, perguntou-lhe num murmúrio ríspido por que cargas-d'água tinha trazido com ela esse homenzinho tão horrivelmente vulgar. Felizmente a sra. Ockham pôde encobrir as palavras da velha senhora com a primeira frase de seu próprio relato, entusiástico e em voz bem alta, do seu encontro prévio com Sebastian.

"Ah, então ele se parece com Frankie, não é?", disse a Rainha-Mãe, depois de ouvi-la durante algum tempo em silêncio. "Então, deve parecer muito jovem para sua idade, muito acriançado."

"Ele é um doce!", exclamou a sra. Ockham com uma unção sentimental que a Sebastian pareceu quase tão humilhante quanto a ofensiva da avó dela.

"Não gosto quando os garotos são 'um doce'", continuou a sra. Gamble. "Não quando há homens como Tom Pewsey soltos por aí." Abaixou o tom da voz. "E esse seu homenzinho, Daisy, *ele* é cem por cento?"

"Vovó!", exclamou horrorizada a sra. Ockham.

Olhou em volta, com preocupação, mas sentiu-se aliviada ao ver que o sr. Tendring tinha ido para o outro lado da sala e estava catalogando as estatuetas Capo di Monte na cristaleira colocada entre as janelas.

"Graças a Deus", ela sussurrou, "ele não escutou nada."

"Não me importaria que tivesse escutado", disse a Rainha-Mãe com ênfase. "Trabalhos forçados; é isso o que *tais* tipos merecem."

"Mas ele não é um desses tipos", protestou a sra. Ockham, num sussurro nervoso de indignação.

"Isso é o que *você* pensa", retrucou a Rainha-Mãe. "Mas, se você pensa que entende desse assunto, você está muito enganada."

"Não quero entender nada desse assunto", disse a sra. Ockham com um estremecimento de horror. "É um assunto abjeto!"

"Então, por que trazê-lo à baila? Particularmente diante de Veronica. Veronica!", chamou. "Estava ouvindo o que conversávamos?"

"Algumas frases", admitiu com recato a sra. Thwale.

"Está vendo?", disse a Rainha-Mãe em tom de triunfo e reprovação, dirigindo-se à sra. Ockham. "Bem, felizmente ela é casada, o que não se pode dizer do garoto. Garoto," continuou, falando imperiosamente para a escuridão. "Diga-me, o que acha de tudo isso?"

Sebastian enrubesceu. "A senhora quer dizer... de trabalhos forçados?"

"Trabalhos forçados?", repetiu a Rainha-Mãe, irritada. "Estou lhe perguntando o que achou de seu encontro com minha neta."

"Ah! Isso... Bem, foi uma coisa extraordinária, é claro. Quero dizer, foi uma coincidência incrível, não foi?"

Impulsivamente, a sra. Ockham passou o braço em volta dos ombros de Sebastian e puxou-o para si.

"Não exatamente incrível", disse ela. "Feliz, digamos. A mais feliz das dádivas de Deus. Sim, uma verdadeira dádiva de Deus", repetiu, e seus olhos se encheram das lágrimas que lhe vinham com tanta facilidade, e a voz vibrava de emoção.

"Deus para cá, Deus para lá", grasnou a Rainha-Mãe. "Você fala demais em Deus."

"Mas como é possível falar ou pensar demasiado em Deus?"

"É blasfemo."

"Mas Deus o mandou *mesmo* para mim."

E, para dar maior ênfase ao que havia dito, a sra. Ockham deu um abraço mais apertado em Sebastian, que, inerte, submeteu-se. Sentia-se muito sem jeito. Ela o estava fazendo de idiota em público, de idiota completo, como podia constatar pela expressão do rosto da sra. Thwale. Era a mesma expressão que vira nesta tarde enquanto o atormentava com a história de dar à sra. Gamble uma demonstração de ultraje: a expressão divertida, impessoal do espectador que assiste a uma pequena comédia de costumes encantadoramente cruel.

"E não é só blasfemo", continuou a Rainha-Mãe. "É também de mau gosto estar sempre falando em Deus. Como usar pérolas o dia inteiro, em vez de apenas à noite, quando se prepara para jantar."

"A propósito de preparar-se para o jantar", disse a sra. Ockham, tentando levar a conversa para terrenos menos perigosos, "Sebastian e eu concordamos em ir a uma porção de peças de teatro e concertos juntos, quando voltarmos a Londres. Não foi, Sebastian?"

Ele fez que sim com a cabeça e sorriu meio amarelo. Para seu grande alívio, a sra. Ockham retirou a mão de seus ombros e ele pôde se afastar.

Por entre as cortinas de seu camarote particular interior, a sra. Thwale observava tudo e estava encantada com a peça. A Santa Mulher estava praticamente ardendo de insatisfação materna. Mas o garoto, logicamente, não estava muito contente em ser a vítima desse tipo de concupiscência tão especial. Portanto, a pobre velhota Gordona-Santarrona tinha de oferecer subornos, teatros e concertos para induzi-lo a se tornar seu bebê-gigolô, a se submeter como instrumento de sua luxúria maternal. Mas o fato é que havia outras formas da impudência essencial, formas que um adolescente acharia mais sedutoras do que os desejos maternais. Havia ímãs, vangloriava-se ela, consideravelmente mais poderosos do que o rosto de pug de Daisy, ou o busto casto mas abundante de Daisy. Seria divertido, talvez... Poderia ser uma experiência interessante... Sorriu para si mesma. Sim, duas vezes mais divertida, simplesmente devido ao que acontecera nesta noite na torre de lorde Worplesden; seria científico a ponto de constituir um ultraje, um escândalo.

À menção de concertos, a Rainha-Mãe, que não podia suportar a ideia de ser deixada de lado, insistiu em fazer parte do grupo e acompanhá-los a todos os concertos. Mas, naturalmente, excetuou a música moderna. E Bach sempre a fazia dormir. E quanto a quartetos de corda, não podia suportar o arranhar e o guinchar desses instrumentos.

De repente o sr. Tendring reapareceu em cena.

"Perdão", disse, quando a Rainha-Mãe terminou de expor suas aversões musicais, e entregou uma folha de papel à sra. Ockham.

"O que é isto?", perguntou ela.

"Uma discrepância", respondeu o sr. Tendring, com toda a seriedade devida a palavras de quatro sílabas usadas por contadores registrados.

Foxy, que tinha a audição, visão e olfato infalíveis dos cães ricos para reconhecer os membros de classes inferiores, começou a rosnar.

"Calma, calma", disse a Rainha-Mãe, suavemente. Depois, voltando-se para a sra. Ockham, bramou: "De que está falando este homem?".

"De uma discrepância", explicou o sr. Tendring, "entre um recibo entregue ao falecido proprietário no dia de seu...

hum... falecimento, e o número de artigos que a embalagem contém. Ele comprou dois, e agora só há um."

"Um o quê?", perguntou a sra. Ockham.

O sr. Tendring sorriu quase com malícia.

"Bem, suponho que a senhora diria que se trata de uma obra de arte", disse ele.

Sebastian começou imediatamente a se sentir mal do estômago.

"Se os senhores querem vir até aqui", continuou o sr. Tendring.

Todos o seguiram até a mesa junto à janela. A sra. Ockham examinou o único Degas remanescente, e, depois, a folha de papel na qual m. Weyl acusava o pagamento de dois.

"Deixem-me tocá-los", disse a Rainha-Mãe, quando lhe explicaram a situação.

Em silêncio, passou os dedos sobre a moldura de cartolina e o insignificante recibo, e depois os devolveu à sra. Ockham. O velho rosto se iluminou.

"O outro deve ter sido roubado", disse com prazer.

"Roubado!", repetiu Sebastian para si. Era isso, então. Pensariam que ele o havia roubado. E, naturalmente, isso lhe ocorria agora, pela primeira vez, ele não tinha como *provar* que tio Eustace havia lhe dado o desenho de presente. Nem mesmo aquela piadinha entre eles, que surgiu truncada na sessão espírita, serviria como prova. "Natas e pêndulos." Fora óbvio para ele, mas seria óbvio para os outros se tentasse explicar o sentido dessas palavras?

Entretanto, a sra. Ockham protestara contra a sugestão pouco caridosa da avó. Mas a velha senhora não desistia.

"Foi um dos criados, claro", insistiu quase alegremente.

E prosseguiu, contando-lhes a respeito de um de seus mordomos que bebera pelo menos três dúzias de garrafas de seu melhor brandy, da arrumadeira que fora apanhada com um broche de rubis de Amy, do motorista que costumava enganá-la com os gastos da gasolina e dos consertos, do ajudante de jardineiro que...

E o fato de haver vendido o desenho tão rapidamente, isso pegaria mal, sem dúvida. Se ao menos tivesse mencionado o assunto no primeiro dia, quando encontraram o corpo! Ou então durante a sessão espírita. Essa teria sido a oportunidade ideal. Ou esta manhã, à sra. Thwale. Ou mesmo esta noite, quando a sra. Ockham lhe oferecera o traje a rigor... até mesmo naquela ocasião, correndo o risco de parecer que estava buscando simpatia sob falsos pretextos. Se ao menos, se ao menos... Porque agora era tarde demais. Se lhes contasse agora, pareceria que o estava fazendo porque havia sido apanhado em falta. E a história da generosidade do tio Eustace soaria como coisa inventada à última hora para encobrir sua culpa: uma mentira particularmente estúpida e pouco convincente. E, no entanto, se não contasse a eles, só Deus poderia saber o que aconteceria.

"Mas não temos o direito nem de pensar que foi roubado", disse a sra. Ockham, quando se esgotaram temporariamente as recordações da Rainha-Mãe sobre criados desonestos. "O pobre Eustace provavelmente o tirou do embrulho e o colocou em outro lugar."

"Ele não poderia colocá-lo em outro lugar", retrucou a Rainha-Mãe, "porque ele não foi a nenhum lugar. Eustace estava na sala com o garoto até que foi ao banheiro e desencarnou. Todo o tempo, não é mesmo, garoto?"

Sebastian assentiu com a cabeça, sem dizer uma palavra.

"Não pode responder?", explodiu o fantasmagórico sargento.

"Desculpe. Esqueci... Quero dizer, sim, ele estava aqui, todo o tempo."

"Escute só isso, Veronica", disse a Rainha-Mãe. "Ele resmunga pior do que antes."

A sra. Ockham virou-se para Sebastian.

"Você o viu mexer nos desenhos naquela noite?", perguntou.

Durante um segundo, Sebastian hesitou. Depois, num impulso de pânico, fez que não com a cabeça.

"Não, sra. Ockham."

Sentindo que enrubescia violentamente, virou-se para ocultar o rosto revelador e abaixou-se para olhar mais de perto o desenho sobre a mesa.

"Já lhe disse que foi roubado", ouviu a Rainha-Mãe dizer, em tom de triunfo.

"Ah, sr. Tendring, por que *teve* de descobrir isso?", queixou-se a sra. Ockham.

Ele começou a dizer algo dignificante a respeito do dever profissional, mas a Rainha-Mãe o interrompeu.

"Escute-me, Daisy. Não vou admitir que se comporte como uma idiota sentimental, lamentando-se por uma corja de criados imprestáveis! Ora, eles a estão provavelmente roubando por todos os lados neste mesmo momento."

"Não, não estão", exclamou a sra. Ockham. "Simplesmente me recuso a acreditar nisso. E, de qualquer forma, por que haveríamos de nos preocupar com esse mísero desenho? Se é tão feio quanto este outro..."

"Por que nos devemos incomodar?", repetiu o sr. Tendring no tom de alguém cujos sentimentos mais puros foram ultrajados. "Não percebe quanto o falecido proprietário pagou por este objeto?" Pegou o recibo e o entregou de novo à sra. Ockham. "Sete mil liras, senhora. Sete mil liras."

Sebastian se sobressaltou e ergueu a cabeça. Seus olhos estavam escancarados, e a boca, aberta. Sete mil liras? E aquele canalha lhe tinha oferecido mil e o havia congratulado por sua habilidade comercial por ter regateado até levar o preço a duas mil e duzentas liras. Raiva e humilhação fizeram com que o sangue lhe afluísse rapidamente ao rosto. Que idiota havia sido! Que completo imbecil!

"Está vendo, Daisy, está vendo?" A expressão do rosto da Rainha-Mãe era de júbilo. "Eles poderiam vender a coisa pelo equivalente ao salário de um ano."

Fez-se um breve silêncio, e, então, por trás de si mesmo, Sebastian ouviu a voz suave e musical da sra. Thwale.

"Não creio que tenha sido um dos criados", disse ela, demorando-se com delicada afetação nas sílabas. "Acho que foi outra pessoa."

O coração de Sebastian começou a disparar, como se tivesse jogado futebol. Sim, ela deve tê-lo visto do umbral da porta, quando punha o desenho dentro da pasta. E, um instante depois, quando ela citou seu nome, teve absoluta certeza disso.

"Sebastian", repetiu suavemente a sra. Thwale, quando ele não respondeu.

Relutante, ele endireitou o corpo e a encarou. A sra. Thwale sorria de novo, como sorriria se estivesse assistindo a uma comédia.

"Acho que você sabe tanto quanto eu", disse ela.

Ele engoliu em seco e desviou o olhar.

"Não sabe?", insistiu suavemente a sra. Thwale.

"Bem", começou ele, quase sem voz, "suponho que quer dizer..."

"Claro", interrompeu ela. "Claro! Aquela garotinha que estava no terraço", e apontou para a escuridão do outro lado da janela.

Espantado, Sebastian olhou para ela outra vez. Os olhos escuros dançavam animados por um brilho exultante. Os lábios que sorriam davam a impressão de que a qualquer momento se abririam para soltar uma gargalhada.

"Garotinha?", repetiu a Rainha-Mãe. "Que garotinha?"

A sra. Thwale começou a explicar. E, de repente, com uma tremenda sensação de alívio, Sebastian percebeu que tinha recebido um indulto.

23

O alívio de Sebastian foi muito rapidamente substituído pela perplexidade e pelo desassossego. Sozinho em seu quarto, enquanto se despia e escovava os dentes, continuava pensando por que lhe viera o indulto. Será que ela *de fato* achava que a garotinha tinha feito isso? Era evidente, pensava, tentando tranquilizar-se, que deve ter achado. Mas havia uma parte de sua mente que se obstinava em não aceitar essa explicação tão simples. Se fosse verdade, então por que o olhara daquele jeito? Que havia visto de tão especialmente divertido? E, se não achava que fora a garotinha, que raios a haviam induzido a acusá-la? A resposta óbvia era que o vira retirar o desenho, acreditava que ele não tinha direito a fazê-lo, e tentara protegê-lo. Mas, por outro lado, à luz daquele estranho sorriso dela, daquele ar de divertimento irreprimível, a resposta óbvia não fazia sentido. Nada do que ela fizera tinha sentido. E, nesse meio-tempo, havia que pensar naquela desgraçada garotinha. A criança seria interrogada, pressionada; depois, seus pais cairiam em suspeita, e, finalmente, é claro, a sra. Gamble insistiria em chamar a polícia...

Desligou todas as luzes, menos a da mesinha de cabeceira, e meteu-se na enorme cama. Deitado ali, de olhos abertos, fabricou pela milésima vez uma série de cenas em que por acaso mencionara a dádiva do tio Eustace à sra. Thwale e à Rainha-Mãe, diria à sra. Ockham que já havia comprado um traje a rigor com o dinheiro que ganhara vendendo o quadro e, sorridente, destruiria as suspeitas do sr. Tendring antes que estivessem bem amadurecidas. Como era simples e com que vantagem para seu bom nome se sairia deste enredo. Mas a realidade era tão dolorosa e humilhante, tão diferente dessas fantasias confortadoras, como a puta de azul diferia de Mary Esdaile. E, agora, era tarde demais para dizer-lhes o que realmente acontecera. Imaginou os comentários da Rainha-Mãe sobre seu comportamento — como uma lixa grossa com sua falta de caridade. E o leve sorriso e o silêncio irônico da sra. Thwale. E as desculpas que a sra. Ockham inventaria para ele, com tamanho e tão efusivo sentimentalismo que sua avó se tornaria duplamente mordaz em sua censura. Não. Era impossível contar-lhes agora. Só havia uma coisa a fazer — comprar de novo o desenho de M. Weyl e depois "encontrá-lo" em algum lugar da casa. Mas o alfaiate insistira no pagamento adiantado, o que significava que dez das vinte e duas preciosas notas tinham desaparecido, uma hora depois de tê-las recebido. E havia gastado mais cem em livros e sessenta numa cigarreira de casco de tartaruga. De modo que, agora, tinha em mãos pouco mais de mil liras. Será que Weyl lhe daria crédito pela diferença? Desalentado, Sebastian sacudiu negativamente a cabeça. Teria de pedir o dinheiro emprestado. Mas a quem? E com que desculpa?

De repente escutou uma leve batida na porta.

"Entre", disse.

A sra. Ockham entrou no quarto.

"Sou eu", disse ela, e, indo até a cama, colocou uma das mãos no ombro de Sebastian. "Receio que seja muito tarde", continuou, desculpando-se. "Mas a vovó me reteve um tempo interminável. Não podia deixar de vir dar boa-noite a você."

Por delicadeza, Sebastian levantou o tronco, apoiando-se num cotovelo. Mas ela sacudiu negativamente a cabeça e, sem dizer nada, empurrou-o gentilmente para que deitasse a cabeça no travesseiro.

Fez-se um longo silêncio enquanto ela o olhava — olhava para o pequeno Frankie e para sua felicidade assassinada; olhava para o presente vivo, para esta outra encarnação de cabelos cacheados, encarnação da realidade divina. Rosada e dourada, uma cabeça infantil no travesseiro. Enquanto olhava, o amor crescia dentro dela, avassalador, como a maré que se levanta das profundezas daquele grande oceano do qual por tanto tempo a separaram os sedimentos de uma aridez irremediável.

"Frankie também usava pijamas cor-de-rosa", disse, numa voz que, a despeito de seus esforços para falar com naturalidade, vacilava de intensa emoção.

"É mesmo?"

Sebastian deu um daqueles seus sorrisos encantadores, inconscientemente, desta vez sem premeditação, mas porque se comoveu a ponto de corresponder à afeição desta mulher absurda. E, num relance, percebeu que este era o momento de falar-lhe do assunto do desenho.

"Sra. Ockham...", começou ele.

Mas, no mesmo instante, e levada por uma ternura tão intensa que não a deixou perceber que o garoto estava tentando dizer-lhe algo, a sra. Ockham falou:

"Você se incomodaria muito", sussurrou, "se eu lhe desse um beijo?"

E, antes que ele pudesse responder, curvou-se sobre ele e tocou-lhe a testa com os lábios. Afastando-se um pouco, passou os dedos por seus cabelos, e eram os cabelos de Frankie. Seus olhos se encheram de lágrimas. Mais uma vez, abaixou-se e beijou-o.

De repente, abruptamente, houve uma interrupção.

"Oh, desculpem-me..."

A sra. Ockham se endireitou e ambos se voltaram na direção de onde vinha a voz. No umbral da porta aberta estava Veronica Thwale. Seus cabelos negros caíam em duas tranças sobre os ombros, e a camisola de cetim branco, abotoada até o pescoço, a fazia parecer uma freira.

"Lamento muito interrompê-los", disse para a sra. Ockham. "Mas sua avó..."

Deixou a frase no meio e sorriu.

"A vovó quer falar comigo outra vez?"

"Ela tem algo mais a dizer sobre o desenho perdido."

"Oh, céus!", a sra. Ockham deu um longo suspiro. "Bem, creio que é melhor ir vê-la. Quer que apague a luz?", acrescentou, dirigindo-se a Sebastian.

Ele assentiu. A sra. Ockham girou o interruptor, e depois colocou sua mão por um momento contra a face do garoto e sussurrou: "Boa noite", e saiu depressa para o corredor. A sra. Thwale fechou a porta.

Sozinho na escuridão, Sebastian pensava, inquieto, o que poderia ser que a Rainha-Mãe tinha tanta urgência em dizer a respeito do desenho. Naturalmente, se ele tivesse tido tempo de contar tudo à sra. Ockham, não teria importância o que ela dissesse. Mas como estavam as coisas... Meneou a cabeça. No pé em que tudo estava, qualquer coisa que a velha diaba fizesse ou dissesse só iria criar complicação e, com certeza, faria com que as coisas ficassem ainda mais difíceis para ele. E, nesse ínterim, uma oportunidade como a que acabava de perder não se repetiria facilmente. E contar tudo à sra. Ockham a sangue-frio seria um sofrimento demasiado horrível. Tão horrível que começou a pensar se não seria melhor, no final das contas, tentar conseguir de m. Weyl a devolução do desenho. Estava no meio de uma entrevista imaginária com o antiquário quando escutou detrás dele o ruído da porta que se abria mansamente. Na parede para a qual estava olhando, agrandou-se um feixe de luz que depois se estreitou, e, quando o trinco se fechou, veio novamente a escuridão. Sebastian voltou-se na cama em direcão ao invisível farfalhar de seda. Ela havia voltado, e agora poderia lhe contar tudo. Sentiu-se enormemente aliviado.

"Sra. Ockham!", disse ele. "Ah, estou tão contente..."

Através das cobertas, uma mão tocou seu joelho, veio subindo até seu ombro e, com um movimento brusco, afastou as roupas de cama para um lado. A seda farfalhou de novo, na escuridão, e uma onda de perfume chegou-lhe às narinas, aquele perfume doce, quente, que era uma mistura de flores e suor, frescura de primavera e animalidade de almíscar.

"Ah, é a senhora", começou Sebastian num sussurro sobressaltado.

Mas, enquanto ele falava, um rosto invisível se curvou sobre ele; uma boca tocou seu queixo e depois encontrou seus lábios. Os dedos sobre sua garganta desceram e começaram a desabotoar a blusa de seu pijama.

24

Divinamente inocente, uma sensualidade latejando pela incandescência até o êxtase completo e, nos intervalos, a lascívia terna e cultivada com sabedoria de Mary Esdaile — isso era o que Sebastian imaginara que seria; o que esperava que fosse. Não aquelas mãos certeiras na escuridão, aquela busca quase cirúrgica da impudência essencial. Nem mesmo a delicada gula daqueles lábios macios que, de repente, eram substituídos por dentes e unhas pontiagudas. E nem aquelas ordens imperiosamente sussurradas, nem aqueles momentos de silencioso e introvertido delírio; aquelas agonias profundas de insaciedade desesperante sob suas tímidas e quase apavoradas carícias.

Em suas fantasias, o amor fora uma espécie de embriaguez etérea e alegre, mas a realidade da noite anterior parecia-se mais à loucura. Sim, pura loucura. Um louco lutando na escuridão almiscarada com outro louco.

"Dois canibais no hospício..." A frase lhe ocorreu quando examinava as marcas vermelhas e lívidas dos dentes em seu braço. Dois canibais devorando sua própria identidade e a do outro, obliterando a razão e a decência, esquecendo-se das convenções mais rudimentares da civilização. E, no entanto, era precisamente ali, naquela loucura canibalesca, que residia a atração real. Muito além do prazer físico, estava a experiência ainda mais arrebatadora de haver extrapolado todos os limites, o êxtase da loucura absoluta.

A sra. Thwale tinha posto seu vestido cinza-claro, e usava no pescoço a pequena cruz de ouro e rubis que sua mãe lhe dera no dia de sua crisma.

"Bom dia, Sebastian", disse ao entrar na sala de jantar. "Parece que hoje teremos a mesa do café da manhã toda para nós."

Em pânico, Sebastian olhou para as cadeiras vazias e os guardanapos dobrados. Não sabia por que, mas contara como certo que a sra. Ockham estaria ali para acompanhá-lo neste encontro embaraçoso.

"É, pensei... Quero dizer, a viagem... Devem estar muito cansados..."

De seu camarote particular na comédia, a sra. Thwale fitou-o com olhos brilhantes e irônicos.

"Resmungando outra vez!", disse ela. "Acho que terei mesmo que comprar aquela vara!"

Para encobrir a confusão de seu espírito, Sebastian foi até o aparador e começou a olhar para o que estava debaixo das tampas das travessas de prata sobre o aquecedor elétrico. Claro, o que devia ter feito, pensava, enquanto se servia de mingau, o que deveria ter feito, quando viu que ela entrava sozinha, era beijá-la na nuca e sussurrar-lhe algo sobre a noite anterior. E talvez não fosse tarde demais para isso, mesmo agora. Ponha o cano do revólver contra a testa, conte até dez e depois vá correndo e faça o que tem de fazer.

Um, dois, três, quatro... Com o prato de mingau na mão, ele avançou para a mesa. Quatro, cinco, seis...

"Espero que tenha dormido bem", disse a sra. Thwale na sua voz suave e clara.

Olhou para ela, desapontado, e depois baixou os olhos.

"Ah, sim", murmurou, "dormi... muito bem, obrigado."

Já não era o caso de dar aquele beijo.

"Dormiu?", insistia ela com ar de espanto. "Mesmo com as corujas?"

"Corujas?"

"Não me diga", exclamou ela, "que não ouviu as corujas! Garoto de sorte! Quem me dera que meu sono fosse tão pesado quanto o seu. Fiquei metade da noite acordada!"

Ela tomou um gole de café, delicadamente limpou os lábios, deu uma mordidinha na torrada com manteiga e, depois que engoliu, limpou novamente os lábios.

"Se eu fosse você", disse ela, "iria hoje sem falta à catedral de São Marcos para ver os Fra Angelicos."

A porta se abriu, o sr. Tendring entrou, e, um momento depois, a sra. Ockham. Eles também não haviam escutado as corujas, embora a sra. Ockham tivesse ficado acordada durante horas, incapaz de dormir, preocupada com o desgraçado desenho.

Sim, esse desgraçado desenho, esse miserável desenho. Em sua impotência, Sebastian entregou-se a uma explosão infantil de impropérios, enquanto comia os ovos feitos na manteiga. Mas praguejar não levava a nenhuma solução para as suas dificuldades, e, em vez de aclarar a atmosfera mental, a blasfêmia e a obscenidade só intensificavam a sensação de opressão, fazendo-o sentir vergonha de si mesmo.

"A senhora vai chamar a polícia?", perguntou a sra. Thwale.

O coração de Sebastian pareceu parar de bater por uma fração de segundo. Mantendo os olhos fixos no prato, parou de mastigar para concentrar toda a sua atenção no que falavam.

"É isso o que a vovó quer fazer", disse a sra. Ockham. "Mas não o farei já. Não até que se dê uma busca minuciosa na casa toda."

Sebastian voltou a mastigar, cedo demais, pelo que pôde constatar, pois a sra. Thwale defendia a ideia de mandar trazer a garotinha para ser interrogada na casa.

"Não. Primeiro vou falar com os pais dela", disse a sra. Ockham.

"Graças a Deus", pensou Sebastian.

Isso significava que teria o dia todo a seu dispor. Já era alguma coisa. Mas por onde começaria a agir?

Um toque no cotovelo despertou-o de suas elucubrações. O criado curvava-se para ele, oferecendo-lhe, numa salva de prata, duas cartas. Sebastian pegou-as. Uma era de Susan. Impaciente, guardou-a no bolso, sem abrir, e olhou para a segunda. O envelope estava escrito numa caligrafia desconhecida, e o selo era italiano.

De quem poderia ser...? E, então, despontou-lhe uma esperança, que cresceu e, num minuto, se transformou em convicção, certeza absoluta de que a carta era do homem da galeria de arte, explicando que se equivocara, pedindo mil desculpas e enviando um cheque... Ansioso, abriu o envelope e desdobrou a folha de papel comercial barato e olhou a assinatura: "Bruno Rontini". Seu desapontamento se transformou num súbito acesso de raiva. Aquele idiota, que acreditava no Vertebrado Gasoso, aquele Jesus rastejante, que tentava converter os outros às suas próprias idiotices! Sebastian já ia guardar a carta no bolso quando resolveu verificar o que o homem tinha a dizer, afinal:

"Caro Sebastian", leu. "Ao regressar ontem, soube da triste notícia, triste por muitas razões, da morte do pobre Eustace. Não sei se seus planos sofreram alguma alteração pelo que aconteceu, mas, se vai ficar em Florença, lembre-se de que sou um de seus mais antigos moradores e também primo afastado, e que terei prazer em orientá-lo em seus passeios. Você poderá me encontrar no meu apartamento pela manhã e à tarde na loja."

"Na loja", repetiu Sebastian com ironia, "e pode apodrecer ali." E, de repente, lhe ocorreu que talvez esse idiota lhe pudesse ser útil. Um comerciante de livros, um comerciante de quadros, havia grande possibilidade de que se conhecessem. Weyl poderia estar disposto a prestar um favor a um colega; e tio Eustace havia dito que o velho Bruno era um sujeito muito bacana, a despeito de suas idiotices. Pensativo, Sebastian dobrou a carta e guardou-a no bolso.

25

Sim, o universo inteiro ria com ele. Uma risada cósmica diante da piada cósmica da própria frustração universal; gargalhada de polo a polo diante da antiga e mundial comédia bufa de desgraças que acompanha as boas intenções. Um contraponto de inúmeras hilariedades — vozes de Voltaire, ganindo em ríspido e agudo triunfo diante das atônitas agonias da estupidez e da idiotice; vastas vozes de Rabelais, como fagotes e contrabaixos, regozijando-se com tripas e excrementos e copulações, ressoando, deleitadas, com o espetáculo da vulgaridade, da inevitável animalidade.

Em uníssono com o divertimento universal, ele ria a bandeiras despregadas, durante longos períodos de prazer crescente, períodos de exaltação e alegria cada vez mais intensos. E, entretanto, voltava a luz, voltava o cristal de silêncio luminoso, imóvel e brilhante em todos os interstícios desse riso cortante. Nem um pouco assustadora, desta vez, a luz aparecia numa suave tonalidade azul, terna, como quando ele surpreendera Bruno executando seus truques com ela. Um silêncio carinhoso, azul, onipresente, a despeito dos ganidos e dos contrabaixos, mas presente sem premência; belo, não com aquela intensidade austera e insuportável, mas súplice, como se estivesse pedindo humildemente para ser notado. E não havia participação no conhecimento dessa luz, nenhuma compulsão pessoal para sentir vergonha ou condenação. Apenas essa ternura. Mas Eustace não se deixaria enredar com tanta facilidade; Eustace estava armado de antemão contra todos os pequenos estratagemas dessa luz. À súplica daquele cristal azul de silêncio, ele oporia apenas as explosões de sua ironia, cada vez mais estrondosas à medida que a luz se tornasse mais ternamente bela e o silêncio solicitasse sua atenção com mais e maior humildade, meiguice e carinho. Não, não, nada disso! Pensou mais uma vez nos Triunfos da Educação, os Triunfos da Ciência, da Religião, da Política, e seu divertimento atingiu uma espécie de exaltação frenética, um paroxismo seguido do paroxismo cósmico. Que prazer, que poder e glória! Mas, de repente, Eustace percebeu que o riso já estava fora de seu controle, tornara-se uma imensa histeria autônoma, persistindo contra a sua vontade e a despeito da dor física que lhe causava, persistindo animado de vida própria, alienada da sua, movido por um propósito próprio, inteiramente incompatível com o seu bem-estar.

Lá fora, aqui dentro, o silêncio brilhava com uma ternura azul, súplice. Mas nada disso, não queria saber nada disso! A luz era sempre sua inimiga. Sempre, quer fosse azul ou branca, rosada ou esverdeada. Foi sacudido por outra longa e torturante convulsão de hilariedade.

Então, abruptamente, houve um deslocamento de percepção. Uma vez mais se recordava de algo que ainda não tinha acontecido a alguém.

Estremecendo em meio à epilepsia universal, apareceu-lhe uma janela aberta. E lá estava John, de pé, junto à janela, olhando para a rua. E que confusão lá em baixo, que gritaria naquela nuvem dourada de poeira! Rostos escuros, bocas abertas, disformes, mãos escuras, de punhos fechados ou dedos recurvos como garras. Milhares e milhares deles. E, da praça iluminada pela forte luz do sol, da estreita rua lateral diante da janela, esquadrões de policiais usando turbantes, de barbas negras, abriam caminho por entre a multidão, brandindo seus longos bastões de bambu, atingindo a cabeça e os ombros, os ossos dos pulsos magros, erguidos para proteger os rostos assustados que gritavam — golpe atrás de golpe, metodicamente. Houve outra convulsão. As figuras tremeram e se quebraram, como imagens numa poça de água agitada, e depois se uniram de novo, à medida que as gargalhadas frenéticas foram desaparecendo. Lá em cima, a ternura azul não era meramente o céu, mas o cristal brilhante de silêncio vivo. Metodicamente os policiais continuavam o espancamento. A ideia daqueles impactos duros ou abafados era tão nítida que provocava náuseas.

"Horrível!", dizia John entre dentes. "Horrível!"

"Seria um quadro mil vezes pior se os japoneses entrassem em Calcutá", comentou outra voz.

Devagar, com relutância, John concordou, balançando a cabeça.

O profissional liberal justificando um ataque dos *lathi*! Houve outro movimento convulsivo e depois mais outro. O riso fustigava Eustace, como as rajadas de um furacão contra as velas rotas de um barco; continuava a escarvar fundo a própria substância de seu ser, como se fossem dentes ou garras de ferro. Mas, em meio a esse tormento, percebia vagamente que, bem debaixo da janela, havia caído inconsciente um rapaz, derrubado por um golpe nas têmporas. Dois outros jovens se curvavam sobre ele. De repente, por entre os ganidos e os fagotes, estava a lembrança, por assim dizer, de gritos lancinantes e a aterradora repetição de uma frase incompreensível. Uma fileira de capacetes de aço marchava em frente, cruzando a praça. Houve um surto de pânico na multidão, que fugia do perigo que se aproximava. Empurrados pela onda humana, cambaleantes, os dois jovens ainda assim conseguiram levantar o companheiro do chão. Como num rito misterioso, o corpo inerte do rapaz foi erguido à altura dos ombros, em direção à ternura azul súplice do silêncio. Por alguns segundos apenas. Em seguida, a avalanche da multidão apavorada os derrubou. Os salvadores e o que havia sido salvo desapareceram, engolfados pelo pisoteio e a sufocação. Cega de terror, a turba ia em frente. Um vendaval de riso cortante e desprovido de alegria varreu a todos. Só permaneceu o silêncio luminoso, terno, suplicante. Mas Eustace estava alerta para todos os seus truques.

E, de súbito, havia outro rosto ensanguentado. Não o rosto de um rapaz indiano, desconhecido, mas o rosto de Jim Poulshot, quem diria! Sim, Jim Poulshot! Aquele escaninho vazio que estava tão obviamente destinado a conter o corretor da Bolsa razoavelmente exitoso de 1949. Mas Jim estava de farda, estendido aos pés de uma touceira de bambu, e três ou quatro homens amarelos, de pequeno porte, armados de fuzis, estavam de pé em volta dele.

"Ferido", Jim insistia em dizer em voz fraca e alquebrada. "Tragam médico, depressa! Ferido, ferido..."

Os três homens amarelos, de pequeno porte, quase ao mesmo tempo soltaram fortes e bem-humoradas gargalhadas. E, movido por certa espécie de compaixão secreta, o universo tremeu e uivou em coro.

Então, de repente, um dos amarelos ergueu um pé e pisou com força o rosto de Jim. Ouviu-se um grito. O tacão da pesada bota de sola de borracha desceu outra vez e, com mais violência ainda, uma terceira vez. O sangue jorrava da boca e do nariz mutilados. O rosto estava praticamente irreconhecível.

Eustace sentiu horror, lástima, indignação — mas, no mesmo instante, uma rajada de riso frenético prendeu-se ao seu ser, como garras. "O escaninho vazio", suas lembranças continuaram uivando de riso e, depois, com alegria irreprimível. "O corretor da Bolsa de 1949, o razoavelmente bem-sucedido corretor da Bolsa."

Debaixo dos bambus, o corretor da Bolsa de 1949 jazia imóvel, gemendo.

Debaixo do bambu
Debaixo do bambu
Provavelmente prisão de ventre...

O realejo na porta da Pretoria de Kensington e a explicação de Timmy sobre o que acontecera no campo de críquete.

Provavelmente pris,
Provavelmente pris...

Entre os homenzinhos amarelos fizera-se um breve silêncio de maldoso regozijo. Depois, um deles disse algo e, para exemplificar o que dizia, enfiou sua longa baioneta no peito de Jim Poulshot. Rindo, os outros o imitaram: na face, no ventre, na garganta e nos genitais, uma e outra vez, até cessar o último grito. Cessar o último grito. Mas o riso persistia — o uivo, a epilepsia, a gargalhada incontrolável e lancinante.

E, enquanto isso, a cena se repetia. O rosto sangrento, o horror das baionetas, mas tudo misturado de certa forma com Mimi no seu quimono cor de clarete. *Adesso comincia la tortura* — e depois as carícias, o manuseio, as apalpadelas. E, ao mesmo tempo, o pisoteio, as estocadas. São Sebastião entre as flores vitorianas e a pobre e querida Amy, trêmula diante do Tabelião de Kensington, e Laurina em Monte Carlo. *Ave verum corpus,* o verdadeiro corpo, a boca de lábios finos, vitoriana, os olhos castanhos e cegos dos seios. E, enquanto as baionetas davam suas repetidas estocadas, havia a vergonhosa irrelevância de um prazer que morria, por fim, numa fricção reiterada e fria, automática, compulsória. E o tempo todo os ganidos e os fagotes, os dentes de ferro a escarvar e a ferir a própria substância do seu ser. Para todo o sempre, excruciantemente. Mas ele sabia quais eram as pretensões da luz.

Sabia o que aquela ternura azul do silêncio lhe implorava que fizesse. Não, não, nada disso! Voltou-se outra vez e deliberadamente em direção ao quimono entreaberto, à fase mutilada e irreconhecível, à dor intolerável do ridículo e da luxúria compulsiva e autoimposta, para todo o sempre, eternamente.

26

Havia quase tantos degraus quanto em Glanvil Terrace, mas por fim chegou ao patamar do quinto andar. Antes de tocar a campainha, Sebastian parou para recobrar o alento e para se obrigar a lembrar que, nesta ocasião, a náusea que sentia junto ao umbral da porta era inteiramente injustificada. Quem era Bruno Rontini, afinal? Apenas um afável velho idiota, demasiado decente, ao que constava, para ser sarcástico ou crítico, e um completo e total estranho, a despeito de seu vago parentesco, para ter o direito de dizer coisas desagradáveis, ainda que o quisesse. Além disso, não era o caso dele, Sebastian, vir confessar-lhe seus pecados, nem nada parecido. Não, não. Não pediria ajuda nesses termos. Seria uma simples questão de se referir ao assunto por acaso, como se não fosse realmente tão importante afinal. "Por falar nisso, conhece um cara chamado Weyl?" E assim por diante, de leve, despreocupadamente. E, uma vez que Bruno não era o seu pai, não haveria interrupções desagradáveis. Tudo se resolveria sem problemas. De modo que não havia nenhuma justificativa real para se sentir tão mal do estômago. Sebastian respirou fundo três vezes e depois apertou a campainha.

A porta se abriu quase no mesmo momento, e ali estava o velho Bruno, estranhamente cadavérico e de fisionomia adunca, num suéter cinzento e de chinelos de pano carmesim. Seu rosto se iluminou num sorriso de boas-vindas.

"Que bom!", disse. "Que bom!"

Sebastian tomou-lhe a mão estendida, murmurou algo a respeito de ter sido muito amável de sua parte escrever-lhe, e, depois, evitou olhá-lo de frente, num excesso daquela timidez que sempre o atacava ao falar com estranhos. Mas, durante esse tempo, dentro de sua cabeça, o observador e o fazedor de frases estavam trabalhando intensamente. Notara que, à luz do dia, os olhos eram azuis e muito brilhantes. Fogueiras azuis em taças de osso, vívidos não apenas com percepção e, certamente, não com a curiosidade inumana e distante que brilhava nos olhos escuros da sra. Thwale quando, ontem à noite, ela ligara a luz, de repente, e ele a vira, apoiada nas mãos e nos joelhos, cobrindo-o como um arco de carne branca. Por um longo meio minuto, ela o havia fitado, sorrindo sem dizer palavra. Microscópico, nas pupilas negras e brilhantes, ele podia ver seu próprio pálido reflexo. "'Idiota leigo da natureza, eu te ensinarei a amar'", havia dito ela, por fim. Então, a máscara de pureza franziu-se numa careta, ela soltou o pequeno e estertório grunhido que era sua gargalhada, estendeu o braço delgado para a lâmpada e, uma vez mais, o quarto mergulhou nas trevas. Com esforço, Sebastian exorcizou essas lembranças. Ergueu de novo o rosto para aqueles olhos brilhantes e serenos, extraordinariamente afáveis.

"Sabe", disse Bruno, "estava quase à sua espera."

"À minha espera?"

Bruno fez um gesto afirmativo com a cabeça, depois virou-se e atravessou o vestíbulo escuro, do tamanho de um armário de louça, que conduzia a um pequeno quarto e sala conjugados, em que os únicos artigos de luxo eram a vista das longínquas montanhas além dos telhados da cidade, e um quadrado de luz do sol, brilhando como um rubi gigantesco no chão de ladrilhos.

"Sente-se." Bruno indicou a mais confortável de duas cadeiras, e depois, quando estavam sentados, disse pensativo, após uma pausa: "Pobre Eustace!". Sebastian notou que Bruno tinha o hábito de deixar pausas entre as frases, de modo que tudo o que dizia estava enquadrado, por assim dizer, numa moldura de silêncio. "Conte-me como aconteceu."

Ofegante e com certa incoerência, devido à timidez, Sebastian começou a contar a história.

Uma expressão de tristeza surgiu no rosto de Bruno.

"Tão de repente!", disse ele, quando Sebastian terminou. "Tão inteiramente inesperado!"

As palavras fizeram com que Sebastian se sentisse deliciosamente superior. Por dentro, sorriu com ironia. Era incrível, mas o velho idiota parecia acreditar de fato no fogo do inferno e na Morte Santa. Com uma cara ensaiadamente séria, mas no íntimo ainda rindo-se, ergueu a cabeça e deu com os olhos azuis que fitavam seu rosto.

"Pensa que isso é engraçado?", disse Bruno, depois do segundo costumeiro deliberado silêncio.

Surpreso, Sebastian corou e gaguejou.

"Mas eu nunca... Quero dizer, realmente..."

"Você quer dizer o que todo mundo diz hoje em dia", interpôs o outro, em sua voz tranquila. "Ignore a morte até o último momento. Então, quando não a puder ignorar mais, encha-se de morfina e embarque em um coma para o outro lado. Inteiramente sensato, humano e científico, não é?"

Sebastian hesitou. Não queria ser rude, porque, afinal de contas, queria que o velho asno o ajudasse. Além disso, temia entrar numa polêmica em que estava fadado, por sua timidez, a fazer papel de tolo. Ao mesmo tempo, uma asneira nunca deixava de ser uma asneira.

"Não vejo nada de errado nisso", disse cautelosamente, mas com uma leve sugestão de agressividade.

Sentado ali, amuado e distante, esperou que o outro argumentasse. Mas a resposta não veio. Preparada para o ataque, sua resistência se deparou com um silêncio amistoso e se tornou, de certa forma, absurda e irrelevante.

Por fim, Bruno falou, afinal:

"Suponho que a sra. Gamble em breve organizará uma de suas sessões mediúnicas."

"Já a realizou", disse Sebastian.

"Pobre senhora! Que necessidade de se reassegurar!"

"Mas, devo dizer que... bem, a coisa é bastante convincente, não acha?"

"Ah, claro. Algo acontece, se é isso que quer dizer."

Lembrando-se do comentário da sra. Thwale, Sebastian deu um risinho de conhecedor do assunto.

"Algo bastante impudente", disse.

"Impudente", repetiu Bruno, surpreso, erguendo os olhos para Sebastian. "Que palavra estranha. O que o fez pensar nessa palavra?"

Sebastian sorriu, sem jeito, e baixou os olhos.

"Não sei", disse. "Me pareceu a palavra adequada, só isso."

Houve outro silêncio. Através da manga do casaco, Sebastian apalpou o lugar onde ela deixara a marca dos dentes. Ainda lhe doía ao tocar. Dois canibais no hospício. E então se lembrou do maldito desenho, e o tempo estava passando, passando. Diabo! Como ia focar no assunto?

"Impudente", Bruno repetiu, pensativo. "Impudente... E, no entanto, você não vê necessidade de preparar-se para a morte?"

"Bem, ele parecia totalmente feliz", respondeu Sebastian, na defensiva. "Sabe como é, alegre e divertido, como era em vida. Isto é, se de fato *era* o tio Eustace."

"*Se*", repetiu Bruno. "*Se*..."

"O senhor não acredita?...", indagou Sebastian, espantado.

Bruno inclinou-se para frente e pôs as mãos nos joelhos do garoto.

"Vamos tentar esclarecer bem este assunto", disse. "O corpo de Eustace, mais algum fator x, desconhecido e incorpóreo, é igual a Eustace. E para efeito de discussão, admitamos que o pobre Eustace era tão feliz e jovial quanto você acha que parecia. Muito bem. Chega um momento em que o corpo de Eustace é eliminado. Mas, em vista do que aconteceu na sessão da sra. Gamble, somos forçados a acreditar que o fator x persiste. No entanto, antes de ir mais longe, indaguemos sobre o que de fato aprendemos na sessão. Aprendemos que o fator x mais o corpo da médium é igual a um pseudo-Eustace temporário. Isso é um fato constatado. Mas o que é exatamente o fator x? E o que acontece a x quando não está conectado com o corpo da médium? O que acontece com x?", insistiu.

"Só Deus sabe."

"Precisamente. Portanto, não tenhamos a pretensão de saber. E não incorramos na falácia de crer que, devido ao fato de o fator x mais o corpo da médium se apresentar feliz e jovial, o fator x, isoladamente, deve ser também feliz e jovial." Retirou as mãos dos joelhos de Sebastian e recostou-se na cadeira. "A maior parte das consolações oferecidas pelo espiritismo", continuou depois de uma pequena pausa, "parece depender de uma lógica deficiente, tirando conclusões equivocadas dos fatos observados nas sessões. Quando a velha senhora Gamble escuta falar de Summerland e lê sir Oliver Lodge, sente-se assegurada, convencida de que o outro mundo será igual a este. Mas na realidade Summerland e Lodge são perfeitamente compatíveis com Catarina de Gênova e...", hesitou, "sim, até com o *Inferno*."

"*Inferno*?", repetiu Sebastian. "Mas seguramente o senhor não imagina...?" E, fazendo um último esforço desesperado para se convencer de que Bruno não passava de um velho idiota, riu em voz alta.

Sua risadinha caiu num abismo de silêncio benevolente.

"Não", disse por fim Bruno. "Não creio na condenação eterna. Mas não por quaisquer razões que possa descobrir indo a sessões espíritas. E muito menos por quaisquer razões que possa descobrir na vida diária neste mundo. Por outras razões. Razões conectadas com o que sei sobre a natureza..."

Parou, e, com um sorriso de antecipação, Sebastian esperou que ele soltasse a palavra "Deus".

"... do Vertebrado Gasoso", continuou Bruno. Deu um sorriso triste. "Pobre Eustace! Sentia-se tão mais a salvo chamando-o assim. Como se mudar o nome alterasse o fato. E, no entanto, estava sempre fazendo troça das pessoas que usam linguagem desabrida."

"Agora vai começar sua campanha de conversão", pensou Sebastian.

Mas, em lugar disso, Bruno se levantou, foi até a janela e, sem dizer nada, habilmente pegou a mosca varejeira que estava zunindo contra a vidraça e a jogou para fora, dando-lhe a liberdade. Ainda junto à janela, virou-se e falou:

"Alguma coisa o está preocupando, Sebastian; o que é?"

Assaltado por uma suspeita que lhe causou pânico, Sebastian sacudiu a cabeça, assustado.

"Não, nada", insistiu em negar. Mas, um instante depois, já se maldizia por haver perdido a oportunidade.

"E no entanto foi para falar disso que você veio aqui."

O sorriso que acompanhou essas palavras não tinha nenhum rasgo de ironia, nem de paternalismo. Sebastian tranquilizou-se.

"Bem, na realidade...", hesitou por um segundo ou dois, e depois forçou uma pequena risada meio teatral. "Sabe", disse, numa tentativa de se mostrar jovial, "me trapacearam. Trapacearam", repetiu enfático; pois de repente percebera como poderia contar a história sem referir-se à descoberta do sr. Tendring ou a seus humilhantes fracassos em contar a verdade. Contaria o caso apenas como a história da inexperiência confiante e (sim, tinha de admiti-lo) da infantilidade vergonhosamente exploradas que agora pediam ajuda.

Ganhando mais confiança à medida que prosseguia, contou uma versão revisada do que acontecera.

"Oferecendo-me mil liras, quando havia vendido ao tio Eustace por sete!", concluiu indignado. "É pura e simples trapaça."

"Bem", disse Bruno devagar, "esses negociantes têm padrões éticos peculiares." E poderia ter acrescentado, pelo testemunho de um encontro prévio com o homem, que nenhum outro comerciante era tão peculiar em sua ética quanto Gabriel Weyl. Mas nada se ganharia com isso, e, talvez, algum dano grave pudesse resultar se contasse a Sebastian o que sabia. "Mas, neste ínterim", prosseguiu, "o que pensa disso o pessoal da casa? Com certeza estão preocupados."

Sebastian sentiu que enrubescia.

"Preocupados?", perguntou, esperando e fingindo não entender o que estava sendo sugerido.

"Preocupados com a forma como o desenho desapareceu. E você também deve estar bastante preocupado com isso, não é?"

Houve uma pausa. Então, sem falar, o garoto confirmou com a cabeça.

"É difícil tomar qualquer decisão", disse Bruno com suavidade, "quando não se conhecem todos os fatos relevantes."

Sebastian sentiu-se profundamente envergonhado.

"Desculpe", sussurrou. "Devia ter explicado..."

Acabrunhado, começou a fornecer os detalhes que antes omitira. Bruno ouviu até o fim, sem fazer comentários.

"E você de fato tinha a intenção de contar tudo à sra. Ockham?", indagou.

"Estava justamente começando", insistiu Sebastian, "quando mandaram chamá-la."

"Você não pensou em contar à sra. Thwale?"

"À sra. Thwale? Oh, céus, não!"

"Por que 'céus, não'?"

"Bem..." Confundido, Sebastian procurou uma resposta plausível. "Não sei. Quero dizer, o desenho não lhe pertencia; ela não tinha nada com isso."

"E no entanto você diz que foi ela quem suspeitou da garotinha."

"Sim, eu sei, mas..." Dois canibais no hospício; e, quando a luz se acendeu, os olhos brilhavam com a expressão de quem aprecia uma comédia por entre as cortinas do mais exclusivo dos camarotes.

"O fato é que nunca pensei nisso."

"Compreendo", disse Bruno, e ficou em silêncio por alguns instantes. "Se conseguir recuperar o desenho para você", continuou, finalmente, "você promete ir direto à sra. Ockham e contar-lhe toda a história?"

"Prometo!", exclamou Sebastian, apressado.

O outro ergueu a mão angulosa.

"Calma, calma! Promessas são coisas sérias. Tem certeza de que poderá cumprir essa?"

"Absoluta!"

"Simão Pedro também tinha. Mas os galos têm o hábito de cantar nos momentos mais inconvenientes..."

Bruno sorriu de bom humor, mas, ao mesmo tempo, com uma espécie de ternura penalizada.

"Como se eu estivesse doente", pensou Sebastian, olhando para o rosto do outro, e ficou comovido e chateado.

Comovido por tanta solicitude e chateado pelo que isso sugeria, a saber, que ele estava doente (mortalmente doente, a julgar pela expressão dos brilhantes olhos azuis), doente de incapacidade para cumprir uma promessa. Mas de fato isso já era demais.

"Bem", continuou Bruno, "quanto mais rápido nos pusermos em ação, melhor, não é?"

Despiu o suéter e tirou do armário um velho paletó marrom. Depois, sentou-se para calçar os sapatos. Curvado sobre os cadarços, começou a falar:

"Quando cometo um erro", disse, "ou simplesmente faço alguma estupidez, acho muito útil fazer não propriamente uma lista de prós e contras, não. Seria mais parecido a uma genealogia da falha. Quem ou o que foram os seus pais, ancestrais, colaterais? Quais os seus prováveis descendentes? Na minha vida e na dos outros? É incrível como uma pequena investigação honesta vai longe. Desce até os esgotos cheios de ratos do nosso próprio caráter. Recua até a história do passado. Penetra no mundo que nos cerca. Avança para possíveis consequências. Obriga a pessoa a perceber que nada do que se faz é desprovido de importância, e que nada é totalmente privado." Bruno atou o último nó e se levantou. "Bem, penso que é só", disse, ao pôr o paletó.

"Há o dinheiro", murmurou Sebastian, meio sem jeito. Tirou do bolso a carteira de dinheiro. "Só me sobraram mil liras, mais ou menos. Se o senhor puder me emprestar o resto... Eu o devolverei o mais rápido possível..."

Bruno pegou o maço de notas e devolveu uma delas ao garoto.

"Você não é um franciscano", disse. "Pelo menos por enquanto — embora um dia, quem sabe, num simples ato de autodefesa contra si mesmo..." Deu um sorriso quase travesso e, enfiando o resto do dinheiro num bolso da calça, apanhou o chapéu.

"Acho que não vou demorar muito", disse, voltando-se da porta. "Aí há muitos livros para se distrair, isto é, se necessitar sonífero, o que espero não ser o caso. Sim, espero que não", repetiu com súbita e insistente seriedade. Depois, deu as costas e saiu.

A sós, Sebastian voltou a se sentar.

A coisa havia saído bem diferente, é claro, do que imaginara, mas o resultado fora muito bom. Melhor até do que esperava, exceto que *de fato* preferiria não ter começado contando aquela versão revista do que acontecera. Com a esperança de fazer um papel melhor, teve de admitir, depois, de forma abjeta e humilhante, que não era verdade. Qualquer outra pessoa teria aproveitado a oportunidade para lhe dar uma tremenda lição de moral. Mas Bruno não. Sentia-se profundamente agradecido pela tolerância daquele homem. Ter a decência de ajudá-lo, sem primeiro pregar-lhe um sermão. E não era um idiota, afinal. O que havia dito sobre a genealogia de uma falta, por exemplo.

"A genealogia de uma falta", sussurrou no silêncio. "A árvore genealógica."

Começou a pensar nas mentiras que já havia pregado e em todas as suas ramificações e antecedentes, seus derivados e consequências. Não devia ter pregado essas mentiras, naturalmente, mas, por outro lado, se não fosse pelos princípios idiotas de seu pai, não seria forçado a fazê-lo. E se não fosse pelas favelas e pelos homens ricos com charutos, como o pobre tio Eustace, seu pai não teria esses princípios idiotas. E, no entanto, tio Eustace fora inteiramente bondoso e correto. Enquanto o professor antifascista... não confiava nem um pouco nele. E como eram chatos quase todos os esquerdistas de classe inferior, amigos de seu pai! Indescritivelmente enfadonhos! Enfadonhos e chatos para ele, lembrou-se, e provavelmente a culpa era toda sua. Do mesmo modo que era culpa sua que o traje a rigor parecesse tão absolutamente imprescindível: porque outros rapazes o tinham, porque aquelas garotas estariam na festa de Tom Boveney. Mas não devia levar em conta o que os outros faziam ou pensavam; e as garotas terminariam sendo apenas mais um pretexto para seus devaneios sensuais, que estavam fadados, desde a noite anterior, a ser perseguidos pela lembrança daquela impudência e daquela loucura inimagináveis que experimentara. Canibais no hospício — e a porta do manicômio tinha se trancado para a última oportunidade de dizer a verdade. Entretanto, numa cabana de camponeses, no remoto e abandonado extremo do jardim, uma criança em pranto estava, talvez neste mesmo momento, protestando sua inocência sob furioso interrogatório. E quando as pancadas e as ameaças não conseguissem arrancar dela a informação que não possuía, aquela velha diaba da sra. Gamble insistiria em chamar a polícia, e todos seriam interrogados, todos — ele também. Seria capaz de se aferrar à sua história? E se lhes desse na cabeça ir falar com Weyl, que motivos teria *ele* para ocultar a verdade? E então... Sebastian estremeceu. Mas, agora, felizmente, o velho Bruno viera em seu socorro. O desenho seria recuperado;

ele contaria tudo à sra. Ockham irresistivelmente, de modo que ela começaria a chorar e a dizer que ele era exatamente como Frankie, e tudo terminaria bem. Os filhos da sua mentira ou não nasceriam, ou seriam asfixiados no berço, e a própria mentira desapareceria como se nunca tivesse existido. De fato, do ponto de vista prático, podia-se dizer agora que nunca *tinha* existido.

"Nunca", Sebastian disse enfaticamente para si mesmo, "nunca."

Seu ânimo melhorou, ele começou a assobiar e, de repente, num rasgo de inspiração intensamente agradável, percebeu como se encaixava bem no esquema de seu novo poema essa ideia da genealogia dos erros. Átomos organizados, mas caos nas moléculas reunidas numa pedra. Células vivas, órgãos e todo o funcionamento fisiológico, tudo organizado, mas o caos no comportamento humano. E no entanto, mesmo nesse caos, havia leis e lógica; havia uma geometria da própria desintegração. O quadrado da luxúria era igual, por assim dizer, à soma dos quadrados da vaidade e da indolência. A distância mais curta entre dois desejos é a violência. E quanto às mentiras que andara pregando? E as promessas quebradas e as traições? Em sua mente se foram formando as frases:

> *Belial de lábios sensuais e a Avareza,*
> *Expondo um esfíncter hermético, voluptuosamente*
> *Dão o demorado beijo de Judas...*

Tirou o lápis e o bloco de anotações do bolso e começou a escrever "... o demorado beijo de Judas". E depois de

Judas, a crucificação. Mas a morte tem muitos ancestrais além da cobiça e da falsidade, muitas outras formas além do martírio voluntário. Lembrou-se de um artigo que tinha lido a respeito do caráter da próxima guerra. Escreveu:

> *E as crianças mortas, estiradas nas ruas,*
> *Como lixo, depois que os artilheiros fizeram seu serviço...*
> *Estas, o suave indolente assassina enquanto dorme*
> *E Calvino, pai de mil putas,*
> *Assassino nos púlpitos, com lógica, por um silogismo...*

Uma hora mais tarde, a chave girou na fechadura. Sobressaltado e ao mesmo tempo irritado com a importante interrupção, Sebastian voltou das profundezas de sua absorvente abstração e olhou para a porta.

Bruno fitou-o nos olhos e sorriu.

"*Eccolo!*", disse, erguendo um embrulho de papel pardo retangular e fino.

Sebastian olhou para o embrulho e, por um segundo, não conseguiu identificá-lo. Depois percebeu o que era, mas havia de tal maneira se convencido de que Bruno conseguiria o desenho e de que todos os seus problemas estavam resolvidos que o fato em si de ver o desenho o deixou indiferente.

"Ah, isso", disse, "o Degas." Em seguida, tomando consciência de que a mera boa educação exigia que demonstrasse gratidão e alegria, levantou a voz e exclamou: "Ah! Muito obrigado, muito obrigado! Nunca poderei... Isto é, o senhor foi tão extremamente gentil...".

Bruno o olhou sem dizer nada. "Um pequeno querubim de calças de flanela cinzenta", repetiu para si mesmo, lembrando-se da frase que Eustace usara na estação. E era isso mesmo. Aquele sorriso angelical, a despeito de ser premeditado. Havia uma espécie de inocência encantadora e sobrenatural no garoto, mesmo naquele momento, quando estava evidentemente representando um papel. E, a propósito, por que representava um papel? Considerando o pânico que sentira uma hora atrás, por que não se sentia de fato alegre e agradecido? Examinando o rosto delicado e bonito que tinha diante de si, Bruno procurou em vão uma resposta para suas perguntas. Tudo o que pôde encontrar ali foi a realidade nua e crua daquela ingenuidade angelical brilhando encantadoramente através da hipocrisia infantil, aquela falta de maldade mesmo na astúcia calculada. E, devido a essa ausência de maldade, as pessoas sempre o amariam — sempre, sem se importarem com o que ele poderia ser levado a fazer ou deixar de fazer. Mas essa não era, de modo algum, a pior nem a mais perigosa consequência de ser um anjo — mas um anjo caído, privado da visão beatífica, desconhecendo, na verdade, a própria existência de Deus. Não. A consequência mais perigosa era que, fizesse o que fizesse ou deixasse de fazer, ele próprio teria a tendência, devido à beleza de sua inocência intrínseca, de poupar-se às saudáveis agonias da contrição. Sendo angelical, seria amado, não só por outras pessoas, mas também por ele mesmo, em quaisquer circunstâncias, com um amor inexpugnável a qualquer força, exceto uma desgraça de enormes proporções. Bruno se sentiu dominado por uma profunda compaixão. Sebastian, o alvo predestinado, o delicado e radiante objetivo final de Deus sabe quantas flechas futuras — prazeres penetrantes, êxitos envenenados por elogios e com arestas para penetrar e permanecer; e depois, se a Providência fosse misericordiosa o suficiente para enviar um antídoto, dores, humilhações e derrotas...

"Escrevendo?", perguntou afinal, notando o bloco e o lápis e tomando-os como pretexto para quebrar o longo silêncio.

Sebastian corou e os guardou rápido no bolso.

"Fiquei pensando no que o senhor falou antes de ir-se", respondeu. "Sabe, a respeito de as coisas terem genealogias..."

"E você esteve elaborando a genealogia de seus próprios erros?", perguntou Bruno, esperançoso.

"Bem, não exatamente. Estava... Bem, sabe, estou escrevendo um poema, e isso pareceu encaixar tão bem..."

Bruno pensou na entrevista que acabara de ter, e sorriu com uma ponta de amargura. Gabriel Weyl tinha acabado por ceder, mas a rendição não fora nada cavalheiresca. Contra sua vontade, pois tinha feito o possível para esquecê-los, Bruno se viu recordando os palavrões que ouvira, os gestos inflamados daquelas mãos hirsutas e tão bem tratadas, o rosto desfigurado e pálido de fúria. Suspirou e colocou o chapéu e o desenho na estante e sentou-se.

"O Evangelho da Poesia", disse devagar. "No princípio eram as palavras, e as palavras estavam com Deus, e as palavras *eram* Deus. Aqui termina a primeira, a última e a única lição."

Fez-se silêncio. Sebastian sentava-se imóvel, com o rosto voltado para o chão. Sentia-se envergonhado e ao mesmo tempo sentia raiva de que o fizessem sentir-se assim. Afinal, que havia de mal na poesia? E por que cargas-d'água não deveria escrever, se tinha vontade?

"Posso ver o que escreveu?", perguntou Bruno finalmente.

Sebastian corou de novo e resmungou algo a respeito de o poema ainda não estar bom; mas, depois, lhe entregou o bloco.

"'Belial de lábios sensuais'", começou a ler Bruno em voz alta; depois continuou a leitura em silêncio. "Bom!", exclamou quando terminou. "Quem me dera saber expressar-me com essa força. Se fosse capaz disso", acrescentou com um sorrisinho, "talvez você tivesse usado o seu tempo para elaborar a sua própria genealogia, em vez de escrever algo que pode induzir outros a elaborar a deles. Mas, naturalmente, você tem a sorte de ter nascido poeta. Ou será a infelicidade?"

"Infelicidade?", repetiu Sebastian.

"Toda Boa Fada Madrinha é, também, potencialmente a Fada Má."

"Por quê?"

"Porque 'é mais fácil para um camelo passar pelo fundo de uma agulha do que para o rico...'." Deixou a citação em suspenso.

"Mas eu não sou rico", protestou Sebastian, pensando com indignação no que a avareza de seu pai o forçara a fazer.

"Não é rico? Leia seus próprios versos!" Bruno devolveu-lhe o bloco. "E, depois, olhe-se no espelho."

"Ah, compreendo."

"E nos olhos das mulheres, que são espelhos quando chegam bem perto", acrescentou Bruno.

Quando chegam bem perto, assistindo de camarote à comédia, com a microscópica imagem do idiota leigo da natureza refletida em seu brilho irônico. Extremamente inquieto, Sebastian tentava adivinhar o que o homem diria em seguida. Mas, para seu grande alívio, a conversa tomou um rumo menos pessoal.

"E no entanto", continuou refletindo Bruno, "certo número dos que são intrinsecamente ricos *conseguem* passar pelo fundo da agulha. Bernardo, por exemplo. E talvez Agostinho, embora sempre me pergunte se não foi vítima de seu próprio estilo incomparável. E Tomás de Aquino. E, logicamente, Francisco de Sales. Mas são poucos, são poucos. A grande maioria dos ricos fica entalada ou então nem tenta passar. Já leu alguma biografia de Kant?", perguntou, fazendo um parênte. "Ou de Nietzsche?"

Sebastian moveu a cabeça negativamente.

"Bem, talvez seja melhor não ler", disse Bruno. "É difícil evitar a falta de caridade quando as lemos. E Dante, então..." Sacudiu a cabeça e deixou-se ficar em silêncio.

"O tio Eustace falou sobre Dante", informou Sebastian. "Naquela última noite, justamente antes de..."

"Que disse de Dante?"

Sebastian esforçou-se por reproduzir a substância da conversa.

"Ele estava totalmente certo", disse Bruno, quando o garoto terminou. "Exceto, é claro, que Chaucer não é a solução do problema. Ser mundano de um jeito e escrever divinamente bem sobre este mundo não é melhor do que ser mundano e escrever divinamente bem sobre o outro mundo. Não é melhor para quem escreve, quero dizer. Quando se trata do efeito sobre as outras pessoas..." Sorriu e deu de ombros.

"'Que Austin tenha o labor que lhe foi reservado.' Ou:

e la sua volontate è nostra pace;
essa è quel mare, al qual tutto si move,
cio ch'ella crea e che natura face.

Sei qual dos dois *eu* escolheria. Entende Dante, por falar nisso?"

Sebastian negou com a cabeça, mas logo quis compensar sua admissão de ignorância, exibindo-se um pouco.

"Se fosse grego", disse, "latim ou francês..."

"Mas, infelizmente, é italiano", intercalou Bruno com naturalidade. "Mas vale a pena aprender italiano, ainda que seja pelo que esses versos podem fazer por você. E no entanto", acrescentou, "quão pouco contribuíram para o homem que os escreveu! Pobre Dante. Como se congratula todo o tempo por pertencer a uma família tão ilustre! Para não mencionar o fato de que foi o único homem a quem se permitiu visitar o Paraíso antes de morrer. E, mesmo no Paraíso, não consegue parar de se exaltar e de falar contra a política contemporânea. E, quando chega à esfera dos Contemplativos, o que põe na boca de Benedito e Pedro Damião? Não o amor, nem a liberação, nem a prática da presença de Deus. Não, nada disso. Eles passam o tempo todo como Dante passava o seu: denunciando a má conduta dos outros e ameaçando-os com o fogo do Inferno." Triste, Bruno meneou a cabeça. "Que desperdício de tão grande talento; dá até vontade de chorar."

"Por que acha que desperdiçou assim seu talento?"

"Porque queria. E se me pergunta *por que* não parou de querê-lo, mesmo depois de escrever que a vontade de Deus é nossa paz, a resposta é: assim funcionam os gênios. Têm vislumbres da natureza da realidade última e expressam o conhecimento assim adquirido. Expressam-no explicitamente em coisas como '*e la sua volontate è nostra pace*', ou implicitamente, nas entrelinhas, por assim dizer, escrevendo com perfeição. E é claro que se pode escrever com perfeição sobre qualquer assunto, desde a Mulher de Bath até à *affreuse juive* de Baudelaire ou a pensativa Selima de Gray. E, por falar nisso, as afirmações explícitas sobre a realidade não transmitem grande coisa se não são também escritas de forma poética. A beleza é a verdade; a verdade, beleza. A verdade sobre a beleza está nas linhas, e a beleza da verdade está nas entrelinhas. Se as entrelinhas estão vazias, as linhas são apenas... apenas Hinos Antigos e Modernos."

"Ou Wordsworth em seus últimos anos", acrescentou Sebastian.

"Sim, e não esqueça as primeiras obras de Shelley", disse Bruno. "Os adolescentes podem ser tão ineptos quanto os velhos." Sorriu para Sebastian. "Bem, como estava dizendo", continuou em outro tom, "explícita ou implicitamente, os gênios expressam seu conhecimento da realidade. Mas eles mesmos raramente atuam de acordo com esse conhecimento. Por que não? Porque toda a sua energia e atenção estão absorvidas pelo trabalho da composição. Preocupam-se em escrever, não com ser ou fazer. Mas porque só se preocupam em escrever a respeito do seu conhecimento, não conseguem aprender mais."

"O que quer dizer com isso?", perguntou Sebastian.

"Conhecer é proporcional a ser", respondeu Bruno. "Sabe-se em virtude do que se é; e o que se é depende de três fatores: o que se herdou, o que o meio influiu, e o que se decidiu fazer com o meio e com a herança. Um gênio herda uma capacidade extraordinária para compreender a realidade última e expressar o que compreende. Se o meio que o cerca é relativamente favorável, ele será capaz de exercer seus poderes. Mas, se gasta todas as suas energias escrevendo e não tenta modificar seu ser herdado e adquirido à luz do que sabe, não pode jamais chegar a incrementar seu conhecimento. Ao contrário, saberá progressivamente menos em vez de mais."

"Menos em vez de mais?", repetiu Sebastian, questionando.

"Menos em vez de mais", insistiu Bruno. "Quem não está melhorando está piorando, e quem está piorando se encontra numa situação em que só pode saber cada vez menos a respeito da natureza da realidade última. Ao contrário, naturalmente, se alguém melhora e sabe mais, sentirá a tentação de parar de escrever, porque o trabalho absorvente da composição é um obstáculo à maior aquisição de conhecimento. É por isso, talvez, que a maioria dos gênios se esforça tanto por não ser santa, por mera autopreservação. Assim, temos Dante escrevendo linhas angelicais a respeito da vontade de Deus e, logo adiante, dando vazão a seus rancores e vaidades. Temos Wordsworth adorando a Deus na natureza e pregando admiração, esperança e amor, enquanto cultiva, durante toda a sua vida, um egotismo que absolutamente desnorteia as pessoas que o conhecem. Temos Milton, que devotou uma epopeia à primeira desobediência do homem, e que exibiu constantemente um orgulho digno de seu próprio Lúcifer. E, por fim", acrescentou com uma pequena gargalhada, "temos o jovem Sebastian, percebendo a verdade de um importante princípio geral, a interrelação do mal, e usando toda a sua energia não para atuar de acordo, que seria chatíssimo, mas para transformá-lo em verso, o que o satisfaz plenamente. 'Calvino, pai de mil putas' está muito bem, admito; mas algo pessoal e prático poderia ser ainda melhor, não poderia? Contudo, como disse antes: 'No começo eram as palavras, e as palavras estavam com Deus, e as palavras *eram* Deus'." Levantou-se e foi até a porta da cozinha. "E, agora, vamos ver o que se pode conseguir para o almoço."

27

Depois do almoço, fizeram um pouco de turismo pela cidade, e foi com a imaginação dominada pelos afrescos dos murais de São Marcos e dos túmulos dos Médici que Sebastian finalmente se pôs a caminho de casa. O sol já estava baixo quando subiu a estrada íngreme e poeirenta que levava ao palacete; por entre tesouros de sombras azuladas, muros não de pedra ou estuque, mas de âmbar, árvores e gramados que reluziam com uma intensidade sobrenatural. Extremamente feliz, num espírito de vigilância sem esforço ou passividade, como um sonâmbulo de olhos bem abertos, que vê, mas com sentidos que não são propriamente seus, que sente e pensa, mas com emoções que já não têm referência pessoal, com a mente inteiramente livre e incondicionada, Sebastian caminhava pelo esplendor à sua volta e por entre as lembranças do que tão recentemente havia visto e ouvido: os imensos mármores suaves ao toque, os santos diáfanos nas celas caiadas dos mosteiros, as palavras que Bruno dissera quando saíam da capela dos Médici:

"Michelangelo e Fra Angelico, apoteose e deificação."

Apoteose, a personalidade exaltada e intensificada a ponto de a pessoa cessar de ser um simples homem ou mulher e se tornar um deus, um dos Olímpicos, como aquele guerreiro intensamente pensativo, como aqueles grandes titãs lamentando-se acima dos sarcófagos. E, em contraposição à apoteose, a deificação: a personalidade aniquilada na caridade, na união, de modo tal que o homem ou mulher possa dizer: "Não eu, mas Deus que vive em mim".

Entretanto, lá estava aquela cabra de novo, a que estava comendo os brotos de glicínia sob os faróis do carro na primeira noite com o tio Eustace. Mas dessa vez tinha uma rosa já meio mastigada presa no canto da boca, como Carmen, na ópera, e assim foi, ao som imaginário de *"Toreador, toreador"*, que o animal avançou até o portão do jardim e, mastigando a rosa devagar, olhou-o por entre as grades. Nos olhos amarelos, as pupilas eram dois estreitos talhos da mais pura e negra indiferença. Sebastian estendeu o braço e acariciou a longa curva de um perfil nobremente semítico, apalpou os quinze centímetros mornos e musculares da orelha pendente e, em seguida, segurou-lhe os chifres diabólicos. Carmen começou a retroceder, impaciente. Ele segurou os chifres com mais força, tentando puxá-la para a frente. Com um rápido e violento safanão, o animal soltou-se e saiu correndo escadaria acima, sacudindo freneticamente o enorme úbere negro. Quando chegou ao topo da escadaria, deixou cair meia dúzia de bolotas de excremento, e depois esticou o pescoço e colheu outra rosa, para sua aparição no Segundo Ato. Sebastian se virou e continuou andando, em meio aos últimos raios do sol da tarde e de suas lembranças. Como um feliz sonâmbulo. Mas, no mais profundo de sua alma, estava inquieto, pois percebia outras realidades postergadas: as mentiras que havia contado, a entrevista com a sra. Ockham, ainda por realizar-se. E talvez aquela desgraçada criança já tivesse sido interrogada, açoitada, privada de alimento. Mas não. Ele se recusava a abdicar de sua felicidade antes que fosse absolutamente necessário. Carmen, com sua rosa e sua barbicha branca; mármores e afrescos, apoteose e deificação. Por que não apotragose e caprificação? Deu uma gargalhada. E, no entanto, o que Bruno havia dito quando estavam na Piazza del Duomo esperando o bonde o impressionara profundamente. Apoteose e deificação — as únicas saídas para o indescritível tédio, o horror idiota e degradante de ser meramente você, de ser apenas humano. Dois caminhos, mas, na realidade, só o segundo levava a campo aberto. Aparentemente tão mais atraente e promissor, o primeiro levava sempre a um beco sem saída. Sob arcos de triunfo, ao longo de uma avenida de estátuas e fontes, a pessoa marchava com toda a pompa para a última e definitiva frustração — solene e heroicamente, a todo o pano, para o intransponível beco sem saída de seu próprio ego. E o beco era de mármore sólido, naturalmente, e ornamentado com monumentos colossais do seu próprio poder, magnanimidade e sabedoria, mas nem por isso deixava de ser uma parede, como os vícios mais grotescamente hediondos lá no fundo de sua antiga e demasiado humana prisão. Ao passo que o outro caminho... Naquele momento chegara o bonde.

Enquanto se despediam, Sebastian tinha gaguejado:

"O senhor foi incrivelmente gentil", e depois, deixando-se levar pelos seus sentimentos, "me fez ver tantas coisas... Eu tentarei de verdade, tentarei mesmo..."

O crânio castanho e pontudo havia sorrido, e nas profundas órbitas os olhos tinham brilhado com ternura e, mais uma vez, compaixão.

É, repetia Sebastian para si, enquanto o bonde se arrastava ao longo das estreitas ruas em direção ao rio, ele ia realmente tentar. Tentar ser mais honesto, pensar menos em si mesmo. Viver com as pessoas e com os acontecimentos reais, e não apenas com palavras. Que monstro ele era! O ódio a si mesmo e o remorso juntaram-se harmoniosamente aos sentimentos evocados pela luz do sol da tarde e pela fascinante estranheza do que iluminava, pela catedral de São Marcos e pela capela dos Médici, pela bondade de Bruno e pelo que lhe havia dito. Gradativamente, seu estado de espírito foi se transformando, passando da clave original da premência ética para outra clave — da exaltação do arrependimento e das boas resoluções para a bem-aventurança da contemplação poética distanciada, para esta celestial condição de sonambulismo, em que ainda se encontrava ao contornar a última curva da estrada e ver os portões de ferro entre seus altos pilares de pedra, a fileira solene de ciprestes serpenteando até o palacete, fora do alcance de sua visão, do outro lado da curva do morro.

Passou pelo portão de madeira dos pedestres. As pedrinhas do caminho faziam um delicioso ruído debaixo de seus pés, como balas de uva que se partiam.

Andando sobre balas de uva e na imaginação,
Entre recordações de crucifixos e essas joias
De luz horizontal...

De repente, do meio de dois ciprestes, vinte ou trinta metros mais adiante, uma pequena figura negra veio correndo pelo caminho. Com um sobressalto e uma horrível sensação de vazio no estômago, Sebastian reconheceu a garotinha do cesto de ervas daninhas, reconheceu a encarnação de sua ignorada consciência culpada, o mensageiro daquela realidade que, em seu sonâmbulo alheamento, havia esquecido. Ao dar com ele, a criança parou e ficou ali fitando-o com seus olhos negros e redondos. Seu rosto, notou Sebastian, estava mais pálido do que de costume, e era evidente que tinha chorado. Oh, Deus... Sorriu para ela, disse "Alô", e, com a mão, fez um gesto amigo de saudação. Mas antes que desse mais cinco passos, a criança deu meia-volta e, como um animalzinho assustado, fugiu pelo caminho por onde viera.

"Pare!", gritou Sebastian.

Naturalmente, ela não parou, e, quando ele chegou à abertura entre as árvores, a criança já desaparecera. E, mesmo que a seguisse e a encontrasse, refletiu, não adiantaria nada. Ela não entendia inglês e ele não falava italiano. Melancolicamente, Sebastian continuou a caminhar em direção à casa.

Quando entrou, não viu nenhum dos criados, nem ouviu som de vozes na sala de estar. Graças a Deus, o caminho estava livre. Atravessou o vestíbulo na ponta dos pés e começou a subir as escadas. No último degrau parou de repente. Um som lhe chegara aos ouvidos. Em algum lugar, atrás de uma destas portas fechadas, conversavam. Devia enfrentar o bloqueio invisível e continuar ou bater em retirada? Sebastian ainda hesitava quando a porta do quarto que fora do tio

Eustace se abriu, dando passagem à velha sra. Gamble levando o seu cachorrinho num braço, enquanto a sra. Ockham lhe segurava o outro. Seguia-nas uma criatura pálida de aspecto bovino, que Sebastian identificou como sendo a médium. Atrás vinha a sra. Thwale, e logo depois — Oh! Horror dos horrores! —, Gabriel Weyl e mme. Weyl.

"Tão diferente da arte ocidental", dizia Weyl. "Por exemplo, não se deseja *sentir* uma madona gótica, não é mesmo, madame?"

Passou pela sra. Thwale, e a médium e pegou na manga da sra. Ockham.

"Não é mesmo, madame?", insistiu, quando ela se deteve e se virou para ele.

"Bem, na verdade...", disse a sra. Ockham, insegura.

"O que é que ele está dizendo?", perguntou a Rainha-Mãe bruscamente. "Não entendo uma só palavra."

"Aquelas dobras de tecido *trecento*", continuou M. Weyl, "tão duras, tão enfáticas!" Fez uma careta de agonia e, com a mão esquerda, agarrou com ternura os dedos da mão direita, como se tivessem acabado de ser apanhados por uma ratoeira. "*Qué barbaridad!*"

Ainda com os olhos fitos na ameaça do outro extremo do corredor, Sebastian desceu em silêncio um degrau da escada.

"Ao passo que um objeto chinês", continuava m. Weyl, e de agoniado que parecia seu rosto grande e expressivo se tornou de repente sonhador. "*Un petit bodhisattva, par exemple...*"

Outro degrau mais.

"... Com suas roupas liquefeitas. Como manteiga no mês de agosto. Nenhuma violência, nenhuma dobra gótica; simplesmente *quelques volutes savantes et peu profondes...*"

Voluptuosamente, as mãos grossas, brancas e peludas acariciavam o ar.

"Que delícia para a ponta dos dedos! Que sublime sensualidade! Que..."

Outro degrau. Mas, desta vez, o movimento foi demasiado abrupto. Foxy VIII virou o aguçado focinho para a escada e, debatendo-se freneticamente no braço da sra. Gamble, começou a latir.

"Ora, é Sebastian!", exclamou encantada a sra. Ockham. "Venha. Quero apresentá-lo a monsieur e madame Weyl."

Temeroso como um condenado a caminho da execução, Sebastian subiu os três últimos degraus do patíbulo e caminhou para a guilhotina. Os latidos ficaram mais histéricos.

"Fique quieto, Foxy", grasnou a Rainha-Mãe. Depois, suavizando a ordem com argumentação, acrescentou: "Afinal de contas, ele é um menino perfeitamente inofensivo. Perfeitamente inofensivo".

"Sebastian Barnack, sobrinho de meu padrasto", explicou a sra. Ockham.

Sebastian ergueu os olhos, esperando encontrar um sorriso irônico de reconhecimento, uma declaração loquaz de que os Weyl já o conheciam. Mas, em vez disso, a esposa se limitou a inclinar a cabeça com gentileza, enquanto o homem lhe estendia a mão dizendo:

"Encantado em conhecê-lo, senhor."

"Encantado", balbuciou Sebastian, tentando aparentar a calma que corresponde a uma apresentação sem maior transcendência.

"Sem dúvida", disse m. Weyl, "o senhor, como seu tio, é amante das artes."

"Ah, claro... Isto é, eu..."

"Só a coleção chinesa!" m. Weyl juntou as mãos e ergueu-as para o céu. "E o fato de que a guardava quase toda em seu quarto", continuou, voltando-se outra vez para a sra. Ockham, "só para os seus olhos! Que delicadeza de espírito, que sensibilidade!"

"Eu venderia a coleção inteira, se eu fosse você, Daisy", interrompeu a Rainha-Mãe. "Venda-a à vista e compre um Rolls Royce. É uma economia, no final das contas."

"Isso é a pura verdade!", sussurrou m. Weyl no tom de quem comenta reverentemente um pensamento expresso por Rabindranath Tagore.

"Bem, quanto ao Rolls Royce, ainda não decidi", disse a sra. Ockham, que estava pensando em como usaria o dinheiro para ajudar as meninas pobres da sua instituição. Em seguida, para evitar discutir com a avó, mudou rapidamente de assunto. "Queria falar com m. Weyl sobre o desenho", continuou, voltando-se para Sebastian. "Por isso Veronica lhe telefonou depois do almoço e ele gentilmente se ofereceu para vir até aqui."

"Não é gentileza nenhuma", protestou m. Weyl. "É um prazer e ao mesmo tempo um dever sagrado para com a memória de nosso querido defunto", e colocou a mão sobre o peito.

"M. Weyl é muito otimista", continuou a sra. Ockham, "não acha que foi roubado. Na realidade, tem a certeza absoluta de que o encontraremos."

"Daisy, você está dizendo asneiras", ladrou a Rainha-Mãe. "Ninguém pode ter certeza de nada a respeito desse desenho, exceto Eustace. Foi por isso que mandei buscar a sra. Byfleet outra vez. E quanto mais rápido começarmos a sessão, melhor."

Fez-se silêncio, e Sebastian percebeu que chegara o momento de cumprir sua promessa. Se não tivesse coragem de agir agora, se não entregasse imediatamente o desenho e explicasse o que acontecera, poderia ser tarde demais. Mas confessar em público, diante deste homem horrível, da Rainha-Mãe e da sra. Thwale — a perspectiva era aterradora. E, no entanto, havia prometido, havia prometido. Sebastian engoliu em seco e passou a ponta da língua sobre os lábios. Mas foi a sra. Gamble quem rompeu o silêncio.

"Nada *me* convencerá de que não foi roubado", continuou enfática. "Nada, a não ser uma afirmação dos próprios lábios de Eustace."

"Nem mesmo o fato de já ter sido encontrado?", interveio m. Weyl.

Seus olhos faiscavam. O tom e a expressão da voz eram a de um homem prestes a deleitar-se com uma gargalhada.

"Já ter sido encontrado?", repetiu a sra. Ockham, surpreendida.

Como um mágico que faz aparecer coelhos, m. Weyl estendeu a mão e, com uma reviravolta, arrancou o embrulho achatado e retangular que Sebastian mantinha debaixo do braço esquerdo.

"Em sua embalagem original", disse ao romper o barbante. "Reconheço meu papel de *emballage*." E com um gesto desenvolto, como se não fossem coelhos, desta vez, mas unicórnios, tirou o desenho do papel e o entregou à sra. Ockham. "E quanto ao nosso *jeune farceur*", prosseguiu, "que fica aí sem dizer nada, com uma cara fúnebre de quem assiste a um enterro..." Weyl explodiu numa grande gargalhada, e deu uma palmadinha no ombro de Sebastian.

"O que é isto? O que é isto?", exclamava a Rainha-Mãe, lançando seus olhos cegos de um rosto para o outro. "O garoto o encontrou, é isto?"

"'*Elle est retrouvée*'", exclamou m. Weyl,

> *Elle est retrouvée.*
> *Quoi? L'étérnité.*
> *C'est la mer allée*
> *Avec le soleil.*

"Mas, falando sério, meu amigo, falando sério... Onde? Será por acaso no lugar onde eu sempre disse que deveria estar? No...", fez uma pausa e, inclinando-se para Sebastian, sussurrou-lhe algo ao ouvido. "No lugar onde até o rei tem de ir a pé, *enfin*, o lavatório?"

Sebastian hesitou por um momento, e então confirmou com um gesto de cabeça.

"Há um pequeno espaço entre o armário dos remédios e a parede", sussurrou.

28

Dor e o uivo da gargalhada. Pesadelos de crueldade e de luxúria fria, e este irreprimível ridículo a lacerar sem parar a própria substância do ser. Sem fim. E os períodos se prolongavam, tornando-se progressivamente mais longos a cada repetição da sempre crescente agonia.

Depois de uma eternidade veio a liberação com uma espécie de sacudidela, como por milagre: veio com um lapso repentino, partindo da mera sucessão incoerente à ordenação familiar do tempo. Veio com o múltiplo alvoroço de sensações, com a palpitante conscientização de possuir um corpo. E, lá fora, estava o espaço; e no espaço havia corpos — a pressentida evidência de outros espíritos afins.

"Temos dois velhos amigos seus conosco nesta noite", ele escutou a Rainha-Mãe dizer em sua voz de sargento fantasmal. "Monsieur e madame, como é mesmo o nome?"

"Weyl", e "Gabriel Weyl", responderam simultaneamente uma voz masculina e outra feminina.

E, de fato, era a Vênus Flamenga e seu absurdo Vulcano.

"Onde todos os projetos agradam", ele cantarolou, "e o homem é WEYL FRÈRES, Bruxelas, Paris, Florença..."

Mas, como de costume, a intérprete imbecil entendeu tudo errado. Entretanto, o negociante tinha começado a falar-lhe dos bronzes chineses. Que bom gosto o do colecionador de tais tesouros, que conhecimento, que sensibilidade! Depois, com uma seriedade solene que contrastava comicamente com sua pronúncia francesa cheia de malícia, mme. Weyl referiu-se à polifonia caligráfica das peças.

Que delicioso absurdo!

"Ele acha que vocês são engraçados", disse a intérprete em sua voz esganiçada, e irrompeu num risinho nervoso e agudo.

Mas estes Weyl, percebeu Eustace de repente, eram muito mais do que apenas engraçados. Eram, de certa forma, tremendamente significativos e importantes. De algum modo e por alguma razão misteriosa, marcavam época. É, não havia outra expressão para defini-los. Eles definitivamente marcavam época.

Parecia estar a ponto de descobrir como e por que eles marcavam época quando a Rainha-Mãe interferiu de repente.

"Suponho que agora você já está começando a se sentir à vontade aí, do outro lado", grasnou ela.

"À vontade!", repetiu ele com ênfase sarcástica.

Mas foi com uma satisfeita afirmação factual que a imbecil reproduziu as palavras.

"Claro, ele se sente muito à vontade", guinchou ela.

A esta altura a Rainha-Mãe sugeriu que seria bom para os que nunca haviam assistido a uma sessão espírita que ele lhes desse algumas provas de sua identidade. E começou a bombardeá-lo com uma série de perguntas, das mais idiotas. Quanto ele pagara pelos desenhos comprados de

m. Weyl? Qual era o nome do hotel em que se hospedara em Paris? Quais livros estava lendo no dia em que desencarnara? E, depois, a sra. Thwale e os dois Weyl falaram, e a conversa tornou-se tão incoerente, tão insensatamente trivial, que ele se sentiu confuso, teve dificuldade de pensar com clareza e até de se lembrar dos fatos mais corriqueiros. Para se proteger, desviou sua atenção do significado do que lhe estavam dizendo e concentrou-se no simples som das palavras, no tom, timbre e volume das diferentes vozes. E, em contraponto com esses rumores externos, havia o ritmo abafado do sangue e da respiração, o fluxo ininterrupto de mensagens deste seu corpo temporário. Calores e pressões, umidades e excitações, quantidades de pequenas dores e de endurecimentos, de obscuros descontentamentos e satisfações viscerais. Tesouros da realidade fisiológica, diretamente experimentados e tão intrinsecamente fascinantes que não havia necessidade de se preocupar com as demais pessoas, não havia por que pensar ou tentar se comunicar. Bastava esta sensação de espaço e tempo e dos processos vitais. Nada mais era necessário. Isso já era o paraíso.

E então, em meio ao escuro aviário agitado de suas sensações, Eustace percebeu, mais uma vez, aquela quietude azul, brilhante. Delicada, indescritivelmente bela, como a essência de todos os céus e todas as flores, como o princípio silente e a potencialidade de toda a música. E, além de tudo, anelante, terna, súplice.

No entanto, o ar entrava e saía devagar pelas narinas, frio ao ser inspirado, morno a ponto de ser quase imperceptível ao ser expelido. E, quando o tórax se expandia e se contraía, ao esforço se seguia uma deliciosa placidez; à tensão, o relaxamento, sucessivamente. E que prazer ouvir as ondas de sangue repercutir no tambor dos ouvidos, senti-las latejar sob a pele das têmporas! Como era fascinante analisar os sabores contrastantes de alho e de chocolate, de vinho tinto e — sim — de rins, percorrendo a língua e o céu da boca! E então, de repente, por obra de uma espécie de terremoto delicadamente harmonioso e coordenado de todos os músculos da boca e da garganta, o acúmulo de saliva era engolido. E, um instante depois, um suave tremor borbulhante, abaixo do diafragma, anunciava que os processos da digestão prosseguiam sem parar. Isso pareceu dar-lhe a segurança definitiva, aperfeiçoar e dar o toque final na sensação paradisíaca que o invadia. Viu-se recordando o são Sebastião e os beija-flores empalhados, recordando o gosto da fumaça do charuto no céu da boca aquecida pelo brandy de muitos anos, lembrando-se de Mimi e do Jovem de Peoria e da sua coleção de fatos a respeito das consequências ridículas ou desastrosas do idealismo — recordando tudo isso, não com vergonha nem autocondenação, mas com real prazer, ou, na pior das hipóteses, com divertida complacência. A luz persistia, presente em todas as partes. Mas essa sensação de estar num corpo era uma barreira efetiva contra suas intromissões. Protegido por suas sensações, estava livre de qualquer compulsão para se conhecer como era conhecido. E estes Weyl, percebia agora, esta Vênus com seu Vulcano moreno, poderiam se tornar os instrumentos de sua liberação permanente desse conhecimento atroz. Havia uma escuridão uterina vivente, esperando por ele ali, um céu vegetativo. A providência estava preparada para ele ali, uma providência de carne com vida, ávida por absorvê-lo em si mesma, ansiosa por abraçá-

-lo e protegê-lo, alimentá-lo com a própria substância de seu ser deliciosamente carnal, forte e saudável.

Em súplica, a luz intensificou seu silêncio radiante. Mas ele conhecia as suas intenções, e estava prevenido contra seus truques. Além disso, era possível aproveitar ao máximo a música de Mozart e o Cassino, Mimi e a estrela vespertina entre os ciprestes. Perfeitamente possível, sempre que tivesse uma fisiologia para protegê-lo contra os estratagemas da luz. E, para conseguir essa proteção, bastava solicitá-la, ou melhor, lhe estava sendo oferecida, avidamente, numa espécie de delírio de abandono...

De repente, o chiado de voz imbecil deixou de ser uma simples sensação e adquiriu significado.

"Adeus, pessoal, adeus."

E, lá de fora, da escuridão, chegou-lhe um coro de despedidas que foram se tornando cada vez mais indistintas, vagas, mais confusas. E todas as deliciosas mensagens deste corpo também desapareceram. O aviário ficou imóvel e em silêncio. De repente, sentiu uma espécie de torção violenta, e mais uma vez estava fora do mundo confortável em que o tempo é uma sensação regular e o lugar é fixo e sólido. Agora voltava ao caos delirante de uma mente sem peias. No vago fluxo de imagens sobre as quais não exercia controle, de pensamentos, palavras e lembranças praticamente autônomas e independentes, duas coisas conservavam estabilidade: a terna ubiquidade da luz e o conhecimento de que havia uma propícia escuridão de carne e sangue na qual, se quisesse, poderia escapar da luz.

Também aqui estava a trama dos relacionamentos, ele se encontrava no meio dela, movendo-se de interstício a interstício, de um padrão para sua projeção estranhamente deformada em outro padrão. Movendo-se, movendo-se de um para outro, até que, de repente, ali estava ele, colocando o charuto com cuidado no cinzeiro de ônix e abrindo a porta do armário dos remédios.

Pareceu resvalar, cair, por assim dizer, através do emaranhado da trama, e reconheceu que estava se recordando de acontecimentos ainda por ocorrer. Recordando um dia, já no fim do verão, quente e sem nuvens, em que aviões cruzavam os ares com seus roncos, cruzavam o luminoso silêncio. Porque o silêncio ainda estava ali, brilhante, ubiquamente terno. Ainda estava ali, a despeito do que acontecia nessa estrada longa e reta entre os álamos. Milhares de pessoas, todas andando na mesma direção, todas perseguidas pelo mesmo terror. A pé, carregando fardos nas costas, carregando crianças, ou sentadas em cima de carroças sobrecarregadas, ou pedalando bicicletas com malas amarradas à barra de direção.

E aqui estava Weyl, barrigudo e careca, empurrando um carrinho verde de bebê, cheio até a borda de telas sem molduras e de prata holandesa e jade chinesa, com uma madona pintada, colocada em ângulo, como bêbada, no lugar onde deveria estar o bebê. Pesadona agora, com a proximidade dos quarenta anos, a Vênus Flamenga capengava, detrás dele, sob o peso de uma maleta de marroquim azul e seu casaco de pele de foca. *"Je n'en peux plus"*, sussurrava sem parar, *"je n'en peux plus."* E, às vezes, em desespero: *"Suicidons-nous Gabriel"*. Curvado sobre o carrinho, Weyl não respondia, nem sequer olhava à sua volta, mas o garoto magrinho que caminhava ao lado dela, ridículo em seus calções de golfe, apertava a mão da mãe. Quando ela voltava para ele, o rosto manchado pelas lágrimas, ele sorria para encorajá-la.

À esquerda, do outro lado de uma extensão escura de restolhos e de hortas, uma cidade inteira ardia em chamas, e a fumaça, erguendo-se em grossas nuvens por detrás das torres daquela igreja de subúrbio iluminada pelo sol, se espalhava, à medida que subia através do radiante silêncio e se transformava num imenso cone invertido de escuridão marrom. O barulho do troar distante dos canhões repercutia na atmosfera estival. Não muito longe, de uma granja abandonada, vinha o mugir patético das vacas não ordenhadas e, por sobre as cabeças da multidão, de repente, aí estavam de novo os aviões. Os aviões, e quase no mesmo instante outro ronco se ouviu na estrada, à retaguarda. Vagamente, a princípio. Mas o comboio de tropas viajava a toda a velocidade, e a cada segundo o ruído aterrador se intensificava. Ouviam-se gritos e berros e uma corrida em pânico para a vala — a violência cega e frenética do medo. E ali estava Weyl, urrando como louco ao lado de seu carrinho derrubado. Um cavalo assustado relinchou e se levantou nas patas traseiras, preso entre os varais. A carroça retrocedeu com um repentino safanão e, ao resvalar, atingiu de golpe o ombro da mme. Weyl. Ela ainda avançou um ou dois passos, cambaleando, tentando recuperar o equilíbrio, quando o salto alto de um de seus sapatos se prendeu entre as pedras e ela caiu de cara no chão da estrada. "*Maman!*", gritou o garotinho. Antes que ele pudesse arrastá-la para fora da estrada, o primeiro dos imensos caminhões já havia passado por cima do corpo que se debatia. Por um segundo, houve uma lacuna no pesadelo, uma visão de relance, por entre as árvores, daquela igreja distante que brilhava contra os rolos de fumaça, como uma joia lavrada brilha ao sol. Depois, como o primeiro, passou um segundo caminhão. O corpo ficou totalmente imóvel.

Eustace estava sozinho outra vez, com a luz e o silêncio. Sozinho, com o princípio de todos os céus, de toda a música e de toda a ternura, com as potencialidades que nem todos os céus, nem toda a música, nem mesmo a ternura são capazes de manifestar. Por um instante, por uma eternidade, houve total e absoluta participação. Depois, o conhecimento de estar separado voltou de maneira excruciante. Voltou a percepção vergonhosa de sua própria opacidade obscena e hedionda.

No mesmo instante, veio-lhe a lembrança dos Weyl que marcavam época, o conhecimento de que, se ele quisesse aceitar, eles o liberariam daquele excesso de luz.

Os caminhões continuavam a rodar pela estrada, idênticos, de um verde-cinza, cheios de homens e do retinir de metais. No lapso de tempo entre o quarto e o quinto caminhões, conseguiram arrastar o corpo para longe do alcance das rodas. Cobriram-no com um casaco.

Ainda chorando, Weyl voltou à estrada, um pouco depois, para ver se podia encontrar fragmentos da coroa e dos dedos quebrados da madona. Uma mulheraça de faces rosadas abraçou o menino pelos ombros e, afastando-o do corpo da mãe, o fez sentar-se ao pé de um dos álamos. O garotinho agachou-se ali, o rosto entre as mãos, o corpinho tremendo e sacudindo-se com os soluços. E, de repente, já não era de fora que Eustace pensava no garoto. A agonia daquela tristeza e o temor foram experimentados diretamente, por uma experiência identificadora, não como sendo dele, senão minha. A percepção que Eustace Barnack teve do menino se uniu à percepção que o menino teve de si mesmo; *era* a mesma percepção.

Depois, houve outro deslocamento, e já a imagem do garotinho era apenas a recordação de um estranho. Horrível! Horrível! E, no entanto, a despeito do horror, que bênção era sentir as ondas de sangue repercutindo e repercutindo nos ouvidos! Lembrou-se da sensação cálida e deliciosa de estar repleto de comida e de bebida, de sentir sua carne e o aroma perfumado da fumaça do charuto... Mas aqui estava de novo a luz, o brilho do silêncio. Nada disso, não queria nada com isso. Firme e decidido, desviou sua atenção.

29

Logo que terminou de tomar o café da manhã, Sebastian escapuliu da casa e desceu o morro, quase a correr, até a parada do bonde. Tinha de ver Bruno, vê-lo o quanto antes e contar-lhe o que acontecera.

Enquanto esperava o bonde, sua mente se debatia entre a culpa avassaladora e um sentimento de mágoa e queixume por ter sido submetido a pressões morais superiores à capacidade de reação de qualquer ser humano comum. Não cumprira a promessa feita — a promessa que (para coroar o erro com a humilhação) tão presunçosamente se gabara de poder cumprir. Mas, também, quem poderia supor que Weyl estaria ali? Quem poderia prever que o tipo se comportasse daquela maneira extraordinária? Inventando uma história e praticamente forçando-o a participar dela! Forçando-o contra seu critério, contra sua vontade; pois não estivera realmente a ponto de contar a verdade, ali, no corredor, diante de todos? Quando chegou o bonde, Sebastian já estava quase convencido de que assim é que as coisas tinham acontecido. Ele estava abrindo a boca para contar tudo à sra. Ockham quando, por algum motivo desconhecido e sinistro, a besta daquele homem se meteu no meio e o forçou a quebrar sua promessa. Mas o problema com essa versão dos fatos, pensava enquanto o bonde chocalhava ao longo de Lugarno, era que Bruno a escutaria e, depois de um pequeno silêncio, com muita serenidade lhe faria algumas perguntas que poriam por terra a história como um balão furado. E ali ficaria ele, preso aos vestígios vergonhosos de outra mentira mais, e com a necessidade de confessar a falsidade anterior. Não, seria melhor começar contando a Bruno a triste verdade — começara tentando fugir, e depois, quando se viu encurralado, se sentiu imensamente grato a Weyl por lhe mostrar um jeito de quebrar a promessa e salvar sua preciosa pele.

Esta era a esquina de Bruno. O bonde parou. Saltou e começou a caminhar pela rua estreita. Sim, no fundo se sentia realmente grato ao homem por haver tornado a mentira tão fácil.

"Meu Deus, sou medonho", murmurou para si, "medonho!"

O cheiro penetrante de salsichas de Bolonha chegou ao seu nariz. Ergueu os olhos. Sim, era a pequena *pizzicheria* ao lado da casa de Bruno. Entrou pelo alto portão e começou a subir as escadas. No segundo patamar, percebeu que pessoas desciam de um dos andares mais altos. De repente, um tipo fardado, soldado ou policial, apareceu diante dele. Com arrogante presunção de majestade, atravessou pomposo o patamar. Sebastian se espremeu contra a parede para lhe dar passagem. Um segundo depois, três outros homens dobraram a esquina das escadas. Um homem fardado vinha na frente e outro fechava a retaguarda, e, entre os dois, carregando sua velha maleta Gladstone, vinha Bruno.

Vendo Sebastian, Bruno franziu na hora o cenho, apertou os lábios para indicar a necessidade de silêncio, e quase imperceptivelmente fez um gesto negativo com a cabeça. Percebendo a sugestão, o garoto fechou a boca parcialmente aberta e tentou parecer indiferente e alheio ao caso. Em silêncio, os três homens passaram por ele e depois sumiram pela escada abaixo.

Sebastian permaneceu ali, ouvindo o som dos passos que se afastavam. No lugar em que ficava seu estômago, sentia um tremendo vazio de apreensão. O que significava isto? O que poderia significar?

Haviam chegado ao pé da escada agora, e cruzaram o vestíbulo. Depois, de repente, se fez silêncio. Haviam saído à rua. Sebastian desceu a escada correndo, atrás deles, e, olhando para fora, teve tempo de ver o último dos policiais subir a um carro que os aguardava. A porta bateu, e o velho Fiat preto se pôs em marcha, virou à esquerda logo depois da salsicharia, e desapareceu. Durante muito tempo Sebastian fitou, sem ver, o lugar onde o carro estivera antes, e depois começou a seguir devagar pelo caminho por onde viera.

Um toque no cotovelo o fez estremecer e voltar o rosto. Um jovem alto e anguloso caminhava a seu lado.

"Você veio ver o Bruno?", perguntou em mau inglês.

Lembrando-se das histórias de seu pai sobre espiões da polícia e *agents provocateurs*, Sebastian não respondeu de pronto. Sua apreensão evidentemente estava estampada no rosto, pois o jovem franziu a testa e sacudiu a cabeça.

"Não tenha medo", disse, quase zangado. "Sou amigo de Bruno. Malpighi, Carlo Malpighi." Ergueu a mão e disse: "Vamos entrar ali".

Quatro largos degraus conduziam à entrada de uma igreja. Subiram e afastaram a pesada cortina de couro que corria ao longo da porta aberta. No final do alto túnel abobadado, ardiam algumas velas numa penumbra carregada com o cheiro de incenso rançoso. Exceto por uma mulher de preto, ajoelhada junto às grades do altar, o edifício estava vazio.

"O que aconteceu?", sussurrou Sebastian.

Lutando com seu inglês deficiente e em frases pouco coerentes devido à sua angústia, o jovem tentou explicar. Um amigo de Bruno, um homem que trabalhava no quartel-general da polícia, viera na noite anterior preveni-lo do que iam fazer. Num carro rápido, ele poderia facilmente ter chegado à fronteira. Havia muita gente que se arriscaria a qualquer coisa para salvá-lo. Mas Bruno recusara. Não quis fugir, simplesmente não quis fugir.

A voz do jovem falhou-lhe, e, na penumbra, o outro pôde ver que grossas lágrimas lhe corriam pelas faces.

"Mas o que tinham contra ele?", perguntou Sebastian.

"Ele foi denunciado por manter contato com alguns dos agentes de Cacciaguida."

"Cacciaguida?", repetiu Sebastian. E, com uma renovada sensação de horrível vazio interior, lembrou-se do júbilo que havia sentido ao enfiar em sua carteira as vinte e duas notas de cem liras, de seu estúpido alarde de tudo o que seu pai fizera para ajudar os antifascistas. "Foi... foi aquele homem, o Weyl?", murmurou.

Durante um lapso de tempo que lhe pareceu enorme, o jovem o fitou sem falar. Banhado em lágrimas e estranhamente desfigurado, o rosto estreito e comprido contorcia-

-se espasmodicamente. Imóvel, os braços caídos ao longo do corpo, o jovem abria e fechava os punhos das enormes mãos, que pareciam agitadas por uma torturante vida própria. Por fim se rompeu o silêncio.

"Foi tudo por sua causa", disse ele bem devagar e num tom de tamanho ódio acumulado que Sebastian recuou, encolhido de medo. "Tudo por sua causa."

E, avançando um passo, com o dorso da mão desferiu uma bofetada no rosto de Sebastian, que soltou um grito de dor e, cambaleando, recuou até um pilar. Com os dentes à mostra, os punhos erguidos, o outro o ameaçava de perto. Quando Sebastian tirou um lenço do bolso para aparar o sangue que lhe saía do nariz, o jovem deixou cair os braços na hora.

"Desculpe", murmurou, com voz entrecortada. "Desculpe!"

Dando-lhe rapidamente as costas, saiu apressado da igreja.

Às quinze para a uma, Sebastian estava de volta na *villa*, sem nada mais grave do que um lábio um pouco inchado para denunciar as aventuras daquela manhã. Na igreja, havia se deitado sobre duas cadeiras até que o nariz parara de sangrar, e depois lavara o rosto primeiro com água benta, e saíra para comprar outro lenço e terminar suas abluções no lavatório do Instituto Britânico.

A cabra ainda estava ali, como sempre que subia o morro. Mas, de certa forma inexplicável, Sebastian sentira que não tinha direito de parar e olhar para o animal. Sentia-se tão terrivelmente culpado que nem sequer desejava entregar-se a devaneios poéticos. No fim da estrada, passando pelo portão e andando entre os ciprestes, continuou seu caminho, sentindo-se um miserável, desejando estar morto.

No muro baixo do terraço, em frente da casa, ao pé do pedestal onde uma Pomona coberta de musgo erguia sua cornucópia de frutas, a Rainha-Mãe estava sentada, completamente só, acariciando o cachorrinho que tinha no colo. Vendo-a, Sebastian parou de repente. Seria possível, pensou, passar por ela na ponta dos pés e entrar na casa sem que ela o percebesse? A velha senhora de repente ergueu a cabeça para o céu. Para sua surpresa e consternação, Sebastian reparou que ela chorava. O que podia ser? E então notou a maneira como Foxy jazia no colo: inerte, como uma dessas peles castanhas que as mulheres usam em volta do pescoço, com as patas penduradas e a cabeça caída, mais baixa do que o corpo. Era evidente que o cachorro estava morto. Sentindo que seria errado passar sorrateiramente, sem ser notado, Sebastian começou a caminhar pelo cascalho com passos tão pesados quanto possível.

A Rainha-Mãe voltou a cabeça.

"É você, Daisy?" E quando Sebastian se deu a conhecer: "Ah, é você, garoto", disse num tom de decepção quase ressentido. "Venha e sente-se aqui."

Apalpou o estuque do muro que o sol aquecera, e depois, com um lenço bordado, enxugou as lágrimas do rosto pintado e dos olhos.

Sebastian sentou-se ao seu lado.

"Pobre Foxinho... o que aconteceu?"

A velha senhora guardou o lenço e virou-se para ele cegamente.

"Não sabia?"

Sebastian explicou que estivera na cidade a manhã toda.

"Aquela idiota da Daisy acha que foi um acidente", disse a Rainha-Mãe. "Mas não foi. Sei que não foi. Eles o mataram." Sua voz fina e áspera tremia de ódio e de ferocidade.

"Mataram?"

Ela concordou enfática.

"Para se vingarem, porque pensamos que a garota tinha roubado o desenho."

"A senhora acha?", sussurrou Sebastian consternado. Bruno preso, e agora o cachorrinho assassinado, e tudo devido ao que ele havia feito ou deixado de fazer. "A senhora tem certeza?"

"Já disse, eu sei", grasnou, impaciente, a Rainha-Mãe.

"Deram-lhe veneno de rato... foi isso. Veneno de rato. Veronica o encontrou depois do café da manhã, estirado no terraço, morto."

De repente, ela soltou um forte grito terrivelmente inumano. Tomando o corpinho inerte dos seus joelhos, trouxe-o para mais perto e apertou o rosto contra o pelo macio do animal.

"Foxinho", disse com a voz alquebrada. "Querido Foxinho!" Em seguida, a careta contorcida de desespero se transformou outra vez numa expressão de intenso ódio. "Aquelas feras!", exclamou. "Aqueles demônios!"

Sebastian a olhava horrorizado. Isto era culpa sua. Tudo culpa sua.

O suave ruído de um carro que se aproximava fez com que ela se voltasse.

"É o Isotta", disse, grato pela oportunidade de mudar de assunto.

O carro deu a volta, passando diante da escadaria da frente, e parou onde eles estavam. A porta se abriu e saltou a sra. Ockham.

"Vovó", exclamou cheia de animação, "encontramos um!" E de baixo de seu casaco tirou uma coisinha redonda, de pelo alaranjado, com dois olhinhos negros e brilhantes e um focinho pontudo e negro também. "O pai dele ganhou três prêmios de primeiro lugar. Aqui está! Segure-o."

Na escuridão, a sra. Gamble estendeu um par de garras cobertas de joias, e o cachorrinho foi colocado entre elas.

"Como é pequenininho!", exclamou.

"Tem quatro meses", disse a sra. Ockham. "Não foi isso o que nos disse a mulher?", acrescentou, voltando-se para a sra. Thwale, que também saltara do carro.

"Fez quatro meses na última terça-feira", disse a sra. Thwale.

"Não é preto, é?", perguntou a velha senhora.

"Oh, não. Tem a cor da verdadeira raposa."

"Então vai se chamar Foxy, também", disse a Rainha-Mãe. "Foxy IX." Ergueu o animalzinho até o rosto. "Que pelo macio!" Foxy IX virou o focinho e lambeu-lhe o queixo. A Rainha-Mãe soltou um cacarejo alegre. "Ele me ama, não é mesmo? Ele ama a sua velha vovozinha?" Depois, ergueu a cabeça na direção da sra. Ockham. "Cinco Jorges", disse ela, "sete Eduardos, oito Henriques. Mas não há nenhum que seja o nono."

"Que tal Luís XIV?"

"Estava me referindo à Inglaterra", disse a Rainha-Mãe com severidade. "Na Inglaterra nunca fomos além de oitavo. O Foxinho aqui é o primeiro a ser o nono." Abaixou as mãos. Foxy IX esticou o corpinho para fora dos dedos que o aprisionavam, e cheirou inquisidor o cadáver de Foxy VIII.

"Comprei meu primeiro pomerânia em 77", disse a Rainha-Mãe. "Ou foi em 74? De qualquer maneira, foi no ano em que Gladstone disse que ia abolir o imposto sobre a renda. Mas não aboliu, o velho patife! Antes, tínhamos pequineses. Mas Ned não gostava da maneira como roncavam. Ele mesmo roncava; era por isso. Mas Foxinho", acrescentou noutro tom, "*ele* não ronca, não é mesmo?" E novamente levou o cãozinho ao rosto.

Silenciosamente, como um fantasma, o mordomo apareceu para avisar que o almoço estava servido.

"Almoço?", perguntou a Rainha-Mãe. E sem esperar que alguém a ajudasse, se pôs de pé quase de um salto. Com um baque surdo, o corpo de Foxy VIII caiu no chão. "Oh, céus, já havia me esquecido de que estava no meu colo. Levante-o do chão, sim, garoto? Hortense está fazendo um caixãozinho para ele. Ela pegou um retalho de um velho vestido meu de cetim para forrá-lo. Dê-me o braço, Veronica."

A sra. Thwale deu um passo à frente e elas começaram a caminhar em direção à casa. Sebastian abaixou-se e, com náuseas, pegou o cachorro morto.

"Pobre animalzinho!", disse a sra. Ockham. Enquanto seguiam os outros, colocou afetuosamente a mão no ombro de Sebastian. "Como foi sua manhã na cidade, bem?", perguntou.

"Muito bem, obrigado", respondeu Sebastian, vagamente.

"Fazendo um pouco de turismo, suponho", ela começou, mas interrompeu-se logo. "Tinha me esquecido completamente. Chegou um telegrama de seu pai, depois que você saiu." Abriu a bolsa, desdobrou o telegrama e leu em voz alta: "ACEITEI CANDIDATURA PRÓXIMAS ELEIÇÕES. REGRESSO IMEDIATO; PROVIDENCIE ENCONTRO SEBASTIAN QUATRO TARDE QUARTA-FEIRA PRÓXIMA THOMAS COOK & FILHO GÊNOVA".

"Que pena", disse ela, meneando a cabeça. "Pensei que o teríamos aqui até o fim das férias. E não haverá nem tempo para fazer o traje a rigor!"

"Não, acho que não", disse Sebastian.

Não haveria tempo, pensava, de conseguir nenhum dos trajes a rigor, pois o que encomendara ao alfaiate do tio Eustace, encomendara e pagara adiantado; ainda por cima, tinha a prova marcada para o mesmo dia em que deveria estar em Gênova. Tudo havia sido em vão. Todas as agonias, toda a culpa e a prisão de Bruno e a morte deste desgraçado cachorrinho. E, entretanto, permanecia o problema da festa de Tom Boveney ainda sem solução e cada vez mais premente a cada dia que passava.

"É uma pena", repetiu a sra. Ockham.

"O quê?", perguntou a Rainha-Mãe, por sobre o ombro.

"Que Sebastian tenha de partir tão rápido."

"Não haverá mais lições de resmungação", disse a sra. Thwale, demorando-se um pouco ao dizer essa palavra. "Mas talvez ele se sinta aliviado."

"Tem de aproveitar ao máximo o tempo que lhe resta", disse a Rainha-Mãe.

"Ah, nós o faremos, nós o faremos", assegurou-lhe a sra. Thwale, com o delicado grunhido de sua risadinha. "Já chegamos aos degraus", continuou séria. "Cinco, se a senhora se recorda. Baixos e muito largos."

30
EPÍLOGO

Os canhões em Primrose Hill troavam frenéticos; embora o deserto estivesse muito longe, embora o pesadelo sob aqueles aviões em picada havia muito já tivesse acabado, Sebastian sentia um pouco daquela velha tensão que o fazia tremer, como se fosse um violino com as cordas enredadas, no processo de afinação, cada vez mais tenso, até arrebentar. Movimentar-se poderia trazer-lhe alívio, pensou. Pôs-se de pé num salto, demasiado abrupto. Os papéis que estavam no braço da poltrona se esparramaram pelo chão. Debruçou-se para recolhê-los à medida que caíam, recolhê-los com a mão mais próxima, mas a mão mais próxima não estava ali. Idiota!, disse para si mesmo. Já fazia muito tempo que não se equivocava assim. Obrigando-se a ser metódico, foi recolhendo os papéis com a mão que lhe restava. Enquanto o fazia, o ruído lá fora serenou, e de repente reinou o abençoado silêncio. Sentou-se novamente.

Odiosa experiência! Mas tinha pelo menos uma vantagem: tornava impossível alimentar a ilusão de que sua pessoa fosse idêntica ao corpo que se conduzia na razão inversa de todos os seus desejos e resoluções. *Neti, neti* — isso não, isso não. Não podia haver dúvidas sobre o assunto. E, naturalmente, pensou, não havia nenhuma dúvida nos velhos tempos, quando queria dizer não à sua sensualidade e não conseguia. A única diferença era que, naquelas circunstâncias, havia sido agradável render-se ao próprio corpo, enquanto, nas atuais, era uma atrocidade.

O telefone tocou. Levantou o fone e disse: "Alô".

"Sebastian, querido!"

Durante um segundo pensou que era Cynthia Poyns, e imediatamente começou a inventar desculpas para recusar o provável convite.

"Sebastian?", perguntou a voz quando não obteve resposta, e para seu grande alívio, percebeu que se enganara.

"Ah, é *você*, Susan!", disse ele. "Graças a Deus!"

"Quem você pensou que fosse?"

"Ah, outra pessoa..."

"Uma das suas ex-namoradas, imagino. Telefonando para fazer uma cena de ciúmes." O tom de Susan era jovial, mas, ainda assim, acusador e sarcástico. "Não era bonita o bastante para você, não é?"

"Isso mesmo", concordou Sebastian. Mas Cynthia Poyns não era apenas bonita, com seu jeito passivo, era também ativamente sentimental e uma intelectual pedante, com uma fraqueza notória pelos homens, a despeito de ser uma jovem mãe exemplar. "Não devíamos desejar-nos um feliz Ano-Novo?", perguntou, mudando de tom.

"Foi para isso que liguei", disse Susan.

E continuou dizendo que esperava que ele iniciasse o ano auspiciosamente, desejando e rezando para que 1944 pudesse finalmente trazer a paz. Mas, por enquanto, as três crianças estavam resfriadas, e Robin até tinha febre. Nada de grave, é claro, mas, mesmo assim, não conseguia deixar de se preocupar. Sua mãe felizmente estava muito melhor, e ela tivera notícias recentes de Kenneth, dizendo que era provável que fosse transferido para um trabalho na Inglaterra, e que maravilhoso presente de Ano-Novo seria isso!

Depois, a tia Alice veio ao telefone e começou a conversa com sua jogada favorita: "Como vai a literatura?".

"Ainda consciente", respondeu Sebastian, "mas entrando rápido em coma."

A jovialidade, sempre que se falava com a tia Alice sobre arte, filosofia ou religião, era *de rigueur*.

"Espero que esteja trabalhando em outra peça de teatro", disse a voz alegre e cheia de vivacidade.

"Por sorte", respondeu, "ainda me sobra um pouco do que ganhei com a última, cinco anos atrás."

"Bem, siga o meu conselho; não invista no Extremo Oriente."

Corajosamente burlando-se da própria ruína financeira, tia Alice soltou uma risada e depois perguntou-lhe se já ouvira a anedota do cabo americano e o arcebispo da Camfuária.

Ele já ouvira, e mais de uma vez, mas, não querendo privá-la de um prazer, Sebastian pediu que a contasse. E depois que ela a contou devidamente, ele fez todos os ruídos adequados.

"Mas aí vem a Susan de novo", concluiu ela.

E Susan havia se esquecido de perguntar se ele se lembrava de Pamela, a garota de nariz arrebitado que frequentara aquela escola moderna. Havia perdido contato com ela, anos a fio, e a reencontrara algumas semanas atrás. Uma jovem realmente maravilhosa! Tão inteligente e tão bem informada!

Trabalhando em estatística para o governo, e de fato muito atraente, daquele jeito *piquant,* original, você sabe.

Sebastian sorriu para si mesmo. Outra daquelas esposas em potencial que Susan não se cansava de procurar para ele. Bem, um dia podia ser que encontrasse a pessoa certa, e naturalmente lhe ficaria muito grato, mas, por enquanto...

Por enquanto, dizia Susan, Pamela estará de volta a Londres na próxima semana. Eles todos teriam de se reunir.

Por fim ela terminou de falar e ele desligou, sentindo aquela curiosa mistura de ternura bem-humorada com o complexo desespero que esse tipo de conversa sempre despertava nele. Era o problema, não do mal, mas da bondade — o martirizante problema da bondade honesta, sadia e fora do comum.

Pensou na querida tia Alice, infatigável nas suas boas obras, a despeito do sofrimento constante do seu reumatismo. Levando a vida adiante, sem dramaticidade, sem pelo menos tentar fazer o papel (e que papel atraente!) de heroína. Suportando seus infortúnios com a mesma simplicidade sem afetação. O pobre Jimmy morto em ação na Malaia; sua casa destruída por uma bomba incendiária, com tudo o que possuía; nove décimos de suas economias arrasados pela queda de Cingapura e Java; o tio Fred, sucumbindo ao choque e à tensão e escapando, por fim, na insanidade. Ela não falava muito sobre essas coisas, nem falava de menos; não se reprimia demasiado. Continuava mantendo a antiga e um tanto metálica alegria de seu comportamento, contando as piadinhas e dando as respostas cheias de vivacidade; como se tivesse decidido afundar com a bandeira do seu senso de humor hasteada e adejando ao vento.

E depois vinha Susan e os três filhos tão admiravelmente bem-criados, as preciosas cartas de Kenneth, de algum lugar do Oriente Médio, e os próprios comentários de Susan sobre a guerra e a paz, a vida e a morte, o bem e o mal, subindo à tona, animados, das profundezas de uma *Weltanschauung* ainda praticamente intacta de alta classe média.

Mãe, filha, genro: olhando-os com olhos de dramaturgo, podia apreciá-los como três personagens deliciosamente cômicos. Mas, no outro sentido dessa palavra e do ponto de vista da moral, eram três personagens do mais alto valor. Corajosos, confiáveis e dispostos a qualquer sacrifício pessoal, como ele mesmo jamais havia sido e apenas podia humildemente esperar tornar-se um dia. Uma bondade absolutamente sem jaça, limitada apenas por uma ignorância impenetrável quanto ao fim e propósito da existência.

Sem Susan, Kenneth e tia Alice e todos os seus iguais, a sociedade desmoronaria. Com eles, estava sempre tentando o suicídio. Eles eram as vigas mestras, mas também a dinamite; ao mesmo tempo as traves de madeira e o cupim. Graças à sua bondade, o sistema funcionava à perfeição; e, graças às suas limitações, o sistema era fundamentalmente insano, tão insano que era quase certo que os três lindos filhos de Susan cresceriam para ser carne de canhão, de avião ou de tanques de guerra, carne para qualquer dos milhares de artefatos bélicos cada vez mais numerosos e mais aperfeiçoados com que os brilhantes engenheiros jovens, como Kenneth, teriam, por essa época, enriquecido o mundo.

Sebastian suspirou e meneou a cabeça. Havia só uma solução, mas essa, é claro, eles não queriam tentar.

Apanhou o caderno de folhas soltas que estava no chão, ao lado da poltrona. Cinquenta ou sessenta páginas de notas esparsas, escritas a intervalos irregulares durante os últimos meses. O primeiro dia do ano era uma boa ocasião para fazer um inventário. Começou a ler:

Há um utilitarismo superior, assim como há o utilitarismo ordinário, comum, ou utilitarismo ilusório.

"Buscai primeiro o Reino de Deus e todas as coisas vos serão acrescentadas." Essa é a clássica expressão do utilitarismo superior, junto a: "Mostro-te o sofrimento" (o mundo das pessoas comuns, boas e não regeneradas) "e o fim do sofrimento" (o mundo das pessoas que chegam ao conhecimento unitivo do Campo Divino).

Contrastemos com esses os lemas implícitos no utilitarismo inferior, popular. "Mostro-te o sofrimento" (o mundo como é agora) "e o fim do sofrimento" (o mundo como será depois que o progresso e mais algumas guerras, revoluções e extermínios indispensáveis tiverem realizado sua obra). E, depois, "Buscai primeiro todas as coisas: virtudes dignas de elogio, a reforma social, palestras instrutivas pelo rádio, as últimas novidades em engenhos científicos e, algum dia, lá pelo século XXI ou XXII, o Reino de Deus vos será acrescentado".

Todos os homens nascem com direito igual e inalienável à desilusão. Portanto, até que decidam renunciar a esse direito, a coisa é alentar o Progresso Tecnológico e a Educação Superior para todos.

* * *

Leia-se Ésquilo no que diz respeito a Nemesis. O Xerxes de Ésquilo fracassa por duas razões. Primeira, porque é um imperialista agressivo. Segunda, porque tenta exercer demasiado controle sobre a natureza, no caso específico de cruzar o Helesponto. Entendemos a malignidade das manifestações políticas da ânsia de poder, mas preferimos esquecer tão completamente os males e perigos inerentes às manifestações tecnológicas que, mesmo diante dos fatos mais óbvios, continuamos a ensinar a nossos filhos que não há coluna de débito que se aplique à ciência, só uma coluna de crédito contínua e em constante expansão. A ideia de Progresso baseia-se na crença de que se pode ser presunçoso com impunidade.

A diferença entre a metafísica de agora e a metafísica do passado é a diferença entre esmiuçar palavras, que não alteram nada para ninguém, e um sistema de pensamento associado a uma disciplina transformadora. "Com menos do que o Absoluto Deus não se contenta, e, uma vez alcançado esse objetivo, Ele está liquidado e, com Ele, a religião." Esse é o ponto de vista de Bradley, o ponto de vista moderno. Sankara era um defensor do Absoluto tão diligente quanto Bradley, mas com uma enorme diferença! Para ele, não há apenas o conhecimento discursivo do Absoluto, mas também a possibilidade (e a necessidade final) da intuição intelectual direta, que conduz o espírito liberado à identificação com o objeto do seu conhecimento. "Dentre todos os meios de liberação, Bhakti, ou a devoção, é supremo. Procurar seriamente conhecer a natureza real de cada um — é isso o que se chama devoção. Em outras palavras, a devoção pode definir-se como a busca da realidade do próprio Atmã de cada um." E o Atmã, naturalmente, é o princípio espiritual em nós, que é idêntico ao Absoluto. Os antigos metafísicos não perderam a religião; encontraram-na na mais elevada e mais pura de todas as formas possíveis.

A falácia da maioria das filosofias é o filósofo. Gozando, como é o caso, do privilégio de conhecer o professor X, sabemos que todo o pensamento que ele pessoalmente expressa sobre a natureza e o valor da existência não pode de maneira nenhuma ser verdade. E quanto aos (Deus nos livre!) *nossos* grandes pensamentos? Mas, felizmente, tem havido santos que souberam escrever. Nós e o professor X temos a liberdade de copiar o que disseram os que são melhores do que nós.

É incrivelmente fácil escapar dos vícios que não nos seduzem. Detesto ficar muito tempo sentado para comer. Sou indiferente à "boa mesa", e tenho um estômago que rejeita mais de uma ou duas gotas de álcool. Não é de surpreender, portanto, que seja moderado no comer e no beber. E quanto ao amor pelo dinheiro? Demasiado suscetível e retraído para querer me exibir, demasiado preocupado com palavras e noções para dar importância a propriedades ou primeiras edições, ou às "coisas boas da vida", demasiado imprevidente e demasiado cético para me incomodar com investimentos, sempre (exceto durante um ano ou dois de idiotia de estudante universitário), sempre tive mais do que o suficiente para minhas necessidades. E, para alguém com a minha musculatura, minhas aptidões e minha total falta de capacidade para sair impune de um crime, a ânsia de poder é menor problema ainda, para mim, do que o amor ao dinheiro. Mas, quando se trata de formas mais sutis de vaidade ou de orgulho, quando se trata de indiferença, crueldade negativa e falta de caridade, quando se trata de ser medroso ou de mentir, quando se trata de sensualidade...

Lembro-me, lembro-me da casa onde *j'ai plus de souvenirs que si j'avais mille ans*, onde a emoção é recordada em tranquilidade e não há *nessun maggior dolore che* a morte em vida, os dias que já não voltam mais. E tudo o mais, e tudo o mais. Pois as nove Musas são as filhas de Mnemosine; a memória é da mesma essência e substância da poesia. E a poesia, naturalmente, é o melhor que a vida humana tem a oferecer. Mas, também, há a vida do espírito, e a vida do espírito é análoga, num plano mais elevado da espiral, à vida animal. A progressão é da eternidade animal para o tempo, para o mundo estritamente humano da memória — e da antecipação, e do tempo, caso se queira continuar, para o mundo da eternidade espiritual, para o Campo Divino. A vida do espírito é a vida exclusivamente no presente, nunca no passado ou no futuro; a vida aqui e agora, não a vida almejada ou recordada. Nela não há absolutamente lugar para *pathos*, remorso ou ruminação voluptuosa das deliciosas ideias de trinta anos atrás. Sua Luz Inteligível não tem nada a ver com o brilho do pôr do sol daqueles comovedores velhos tempos antes da última guerra, descontadas as três anteriores, ou com o esplendor das luzes de neon dessas Novas Jerusaléns tecnológicas além dos horizontes da próxima revolução. Não. A vida do espírito é vida fora do tempo, vida em sua essência e princípio eternos. É por essa razão que todos insistem — todas as pessoas mais bem qualificadas para sabê-lo — que a memória tem de ser neutralizada e finalmente eliminada. Quando alguém consegue mortificar a memória, diz João da Cruz, já chegou a um estágio apenas um grau menos perfeito e benéfico do que o estado de união com Deus. Essa afirmação a princípio me resultou incompreensível. Isso foi porque, naquela época, minha principal preocupação era a vida da poesia, não a vida do espírito. Agora sei, por humilhante experiência, tudo o que a memória consegue fazer para obscurecer e obstruir o conhecimento do Campo Eterno. A mortificação é sempre a condição para a proficiência.

"Mortificação" — a palavra fez com que sua mente disparasse por uma tangente. Em vez de pensar nos perigos da memória, estava recordando. Recordando-se de Paul de Vries em 1939 — pobre Paul, sentado à mesa do pequeno café em Villefranche, tão monotonamente interessado, tão inteligentemente absurdo, falando e falando sem parar. O assunto, é claro, era uma daquelas "ideias-ponte" com que ele adorava conectar as ilhas dos universos, do discurso. Uma ideia em particular "magnífica", insistia, repetindo a palavra que sempre irritara tanto Sebastian — uma generalização que eliminava, talvez um pouco precariamente, os abismos que separam a arte, a ciência, a religião e a ética. A ponte, por incrível que pareça, era a mortificação. A mortificação do preconceito, da presunção e até do senso comum, por amor à objetividade na ciência; a mortificação do desejo de aquisição ou exploração por amor à contemplação de uma beleza já existente ou da criação de outra; a mortificação das paixões por amor a um ideal de racionalidade e virtude; mortificação do ego em todos os seus aspectos por amor à liberação, à união com Deus. Sebastian tinha escutado, lembrava-se, com muito interesse — mas com condescendência, como se escuta a um homem muito inteligente que é também um tolo e com cuja esposa, ainda por cima, se cometeu adultério na noite anterior. Foi na noite em que, por falar nisso, Veronica tinha copiado para ele aquele soneto de Verlaine:

> O les oarystis, les premières maîtresses,
> L'or des cheveux, l'azur des yeux, la fleur des chairs;
> Et puis, parmi l'odeur des corps jeunes et chers
> La spontanéité craintive des caresses...

Só que, no caso de Veronica, não havia nada de timidez naquela espontaneidade cirúrgica, e, a despeito de Elizabeth Arden, o corpo já tinha trinta e cinco anos. Enquanto a ser "querida", isso nunca havia sido, nunca. Havia sido apenas irresistível, o veículo temido e fascinante de uma loucura mais completa do que ele jamais experimentara com qualquer das mulheres que havia amado, ou pelas quais se havia deixado amar. E, no mesmo instante, lembrou-se de sua esposa, indescritivelmente exaurida pelo peso de uma gravidez que parecia tão estranhamente incompatível com uma pessoa tão sensível, pequena e frágil como Rachel. Lembrou-se das promessas que lhe fizera quando saiu de Le Lavandou para ir visitar os De Vries, os votos de fidelidade que sabia, no mesmo momento em que os fizera, que não ia manter, embora soubesse que Rachel viria a descobrir tudo. E, naturalmente, ela descobriu, muito antes do que ele esperava. Sebastian a recordava deitada na cama do hospital no mês seguinte, depois do aborto espontâneo, quando já se iniciara o processo de envenenamento do sangue.

"É tudo culpa sua", sussurrara ela, em tom de censura. E, quando se ajoelhou a seu lado, chorando, ela lhe virara o rosto. Ao voltar na manhã seguinte, o dr. Buloz o parara na escada: "Coragem, meu amigo! Temos más notícias a respeito de sua esposa".

Más notícias, e fora tudo culpa dele, culpa dele *parmi l'odeur des corps,* entre o cheiro de iodofórmio e a lembrança de tuberosas no caixão. O caixão de Rachel, o caixão do tio Eustace. E, ao lado de ambos os túmulos, estivera Veronica, monasticamente elegante no vestido de luto, mostrando, sob seu disfarce, apenas as extremidades daquele instrumento branco e cálido de loucura. E, passadas duas semanas do enterro de Rachel, outra vez os canibais no manicômio... "É tudo culpa sua." A frase se repetia exaustivamente, mesmo no paroxismo de uma experiência de alheamento do ego, quase tão absoluta, em seu próprio nível, quanto o alheamento de Deus. Mas ele havia persistido, justamente porque aquilo era tão vil, e com o propósito específico de provar mais uma vez ainda o gosto repulsivo daquela mistura de sensualidade, aversão e ódio a si mesmo, que se tornara para ele um tema de tal fascinação que resultara num livro inteiro de poemas.

Havia estado lutando deliciosamente para compor um desses poemas quando alguém veio sentar-se junto dele, em seu banco favorito da Promenade des Anglais. Voltou-se irritado para ver quem tinha invadido sua sagrada privacidade. Era Bruno Rontini — mas Bruno dez anos depois. Bruno, o ex-prisioneiro, agora no exílio, e em avançado estado de sua última enfermidade. Um homem envelhecido, alquebrado e terrivelmente magro. Mas, no crânio pontudo, os olhos azuis haviam brilhado de alegria, animados por intensa ternura que era também, de alguma forma, desinteressada.

Emudecido pelo terror, ele tomara a mão seca e esquelética que se lhe oferecia. Isso era *sua* obra! E, para piorar, durante todos aqueles anos ele havia feito o possível para obliterar a consciência de seu erro. Começara com desculpas e álibis. Era uma criança, e, afinal, quem não conta uma mentirinha vez por outra? E sua mentirinha, lembrou-se, fora fruto de simples fraqueza, não de interesses ou más intenções. Ninguém pensaria em fazer disso um escândalo, se não fosse aquele maldito acidente. E era evidente que Bruno estava fadado a isso. Bruno estava na lista negra deles havia anos. Aquele desgraçado incidente trivial com o desenho fora tomado como pretexto para uma ação que seria levada a cabo de qualquer maneira mais cedo ou mais tarde. Em hipótese alguma poderia ele, Sebastian, ser considerado responsável por isso. E, alguns dias depois de

Bruno ser preso, ele estava a caminho da Inglaterra, onde seu pai o levara para participar da campanha eleitoral, o que fora extraordinariamente gratificante. E, no período escolar seguinte, se dedicara por completo aos estudos com afinco, para ganhar uma bolsa que, para surpresa sua e de todos, conseguira. Quando foi para Oxford, no outono daquele ano, Daisy Ockham lhe deu em segredo um cheque de trezentas libras para complementar o dinheiro da bolsa de estudos. Com todo o entusiasmo inebriante de gastar esse dinheiro e com a liberdade recém-adquirida, com a nova série de aventuras amorosas, deixou de ser necessário inventar desculpas e arranjar álibis. Apenas se esquecera do fato. O incidente perdeu-se na insignificância. E agora, de repente, do túmulo de seu esquecimento, esse velho agonizante, de olhos azuis, surgira como um Lázaro indomável. Com que propósito? Para censurá-lo, julgá-lo, condená-lo?

"Aquelas setas!", disse Bruno, por fim. "Todas aquelas setas!"

Mas o que acontecera com sua voz? Por que falava naquele sussurro quase inaudível? O terror tornou-se pânico.

O sorriso de Bruno expressara uma espécie de compaixão bem-humorada.

"É, parece que já começaram a ser lançadas", sussurrou. "O alvo predestinado..."

Sebastian fechou os olhos para recordar melhor a casinha em Vence que alugara para o moribundo. Mobiliada e decorada com um mau gosto a toda prova. O quarto de Bruno tinha janelas em três lados, e havia uma espaçosa varanda protegida do vento e aquecida pelo sol de primavera, da qual se podiam descortinar os campos de trigo dispostos em terraços, os bosques de laranjeiras e os olivais que desciam até o Mediterrâneo.

"*Il tremolar della marina*", sussurrava Bruno, quando o reflexo da luz do sol estendia-se em grande esplendor por sobre o mar. E algumas vezes era Leopardi que gostava de citar:

*e sovrumani
Silenzi, e profondissima quiete.*

E depois repetia, imperceptivelmente, de forma que só pelo movimento dos lábios Sebastian podia adivinhar as palavras:

E il naufrager m'è dolce in questo mare.

Mme. Louise, uma velhinha, cozinhava e cuidava da casa. Exceto nos últimos dias, quando o dr. Borély insistira em que se contratasse uma enfermeira profissional, o cuidado do enfermo ficara inteiramente a cargo de Sebastian. Aquelas quinze semanas entre o encontro na Promenade des Anglais e aquele funeral quase cômico de tão modesto (Bruno o havia feito prometer não gastar mais de vinte libras com o enterro) foram o período mais memorável de sua vida. O mais memorável e, num certo sentido, o mais feliz. Houve tristeza, é claro, e a dor de ter de assistir à persistência de um sofrimento que não podia aliviar. E, junto à dor e à tristeza, havia o torturante sentimento de culpa, o medo e a certeza antecipada de uma perda irreparável. Mas também havia o testemunho de Bruno, de sua serenidade, certa participação naquele conhecimento cuja expressão natural e inevitável era esse mesmo júbilo — o conhecimento de uma presença atemporal e infinita; a intuição, direta e infalível, de que, à parte o desejo de estar separado, não havia separação, mas identidade essencial.

Com o progresso do câncer em sua garganta, falar se tornava cada vez mais difícil para o enfermo. Mas aqueles longos silêncios na varanda ou no quarto eram eloquentes precisamente quando se tratava de assuntos que as palavras são incapazes de transmitir — realidades afirmadas, que um vocabulário inventado para descrever aparências no tempo só indiretamente poderia indicar por meio de negativas: "Isto não, isto não", era o máximo que as palavras podiam esclarecer. Mas o silêncio de Bruno se transformava no que conhecia e podia gritar, triunfante e cheio de júbilo: "Isto! Isto, isto, isto!".

Havia circunstâncias, é claro, em que as palavras eram indispensáveis, e, nesse caso, Bruno recorria à escrita. Sebastian se levantou e, de uma das gavetas de sua escrivaninha, retirou o envelope em que guardava todos os pequenos recortes quadrados de papel em que Bruno escrevera seus raros pedidos, suas respostas, seus comentários e conselhos. Sentou-se outra vez e, selecionando ao acaso, começou a ler:

"Seria muita extravagância pedir um ramo de frésias?"

Sebastian sorriu ao lembrar-se do prazer que as flores haviam causado. "Como anjos", sussurrara Bruno. "Têm o perfume dos anjos."

"Não se preocupe", começava outra mensagem garatujada. "Ter emoções intensas é simples questão de temperamento. Deus pode ser amado sem quaisquer *sentimentos*, pela vontade apenas. E o seu próximo também."

E, a este, Sebastian tinha agregado outro recorte sobre o mesmo tema: "Não há nenhuma fórmula secreta, nenhum método. Aprende-se a amar amando: conservando-se atento e fazendo o que dessa forma se descobriu que deve ser feito".

Apanhou outros dos papeizinhos.

"O remorso é o *ersatz* do orgulho em lugar do arrependimento; a desculpa do ego para não aceitar o perdão de Deus. A condição para ser perdoado é a rendição do eu. O homem orgulhoso prefere recriminar-se, por mais doloroso que isso seja, porque o ego recriminado não se rendeu, permaneceu intacto."

Sebastian pensou no contexto em que essas palavras haviam sido escritas — o ardor com que detestava a si mesmo, seu desejo quase histérico de oferecer algum tipo de expiação dramática pelo que havia feito, saldar sua dívida com Bruno, que estava à morte, ou com a desesperançada e amargurada Rachel, que estava morta. Se pudesse submeter-se a uma grande dor ou humilhação, se pudesse comprometer-se a ter uma conduta heroica! Havia esperado receber aprovação sem reservas. Mas Bruno o havia avaliado por alguns segundos em silêncio. Depois, com um brilho de repentina malícia nos olhos, tinha sussurrado: "Você não é Joana d'Arc, sabe? Nem mesmo Florence Nightingale". E depois, pegando no lápis e no bloco de anotações, começou a escrever. Na hora, lembrava-se Sebastian, o bilhete o chocara pelo realismo calmo e, assim lhe parecera, positivamente cínico. "Você será ineficaz, estará desperdiçando seus talentos, e seu altruísmo heroico causará grande dano, porque você ficará tão chateado, e com tanto ressentimento, que sentirá repugnância só de pensar em Deus. Além disso, você pareceria tão nobre e patético, e ainda por cima bonito como é, que todas as mulheres o perseguiriam. Não cinquenta por cento das que conhece, como agora, mas *todas*. Como mães, amantes, discípulas — todas. E, como é natural, você não resistiria, não é mesmo?" Sebastian tinha protestado, dizendo algo sobre a necessidade do sacrifício. "Só há um sacrifício efetivamente redentor", foi a resposta. "O sacrifício da própria vontade para dar lugar ao conhecimento de Deus." E, um pouco mais tarde, noutro pedacinho de papel: "Não tente desempenhar o papel de outra pessoa. Descubra como tornar-se o seu não eu interior em Deus, enquanto o eu exterior permanece no mundo".

Surpreso e um pouco desapontado, Sebastian erguera os olhos e verificara que Bruno sorria para ele.

"Pensa que é fácil demais?", sussurrou. Depois, o lápis voltou a funcionar.

Sebastian procurou entre as folhas de papel espalhadas sobre a escrivaninha. Ali estava o que o lápis escrevera: "Realizar milagres durante um momento de crise é tão mais fácil do que amar a Deus desinteressadamente todos os momentos de cada dia! Essa é a causa da maioria das crises, porque as pessoas acham difícil demais conduzir-se adequadamente nos momentos corriqueiros".

Lendo as linhas garatujadas, Sebastian sentira-se, de repente, acabrunhado pela magnitude da tarefa que lhe cabia. E em breve, muito em breve, Bruno não estaria ali para ajudá-lo.

"Nunca serei capaz de fazer isso sozinho!", exclamou.

Mas o enfermo foi inexorável.

"Não pode ser feito por mais ninguém", escrevera o lápis. "Ninguém pode fazer com que você veja com olhos alheios. No melhor dos casos, só o podem estimular a usar os próprios olhos."

Depois, como remate, acrescentara, noutra folha de papel: "E, naturalmente, uma vez que comece a usar seus próprios olhos, você verificará que não está sozinho. Ninguém está sozinho, a menos que assim o deseje".

Como para ilustrar sua afirmação, pousou o lápis e olhou para longe, para a terra banhada pela luz do sol e para o mar. Seus lábios se moveram. "O grão era trigo nascente e imortal... *Essa è quel mare al qual tutto si move... E il naufragar m'è dolce...* O naufrágio naquele mar..." Bruno fechou os olhos. Depois de um momento ou dois, abrira-os de novo, olhara para Sebastian com um sorriso de extraordinária ternura, e estendera-lhe a mão magra e angulosa. Sebastian a tomara e apertara entre as suas. O enfermo o olhara durante mais algum tempo, com o mesmo sorriso, e depois fechara novamente os olhos. Seguira-se um longo silêncio até que, de repente, da cozinha chegara a voz fina e aguda de mme. Louise, cantando sua valsa favorita, de quarenta anos atrás: "*Lorsque tout est fini...*".

O rosto magro de Bruno se agitara numa expressão divertida.

"Acabou?", sussurrou ele. "Acabou?" E seus olhos, no momento em que os abriu, brilhavam com alegria interior. "Mas se apenas começou!"

Durante muito tempo, Sebastian ficou sentado, sem se mover. Mas, infelizmente, a recordação do conhecimento que lhe chegara naquele dia era muito diferente do conhecimento em si. E, no final, talvez até essa recordação devesse ser mortificada. Suspirou profundamente e voltou a folhear o caderno de notas.

Culpa da guerra — a culpa de Londres e Hamburgo, de Coventry, Roterdã, Berlim. É verdade que não estava metido em política nem nas finanças, e havia tido a sorte de não nascer na Alemanha. Mas, de modo menos evidente, mais fundamental, sentia-se culpado pelo simples fato de ser ele mesmo, satisfeito em permanecer um embrião espiritual, não desenvolvido, não nascido, não iluminado. Em parte, pelo menos sou responsável por minha própria mutilação, e na mão que me resta há sangue e a mancha negra e oleosa de carne humana carbonizada.

Veja qualquer jornal ou revista ilustrada. As notícias (e só o mal é notícia, nunca o bem) se alternam com a ficção, fotografias de armas, cadáveres, ruínas e mulheres seminuas. Farisaicamente, pensava que não havia conexão de causa e efeito entre essas coisas que, estritamente como sensualista e esteta, eu não tinha responsabilidade pelo que se passava no mundo. Mas o hábito da sensualidade e do esteticismo puro é um processo impermeabilizante de defender-se de Deus, entregar-se a esse processo é transformar-se numa capa de chuva espiritual, protegendo o pequeno cantinho do tempo de que somos o centro da menor gota da realidade eterna. Mas a única esperança para o mundo do tempo reside em ficar sempre encharcado por aquilo que transcende o tempo. Com a garantia de sermos impermeáveis a Deus, excluímos do nosso meio a única influência capaz de neutralizar as energias destrutivas da ambição, da cobiça e do amor ao poder... Nossa responsabilidade pode ser menos espetacularmente óbvia do que a dessas energias, mas, nem por isso, menos real.

Parou a chuva. Nas teias de aranha, as gotas d'água estão firmemente aderidas. Acima da copa das árvores o céu parece uma pálpebra fechada, e estes campos são os símbolos simples e evidentes de uma resignação total.

Invisível na sebe, uma carricinha solta periodicamente a engrenagem de seu pequeno mecanismo ruidoso. Dos galhos úmidos das árvores, as gotas caem e caem ao ritmo imprevisível de uma música absolutamente desconhecida. Mas o silêncio outonal permanece inalterado. Mesmo o trepidar de um caminhão que passa, mesmo o longo crescendo e o ronco decrescente de uma esquadrilha de aviões, mesmo minhas lembranças daquelas explosões e de todas aquelas noites de dor são, de certo modo, irrelevantes e podem ser deixadas de lado. Na superfície da esfera, quanto ruído de ferragens! Mas aqui, no seu centro vítreo, os três velhos álamos brancos e a relva, as sarças e a árvore de azevinho permanecem à espera. E, entre as repetições de sua pequena e impensada declaração de independência pessoal, até a carricinha para, de vez em quando, lá em baixo, no fundo da sebe, para prestar atenção, por um momento, ao silêncio dentro do silêncio dentro do silêncio; inclina a cabeça e, por um segundo ou dois, percebe que está ali, esperando na escuridão labiríntica dos ramos, esperando uma liberação da qual nem suspeita. Mas nós, que podemos chegar, se quisermos, ao pleno conhecimento dessa liberação, nos esquecemos por completo de que há alguma coisa pela qual esperar.

Um pouco da felicidade que sentira durante aquela longa solidão sob as árvores gotejantes retornou. Não que fosse suficiente para perceber os significados das paisagens e das coisas vivas. Wordsworth teria de ser suplementado por Dante, e Dante, por... bem, por alguém como Bruno. Se não se confundisse idolatradamente a manifestação com o princípio, caso se evitasse a gula espiritual e percebesse que esses êxtases campestres não passavam de um convite para passar a outra coisa, então seria perfeitamente lícito andar sozinho como uma nuvem e até mesmo confiar o fato ao papel. Começou a ler de novo:

> Para surpresa dos Humanistas e dos Clérigos Liberais, a abolição de Deus deixou um vazio perceptível. Mas a Natureza odeia o vácuo. Nações, Classes e Partidos, a Cultura e as Artes se apressaram em preencher o nicho vazio. Para os políticos e para aqueles de nós que tiveram a sorte de nascer com algum talento, as novas pseudoreligiões foram, ainda são e (até que destruam toda a estrutura social) continuarão sendo superstições extremamente lucrativas. Mas consideremo-las com isenção de ânimo, *sub specie aeternitatis*. Como são indizivelmente estranhas, tolas e satânicas! Mexericos, devaneios, preocupações com os próprios estados de espírito e sentimentos são fatais, todos eles, para a vida espiritual. Mas, entre outras coisas, até a melhor peça de teatro ou narrativa não passa de mexerico glorificado e

devaneio artisticamente disciplinado. E que dizer da poesia lírica? Apenas "Oh!" ou "Oooh!" "Hum-Hum!" ou "Merda!" ou "Querida!" ou "Sou um animal!" — tudo isso adequadamente transliterado e, é claro, elaborado.

Por essa razão é que alguns santos, centrados em Deus, condenaram todas as artes, indiscriminadamente. E não só as artes — a ciência, a erudição e a especulação. Basta lembrar-se de Tomás de Aquino, o consumado virtuoso filosófico que, depois de alcançar o conhecimento da união com o Fato Primordial, a respeito do qual passara tantos anos formulando teorias, recusou-se a escrever uma só linha a mais de teologia. O que teria acontecido se ele tivesse chegado à união vinte anos antes? Não teria escrito a Suma Teológica? E, se assim fosse, seria o caso de se lamentar do fato? Não, teríamos respondido alguns anos atrás. Mas, hoje em dia, alguns físicos começam a se perguntar se o aristotelismo escolástico não será a melhor filosofia como base para organizar as descobertas da ciência moderna. (Mas, enquanto isso, é claro, a ciência contemporânea, nas mãos de homens e mulheres contemporâneos, se ocupa em destruir não só coisas e vidas, mas estruturas inteiras de civilizações. Assim, nos encontramos diante de outra série de interrogações.)

Para o artista ou intelectual que também se interessa pela realidade e deseja a liberação, a resposta pareceria estar, como sempre, no fio de uma navalha.

Primeiro deve lembrar-se de que sua obra como artista ou intelectual não o levará ao conhecimento do Campo Divino, mesmo quando seu trabalho se refira diretamente a esse conhecimento. Ao contrário. Em si mesmo, o trabalho é uma forma de desviar a atenção. Segundo, que os talentos são análogos aos dons de efetuar curas ou de operar milagres. Mas "alguns gramas de graça santificadora valem por alguns quilos dessas graças que os teólogos chamam de gratuitas, entre as quais está o dom dos milagres. É possível receber esses dons e estar em pecado mortal; nem são eles necessários à salvação. Via de regra, as graças gratuitas são conferidas aos homens menos para seu próprio benefício do que para a edificação de seus semelhantes". Francisco de Sales poderia ter acrescentado que os milagres não edificam *necessariamente*. O mesmo se pode aplicar até mesmo à melhor manifestação artística. Em ambos os casos a edificação é mera possibilidade.

A terceira coisa a ser lembrada é que a beleza é intrinsecamente edificante. Mexericos, devaneios e simples expressão das próprias ideias não são intrinsecamente edificantes. Na maioria das obras de arte, esses elementos positivos e negativos se equivalem. Mas, às vezes, as histórias e os devaneios são elaborados em relação aos princípios primeiros e expostos de modo a que os intervalos entre seus elementos componentes criem uma nova forma de beleza sem precedentes. Quando isso acontece, as possibilidades de edificação se realizam plenamente, e a graça gratuita de um talento encontra sua justificação. É verdade que a composição de tão consumadas obras de arte pode constituir um desvio de meta do conhecimento, tanto quanto a composição de música de swing ou a redação de um anúncio. É possível escrever a respeito de Deus e, no esforço de escrever bem, fechar a mente por completo à presença de Deus! Só há um antídoto para esse esquecimento: recordar sempre.

* * *

Bem, não poderia dizer que não se admoestara o suficiente, refletiu Sebastian sorrindo, ao virar a página. "Hipótese mínima de trabalho" era o título da anotação seguinte.

A ciência natural é a pesquisa da realidade material por meio de intuições sensoriais controladas — pesquisa motivada e orientada por uma hipótese de trabalho que, mediante a inferência lógica, leva à formulação de uma teoria racional e resulta em ação tecnológica adequada.

Não ter uma hipótese de trabalho significa não ter motivo para iniciar a pesquisa, não ter razão para fazer uma experiência em vez de outra, nem ter uma teoria racional para ordenar os fatos observados e dar-lhes sentido.

Por outro lado, exceder-se na aplicação da hipótese de trabalho significa descobrir apenas o que se *sabe* dogmaticamente que existe e ignorar o resto.

Entre outras coisas, a religião também é pesquisa. Pesquisa por meio da intuição intelectual pura sobre a realidade puramente espiritual, não psíquica e não sensorial, descendo a teorias racionais acerca dos seus resultados e à ação moral adequada à luz dessas teorias.

Para motivar e (em seus estágios preliminares) orientar essa pesquisa, que tipo de hipótese de trabalho é necessária, e até que ponto dela se necessita?

Nenhuma, nunca, dizem os humanistas sentimentais. Só um pouquinho de Wordsworth, dizem os adeptos do romantismo do tipo cúpula-azul-da-natureza. Resultado: não tem motivo que os obrigue a fazer as investigações mais trabalhosas. São incapazes de explicar os fatos não sensoriais que encontram; progridem muito pouco na Caridade.

No outro extremo da escala estão os papistas, os judeus, os maometanos, todos com religiões históricas, cem por cento reveladas. Essas pessoas têm uma hipótese de trabalho acerca da realidade não sensorial, o que significa que têm motivo para fazer algo que os leve a conhecê-la. Mas, por serem as suas hipóteses de trabalho demasiado dogmáticas, a maioria deles descobre apenas o que lhe ensinaram a acreditar. O que acreditam é uma miscelânea do bom, menos bom, e até mau. Registros das intuições infalíveis dos grandes santos sobre a mais elevada realidade espiritual estão misturados com os registros de intuições menos fidedignas e infinitamente menos valiosas de metapsíquicos sobre os níveis inferiores da existência não sensorial. E a esses registros estão adicionados raciocínios discursivos e sentimentalismos, meras fantasias, tudo projetado num tipo de objetividade secundária e venerado como fatos divinos. Mas, em todas as épocas e a despeito das desvantagens impostas por essas excessivas hipóteses de trabalho, uns poucos estudiosos, denodadamente persistentes, continuam a pesquisa até o ponto em que percebem a Luz Inteligível e se unem com a Causa Divina.

Para aqueles de nós que não somos congenitamente membros de nenhuma igreja organizada, que verificamos que o humanismo e o romantismo da cúpula-azul não bastam, que não nos contentamos em permanecer nas trevas da ignorância espiritual, na esqualidez do vício ou nessa outra esqualidez da mera respeitabilidade, a hipótese mínima de trabalho poderia ser mais ou menos a seguinte:

Que há uma Divindade ou Causa, que é o princípio não manifesto de toda a manifestação.

Que a Causa é transigente e imanente.

Que é possível aos seres humanos amar, conhecer e chegar a se identificar realmente com a Causa.

Que alcançar esse conhecimento unitivo, concretizar essa suprema identidade é a finalidade última e o propósito da existência humana.

Que há uma Lei ou Dharma que deve ser obedecida, um Tao ou Caminho, que deve ser seguido, para que os homens atinjam sua finalidade última.

Que, quanto mais Eu, mim ou meu haja, menos Causa haverá, e que, consequentemente, o Tao é um Caminho de humildade e compaixão, e o Dharma, uma Lei de mortificação e percepção transcendente ao ego. O que, naturalmente, explica os fatos da história humana. As pessoas amam o seu ego e não o querem mortificar, não desejam compreender por que não devem "expressar sua personalidade" e "ter prazer na vida". Elas conseguem seus prazeres, mas, também e inevitavelmente, se defrontam com as guerras, a sífilis, as revoluções, o alcoolismo, a tirania e, na falta de uma adequada hipótese religiosa, com a escolha de alguma idolatria lunática, como o nacionalismo, e um sentimento de completa futilidade e desespero. Sofrimentos indescritíveis! Mas, ao longo da história registrada, a maioria dos homens e mulheres tem preferido os riscos, a certeza positiva de tais desgraças, ao difícil e constante trabalho de tentar conhecer a divina Causa de todo o ser. Afinal conseguimos exatamente o que pedimos.

* * *

O que estava bem, até este ponto, refletiu Sebastian. Agora, uma das tarefas do ano que se iniciava seria acrescentar os desenvolvimentos e qualificações indispensáveis. Por exemplo, discutir as relações entre a Causa e suas mais elevadas manifestações — entre a Divindade e o Deus pessoal e o Avatar humano e o santo liberado. E, depois, havia que considerar os dois métodos de proposta religiosa: o direto, visando um conhecimento identificador de Causa, e o indireto, ascendendo pela hierarquia de manifestações materiais e espirituais, arriscando, sempre, ficar atolado em algum ponto do caminho. Entretanto, onde estava a anotação que fizera como comentário a um parágrafo do discurso final de Hotspur? Folheou as páginas. Aí estava.

> Quando se diz absolutamente tudo, todas as coisas que foram ditas tendem a se eliminar mutuamente, e o resultado é nada. Por essa razão é que não se pode extrair da obra de Shakespeare nenhuma filosofia explícita. Mas, como metafísica implícita, como sistemas de beleza-verdades, constituídos pelas relações poéticas de cenas e de versos e inerentes aos espaços em branco entre até mesmo frases como "contada por um idiota, não significando nada", as peças de Shakespeare constituem o equivalente de uma grande *Summa* teológica. E, claro, se preferimos ignorar as negativas que as eliminam, que extraordinárias expressões isoladas de sabedoria perfeitamente explícita! Sempre me lembro, por exemplo, daqueles dois versos e meio em que o

moribundo Hotspur resume uma epistemologia, uma ética e uma metafísica:

*Mas o pensamento é escravo da vida, e a vida
é o joguete do tempo,
E o tempo, que passa em revista o mundo inteiro,
Deve parar.*

Três cláusulas das quais o século XX levou em consideração apenas a primeira. A escravidão do pensamento à vida é um dos temas favoritos. Bergson e os Pragmáticos, Adler e Freud, os rapazes do Materialismo Dialético e os behavioristas — todos trauteiam suas variações sobre esse mesmo tema. A mente não passa de uma ferramenta para fazer outras ferramentas; é controlada por forças inconscientes, sexuais ou agressivas; é produto de pressões sociais e econômicas; é um amontoado de reflexos condicionados.

Até certo ponto, tudo isso é verdade, mas falso se não se aprofunda a questão. Pois é óbvio que, se a mente é apenas algo que não-passa-de, nenhuma de suas afirmações pode reivindicar validade geral. Mas todas as filosofias do tipo não-passa-de fazem tais reivindicações. Portanto, não podem ser verdadeiras, pois, se o fossem, isso seria prova de que eram falsas. O pensamento é escravo da vida — sem dúvida. Mas, se não fosse também algo mais do que isso, não poderíamos sequer fazer essa generalização parcialmente válida.

O alcance da segunda cláusula é sobretudo de ordem prática. A vida é o joguete do tempo. O mero passar do tempo transforma em estultícia todos os planos e esquemas conscientes da vida. Nenhuma ação considerável jamais obteve tudo ou nada, e sim os resultados que se esperavam dela. Exceto em condições controladas ou em circunstâncias em que é possível ignorar os indivíduos e levar em consideração apenas grandes números e a lei das médias estatísticas, qualquer tipo de previsão exata é impossível. Em todas as situações humanas existem mais variáveis do que a mente humana pode dar-se conta, e, com o passar do tempo, essas variáveis tendem a aumentar em número e a mudar de caráter. Tais fatos são perfeitamente conhecidos e óbvios. E, no entanto, a única fé da maioria de europeus e americanos do século xx é a fé no Futuro — um Futuro cada vez maior e melhor, que eles sabem que o Progresso lhes proporcionará, como um passe de mágica. Por amor ao que sua Fé afirma a respeito do tempo Futuro, futuro esse que a razão lhes assegura ser completamente impossível de conhecer, estão dispostos a sacrificar sua única possessão tangível, o Presente.

Desde que nasci, há trinta e dois anos, cerca de cinquenta milhões de europeus, e Deus sabe lá quantos asiáticos, foram dizimados em guerras e revoluções. Por quê? Para que os tetranetos dos que estão agora sendo massacrados ou aniquilados pela fome possam gozar muito bem a vida lá por 2043 d.C. E (escolhendo de acordo ao gosto ou as opiniões políticas entre as fórmulas de Wells, Marx, dos capitalistas ou dos fascistas) começamos solenemente a visualizar o tipo de vida maravilhosa que esses mendigos da sorte vão gozar. Justamente como os nossos tataravós do primeiro período vitoriano visualizaram o tipo de vida maravilhosa que *nós* teríamos na metade do século xx.

A verdadeira religião se ocupa da dadivosidade do intemporal. Uma religião idólatra é aquela em que o tempo é substituído pela eternidade, seja o passado, em forma de tradição rígida, seja o futuro, em forma de Progresso para a Utopia. E ambas as formas são Molochs, ambas exigem sacrifícios humanos numa escala enorme. O catolicismo espanhol foi uma idolatria típica do passado. O nacionalismo, o comunismo, o fascismo, todas as pseudorreligiões sociais do século XX são idolatrias do futuro.

Quais têm sido as consequências de nosso recente desvio de atenção do Passado para o Futuro? Progresso intelectual partindo do Jardim do Éden para a Utopia; avanço político e moral partindo da ortodoxia compulsória e do direito divino dos reis, chegando ao recrutamento para todos, à infalibilidade do mandachuva local e à apoteose do Estado. Seja antes ou depois, o tempo não pode jamais ser venerado impunemente.

Mas o resumo de Hotspur tem uma cláusula final: o tempo deve parar. E não apenas *deve* parar, como imperativo ético e esperança escatológica, mas *realmente* parar, no indicativo, como constatado pela experiência nua e crua. Só tomando o fato da eternidade em consideração é que podemos libertar o pensamento de sua escravidão à vida. Só prestando deliberada atenção e mantendo nossa aliança primeira com a eternidade é que podemos evitar que o tempo transforme nossas vidas numa estultícia inútil e diabólica. A divina Causa é uma realidade atemporal. Buscai-a primeiro, e todo o resto — tudo, desde uma adequada interpretação da vida até a liberação da autodestruição compulsória — vos será acrescentado. Ou, transpondo o tema da linguagem evangélica para uma clave shakespeariana, podemos dizer: "Cessai de ser ignorantes daquilo de que tendes maior certeza, vossa existência transparente, e cessareis de ser macacos enfurecidos, executando truques tão fantásticos diante dos céus que até fazem chorar os anjos".

Um posfácio que escrevi ontem. Em política, temos tamanha fé no futuro manifestamente desconhecido que estamos dispostos a sacrificar milhões de vidas a um sonho de Utopia de um fumador de ópio ou ao domínio do mundo ou à segurança perpétua. Mas, no terreno dos recursos naturais, sacrificamos um futuro rigorosamente previsível à ganância do presente. Sabemos, por exemplo, que, se abusamos do solo, este perderá sua fertilidade, que, se destruímos as florestas, nossos filhos não terão madeira e verão as terras altas vitimadas pela erosão e seus vales invadidos pelas inundações. No entanto continuamos a abusar do solo e a destruir florestas. Em uma palavra, imolamos o presente ao futuro nas complexas atividades humanas, em que a previsão é impossível, e nas relativamente simples atividades da natureza, em que sabemos exatamente o que pode acontecer, imolamos o futuro ao presente. "Aqueles a que os deuses querem destruir, a esses os enlouquecem primeiro."

Durante quatro séculos e meio, os europeus brancos se ocuparam diligentemente em atacar, oprimir e explorar os povos de outras raças no resto do mundo. Os espanhóis e portugueses católicos o começaram; depois os seguiram os holandeses e ingleses protestantes, os franceses católicos e os russos ortodoxos, os alemães luteranos e os belgas católicos.

Comércio e Bandeira, exploração e opressão sempre e em toda a parte seguiram ou acompanharam a Cruz proselitista. As vítimas têm boa memória — um fato que os opressores nunca conseguem entender. Em sua magnanimidade se esquecem do tornozelo que torceram enquanto pisavam na cara do seu semelhante, e ficam sinceramente atônitos quando este se recusa a apertar a mão que o chicoteou e não demonstra nenhum interesse em ser batizado.

Isso não invalida o fato de que uma teologia compartilhada seja uma das condições indispensáveis para a paz. Por razões históricas, óbvias e odiosas, a maioria asiática não aceitará o cristianismo. Nem se pode esperar que os europeus e os americanos aceitem todo o bramanismo, digamos, ou o budismo. Mas a Hipótese Mínima de Trabalho é também o Supremo Fator Comum.

Três postes telegráficos caídos na extensão de grama alta sob a minha janela na estalagem — estendidos, formando pequenos ângulos uns com os outros, mas todos parecendo mais curtos, todos insistindo ardorosamente no fato surpreendente e misterioso da terceira dimensão. À esquerda, o sol está nascendo. Cada poste tem sua respectiva sombra de pouco mais de um metro de largura, e as velhas marcas de rodas deixadas na grama, quase invisíveis ao meio-dia, agora parecem profundos desfiladeiros cheios de escuridão azul. Como "paisagem", nada poderia ser tão perfeitamente insípido e, no entanto, por alguma ignota razão, contém toda a beleza, todo o significado e o conteúdo de toda a poesia.

O homem industrial — um motor de movimento ternado, sensível, de rendimento variável, acoplado a uma roda de ferro que gira com velocidade uniforme. E depois nos surpreendemos que esta seja a idade de ouro das revoluções e das perturbações mentais.

Democracia é ser capaz de dizer não ao patrão, e não se pode dizer não a ele a menos que se possuam bens suficientes para garantir a alimentação ao se perder a patronagem. Não há democracia onde...

Sebastian virou uma ou duas páginas. Então, seu olhar recaiu nas palavras iniciais de uma anotação datada: "Noite de Natal".

Hoje houve a obtenção quase espontânea do silêncio — silêncio do intelecto, silêncio da vontade, silêncio até de ardentes desejos secretos e subconscientes. Depois, uma transição, em meio a esses silêncios, para a tranquilidade intensamente atuante do Silêncio vivo e eterno.
Ou então eu poderia usar outro conjunto de signos verbais também inadequados, e dizer que foi uma espécie de fusão com o intervalo harmonizador que cria e constitui a beleza. Mas, ao passo que qualquer manifestação específica de beleza — na arte, no pensamento, na ação, na natureza — é sempre a relação entre existências não intrinsecamente belas em si mesmas, esta foi uma percepção do paradoxo da relação como tal, e uma participação factual nesse paradoxo, à parte de qualquer coisa relacionada. Foi a experiência direta do intervalo puro e o princípio de harmonia,

à parte das coisas, que, nesta ou naquela instância concreta, são separados e harmonizados. E, em algum lugar, de algum modo, a participação e a experiência persistem, mesmo agora, enquanto escrevo. Persistem a despeito do estrondo infernal dos canhões, a despeito de minhas lembranças, medos e preocupações. Se pudessem persistir sempre...

Mas a graça lhe fora retirada mais uma vez, e nos últimos dias... Sebastian meneou a cabeça com pesar. Pó e cinzas, os demônios macacos, as profanações imbecis da atenção desvirtuada. E porque o conhecimento, o genuíno conhecimento, que está além da mera teoria e da aprendizagem livresca, sempre constituiu uma participação transformadora naquilo que foi conhecido, jamais pôde ser comunicado — nem mesmo à própria pessoa em estado de ignorância. O melhor que podia tentar fazer por meio de palavras era lembrar-se daquilo que uma vez havia entendido unitivamente, e evocar, nos outros, o desejo de um entendimento semelhante, e criar algumas das condições para isso. Voltou a abrir o livro.

> Passei a noite ouvindo falar da futura organização do mundo — Deus nos proteja! Será que se esquecem do que disse Acton a respeito do poder? "O poder sempre corrompe. O poder absoluto corrompe absolutamente. Todos os grandes homens são ruins." E ele poderia ter acrescentado que todas as grandes nações, todas as grandes classes, todas as grandes religiões ou grupos profissionais são ruins — ruins na medida exata em que exploram o seu poder.

No passado houve uma era de Shakespeare, de Voltaire, de Dickens. A nossa é a era, não de um poeta, pensador ou novelista, mas do Documentário. Nosso Homem Representativo é o repórter correspondente de um jornal que viaja pelo mundo e que lança um best-seller entre duas de suas missões. "Os fatos falam por si mesmos." Que ilusão! Os fatos são bonecos de ventríloquos. Sentados nos joelhos de um sábio, podem ser obrigados a dizer palavras de sabedoria; de outra forma, ou não dizem nada, ou falam asneiras, ou se entregam ao puro satanismo.

Tenho de reler o que Espinosa escreveu sobre a piedade. Tanto quanto lembro, ele considera a piedade intrisicamente indesejável como emoção intensa, mas relativamente desejável quando faz mais bem do que mal. Fiquei pensando nisso ontem, durante todo o tempo em que estava com Daisy Ockham. Querida Daisy! Sua piedade impetuosa leva-a a fazer todo o tipo de boas e bonitas ações. Mas, por ser apenas uma emoção intensa, essa piedade também deforma o seu critério, levando-a a cometer toda a sorte de equívocos grotescos e nocivos, e se traduz na mais absurda sentimental e radical falsa visão da vida. Ela adora, por exemplo, dizer que o sofrimento transforma e melhora as pessoas. Mas é perfeitamente óbvio, se a pessoa não está cega pela emoção da piedade, que isso não é verdade. O sofrimento pode e costuma produzir de fato uma espécie de soerguimento emocional e estimula temporariamente a coragem, a tolerância, a paciência e o altruísmo. Mas, se a pressão do sofrimento se prolonga demasiado, sobrevém uma crise que leva à apatia, ao desespero ou ao egoísmo violento. E, quando a pressão é removida, a pessoa volta imediatamente às condições normais de não regeneração. Por pouco tempo, uma blitz engendra sentimentos de fraternidade universal; mas, quanto à transformação permanente e ao aperfeiçoamento, isso só ocorre excepcionalmente. A maioria das pessoas que conheço voltou da batalha como foi; um bom número voltou pior do que era antes; e alguns homens — com uma filosofia adequada e o desejo de atuar de acordo — estão melhores. Daisy tem tanta pena dos ex-combatentes que insiste em que todos voltaram melhores. Conversei um pouco com ela a respeito do pobre Dennis C. e do que o sofrimento lhe tinha feito: bebida, tropelias, indiferença pela simples honestidade, cinismo total.

Os escritores budistas distinguem compaixão de Grande Compaixão — piedade em estado bruto, como mera perturbação visceral e emocional, e a piedade informada por um princípio, iluminada pelo conhecimento da natureza do mundo, consciente das causas do sofrimento e de seu único remédio. A ação depende do pensamento, e o pensamento, em grande parte, depende do vocabulário. Baseado nos jargões da economia, da psicologia e da religiosidade sentimental, o vocabulário em cujos termos pensamos, hoje em dia, a respeito da natureza e do destino do homem, não podia ser pior...

A campainha da porta soou de repente. Sebastian ergueu a cabeça surpreendido. A esta hora, quem poderia ser? Provavelmente Dennis Camlin. E bastante bêbado, provavelmente. Que tal se não abrisse a porta? Não. Isso seria falta de caridade. O pobre rapaz parecia ficar tão reconfortado com a sua presença. "Tudo isso é verdade", costumava dizer. "Sempre soube que era verdade. Mas, se a pessoa *quer* se destruir, bem, por que não?" E o tom da voz se tornava agressivo, as palavras, violentamente obscenas e blasfemas. Depois de alguns dias, porém, voltava.

Sebastian levantou-se, foi até o vestíbulo, e abriu a porta. Um homem estava ali de pé na escuridão: seu pai. Sebastian soltou uma exclamação de surpresa:

"Mas por que o senhor não está do outro lado do Atlântico?"

"Esse é o encanto de viajar em tempo de guerra", disse John Barnack, no tom ensaiadamente neutro, reservado para despedidas e reuniões. "Nada de disparates tais como listas de passageiros ou telegramas de aviso. Por falar nisso, posso dormir aqui hoje?"

"Claro", respondeu Sebastian.

"Só se não vai causar nenhum transtorno", continuou seu pai, enquanto pousava a mala no chão e começava a desabotoar o sobretudo. "Pensei que seria mais fácil para mim abrir meu apartamento à luz do dia."

Caminhou com passos rápidos até a sala de estar, sentou-se e, sem perguntar a Sebastian como estava ou dar a menor informação pessoal, começou a falar de sua viagem pelo Canadá e pelos Estados Unidos. A notável virada para a esquerda no Domínio — tão impressionantemente diferente do que se passava do outro lado da fronteira. Mas se os republicanos iam de fato ganhar a eleição para presidente, isso era outro assunto. E, de todo modo, não seria por nenhum partido ou presidente que a futura política do país ia ser moldada — seria pela força das circunstâncias. Ganhasse quem ganhasse, haveria maior controle por parte do governo, maior centralização para enfrentar a confusão do pós-guerra, impostos continuamente em alta...

Sebastian fazia os gestos e ruídos da atenção inteligente, mas sua preocupação real era com o orador, e não com o que dizia. Como seu pai parecia cansado, como envelhecera! Quatro anos de excesso de trabalho em tempo de guerra, na Inglaterra, na Índia, de volta à Inglaterra, tinham-no deixado esgotado e deteriorado. E, agora, estes dois meses de viagem, no inverno, com conferências diárias e congressos, tinham consumado o processo. Quase de repente, John Barnack havia passado da maturidade vigorosa ao início da velhice. Naturalmente, pensou Sebastian, seu pai era orgulhoso demais para admitir o fato, voluntarioso e teimoso demais para fazer quaisquer concessões ao seu corpo cansado e enfraquecido. Um asceta por amor ao ascetismo, continuaria exigindo-se ao máximo, sem parar, até o colapso final.

"... O imbecil mais consumado", dizia John Barnack numa voz que o desprezo tornava mais vibrante e clara. "E é óbvio que, se não fosse cunhado de Jim Tooley, ninguém sonharia sequer em dar-lhe o emprego. Mas, lógico, quando a esposa é irmã do campeão mundial dos puxa-sacos, pode-se aspirar aos mais altos cargos oficiais."

Soltou uma risada metálica, estridente como um zurro. Em seguida, lançou-se numa animada dissertação sobre o nepotismo nos altos postos do governo.

Sebastian ouvia — não as palavras, mas o que se ocultava detrás delas, e que tão claramente se revelava: as amargas queixas de seu pai contra um partido e um governo que o haviam relegado, todos estes anos, às fileiras como soldado raso, sem nenhum cargo oficial, nem qualquer posição de autoridade. O orgulho não permitia que se queixasse. Tinha de se contentar com essas referências mordazes e sarcásticas à estupidez ou à torpeza dos homens por quem havia sido preterido. Mas, afinal, se não conseguia deixar de tratar os próprios companheiros como se fossem crianças infratoras ou prováveis delinquentes, não podia surpreender-se quando davam aos outros os melhores lugares.

Velho, cansado, amargurado. Mas isso não era tudo, dizia Sebastian para si mesmo, ao observar o rosto de rugas profundas, a pele curtida, e escutar a voz agora incrongruentemente forte e autoritária. Isso não era tudo. De certa maneira sutil e difícil de explicar, seu pai dava a impressão de estar deforme, como se tivesse de repente se transformado num anão ou num corcunda. "Aquele que não melhora, piora." Mas isso era muito abarcador e sumário. "Aquele que não está crescendo está diminuindo." Sim, isso o descrevia melhor. Um homem assim poderia terminar a vida não como um ser humano maduro, mas como um feto envelhecido. Adulto em sabedoria do mundo e capacidade profissional; embrionário de espírito e mesmo (a despeito de todas as virtudes estoicas e cívicas que tivesse adquirido) de caráter. Aos sessenta e cinco anos, seu pai ainda estava tentando ser o que fora aos cinquenta e cinco, aos quarenta e cinco, aos trinta e cinco. Essa tentativa de se conservar o mesmo o tornara essencialmente diferente. Porque naquela época ele fora o que um jovem ativo ou um político de meia-idade deveria ser. Agora, ele era o que um homem idoso não deveria ser. E, portanto, no esforço de permanecer sem se modificar, tinha-se transformado numa anomalia macabra. E, naturalmente, numa era que tinha inventado Peter Pan e erguido a monstruosidade do desenvolvimento atrofiado às alturas de ideal, ele não constituía, de modo nenhum, uma exceção. O mundo estava cheio de septuagenários atuando como se tivessem trinta anos ou até menos de vinte, quando deveriam estar se preparando para a morte, tentando desenterrar a realidade espiritual que haviam passado a vida toda soterrando debaixo de um monte de lixo. No caso de seu pai, naturalmente, o lixo tinha sido da melhor qualidade: austeridade pessoal, obras de serviço público, conhecimentos gerais, idealismo político. Mas a realidade espiritual não estava por isso menos eficazmente enterrada do que se estivesse encoberta pela paixão do jogo, por exemplo, ou pela obsessão do prazer sexual. Talvez até estivesse mais eficientemente enterrada. Pois o jogador de cartas e o prosceneta não consideravam suas atividades honradas, e portanto, corriam o risco de ser constrangidos ao ponto de ter que abdicar delas. Ao passo que o bom cidadão, bem informado, tem tanta certeza de estar moral e intelectualmente certo que quase nunca considera sequer a possibilidade de mudar seu modo de vida. Foram os publicanos que aceitaram a salvação, não os Fariseus.

Enquanto isso, a conversa tinha se desviado do nepotismo para cair, como era inevitável, nas expectativas do que poderia acontecer depois da guerra. Até há bem pouco tempo, pensava Sebastian enquanto o ouvia, este dedicado idólatra do futuro tinha sido recompensado pelo seu deus com o dom de uma energia inexaurível a serviço de suas reformas sociais favoritas. Agora, em vez de beneficiário, era a vítima do que adorava. O futuro e seus problemas vinham atormentá-lo como uma consciência culpada ou uma paixão devoradora.

    Primeiro havia o futuro imediato. No continente, um caos tão apavorante que, para milhões de pessoas, os anos de guerra, em retrospecto, pareceriam uma época de verdadeira prosperidade. E, mesmo na Inglaterra, junto ao enorme alívio, haveria certa nostalgia pelas simplicidades da economia e da organização do tempo de guerra. E, entretanto, na Ásia, que confusão política, fome, doenças, que abismos de ódios raciais, que preparativos, conscientes ou inconscientes, para a próxima guerra entre povos de cores diferentes! John Barnack ergueu as mãos e as deixou cair outra vez, num gesto de total desânimo. Mas, é claro, isso ainda não era tudo. Como esporeado pelas Fúrias vingadoras, ele continuava a explorar as últimas distâncias do tempo. E aqui agigantavam-se, como ameaça de um destino inexorável, as quase certezas das tendências populacionais do futuro. Dentro dos próximos trinta anos, a Inglaterra, a Europa Ocidental e os Estados Unidos com pouco mais do que a população atual, e com um quinto de seus habitantes vivendo de aposentadorias. Contemporânea a essa decrepitude, a Rússia, com mais de duzentos milhões, preponderantemente jovens e tão pujantes, confiantes e de mentalidade imperialista quanto fora a Inglaterra em sua antiga fase de expansão econômica e demográfica. E a leste da Rússia haveria a China, com talvez quinhentos milhões de habitantes gozando seu primeiro surto de nacionalismo e industrialização. E ao sul dos Himalaias, quatrocentos ou quinhentos milhões de indianos famintos, tentando trocar desesperados os produtos de seu suado operariado fabril pelo mínimo necessário para sobreviver tempo o suficiente para acrescentar mais cinquenta milhões à sua população e subtrair mais um ano ou dois da expectativa média de vida.

O principal resultado da guerra, continuava ele, melancólico, seria a aceleração de processos que, de outro modo, se processariam mais gradualmente e, portanto, com menor propensão à catástrofe. O processo do avanço da Rússia para a dominação da Europa e do Oriente Próximo, o avanço da China para a dominação do resto da Ásia, e o avanço da Ásia para a industrialização. Caudais de produtos manufaturados baratos inundando os mercados dos homens brancos. E a reação dos homens brancos a essas caudais seria o *casus belli* da iminente guerra de cor.

"E como será *essa* guerra..."

John Barnack deixou a frase em suspenso e começou a falar das atuais desgraças da Índia: a fome em Bengala, a epidemia de malária, as prisões cheias de homens e mulheres ao lado de quem, alguns anos atrás, ele mesmo havia lutado pela *swaraj*. Uma nota de desesperada amargura apareceu-lhe na voz. Não se tratava apenas de ter sido obrigado a sacrificar suas simpatias políticas. Não. As raízes do seu desespero eram mais profundas: enterravam-se na convicção de que os princípios políticos, por mais excelentes que fossem, eram irrelevantes diante do problema real, que era um simples problema de aritmética, uma questão de relacionar o número de alqueires aráveis com a população. Gente demais, muito pouca terra arável. Graças à tecnologia e à *Pax Britannica*, o pesadelo de Malthus tornara-se uma realidade quotidiana para um sexto da raça humana.

Sebastian foi à cozinha fazer chá. Pela porta aberta, ouviu por um momento o som forte de clarins e saxofones, depois, a voz triste de atrizes em tom sentimental, e, então, a entonação mais calma de uma voz masculina que falava e falava sem parar. Era claro que seu pai ouvia o noticiário.

Quando voltou à sala o programa já terminara. Com os olhos fechados, John Barnack estava reclinado na poltrona, meio adormecido. Apanhados desprevenidos, o rosto e o corpo inerte revelavam extrema fadiga.

Uma das xícaras tiniu quando Sebastian pousou a bandeja na mesa. Seu pai se sobressaltou e se endireitou na poltrona. O rosto cansado assumiu a habitual expressão um tanto exagerada de firmeza e resolução; o corpo se pôs rijo e alerta outra vez.

"Você ouviu essa dos russos e dos tchecos?", perguntou.

Sebastian negou com um movimento de cabeça. Seu pai o informou. Maiores detalhes do pacto de vinte e um anos estavam sendo revelados.

"Está vendo só?", concluiu quase em triunfo. "Já está começando a hegemonia russa da Europa."

Com muito cuidado, Sebastian passou-lhe a xícara transbordante de chá. Não faz muito tempo, pensava, não diria "hegemonia russa", mas "influência soviética". Mas isso era antes, antes que seu pai começasse a se interessar pelos problemas de população. E agora, naturalmente, Stalin revogara a velha política revolucionária com relação à religião. A igreja ortodoxa estava sendo usada outra vez como instrumento de nacionalismo. Agora havia seminários e um patriarca se fazendo de Papai Noel e milhões de pessoas persignando-se diante dos ícones.

"Um ano atrás", continuou John Barnack, "não teríamos permitido nunca que os tchecos fizessem isso. Nunca! Agora, não temos escolha."

"Neste caso", sugeriu Sebastian, depois de um breve silêncio, "valeria a pena pensar, de vez em quando, nos assuntos em que ainda temos escolha."

"O que é que você está insinuando?", perguntou seu pai, olhando-o com suspeita.

"Com os russos ou sem eles, todos temos sempre a liberdade de dar atenção à Natureza das Coisas."

John Barnack assumiu uma expressão de penalizado desprezo, depois soltou uma gargalhada que soou como uma carga de sucata sendo descarregada num depósito de ferro-velho.

"Quatrocentas divisões de infantaria", disse quando terminou seu ataque de riso, "contra alguns pensamentos da classe alta acerca dos Vertebrados Gasosos!"

Era uma observação no velho estilo, mas com uma diferença, pois o velho estilo agora era o novo estilo de um ano que atrofiara a si mesmo e que havia conseguido consumar seu próprio aborto espiritual.

"E, no entanto", disse Sebastian, "se pensássemos nisso a ponto de...", hesitou, "bem, a ponto de nos tornarmos de fato um de *seus* pensamentos, seríamos muito diferentes do que somos agora."

"Não há a menor dúvida!", disse John Barnack com sarcasmo.

"E esse tipo de diferença é infeccioso", continuou Sebastian. "E, com o tempo, a infecção poderia se espalhar tanto que os homens dos grandes batalhões não desejariam realmente usá-los."

Outra carga de sucata foi despejada pelo escoadouro. Desta vez, Sebastian riu junto com seu pai.

"É", admitiu. "É bem engraçado. Mas, no final das contas, uma oportunidade em um milhão é melhor do que nenhuma oportunidade, que é o que o *senhor* pensa."

"Não. Não disse isso", protestou seu pai. "Haverá uma trégua, naturalmente, uma trégua bem longa."

"Mas não haverá paz?"

"Não, não creio. Não uma paz de verdade", disse John Barnack, sacudindo a cabeça.

"Porque a *paz* não vem para aqueles que simplesmente trabalham pela paz... como o subproduto de outra coisa diferente."

"Do interesse nos Vertebrados Gasosos, é isso?"

"Exatamente", disse Sebastian. "A paz não pode existir a menos que haja uma metafísica que todos aceitem e que alguns de fato consigam compreender." Como seu pai o olhava interrogativamente, continuou: "Por intuição direta, como se percebe a beleza de um poema ou de uma mulher, por assim dizer".

Houve um longo silêncio.

"Creio que você não se lembra muito bem de sua mãe, não é mesmo?", perguntou John Barnack de repente.

Sebastian fez um gesto negativo.

"Quando você era um garoto, se parecia muito com ela", continuou o outro. "Era estranho... quase assustador." Meneou a cabeça e depois acrescentou, após uma pequena pausa: "Nunca pensei que você fizesse isso".

"Fizesse o quê?"

"O que estamos falando, sabe? Claro que, para mim, é tudo tolice", acrescentou rápido. "Mas devo confessar que...", uma expressão desusada de timidez apareceu-lhe no rosto. Depois, fugindo a uma expressão de afeto demasiado exagerada: "Não lhe fez nenhum mal isso", concluiu sentenciosamente.

"Obrigado", disse Sebastian.

"Lembro-me dele quando era jovem", continuou seu pai, enquanto erguia a xícara de chá.

"De quem?"

"Do filho do velho Rontini. Bruno, não era esse o nome?"

"Era", disse Sebastian.

"Não me impressionou muito, na ocasião."

Sebastian se perguntou se alguém jamais o impressionara muito. Seu pai sempre estivera demasiado ocupado, tão completamente identificado com seu trabalho e com suas ideias que nunca dera atenção às demais pessoas. Conhecia as pessoas como presenças concretas de problemas legais, como exemplos específicos de tipos econômicos ou políticos, não como homens e mulheres com características individuais.

"E, contudo, de certo modo, deve ter sido um homem notável", continuou John Barnack. "Afinal, *você* o considerava assim."

Sebastian se comoveu. Era a primeira vez que seu pai lhe dava a honra de admitir que talvez ele não fosse um idiota completo.

"Eu o conheci muito mais do que o senhor", disse.

Com um esforço obviamente penoso, John Barnack se ergueu do fundo da poltrona. "Hora de dormir", disse, como se enunciasse uma verdade universal, e não a expressão de sua própria fadiga. Voltou-se para Sebastian: "O que foi que você viu nele?", perguntou.

"O que foi?", repetiu Sebastian, devagar. Hesitou, sem saber o que responder. Havia tantas coisas que podia mencionar. Aquele candor, por exemplo, aquela extraordinária veracidade. Ou sua simplicidade, a ausência de toda e qualquer pretensão. Ou aquela ternura, tão intensa e, ao mesmo tempo, tão completamente despida de sentimentalismo, quase impessoal, de certo modo, acima do nível da personalidade, não abaixo como sua própria sensualidade havia sido. Ou, então, havia o fato de que Bruno, no final da vida, fora nada mais do que uma espécie de concha fina e transparente que continha algo incomensuravelmente diferente de si mesmo, uma beleza não terrena de paz e de poder e conhecimento. Mas isso, pensou Sebastian, era algo que seu pai não ia nem querer entender. Ergueu por fim os olhos. "Uma das coisas que mais me impressionaram", disse, "foi que Bruno podia sempre convencer as pessoas de que tudo tinha um sentido. Não falando, é claro; simplesmente *sendo*."

Em vez de rir outra vez, como esperava Sebastian, John Barnack continuou de pé, silencioso, passando a mão pelo queixo.

"Se a pessoa tem sabedoria", disse afinal, "não pergunta se as coisas têm ou não sentido. Executa seu trabalho e deixa o problema do mal para o seu metabolismo. *Isso*, sim, tem sentido."

"Não se trata da própria pessoa", disse Sebastian. "Não é algo humano, mas uma parte da ordem cósmica. Por isso os animais não têm preocupações metafísicas. Por serem idênticos à sua fisiologia, *sabem* que há uma ordem cósmica. Ao passo que os seres humanos se identificaram com ganhar dinheiro, por exemplo, ou com a bebida, ou a política, ou a literatura. Essas coisas não têm nada que ver com a ordem cósmica. Portanto, é lógico que não encontrem sentido em nada."

"E o que se pode fazer a respeito?"

Sebastian sorriu e, pondo-se de pé, passou as unhas pela tela do alto-falante.

"Pode-se continuar escutando as notícias, que, naturalmente, são sempre más notícias, mesmo quando parecem boas. Ou pode-se tomar a decisão de ouvir outra coisa."

Afetuosamente, tomou seu pai pelo braço. "Que tal vermos se está tudo em ordem no quarto de hóspedes?"

ESTE LIVRO, COMPOSTO NA FONTE FAIRFIELD,
FOI IMPRESSO EM PÓLEN SOFT 70G/M², NA GRÁFICA SANTA MARTA.
SÃO BERNARDO DO CAMPO, BRASIL, JANEIRO DE 2020.